Jane Austen

ORGULHO E PRECONCEITO

Tradução de
Lúcio Cardoso

Prefácio de
Julia Romeu

11ª edição

EDIÇÕES
BestBolso
RIO DE JANEIRO – 2019

CIP-BRASIL. CATALOGAÇÃO NA FONTE
SINDICATO NACIONAL DOS EDITORES DE LIVROS, RJ

Austen, Jane, 1775-1817
A95o Orgulho e preconceito / Jane Austen; tradução Lúcio Cardoso.
11ª ed. – 11ª edição – Rio de Janeiro: BestBolso, 2019.

Tradução de: Pride and Prejudice
ISBN 978-85-7799-265-2

1. Romance inglês. I. Cardoso, Lúcio, 1912-1968. II. Título.

CDD: 823
10-2553 CDU: 821.111-3

Orgulho e preconceito, de autoria de Jane Austen.
Título número 196 das Edições BestBolso.
Décima primeira edição impressa em novembro de 2019.
Texto revisado conforme o Acordo Ortográfico da Língua Portuguesa.

Título original inglês:
PRIDE AND PREJUDICE

www.edicoesbestbolso.com.br

Design de capa: Carolina Vaz sobre pintura intitulada "Hearts Are Trumps", de John Everett Millais.
Revisão da tradução: Joana Faro.

Impresso no Brasil

ISBN 978-85-7799-265-2

EDIÇÕES BESTBOLSO

Orgulho e preconceito

Jane Austen (1775-1817) nasceu no vilarejo de Steventon, na área rural da Inglaterra. A sétima dos oito filhos do reverendo George Austen, dirigente da paróquia local, a escritora cursou a maior parte de seus estudos em casa e nunca se afastou da família. Curiosamente, apesar de suas heroínas românticas estarem sempre às voltas com o casamento, Jane Austen não se casou. A obra da autora reúne apenas seis romances completos: *Razão e sensibilidade* (1811), *Orgulho e preconceito* (1813), *Mansfield Park* (1814), *Emma* (1816), *A abadia de Northanger* e *Persuasão* – os dois últimos publicados postumamente, em 1818. Todos eles marcados pelo primoroso estilo de Austen: a precisão da linguagem, o humor e a aguda percepção para tratar do cotidiano da sociedade inglesa da virada do século XVIII para o XIX. A profunda compreensão do mundo feminino e o domínio da forma e da ironia fizeram dela uma das mais notáveis e influentes romancistas de sua época.

Prefácio à edição de bolso

Um pedacinho de marfim

Numa carta enviada para um sobrinho, Jane Austen descreveu o pequeno mundo de seus livros como um "pedacinho de marfim com duas polegadas de largura". Embora tenha vivido numa época turbulenta – nascida durante a Guerra de Independência dos Estados Unidos, ela foi contemporânea da Revolução Francesa e das Guerras Napoleônicas, além de testemunha dos primórdios da Revolução Industrial –, escolheu escrever apenas sobre o microcosmo que habitava, e nunca fugiu aos temas de que tratou em toda a sua obra: o amor e o casamento.

Jane Austen nasceu em 16 de dezembro de 1775 na cidadezinha de Steventon, na Inglaterra. Seu pai, pároco da igreja anglicana, encorajou nela o amor pelos livros, e Austen começou a escrever desde muito cedo, lendo seus textos em voz alta para divertir sua vasta família. Família que poderia ter servido de inspiração para uma produção literária mais diversa: dois de seus irmãos viajaram pelo mundo com a Marinha inglesa, e uma prima de primeiro grau, casada com um nobre francês, chegou a conhecer Maria Antonieta em Versalhes e depois perdeu o marido para a guilhotina. Mas nenhuma dessas aventuras seduziu Austen a ponto de convencê-la a desviar seu olhar da aristocracia rural do início do século XIX, cuja vida, então prestes a ser atropelada pela locomotiva da modernidade, ela imortalizou.

No meio em que Jane Austen circulava, a única forma de uma mulher se tornar independente dos pais era por intermédio do casamento. O trabalho, mesmo para os homens, devia ser evitado sempre que possível e, quando duas pessoas sem fortuna decidiam se casar apenas por estarem apaixonadas, ninguém achava a menor graça. Foi justamente a falta de dinheiro que impediu Jane Austen de ter seu final feliz com o rapaz que seus biógrafos acreditam ter sido o grande amor de sua vida. Depois de alguns meses de flerte, o jovem foi mandado para bem longe pela família, temerosa de que ele perdesse a cabeça e pedisse a mão de Austen, destruindo suas chances de fazer uma união mais vantajosa. Austen só viria a receber uma proposta de casamento aos vinte e sete anos, já com um pé na temida condição de solteirona. O pedido veio de um vizinho que herdaria uma enorme propriedade e, casando com ele, ela conquistaria a liberdade e uma posição social e financeira muito mais confortável. Jane Austen aceitou – mas voltou atrás no dia seguinte, sem trair sua crença de que pior do que viver sozinha seria se casar sem amor.

Esse é o cerne de *Orgulho e preconceito*. Elizabeth, a heroína, tem um pai abastado, mas cujas terras serão herdadas por um primo distante, pois ele não teve filhos homens. Sua única chance de escapar da pobreza futura é fazer um bom casamento, mas Elizabeth sabe que não será feliz se não for realmente apaixonada pelo marido. Diante desse dilema ela encontra Darcy, o pretendente dos sonhos de qualquer uma: lindo, rico e de família nobre. O único problema é que, ao conhecê-lo, Lizzy sente ódio à primeira vista – mas, nem sempre as primeiras impressões são as que ficam.

Jane Austen muitas vezes é acusada de não saber injetar paixão em seus livros, falando de amor sempre de maneira fria e comedida. No entanto, conseguiu criar em *Orgulho e preconceito* um dos mais fascinantes casais da história da literatura, realizando a rara façanha de fazer um amor verdadeiro nascer diante dos olhos do leitor. A autora não precisa afirmar que Darcy está se apaixonando por Elizabeth, pois vemos isso acontecer e descobrimos o que vai pelo coração dos protagonistas antes até deles próprios. Os duelos verbais dos dois são mais sensuais do que muitas cenas de amor.

Isso para não falar dos maravilhosos personagens secundários que povoam *Orgulho e preconceito* – a galeria mais esplêndida de toda a obra de Austen, que era mestre em criar tipos humanos. Impossível não rir das tolices da Sra. Bennet, das filosofias do Sr. Bennet, das obviedades de Mary, dos absurdos do Sr. Collins e da arrogância inacreditável de Lady Catherine. Esse é o maior talento de Jane Austen, e o principal motivo da eternidade de seus livros: seus personagens são tão reais que, apesar de habitarem um lugar e uma época muito diferente da nossa, sentimos que os conhecemos. Não é à toa que *Orgulho e preconceito* já vendeu mais de vinte milhões de exemplares desde seu lançamento, em 1813, tendo sido traduzido para dezenas de línguas, adaptado diversas vezes para cinema e televisão e rendido inúmeras continuações e imitações. O mais recente trabalho feito em cima dele é o *mashup Orgulho e preconceito e zumbis*, que faz com que a pacata vida nos campos da Inglaterra seja sacudida por uma invasão de mortos-vivos. Nem mesmo Jane Austen teria sido capaz de imaginar a inabalável admiração de dez gerações de leitores por este livro.

Nesta tradução, o mestre Lúcio Cardoso usa de todo seu lirismo e delicadeza para fazer o estilo de Jane Austen chegar aos brasileiros, recriando a atmosfera da aristocracia inglesa com perfeição. Com isso, nos vemos diante de dois imensos talentos literários unidos num só volume.

Julia Romeu
Tradutora, jornalista e autora teatral.

Introdução

Jane Austen, como tantas outras famosas romancistas inglesas, teve uma vida obscura e difícil, quase despida de repercussões exteriores. Vivendo num meio acanhado, numa época de extremo puritanismo, destituída de grandes atrativos femininos, estaria destinada a perecer nessa sufocante atmosfera de mediocridade se não fosse o seu incontestável talento. A essa mulher cabe a glória de ter sido um dos primeiros elementos criadores do grande romance inglês, que vem de Daniel Defoe e Samuel Richardson, até os grandes romancistas do nosso tempo. Tudo o que pela primeira vez surge no autor do *Diário da peste em Londres* e de *Moll Flanders*, bem como no Richardson de *Clarissa Harlowe* ou de *Pamella*, e que constitui propriamente esse caráter particular do romance inglês, posteriormente evidenciado com tão soberba nitidez nos romances de costumes de Fielding, Dickens, Charlotte Brontë, George Eliot, Thomas Hardy ou George Meredith, já se encontra nos livros de Jane Austen. O seu primeiro romance publicado foi *Razão e sensibilidade*, no ano de 1811. Antes, porém, com o título de *First impressions* (Primeiras impressões), ela tinha oferecido aos editores a versão inicial de *Orgulho e preconceito*. É claro que o original foi imediatamente recusado. Voltando ao silêncio do seu retiro primitivo, dividindo-se entre os piedosos exercícios de cristã convicta e as pequenas obrigações da existência burguesa a que se submetia, Jane Austen continua a trabalhar no romance recusado. No ano de 1813 finalmente é publicado *Orgulho e preconceito*, em que é minuciosamente estudada a sociedade daquele tempo, a mediocridade dos seus tipos, o ridículo dos seus hábitos, a vaidade e a tolice de burgueses e nobres que o preconceito separava.

Rigorosamente construída, antes de mais nada essa obra era a prodigiosa revelação do temperamento de uma romancista. Nada escapa ao seu lúcido olhar, nenhuma fraqueza, nenhum ridículo dessa gente que ela conhecia tão bem. Em 1814 é publicado *Mansfield Park*; em 1815, *Emma*; e afinal, como obras póstumas, *A abadia de Northanger* e *Persuasão*, em 1818. Jane Austen falecera em plena glória, no ano de 1817. Seu admirável talento fora reconhecido no país inteiro e as figuras mais eminentes do seu tempo louvaram nela um dos grandes espíritos da época. *Orgulho e preconceito* é sua obra-prima.

Depois disso os críticos levantaram muitas objeções contra os seus livros, lembrando a inexperiência dessa moça obscura que ousara retratar com tão feroz realidade a sociedade e os hábitos da velha Inglaterra. Sua vida foi avidamente investigada e alguém chegou a lembrar que ela não poderia descrever paixões, pois nunca as tinha conhecido. Novas vozes afirmaram ainda que os tipos masculinos dos seus livros eram completamente falsos, destituídos de qualquer consistência.

O Sr. Darcy de *Orgulho e preconceito*, o mais bem-realizado dos seus heróis masculinos, segundo eles não passava de um simples boneco. Mas a verdade é que, apesar de tudo, os livros de Jane Austen atravessam os anos dotados de uma assombrosa vitalidade. É preciso acrescentar que não o fazem como geladas relíquias de uma época desaparecida, como desejam tantos – mas, ao contrário, pelo sabor de sua indestrutível atualidade.

Lúcio Cardoso

1

É uma verdade universalmente reconhecida que um homem solteiro, possuidor de boa fortuna, deve estar necessitado de uma esposa.

Por menos conhecidos que sejam os sentimentos ou as opiniões de tal homem ao se fixar em uma nova localidade, essa verdade se encontra de tal modo impressa na mente das famílias vizinhas, que o rapaz é logo considerado propriedade legítima de alguma de suas filhas.

– Meu caro Sr. Bennet – disse-lhe um dia a esposa –, já soube que Netherfield Park foi finalmente alugada?

O Sr. Bennet respondeu que não sabia.

– Pois foi – assegurou ela. – A Sra. Long acabou de sair daqui e me contou tudo.

O Sr. Bennet não respondeu.

– Não deseja saber quem é o locatário? – exclamou a mulher, impaciente.

– A senhora é quem está querendo me dizer, e eu não faço nenhuma objeção a ouvir.

Esse convite foi suficiente.

– Pois, meu caro, o senhor deve saber que a Sra. Long disse que Netherfield foi alugada por um rapaz de grande fortuna, oriundo do norte da Inglaterra; que ele chegou na segunda-feira em uma elegante carruagem puxada por quatro cavalos, a fim de visitar a propriedade, e ficou tão encantado que fechou negócio imediatamente com o Sr. Morris; que ele deve se mudar antes do dia de São Miguel, e que alguns criados já estarão lá na próxima semana.

– Como ele se chama?

– Bingley.

– É casado ou solteiro?

– Oh! Solteiro, naturalmente, meu caro! Um homem solteiro e muito rico; quatro ou cinco mil libras por ano. Que boa notícia para nossas meninas!

– Como assim? De que modo isso pode afetá-las?

– Meu caro Sr. Bennet – replicou a esposa –, o senhor pode ser muito enfadonho quando quer! Deve saber que estou pensando em casá-lo com uma delas.

– Será este o projeto do homem ao se instalar aqui?

– Projeto? Tolice! Como pode dizer uma coisa dessas? Mas é muito provável que ele *acabe* se apaixonando por uma delas. Portanto, assim que ele chegar, o senhor deve ir visitá-lo.

– Não vejo motivo para tanto. Pode ir com as meninas, ou até mandá-las sozinhas, o que talvez seja ainda melhor; pois sendo a senhora tão bela quanto qualquer uma delas, o Sr. Bingley pode preferi-la.

– Meu caro, o senhor está me lisonjeando. Decerto já *tive* meu quinhão de beleza, mas não ambiciono ser nada de extraordinário hoje em dia. Quando uma mulher tem cinco filhas crescidas, deve deixar a própria beleza de lado.

– Em casos como esses, em geral, a mulher não tem muita beleza em que pensar.

– Mas, meu caro, o senhor deve realmente ir ver o Sr. Bingley quando ele chegar.

– Não quero assumir tal compromisso, eu lhe asseguro.

– Mas pense em suas filhas. Apenas considere quanto um casamento como esse seria vantajoso para uma delas! Sir William e Lady Lucas estão decididos a ir, e exclusivamente por esse motivo, pois o senhor sabe que em geral eles não visitam recém-chegados. Será mesmo necessário que vá, pois *nós* jamais poderemos visitá-lo se antes o senhor não o fizer.

– A senhora está sendo excessivamente escrupulosa. Acredito que o Sr. Bingley terá muito prazer em vê-las; e enviarei algumas linhas por seu intermédio, assegurando a ele que darei meu consentimento para que se case com qualquer das meninas que escolher, embora devesse acrescentar um elogio a minha pequena Lizzy.

– Desejo que não faça tal coisa. Lizzy não é melhor do que as outras; estou convencida de que não tem metade da beleza de Jane, e nem sequer metade do bom humor de Lydia. Mas o senhor não cessa de manifestar sua preferência por *ela*.

– Nenhuma delas tem muito que as recomende – respondeu o Sr. Bennet. – São tolas e ignorantes como as outras moças; mas Lizzy é realmente um pouco mais esperta que as irmãs.

– Sr. Bennet, como pode insultar assim suas próprias filhas? O senhor sente verdadeiro prazer em aborrecer; não sente pena de meus pobres nervos.

– Está enganada, minha cara. Tenho muito respeito por seus nervos. São meus velhos amigos. Venho escutando a senhora falar a respeito deles com grande consideração, pelo menos durante esses últimos vinte anos.

– Ah, o senhor não sabe o que eu sofro!

– Mas espero que a senhora se restabeleça e viva para ver muitos rapazes com rendimentos de quatro mil libras anuais se instalarem na vizinhança.

– Pouco nos adiantará que venham vinte deles se o senhor se recusar a visitá-los.

– Pode ficar certa, minha querida, de que quando chegarem vinte eu os visitarei a todos.

O Sr. Bennet era um misto tão curioso de perspicácia, humor sarcástico, reserva e capricho, que a experiência de vinte e três anos de casamento tinha sido insuficiente para que sua esposa lhe conhecesse o caráter. O espírito *dela* era menos difícil de compreender. Tratava-se de uma mulher dotada de inteligência medíocre, pouca cultura e gênio instável. Quando se aborrecia, imaginava que estava nervosa. O propósito de sua vida era casar as filhas. Seu consolo, fazer visitas e saber das novidades.

2

O Sr. Bennet foi um dos primeiros a visitar o Sr. Bingley. Sempre fora esta a sua intenção, embora até o fim tivesse assegurado à esposa que não o faria de forma alguma; e nada lhe disse até a noite posterior à visita. Só então revelou tudo, da seguinte maneira: vendo sua segunda filha ocupada em reformar um chapéu, dirigiu-lhe de súbito estas palavras:

– Espero que o Sr. Bingley goste do chapéu, Lizzy.

– Não temos como saber do *quê* o Sr. Bingley gosta, já que não podemos visitá-lo – interveio a mãe, ressentida.

– Mas a senhora se esquece, mamãe – disse Elizabeth –, de que o encontraremos em reuniões, e de que a Sra. Long prometeu nos apresentar a ele.

– Não creio que a Sra. Long faça tal coisa. Ela própria tem duas sobrinhas, e é uma mulher egoísta e hipócrita. Minha opinião sobre ela não é boa.

– Nem a minha, tampouco – disse o Sr. Bennet. – Alegra-me saber que a senhora não depende dos serviços dela.

A Sra. Bennet não se dignou a responder; mas incapaz de dominar-se por mais tempo, pôs-se a ralhar com uma das filhas:

– Pare de tossir desse modo, pelo amor de Deus, Kitty! Tenha um pouco de piedade de meus nervos. Você os está dilacerando!

– Kitty não sabe tossir discretamente – disse o pai. – Não tem noção do momento oportuno.

– Não tusso por diversão – respondeu Kitty, irritada. – Quando será seu próximo baile, Lizzy?

– Em duas semanas, contando de amanhã.

– Sim, é verdade – exclamou a mãe –, e a Sra. Long só voltará na véspera. Logo, será impossível que o apresente, pois ela tampouco o terá conhecido.

– Portanto, minha cara, a senhora poderá adiantar-se à sua amiga e apresentar o Sr. Bingley a *ela*.

– Impossível, Sr. Bennet, impossível, se eu mesma não o conheço! Como pode ser tão provocador?

– Respeito sua discrição. Quinze dias decerto é muito pouco. Não se pode conhecer realmente um homem em apenas duas semanas. Mas, se *nós* não arriscarmos, outra pessoa o fará; e, afinal de contas, a Sra. Long e suas sobrinhas também devem ter uma oportunidade; e então, como ela considerará este um ato de caridade, caso a senhora recuse tal incumbência, eu mesmo a assumirei.

As meninas olharam fixamente para o pai. A Sra. Bennet disse apenas:

– Tolice, tolice.

– Qual é o significado de tão enfática exclamação? – perguntou o pai. – Considera tolice as formalidades de apresentação e a importância que lhes emprestamos? *Nesse* ponto não posso concordar com a senhora. O que acha, Mary? Sei que é uma moça de juízo, que lê grandes livros e os resume.

Mary quis fazer uma observação sensata, mas não conseguiu.

– Enquanto Mary organiza suas ideias – continuou o Sr. Bennet –, voltemos ao Sr. Bingley.

– Estou cansada do Sr. Bingley – exclamou sua esposa.

– Lamento ouvir *isso*; mas por que não me disse antes? Se soubesse esta manhã, certamente não o teria visitado. Que falta de sorte. Mas, como já está feito, não podemos agora evitar relações.

A perplexidade das senhoras era exatamente o que ele desejara causar; a da Sra. Bennet talvez sobrepujasse a das demais;

entretanto, ao desvanecer-se o primeiro tumulto de alegria, ela declarou que era aquilo mesmo o que esperava.

– Que bondade de sua parte, meu caro Sr. Bennet! Mas eu tinha certeza de que acabaria por convencê-lo, afinal. Estava certa de que seu amor pelas meninas o impediria de desprezar tão grande oportunidade. Ah! Como estou satisfeita! E que boa peça nos pregou, tendo feito a visita pela manhã sem dizer uma palavra até agora!

– Agora, Kitty, pode tossir à vontade – disse o Sr. Bennet ao deixar a sala, cansado das demonstrações exageradas da esposa.

– Que excelente pai vocês têm, meninas – continuou ela, logo que a porta se fechou. – Não sei como poderão compensá-lo por tamanha bondade; nem eu, tampouco. Posso assegurar-lhes que a esta altura de nossas vidas não é tão agradável assim travar novos conhecimentos todos os dias; entretanto, por vocês, faríamos qualquer coisa. Lydia, minha querida, embora você *seja* a mais nova, acredito que o Sr. Bingley dançará com você no próximo baile.

– Oh! – exclamou Lydia, resoluta –, não tenho medo; pois embora *seja* a mais nova, sou a mais alta.

Passaram o resto da noite conjeturando sobre quanto tempo ele demoraria para retribuir a visita do Sr. Bennet, e procurando determinar quando o convidariam para jantar.

3

Entretanto, por mais perguntas que a Sra. Bennet, com auxílio das cinco filhas, tivesse feito sobre o assunto, não foi capaz de extrair do marido uma descrição satisfatória do Sr. Bingley. Atacaram-no de vários modos; com perguntas diretas, suposições engenhosas e conjeturas indiferentes; mas ele desafiou a habilidade de todas elas; e afinal, foram obrigadas a aceitar as informações de segunda mão de sua vizinha, Lady Lucas. O relatório foi extremamente favorável. Sir William ficara encantado com ele. Era bastante jovem, elegantíssimo, extremamente agradável. E, para coroar tudo, pretendia ir ao próximo baile em companhia de um grande grupo de conhecidos. Nada poderia ser mais fascinante! Gostar de dança era o primeiro passo para se apaixonar; e grandes esperanças de conquistar o coração do Sr. Bingley foram nutridas.

– Se eu ao menos pudesse ver uma de minhas filhas vivendo feliz em Netherfield – disse a Sra. Bennet ao marido –, e todas as demais igualmente bem casadas, nada mais teria a desejar.

Poucos dias depois, o Sr. Bingley retribuiu a visita do Sr. Bennet. Conversaram na biblioteca durante cerca de dez minutos. O Sr. Bingley alimentara a esperança de ver as moças, sobre cuja beleza tanto ouvira falar, mas viu apenas o pai. De certa forma, as senhoras tiveram mais sorte, pois olhando por uma janela do sobrado, conseguiram averiguar que ele usava casaco azul e montava um cavalo preto.

Pouco depois, um convite para jantar foi enviado. A Sra. Bennet já tinha planejado os pratos à altura da fama de sua cozinha quando chegou uma resposta adiando tudo. O Sr. Bingley se via obrigado a partir para Londres no dia seguinte e, portanto, não podia aceitar a honra daquele convite etc. A Sra. Bennet ficou desolada. Não podia imaginar que negócio o teria atraído à cidade tão pouco tempo depois de sua chegada a Hertfordshire; e começou a temer que o rapaz estivesse sempre viajando de um lugar a outro, e que nunca se estabelecesse em Netherfield como devia. Lady Lucas acalmou um pouco seus receios, sugerindo que ele tivesse ido a Londres com o objetivo de convidar amigos para acompanharem-no ao baile; e logo surgiram rumores de que o Sr. Bingley levaria doze damas e sete cavalheiros para a festa As meninas lamentaram o comparecimento de tão grande número de senhoras; mas, na véspera do baile, consolaram se ao saber que, em vez de doze, ele tinha trazido de Londres apenas seis, cinco irmãs e uma prima. E, quando o grupo entrou no salão, consistia apenas em cinco pessoas: o Sr. Bingley, duas de suas irmãs, o marido da mais velha e outro rapaz.

O Sr. Bingley era bonito e galante; sua aparência era agradável, e os gestos, tranquilos e sem afetação. As irmãs eram belas mulheres com um ar sofisticado. O cunhado, o Sr. Hurst, não passava de um homem bem-educado; mas seu amigo, o Sr. Darcy, logo atraiu a atenção da sala, destacando-se pela estatura, elegância, traços regulares e aparência nobre; e também pela notícia que circulou, cinco minutos depois de sua entrada, de que possuía um rendimento de dez mil libras por ano. Os cavalheiros declararam que ele era uma bela figura masculina, as senhoras foram de opinião de que era muito mais bonito do que o Sr. Bingley, e ele foi observado com grande admiração durante metade do baile, até que sua atitude acabou provocando um desapontamento que virou sua maré de popularidade; pois descobriu-se que era orgulhoso, considerava-se superior aos outros e parecia impossível de contentar; e nem mesmo sua grande propriedade em Derbyshire pôde salvá-lo de ter os modos mais antipáticos e desagradáveis e de ser indigno de comparação com o amigo.

O Sr. Bingley em pouco tempo travara relações com as pessoas mais importantes da sala; era animado e franco, participava de todas as danças e mostrou-se aborrecido por o baile terminar tão cedo. Chegou mesmo a falar em oferecer outro em Netherfield. Características tão agradáveis falam por si mesmas. Que contraste entre ele e o amigo! O Sr. Darcy dançou apenas uma vez com a Sra. Hurst, e outra com a Srta. Bingley. Recusou-se a ser apresentado a qualquer outra moça e passou o resto da noite andando pelo salão, conversando ocasionalmente com alguém de seu próprio grupo. Seu caráter estava revelado. Era o homem mais orgulhoso, o mais desagradável do mundo, e todos torceram para que ele nunca mais voltasse. Entre seus críticos mais ferozes estava a Sra. Bennet, cuja antipatia pela conduta do rapaz se transformara em indignação após saber que desprezara uma de suas filhas.

Devido à falta de pares, Elizabeth Bennet fora obrigada a ficar sentada por duas danças; e durante parte desse tempo, o Sr. Darcy estivera próximo o bastante para que ela ouvisse uma conversa entre ele e o Sr. Bingley, que tinha parado de dançar por alguns minutos para tentar convencer o amigo a acompanhá-lo.

– Venha, Darcy – disse ele –, você precisa dançar. Detesto vê-lo aí parado sozinho de um modo tão estúpido. Você se divertiria mais se dançasse.

– De jeito nenhum. Bem sabe como eu detesto dançar, a não ser que conheça bem meu par. Em uma festa como esta seria insuportável. Suas irmãs estão ocupadas e não existe outra mulher na sala com quem dançar não fosse um grande castigo.

– Eu jamais seria tão exigente – exclamou Bingley. – Por Deus! Palavra de honra, eu nunca encontrei tantas moças interessantes na vida; e você está vendo que algumas são excepcionalmente belas!

– *Você* está dançando com a única moça realmente bonita deste salão – disse o Sr. Darcy, olhando para a mais velha das irmãs Bennet.

– Oh! Ela é a mais bela criatura que já vi! Mas bem atrás de você está uma de suas irmãs, que é muito bonita e, tenho certeza, bastante agradável. Deixe-me pedir a meu par que os apresente.

– Qual delas? – perguntou ele, voltando-se e detendo o olhar em Elizabeth por um instante, até que, encontrando-lhe os olhos, desviou os seus e disse friamente: – É tolerável; mas não tem beleza suficiente para tentar a *mim*; além disso, não estou disposto a dar atenção a moças que são desprezadas pelos outros homens. É melhor que você volte a seu par e se delicie com os sorrisos dela, pois está perdendo tempo comigo.

O Sr. Bingley seguiu o conselho. O Sr. Darcy se afastou, e Elizabeth foi deixada com sentimentos não muito cordiais em relação a ele. No entanto, contou a história com muita graça às amigas; pois tinha um espírito alegre e brincalhão, que se deleitava com tudo o que era ridículo.

De um modo geral, a noite decorreu agradavelmente para toda a família. A Sra. Bennet viu a filha mais velha ser muito admirada pelo grupo de Netherfield. O Sr. Bingley dançara duas vezes com ela, e as irmãs dele tinham-na tratado com muita amabilidade. Jane ficou tão contente com isso quanto a mãe, embora manifestasse seus sentimentos de maneira mais discreta. Elizabeth se alegrou com o prazer de Jane. Mary ouvira seu nome ser mencionado pela Srta. Bingley como sendo o da moça mais prendada das redondezas; Catherine e Lydia tinham tido a sorte de nunca ficar sem par; o que, até onde sabiam, era a única coisa importante em um baile. Assim, todas voltaram de bom humor para Longbourn, aldeia onde residiam e da qual eram os moradores mais importantes. Encontraram o Sr. Bennet ainda acordado. Quando estava lendo, perdia a noção do tempo; e, naquela ocasião, estava particularmente curioso para ouvir os acontecimentos de uma noite que causara tamanha expectativa. Imaginara que as esperanças da esposa sobre o recém-chegado seriam destruídas, mas logo descobriu que a história era muito diferente.

– Oh! Meu caro Sr. Bennet – disse ela, entrando na sala –, tivemos uma noite deliciosa, um baile excelente! Pena que o senhor não estivesse lá. Jane foi tão admirada! Nada podia ter sido melhor. Todos disseram que ela estava muito bonita, e o Sr. Bingley achou-a linda, e dançou duas vezes com ela. Imagine *isso*, meu caro! Dançou com ela duas vezes! Foi a única moça no salão com quem ele repetiu uma dança. Primeiro dançou com a Srta. Lucas. Fiquei muito desapontada, mas ele não pareceu muito entusiasmado com ela; aliás, ninguém poderia ficar mesmo, o senhor sabe; e ele pareceu muito impressionado com Jane quando a viu dançar. Então perguntou quem era ela, pediu para ser apresentado e solicitou as duas danças seguintes. Depois dançou com a Srta. King as duas terceiras, com Maria Lucas as duas quartas, as duas quintas com Jane novamente, e as duas sextas, afinal, com Lizzy, e o boulanger...

– Se ele tivesse tido alguma compaixão por *mim* – exclamou o marido, impaciente –, não teria dançado nem sequer a metade! Pelo amor de Deus, poupe-me da lista de pares do Sr. Bingley. Antes ele tivesse torcido o pé na primeira dança.

– Oh, meu caro – continuou a Sra. Bennet –, fiquei encantada com ele. É incrivelmente lindo, e as irmãs são encantadoras. Nunca vi nada tão elegante quanto os vestidos que usavam. Acho que a renda do vestido da Sra. Hurst...

Nesse ponto ela foi novamente interrompida. O Sr. Bennet protestou contra qualquer descrição de vestuário. A Sra. Bennet foi obrigada a desviar o assunto e relatou, com muita amargura e algum exagero, a chocante grosseria do Sr. Darcy.

– Mas eu lhe asseguro – acrescentou ela – que Lizzy não perde muito por não fazer o tipo *dele*; pois é o homem mais desagradável e horrível que se possa imaginar. Pouco adianta cativá-lo. Tão orgulhoso e tão convencido, que é impossível suportá-lo. Andava de um lado para o outro sentindo-se muito importante. Nem é bonito o bastante para que se tenha prazer em dançar com ele. Queria que o senhor estivesse lá, meu caro, e lhe desse uma de suas respostas. Detesto aquele homem.

4

Quando Jane e Elizabeth ficaram sozinhas, a primeira, que fora discreta nos elogios ao Sr. Bingley, confessou à irmã quanto o admirava.

– Ele é exatamente o que um rapaz deve ser – acrescentou. – Ajuizado, bem-humorado, alegre. Nunca vi maneiras tão distintas, tanta espontaneidade e tão boa educação.

– Além de ser bonito – replicou Elizabeth –, qualidade que um rapaz também deve possuir, se possível. Assim, sua personalidade se torna completa.

– Fiquei muito lisonjeada por ele me ter tirado para dançar uma segunda vez. Não esperava tal galanteio.

– Não? Pois *eu* o esperava por você. Mas esta é uma das grandes diferenças entre nós. Os galanteios sempre surpreendem *você*, nunca a *mim*. Nada mais natural do que ele solicitá-la para outra dança. Não podia deixar de reconhecer que você era cinco vezes mais bonita do que qualquer outra moça na sala. Não lhe fique grata por isso. Na verdade, é um rapaz bastante agradável, e eu lhe dou permissão para gostar dele. Você já gostou de pessoas muito mais estúpidas.

– Lizzy, querida!

– Oh! Você bem sabe que tem uma inclinação para estimar as pessoas. Nunca encontra defeito em ninguém. A seus olhos todos são bons e agradáveis. Nunca a ouvi falar mal de um ser humano em toda a minha vida.

– Não desejaria censurar ninguém irrefletidamente, mas sempre digo o que penso.

– Eu sei, e é *isso* o que me espanta. Ter o *seu* bom-senso e mesmo assim ser absolutamente cega à loucura e às tolices dos outros! A candura afetada é bastante comum; encontra-se por toda a parte. Mas apenas você consegue ser cândida sem ostentação ou artifício, ver o lado bom do caráter de todos, torná-lo ainda melhor e ignorar o lado mau. E também gostou das irmãs daquele homem, não é? As maneiras delas não se igualam às dele.

– Decerto que não; a princípio, mas são moças muito agradáveis quando se conversa com elas. A Srta. Bingley vai morar com o irmão e dirigir a casa; se não me engano, ela se mostrará uma excelente vizinha.

Elizabeth ouviu em silêncio, mas não ficou convencida. O comportamento daquelas jovens durante o baile não fora calculado para agradar a todos. Dotada de maior rapidez de observação e de um temperamento menos dócil que o da irmã, além de possuir uma capacidade de julgamento que nenhuma autocomplacência obscurecia, Elizabeth se sentia pouco disposta a aceitar aquelas pessoas. Eram, de fato, mulheres distintas; não lhes faltava bom humor quando estavam contentes, nem o poder de agradar quando o desejavam; porém, eram orgulhosas e afetadas. Além disso, eram bastante bonitas e tinham sido educadas em um dos principais internatos de Londres. Possuíam uma fortuna de vinte mil libras, costumavam gastar mais do que deveriam e associar-se a pessoas de classe; tinham, portanto, todas as razões para pensar bem de si mesmas e mal dos outros. Provinham de uma família respeitável do norte da Inglaterra; condição que guardavam mais profundamente na memória do que o fato de sua riqueza, bem como a do irmão, ter sido adquirida no comércio.

O Sr. Bingley herdara uma fortuna calculada em cem mil libras do pai, que tencionara comprar uma propriedade, mas morrera antes de realizar o projeto. O filho alimentava a mesma ideia, e algumas vezes chegara até a escolher um condado; mas, como dispunha agora de uma boa propriedade e do usufruto de suas terras, muitos daqueles que lhe conheciam seu temperamento tranquilo desconfiavam de que passaria o resto de seus dias em Netherfield, deixando a compra para a geração seguinte.

Suas irmãs estavam ansiosas para que ele adquirisse uma propriedade; no entanto, embora o Sr. Bingley estivesse agora estabelecido apenas como locatário, a Srta. Bingley de modo algum se recusava a presidir sua mesa; e a Sra. Hurst, que tinha se casado mais pela importância social do que pela fortuna do marido, não se encontrava menos disposta a considerar a casa do irmão como a sua própria, quando lhe conviesse. Fazia apenas dois anos que o Sr. Bingley havia atingido a maioridade, quando, por causa de uma recomendação ocasional, sentira-se tentado a visitar Netherfield. E, de fato, examinara o interior e o exterior da casa durante meia hora, ficando satisfeito com a localização e com os cômodos principais, contentara-se com os elogios feitos pelo proprietário e alugara o imóvel imediatamente.

Entre ele e Darcy havia uma amizade muito sólida, apesar de seus temperamentos serem opostos. Bingley havia conquistado a estima do amigo com sua simpatia, franqueza e seu gênio dócil, embora essas suas características contrastassem de modo absoluto com as do próprio Darcy, que ainda assim jamais parecia insatisfeito consigo mesmo. Bingley confiava plenamente na amizade de Darcy, e tinha suas ideias e opiniões em alta conta. Em inteligência, Darcy era superior. Bingley não deixava a desejar nesse aspecto, mas Darcy era o mais esperto. Era ao mesmo tempo altivo, reservado e exigente; e suas maneiras, apesar de bem-educadas, eram pouco convidativas. Nesse ponto, o amigo levava grande vantagem. Bingley tinha a certeza de agradar, aonde quer que fosse; Darcy estava sempre ofendendo os outros.

A maneira pela qual se referiram ao baile de Meryton era bastante característica. Bingley nunca encontrara gente mais agradável, nem moças mais bonitas em toda a sua vida; todos tinham sido amáveis e atenciosos com ele, e não houvera formalidade nem frieza; e ele se sentira logo à vontade com todos na sala; quanto a Srta. Bennet, não podia conceber que um anjo fosse mais belo. Darcy, ao contrário, enxergara um grupo de pessoas no qual havia pouca beleza e nenhuma elegância; não sentira o menor interesse por ninguém e de ninguém recebera atenção ou gentileza. Reconhecia que a Srta. Bennet era bonita, embora sorrisse demais.

A Sra. Hurst e a irmã concordavam. Mas ainda assim admiravam a Srta. Bennet e declararam que era uma moça encantadora, acrescentando que não se oporiam a conhecê-la melhor. Ficou estabelecido, portanto, que a Srta. Bennet era uma moça encantadora, e, diante dessa aprovação, o Sr. Bingley se sentiu autorizado a pensar nela da forma que desejasse.

5

A pouca distância de Longbourn, vivia uma família com a qual os Bennet mantinham uma amizade particularmente íntima. Sir William Lucas estivera em Meryton a negócios, onde acumulara uma fortuna razoável e, enquanto exercia as funções de prefeito, fora agraciado com o título de cavaleiro durante uma audiência com o rei. A honra talvez tenha sido demasiadamente apreciada. Inspirara-lhe uma repulsa por seu negócio e pela pequena cidade comercial que habitava; e, abandonando ambos, mudou-se com a família para uma casa situada a pouco mais de um quilômetro e meio de Meryton, residência que a partir de então passou a ser denominada Lucas Lodge, onde ele podia deleitar-se com a própria importância e, livre dos negócios, dedicar-se inteiramente a ser cordial com o mundo inteiro. Embora orgulhoso de sua posição, esta não o tornou arrogante; pelo contrário, era todo atenções com os outros. Por natureza inofensivo, amável e prestativo, sua apresentação em St. James o tornara polido e cortês.

Lady Lucas era uma mulher de bons sentimentos, cuja inteligência não era demasiadamente brilhante para impedir que fosse uma vizinha preciosa para a Sra. Bennet. Tinham vários filhos. A mais velha, uma moça ajuizada e inteligente de aproximadamente vinte e sete anos, era a amiga mais íntima de Elizabeth.

Que as senhoritas Lucas e Bennet se encontrassem para debater um baile era absolutamente indispensável; e a manhã seguinte à festa levou a primeira a Longbourn, para ouvir e opinar.

– *Você* começou bem a noite, Charlotte – disse a Sra. Bennet à Srta. Lucas. – *Você* foi a primeira escolha do Sr. Bingley.

– Sim, mas ele pareceu preferir seu segundo par.

– Oh! Você se refere a Jane, imagino, porque ele dançou com ela duas vezes. Decerto, *pareceu* admirá-la. Na verdade, acredito que *admirou*. Ouvi alguma coisa a respeito, mas não me lembro exatamente do que foi... algo sobre o Sr. Robinson.

– Talvez a senhora se refira à conversa que escutei entre ele e o Sr. Robinson; não lhe contei? O Sr. Robinson estava perguntando o que ele achara do baile em Meryton, se não achava que havia um grande número de mulheres bonitas na sala, e *qual* delas considerava a mais bonita. O Sr. Bingley respondeu imediatamente: "Oh! A mais velha das senhoritas Bennet, sem dúvida. Ninguém poderia discordar a esse respeito."

– É verdade! Bem, de fato foi uma resposta decidida... realmente parece que... No entanto, isso pode dar em nada, você sabe.

– As conversas que *eu* ouço são mais interessantes que as que *você* ouve, Eliza – disse Charlotte. – As palavras do Sr. Darcy não valem tanto a pena quanto as de seu amigo, não é? Pobre Eliza! Ser apenas *tolerável*.

– Imploro que não estimule Lizzy a ficar ressentida com a grosseria do Sr. Darcy; pois é um homem tão desagradável que seria uma infelicidade ser cortejada por ele. A Sra. Long me disse ontem à noite que ele ficou sentado a seu lado durante meia hora sem abrir a boca uma só vez.

– A senhora tem certeza? Não haverá aí um pequeno engano? – indagou Jane. – Estou certa de que vi o Sr. Darcy falando com ela.

– Sim, porque ela finalmente perguntou se ele estava gostando de Netherfield, e o Sr. Darcy não teve outro remédio senão responder; mas ela comentou que ele pareceu muito aborrecido por ser abordado.

– A Srta. Bingley me disse – falou Jane –, que ele nunca fala muito, a não ser com os amigos mais íntimos. Com *eles* se mostra extraordinariamente agradável.

– Não acredito em uma só palavra, minha querida. Se fosse assim tão agradável, teria conversado com a Sra. Long. Mas posso imaginar o que houve; todo mundo diz que ele é terrivelmente orgulhoso, e imagino que ouviu dizer que a Sra. Long não tem uma carruagem própria e que teve de ir ao baile em uma alugada.

– Pouco me importa se ele não deu atenção à Sra. Long – disse a Srta. Lucas –, mas gostaria que ele tivesse dançado com Eliza.

– Numa próxima vez, Lizzy – disse a mãe –, eu me recusaria a dançar com *ele*, se fosse você.

– Creio, senhora, que posso lhe prometer com segurança que *jamais* dançarei com ele.

– O orgulho dele – disse a Srta. Lucas – não *me* ofende tanto quanto o orgulho em geral, porque existe um motivo. Não é de admirar que um rapaz tão distinto, com família, fortuna, tudo a seu favor, tenha de si mesmo uma alta opinião. Se me permitem dizer, ele tem o *direito* de ser orgulhoso.

– Isso é bem verdade – replicou Elizabeth –, e eu perdoaria facilmente o orgulho *dele*, se ele não tivesse ferido o *meu*.

– O orgulho – observou Mary, que se gabava da solidez de suas reflexões – é um defeito bastante comum, creio eu. Por tudo o que tenho lido, estou mesmo convencida de que é mesmo bastante comum, de que a natureza humana é muito suscetível a ele, e de que são pouquíssimos os que não alimentam um sentimento de autocomplacência por alguma qualidade, seja real ou imaginária. A vaidade e o orgulho são coisas diferentes, embora as palavras sejam frequentemente usadas como sinônimos. Uma pessoa pode ser orgulhosa sem ser vaidosa. O orgulho se relaciona mais com a opinião que temos de nós mesmos, e a vaidade, com o que desejaríamos que os outros pensassem de nós.

– Se eu fosse tão rico quanto o Sr. Darcy – exclamou um dos rapazes Lucas, que acompanhara as irmãs –, não me incomodaria de ser muito orgulhoso. Teria uma matilha de cães de caça e beberia uma garrafa de vinho por dia.

– Nesse caso você beberia muito mais do que deveria – disse a Sra. Bennet. – E se eu o visse fazendo isso, lhe tomaria a garrafa imediatamente.

O menino duvidou que ela fizesse tal coisa; ela continuou a declarar que o faria, e a discussão só terminou ao fim da visita.

6

As senhoras de Longbourn logo foram ver as de Netherfield. A visita foi retribuída segundo a etiqueta. As maneiras agradáveis da Srta. Bennet reforçaram a boa impressão da Sra. Hurst e da Srta. Bingley; e, embora a mãe fosse considerada intolerável, e as irmãs mais novas, indignas de atenção, um desejo de estreitar relações com *elas* foi manifestado às duas filhas mais velhas dos Bennet. Jane recebeu essa atenção com o maior prazer; mas Elizabeth ainda enxergava arrogância na maneira pela qual tratavam a todos, sem poupar sequer sua irmã, e não conseguia gostar delas; embora sua amabilidade em relação a Jane fosse valiosa, pois provavelmente derivava da admiração do Sr. Bingley. Era evidente, sempre que se encontravam, que ele *de fato* a admirava; e para Elizabeth era igualmente evidente que Jane cedia à inclinação inicial por ele, e que estava em vias de se apaixonar perdidamente; mas refletia com prazer, que era improvável que o resto do mundo descobrisse, pois Jane unia, com grande força de vontade, um temperamento discreto e uma disposição alegre, que a preservariam das suspeitas dos impertinentes. Fez essas reflexões a sua amiga, a Srta. Lucas.

– Talvez seja agradável – replicou Charlotte – conseguir iludir as pessoas em uma situação como esta, mas às vezes é desvantajoso ser tão reservada. Se, com a mesma habilidade, uma mulher esconde seus sentimentos do objeto de sua afeição, pode perder a oportunidade de conquistá-lo; e então haveria pouco consolo em saber que os outros também padeciam da mesma ignorância. Existe tanto de gratidão ou de vaidade em quase todas as afeições, que não é seguro abandoná-las à própria sorte. Todos podemos dar o *primeiro* passo livremente; uma ligeira preferência é bastante natural, mas são poucos os que têm coragem suficiente para amar sem receber algo em troca. Em nove a cada dez casos, uma mulher deve mostrar *mais* afeição do que sente. Bingley sem dúvida gosta de sua irmã, mas pode nunca fazer mais do que gostar se ela não encorajá-lo.

– Mas Jane o encoraja tanto quanto sua natureza o permite. Se *eu* consigo perceber sua inclinação por ele, ele teria de ser um homem bastante simplório para não ser capaz de descobrir também.

– Lembre-se, Eliza, de que ele não conhece o temperamento de Jane como você.

– Mas, se uma mulher manifesta preferência por um homem e não se esforça por encobrir seus sentimentos, ele acabará sabendo.

– Talvez, se conviver com ela. Mas, embora Bingley e Jane se encontrem com relativa frequência, nunca passam muitas horas juntos. E, como sempre se veem no meio de muitas outras pessoas, é impossível que usem cada minuto conversando um com o outro. Jane, portanto, deveria aproveitar ao máximo cada meia hora em que dispuser da atenção de Bingley. Quando tiver certeza do amor dele, haverá tempo bastante para se apaixonar tanto quanto ela deseja.

– Seu plano é bom – replicou Elizabeth –, se não houver nada em jogo além do desejo de fazer um bom casamento; e, se eu estivesse decidida a arranjar um marido rico, ou algum marido, acho que o adotaria. Mas esses não são os sentimentos de Jane; ela não está sendo calculista. Por enquanto, não tem certeza sequer do grau ou da razão de seu afeto. Ela o conhece há apenas quinze dias. Dançou quatro vezes com ele em Meryton; o viu em Netherfield uma vez e participou de quatro jantares aos quais ele também compareceu. Não é o bastante para formar uma opinião acerca de seu caráter.

– Não da maneira como você conta as coisas. Se tivesse apenas *jantado* com ele, ela poderia somente ter descoberto se ele tem bom apetite; mas você deve se lembrar de que durante quatro noites eles estiveram juntos, e quatro noites podem significar muito.

– Sim, essas quatro noites lhes permitiram verificar que ambos preferem jogar *vingt-et-un a commerce*; mas a respeito de outras características importantes, não creio que muito tenha sido revelado.

– Bem – disse Charlotte –, desejo sucesso a Jane, de todo o coração; e, caso se casasse com ele amanhã, acredito que teria tanta probabilidade de ser feliz quanto se passasse um ano estudando seu caráter. A felicidade no casamento é apenas uma questão de sorte. Mesmo que os noivos conheçam de antemão as tendências um do outro, e que estas sejam semelhantes, sua felicidade posterior não estará garantida. Eles acabarão se tornando suficientemente diferentes para que experimentem seu quinhão de amargura; e o melhor é conhecer o mínimo possível os defeitos da pessoa com a qual temos de passar a vida.

– Você me faz rir, Charlotte, mas sua teoria não é sensata. Você sabe que não é, e que nunca agiria dessa forma.

Ocupada em observar as atenções que o Sr. Bingley dispensava a sua irmã, Elizabeth estava longe de suspeitar que se tornava objeto de algum interesse aos olhos do amigo dele. A princípio, o Sr. Darcy sequer a considerara bonita; a olhara com desdém no baile; e, quando se encontraram novamente, observara-a apenas para criticar. Mas assim que declarou a si mesmo e aos amigos que Elizabeth não possuía um só traço agradável, começou a achar que a bela expressão de seus olhos negros dava àquele rosto um ar excepcionalmente inteligente. A essa descoberta sucederam outras igualmente humilhantes. Embora seu olhar crítico houvesse descoberto mais de um defeito na simetria das formas da jovem, foi forçado a reconhecer que sua figura era esbelta e agradável; e, apesar de afirmar que não tinha maneiras sofisticadas, sentiu-se fascinado por sua naturalidade. Elizabeth ignorava tudo isso; a seus olhos, o Sr. Darcy era apenas o homem que não sabia ser agradável em lugar algum e que não a considerara bela o bastante para merecer uma dança.

Ele começou a desejar conhecê-la melhor e, como primeiro passo para falar pessoalmente com ela, passou a prestar atenção em suas conversas com os outros. Essa atitude atraiu a atenção de Elizabeth. O fato se passou na casa de Sir William Lucas, onde havia um grande grupo reunido.

– Que pretende o Sr. Darcy – perguntou Elizabeth a Charlotte – ao escutar minha conversa com o coronel Forster?

– Esta é uma pergunta que somente o Sr. Darcy poderá responder.

– Mas se fizer isso novamente, sem dúvida deixarei claro que percebo o que está tramando. Ele é muito sarcástico, e, se eu também não começar a ser impertinente, dentro em pouco o temerei.

Quando ele se aproximou delas pouco depois, embora sem intenção aparente de falar, a Srta. Lucas desafiou a amiga a mencionar o assunto que estavam discutindo. Aceitando a provocação, Elizabeth se virou para ele e disse:

– O senhor não acha, Sr. Darcy, que agora há pouco me expressei muito bem, quando provoquei o coronel Forster a oferecer-nos um baile em Meryton?

– Com grande animação; mas este é um assunto que sempre entusiasma uma senhora.

– O senhor nos trata com rigor.

– Em breve será a vez *dela* de ser provocada – disse a Srta. Lucas. – Eu vou abrir o piano, Eliza, e você sabe o que a espera.

– Você é uma criatura estranha para se ter como amiga! Sempre querendo que eu toque e cante diante de qualquer um e de todos. Se minha vaidade fosse a música, você seria preciosa, mas como não é o caso, eu preferia não ter de me exibir diante de pessoas que estão habituadas a ouvir melhores intérpretes.

E, como a Srta. Lucas insistisse, ela acrescentou:

– Muito bem; se não há outro jeito, que assim seja.

E, lançando ao Sr. Darcy um olhar grave, continuou:

– Há um velho provérbio com o qual todos aqui estão, é claro, familiarizados: "Poupe seu fôlego para esfriar seu mingau." Pouparei o meu para cantar.

Sua interpretação foi agradável, embora de nenhum modo excepcional. Depois de uma ou duas canções, e antes que pudesse responder aos pedidos de várias pessoas que queriam ouvi-la novamente, Elizabeth foi avidamente substituída pela irmã, Mary, que, sendo a única da família sem atrativos físicos, esforçava-se muito para adquirir erudição e estava sempre ansiosa por exibi-la.

Mary não tinha talento, nem bom gosto; e embora a vaidade lhe tivesse dado obstinação, dera-lhe igualmente um ar pedante e maneiras convencidas, que seriam capazes de obscurecer virtudes maiores que as dela. Elizabeth, com sua naturalidade e falta de afetação, agradou muito mais, embora não tocasse tão bem quanto a irmã; e Mary, após um longo concerto, pôde considerar-se feliz por alcançar elogios, graças a algumas canções escocesas e irlandesas que executou a pedido das irmãs mais novas que, na outra extremidade do salão, dançavam com alguns dos Lucas e dois ou três oficiais.

O Sr. Darcy ficou próximo a eles, tomado de silenciosa indignação por passar a noite de uma forma que impossibilitava qualquer tipo de conversa. Estava tão absorto em seus pensamentos, que só reparou que Sir William tinha se aproximado no momento em que este começou a falar:

– Que divertimento encantador para os jovens, Sr. Darcy! Não há nada como a dança. Eu a considero uma das formas mais requintadas de divertimento das sociedades cultas.

– Decerto, Sir William, com a vantagem de também ser popular entre as sociedades menos requintadas do mundo. Qualquer selvagem sabe dançar.

Sir William apenas sorriu.

– Seu amigo dança muito bem – continuou, depois de uma ligeira pausa, ao ver Bingley reunir-se ao grupo –, e não duvido de que o senhor seja um adepto dessa arte, Sr. Darcy.

– Acredito que o senhor tenha me visto dançar em Meryton.

– Sim, é verdade, e tive grande prazer em observá-lo. O senhor dança frequentemente em St. James?

– Nunca, Sir.

– Não acha que seria uma homenagem digna daquele lugar?

– É uma homenagem que não concedo a lugar algum, se puder evitar.

– O senhor tem uma casa em Londres, não é?

O Sr. Darcy assentiu.

– Já tive o desejo de me instalar em Londres – prosseguiu Sir William –, pois aprecio muito a alta sociedade; mas tive receio de que o ar da cidade não fizesse bem a Lady Lucas.

Deteve-se, com a esperança de uma resposta; mas seu companheiro não estava disposto a tanto; e, como Elizabeth se aproximasse naquele instante, Sir William pensou praticar um ato muito galante chamando-a.

– Minha cara Srta. Eliza, por que não está dançando? Sr. Darcy, permita-me apresentar-lhe esta jovem como um par bastante desejável. O senhor, estou certo, não poderá se recusar a dançar, quando se encontra ante tão grande beleza.

E, tomando a mão de Elizabeth, a teria dado ao Sr. Darcy, que, embora extremamente surpreso, não desejava recusá-la, quando a jovem recuou subitamente e disse, um tanto embaraçada, a Sir William:

– Na verdade, Sir, não tenho a menor intenção de dançar. Não suponha que me dirigi para cá a fim de implorar por um par.

O Sr. Darcy, com grande amabilidade, pediu a ela que lhe concedesse a honra de uma dança; mas foi em vão. Elizabeth estava decidida; e nem Sir William conseguiu abalar sua resolução com a tentativa de persuadi-la:

– A senhorita dança tão bem, Srta. Eliza, que seria cruel negar-me a felicidade de admirá-la; e, embora este cavalheiro normalmente não aprecie esse divertimento, não fará objeção, estou certo, a nos obsequiar por uma meia hora.

– O Sr. Darcy não poderia ser mais cortês – disse Elizabeth, sorrindo.

– De fato, mas considerando a tentação, minha cara Srta. Eliza, não é de surpreender que se mostre disposto; pois quem faria objeção a um par como a senhorita?

Uma expressão maliciosa perpassou o rosto de Elizabeth, e ela virou-se. Sua resistência não ofendera o Sr. Darcy, e ele refletia sobre a jovem com certa complacência quando foi abordado pela Srta. Bingley.

– Creio que conheço o objeto de seu devaneio.

– Creio que não.

– O senhor está imaginando quanto seria insuportável passar mais noites deste modo, em tal companhia; aliás, sou da mesma opinião. Nunca me aborreci tanto! A insipidez, apesar do barulho; a insignificância, apesar do ar de importância de toda esta gente. O que eu não daria para ouvir suas críticas sobre eles!

– Sua suposição está inteiramente equivocada, lhe asseguro. Minha mente ocupava-se de pensamentos mais agradáveis. Eu meditava sobre o imenso prazer que pode conceder um par de belos olhos no rosto de uma mulher.

A Srta. Bingley imediatamente fixou o olhar no rosto do Sr. Darcy, e desejou que ele revelasse qual das damas inspirara tais reflexões. O Sr. Darcy respondeu com grande intrepidez:

– A Srta. Elizabeth Bennet.

– A Srta. Elizabeth Bennet! – repetiu a Srta. Bingley. – Estou assombrada. Desde quando a Srta. Elizabeth se tornou sua favorita? Quando poderei desejar-lhe felicidades?

– Esta é exatamente a pergunta que esperava de sua parte. A imaginação das mulheres é muito veloz; salta da admiração para o amor, e do amor para o casamento em um instante. Sabia que ia me desejar felicidades.

– Bem, se fala assim tão sério, considerarei o assunto absolutamente decidido. De fato, terá uma encantadora sogra e, naturalmente, ela estará sempre em Pemberley.

Ele a ouviu com perfeita indiferença enquanto ela se divertia com o assunto; e, convencida por aquela placidez de que não seria repreendida, a Srta. Bingley deu livre curso à sua ironia.

7

As posses do Sr. Bennet consistiam quase exclusivamente em uma propriedade que lhe rendia duas mil libras por ano, e que, para infelicidade de suas filhas, seria legada a um parente distante, pois a família não tinha herdeiros do sexo masculino; e a fortuna da mãe, embora suficiente para manter o padrão de vida da família, mal bastava para suprir as deficiências financeiras do marido. O pai da Sra. Bennet fora advogado em Meryton e lhe deixara quatro mil libras.

Ela tinha uma irmã casada com certo Sr. Philips, que fora empregado do sogro e o sucedera no negócio; e um irmão estabelecido em Londres, atuando em um respeitável ramo de comércio.

A aldeia de Longbourn ficava a pouco mais de um quilômetro e meio de Meryton; uma distância bastante favorável às moças, que, três ou quatro vezes por semana, sentiam-se tentadas a ir até lá para visitar a tia e uma chapelaria que ficava no caminho. As duas mais novas, Catherine e Lydia, faziam o passeio com especial frequência; suas mentes eram mais ociosas que as das irmãs e, quando nada mais interessante se oferecia, uma caminhada até Meryton era necessária para preencher suas horas matutinas e fornecer assunto para a tarde; por menos novidades que o campo oferecesse, sempre conseguiam extrair algumas da tia. No momento, aliás, ambas se encontravam supridas de notícias e de felicidade, graças à chegada recente de um regimento militar que deveria permanecer durante todo o inverno, e cujo quartel-general ficava em Meryton.

Suas visitas à Sra. Philips tornaram-se fonte das mais interessantes informações. Cada dia acrescentava alguma coisa ao que já sabiam sobre os nomes e relações dos oficiais. A localização do alojamento não era mais segredo, e logo elas conheceram os próprios oficiais. O Sr. Philips foi vê-los, e isso abriu para suas sobrinhas as portas de uma felicidade até então desconhecida. Não conseguiam falar de outra coisa que não dos oficiais; e a grande fortuna do Sr. Bingley, tema que invariavelmente despertava grande animação na mãe, era desprezível aos olhos delas, quando comparada ao uniforme de um soldado.

Depois de ouvir, certa manhã, seus efusivos arroubos sobre o assunto, o Sr. Bennet observou friamente:

– Pelo que deduzo de suas conversas, vocês devem ser duas das moças mais tolas do país. Já o suspeitava, mas agora estou convencido.

Catherine ficou desconcertada e não respondeu; mas Lydia, com perfeita indiferença, continuou a exprimir sua admiração pelo capitão Carter e a esperança de vê-lo ainda naquele dia, pois ele partiria para Londres na manhã seguinte.

– É chocante, meu caro – disse a Sra. Bennet –, a facilidade com que o senhor declara tolas suas próprias filhas. Se eu quisesse menosprezar os filhos de alguém, não escolheria os meus.

– Se minhas filhas são tolas, devo torcer para estar sempre consciente disso.

– Sim, mas acontece que todas são muito inteligentes.

– Este é o único ponto, e disso me gabo, sobre o qual não estamos de acordo. Eu tive esperança de que nossos sentimentos coincidissem em cada detalhe, mas sou obrigado a discordar da senhora, por considerar nossas duas filhas mais novas excepcionalmente tolas.

– Meu caro Sr. Bennet, o senhor não deve esperar que as meninas tenham o mesmo juízo que o pai e a mãe. Quando atingirem nossa idade, asseguro-lhe que não pensarão em oficiais mais do que nós. Lembro-me do tempo em que eu mesma gostava muito de uma túnica vermelha. De fato, no fundo do coração, ainda gosto; e se algum jovem coronel com cinco ou seis mil libras por ano pedisse uma de minhas filhas, eu não lhe diria não; o coronel Forster estava muito distinto em seu uniforme na noite em que estivemos na casa de Sir William.

– Mamãe – chamou Lydia –, minha tia contou que o coronel Forster e o capitão Carter deixaram de visitar a Srta. Watson com a mesma frequência de antes. Agora ela sempre os vê na livraria dos Clarke.

A Sra. Bennet foi impedida de responder pela entrada de um criado com um bilhete para a Srta. Bennet; vinha de Netherfield, e aguardava uma resposta. Os olhos da Sra. Bennet brilhavam de prazer, e, enquanto a filha lia, ela perguntava repetidamente:

– Bem, Jane, de quem é o bilhete? Do que se trata? Que é que diz? Vamos, Jane, leia depressa e conte para nós; depressa, querida.

– É da Srta. Bingley – respondeu Jane, e leu em voz alta:

> Minha cara amiga,
> Se não tiver a boa vontade de vir jantar comigo e com Louisa hoje à noite, correremos o risco de nos odiar pelo resto da vida, pois um dia inteiro de tête-à-tête entre duas mulheres não pode terminar sem uma briga. Venha assim que receber este bilhete. Meu irmão e os outros senhores vão jantar com os oficiais.
> Com carinho,
>
> Caroline Bingley

– Com os oficiais! – exclamou Lydia. – Por que minha tia não nos contou *isso*?

– Vão jantar fora... – disse a Sra. Bennet – isso é realmente uma falta de sorte.

– Posso usar a carruagem? – perguntou Jane.

– Não, minha querida, é melhor que vá a cavalo, pois parece que vai chover; e nesse caso você terá de pernoitar lá.

– Seria um bom plano – disse Elizabeth –, se a senhora tivesse a certeza de que eles não se ofereceriam para acompanhá-la de volta.

– Oh! Mas os cavalheiros usarão a carruagem do Sr. Bingley para ir até Meryton; e os Hurst não possuem cavalos para a deles.

– Eu preferiria usar a carruagem.

– Mas, minha querida, seu pai não pode dispensar os cavalos. Eles são necessários para o serviço da fazenda, não são, Sr. Bennet?

– Eles são necessários para a fazenda muito mais vezes do que consigo obtê-los.

– Mas, se precisar deles hoje – disse Elizabeth –, o projeto de minha mãe estará realizado.

E conseguiu, afinal, extorquir do pai um atestado de que os animais estavam ocupados. Assim, Jane foi obrigada a ir a cavalo, e sua mãe a acompanhou até a porta, com alegres prognósticos de mau tempo. Suas preces foram atendidas; Jane partira havia pouco quando começou a chover forte. As irmãs ficaram preocupadas com ela, mas a mãe ficou radiante. A chuva continuou durante toda a tarde sem interrupção; Jane decerto não poderia voltar.

– Foi uma feliz ideia que tive, de fato! – disse a Sra. Bennet mais de uma vez, como se ela mesma tivesse feito chover. Até a manhã seguinte, entretanto, ela não soube até que ponto seu plano fora bem-sucedido. O café da manhã mal terminara quando o criado de Netherfield trouxe o seguinte bilhete para Elizabeth:

Minha querida Lizzy,

Sinto-me muito indisposta esta manhã, e creio que isto é consequência de ter me molhado muito ontem. Minhas gentis amigas se recusam a deixar-me partir enquanto não estiver melhor. Insistem também que o Sr. Jones venha me ver, portanto, não se alarmem se ouvirem que ele esteve aqui. E, a não ser por dores de garganta e de cabeça, não tenho nada demais.

Com amor etc.

– Bem, minha cara – disse o Sr. Bennet, depois que Elizabeth acabou de ler o bilhete em voz alta –, se sua filha ficar gravemente doente, se ela morrer, será um conforto saber que foi tudo para conquistar o Sr. Bingley, e por ordem sua.

– Oh! Não tenho medo de que ela morra. Ninguém morre de um pequeno resfriado. Ela será bem-tratada. Enquanto estiver lá, tudo vai muito bem. Eu iria vê-la, se pudesse usar a carruagem.

Elizabeth, sentindo-se realmente ansiosa, tinha decidido ir visitar a irmã, embora a carruagem não pudesse ser usada; mas, como não sabia montar, a única alternativa era ir a pé. Ela declarou sua decisão:

– Como pode ser tão tola – exclamou a mãe – a ponto de pensar em uma coisa dessas com toda essa lama! Você não estará apresentável quando chegar lá.

– Estarei apresentável para ver Jane, e é tudo o que desejo.

– Isso é uma indireta para mim, Lizzy – perguntou o pai –, para que eu mande buscar os cavalos?

– De modo algum. Não me importo de ir a pé. A distância não é nada quando se tem um bom motivo; são apenas cinco quilômetros. Estarei de volta para o jantar.

– Admiro a força de sua benevolência – observou Mary –, mas cada impulso ou sentimento deveria ser guiado pela razão;

e, em minha opinião, o esforço deveria sempre ser proporcional ao fim que se propõe a alcançar.

– Iremos até Meryton com você – disseram Catherine e Lydia.

Elizabeth aceitou a companhia, e as três moças partiram juntas.

– Se nos apressarmos – disse Lydia, enquanto caminhavam –, talvez ainda cheguemos a tempo de ver o capitão Carter antes da partida.

Em Meryton as moças se separaram; as duas mais jovens se dirigiram à residência da esposa de um dos oficiais, e Elizabeth continuou sozinha atravessando campo após campo a passos largos, pulando cercas e saltando poças com impaciente vigor e, afinal, avistou a casa, com os tornozelos doídos, as meias sujas e o rosto corado pelo exercício.

Foi conduzida a uma sala de refeições onde todos estavam reunidos, com exceção de Jane. Sua chegada causou grande surpresa. Era quase inacreditável para a Sra. Hurst e para a Srta. Bingley que ela tivesse caminhado cinco quilômetros tão cedo, com um tempo tão úmido, e sozinha; e Elizabeth ficou convencida de que a desprezavam por isso. Receberam-na, entretanto, com muita educação; e nas maneiras do irmão havia algo melhor que educação: havia bom humor e gentileza. O Sr. Darcy falou pouco, e o Sr. Hurst, nada. O primeiro estava dividido entre admirar o brilho que o exercício emprestara ao rosto da jovem e questionar se a ocasião justificava que ela tivesse caminhado sozinha toda aquela distância. O segundo pensava apenas em seu desjejum.

As perguntas que Elizabeth fez a respeito da irmã não tiveram respostas favoráveis. A Srta. Bennet dormira mal, e, embora acordada, estava muito febril e não sentia-se bem o suficiente para sair do quarto. Elizabeth quis ver a irmã imediatamente; e Jane, a quem apenas o medo de causar incômodo e de produzir inquietude impedira de exprimir em seu bilhete o quanto ansiava por tal visita, ficou encantada ao vê-la entrar. Não estava, entretanto, em estado de conversar muito e, quando a Srta. Bingley as deixou sozinhas, Jane pouco mais pôde exprimir além da gratidão que sentia pela extraordinária bondade com que era tratada. Elizabeth a ouviu em silêncio.

Quando o café da manhã terminou, as irmãs do Sr. Bingley entraram no quarto; e a própria Elizabeth começou a simpatizar com elas quando viu com quanta afeição e desvelo tratavam Jane. O farmacêutico veio e, tendo examinado a paciente, disse, como era de supor, que ela apanhara um violento resfriado e que necessitava de tratamento; aconselhou-a a voltar para a cama e prometeu que lhe enviaria um xarope. O conselho foi seguido, pois os sintomas da febre se agravaram, e ela sentia uma dor de cabeça forte. Elizabeth não saiu nem uma só vez do quarto; as outras senhoras tampouco passaram muito tempo ausentes; com os cavalheiros fora, não tinham, de fato, nada a fazer fora dali.

Quando o relógio bateu três horas, Elizabeth sentiu que devia partir; e, muito contra a vontade, avisou que o faria. A Srta. Bingley lhe ofereceu a carruagem, e ela estava quase aceitando, quando Jane se mostrou tão pouco disposta a separar-se da irmã que a Srta. Bingley foi obrigada a converter o oferecimento da carruagem em um convite para pernoitar em Netherfield. Elizabeth aceitou com gratidão, e um criado foi mandado a Longbourn a fim de avisar a família e buscar algumas roupas.

8

Às cinco horas, as duas senhoras deixaram o quarto para se arrumar e, às seis e meia, Elizabeth foi chamada para jantar. À torrente de amáveis perguntas, entre as quais ela teve o prazer de distinguir a grande solicitude do Sr. Bingley, ela não pôde dar uma resposta muito favorável. Jane não estava nada melhor. Ao ouvir isso, as irmãs repetiram três ou quatro vezes que sentiam muito, que era bastante desagradável resfriar-se, e que detestavam ficar doentes. Depois não pensaram mais no assunto; e a indiferença que demonstravam por Jane quando esta não estava presente restituiu a Elizabeth o prazer de detestá-las.

O irmão delas era, aliás, o único do grupo passível de alguma complacência. Seu cuidado com Jane era evidente e a atenção que dedicava a Elizabeth, bastante agradável, além de tê-la impedido de sentir-se como a intrusa que, a seu ver, os outros a consideravam. O restante do grupo mal pareceu notá-la. A Srta. Bingley estava fascinada pelo Sr. Darcy; sua irmã, pouco menos do que ela; e, quanto ao Sr. Hurst, que Elizabeth tinha a seu lado, era um homem indolente, que vivia apenas para comer, beber e jogar cartas, e que, ao perceber que Elizabeth preferia um prato mais simples a um guisado, perdeu toda a vontade de conversar com ela.

Depois do jantar, Elizabeth voltou imediatamente para perto de Jane, e assim que saiu da sala, a Srta. Bingley começou a falar mal dela. Suas maneiras eram péssimas, um misto de orgulho e impertinência; ela não sabia conversar, não tinha estilo, bom gosto ou beleza. A Sra. Hurst pensava da mesma forma, e acrescentou:

– Nada tem, em suma, que a recomende, a não ser sua notável capacidade de caminhar. Nunca me esquecerei de sua aparência hoje pela manhã. Parecia praticamente uma selvagem.

– É verdade, Louisa, quase não pude conter o riso. Que absurdo ela ter vindo! Por que *ela* tinha de se desabalar pelo campo só porque a irmã apanhou um resfriado? O cabelo estava tão despenteado!

– Sim, e a anágua? Espero que tenha notado que a barra tinha quinze centímetros de lama, tenho absoluta certeza; e o vestido mal conseguia cumprir sua função de escondê-la.

– Sua descrição pode ser muito exata, Louisa – disse Bingley –, mas não reparei em nada disso. Achei que a Srta. Elizabeth Bennet estava muito bonita quando entrou na sala hoje de manhã. A anágua suja de lama escapou à minha atenção.

– *O senhor* percebeu, Sr. Darcy, acredito – disse a Srta. Bingley. – E eu estou inclinada a pensar que o senhor não gostaria de ver *sua irmã* se exibindo desse modo.

– Decerto que não.

– Andar cinco, sete ou dez quilômetros, ou sejam lá quantos forem, com os tornozelos metidos na lama, e sozinha, inteiramente sozinha! Que significa isso? Parece-me denotar um conceito abominável de independência, uma indiferença campestre ao decoro.

– Demonstra uma afeição muito admirável pela irmã – disse Bingley.

– Temo, Sr. Darcy – observou a Srta. Bingley, quase em um sussurro –, que essa aventura tenha afetado sua admiração pelos belos olhos dela.

– De modo algum – replicou ele. – O exercício os tornou ainda mais brilhantes.

Após uma curta pausa, a Sra. Hurst recomeçou a falar:

– Tenho imensa estima por Jane Bennet, é realmente uma jovem adorável, e desejo de todo o coração que faça um bom casamento. Mas, com um pai e uma mãe daqueles, e com parentes tão vulgares, creio que será impossível.

– Acho que a ouvi dizer que o tio dela é advogado em Meryton.

– Sim, e elas têm outro tio, que mora perto de Cheapside.

– Isto é definitivo – acrescentou a irmã.

E ambas riram com gosto.

– Mesmo que elas tivessem tios bastantes para *abarrotar* Cheapside – exclamou Bingley –, isso não as tornaria nem um pouco menos agradáveis.

– Mas é bastante lógico que diminua muito as probabilidades de se casarem com homens de importância social – replicou Darcy.

A essa declaração, Bingley nada respondeu; mas suas irmãs concordaram com entusiasmo, e durante algum tempo caçoaram dos parentes vulgares de sua cara amiga.

Com uma ternura renovada, entretanto, elas voltaram para o quarto assim que saíram da sala de estar, e fizeram companhia a Jane até serem chamadas para o café. Ela ainda estava muito fraca, e Elizabeth não deixou sua cabeceira até a noite, quando teve o conforto de vê-la adormecer, e pareceu-lhe apropriado, embora não exatamente agradável, descer também. Ao entrar na sala de visitas, encontrou o grupo todo jogando *loo* e foi imediatamente convidada a se juntar a eles; mas, desconfiando de que estavam apostando muito alto, recusou e, dando como desculpa o estado da irmã, disse que se distrairia com um livro durante os poucos instantes que passasse ali. O Sr. Hurst olhou-a perplexo.

– Prefere ler a jogar cartas? – perguntou ele. – É bastante singular.

– A Srta. Elizabeth Bennet – disse a Srta. Bingley – despreza as cartas. Lê muito e não encontra prazer em outra coisa.

– Não mereço nem tal elogio nem tal censura – exclamou Elizabeth. – *Não* sou uma grande leitora e encontro prazer em muitas outras coisas.

– Estou certo de que tem prazer em cuidar de sua irmã – disse Bingley. – Espero que em breve seja recompensada com seu completo restabelecimento.

Elizabeth agradeceu de coração e em seguida dirigiu-se a uma mesa sobre a qual havia alguns livros. Bingley imediatamente se ofereceu para ir buscar outros; sua biblioteca inteira estava disponível.

– Desejaria, para seu benefício e meu próprio crédito, que a coleção fosse maior; mas sou um sujeito preguiçoso e, embora não possua muitos livros, possuo mais do que já li.

Elizabeth lhe assegurou que aqueles que estavam na sala eram mais do que suficientes.

– Causa-me espanto – disse a Srta. Bingley – meu pai nos ter deixado uma coleção de livros tão pequena. Que magnífica biblioteca o senhor tem em Pemberley, Sr. Darcy.

– Não é de estranhar – replicou ele –, é o trabalho de muitas gerações.

– E depois o senhor acrescentou tanto a ela; está sempre comprando livros.

– Não compreendo a negligência com que se tratam as bibliotecas familiares hoje em dia.

– Negligência! Estou certa de que o senhor não negligencia nada que possa aumentar a excelência daquele nobre lugar. Charles, quando construir a *sua* casa, desejaria que fosse tão aprazível quanto Pemberley.

– Espero que sim.

– Mas eu o aconselho a comprar uma propriedade naquelas redondezas e tomar Pemberley como uma espécie de modelo. Não há condado mais aprazível na Inglaterra do que Derbyshire.

– De todo o coração; comprarei a própria Pemberley se Darcy desejar vendê-la.

– Estou falando de possibilidades, Charles.

– Palavra de honra, Caroline, acho mais provável comprar Pemberley do que imitá-la.

Elizabeth estava tão interessada no que diziam que pouca atenção lhe restava para dedicar ao livro; e logo, abandonando-o totalmente, aproximou-se da mesa de jogo, colocando-se entre o Sr. Bingley e sua irmã mais velha, a fim de observar a disputa.

– A Srta. Darcy cresceu muito desde a primavera? – perguntou a Srta. Bingley. – Será tão alta quanto eu?

– Penso que sim. Está agora da altura da Srta. Elizabeth Bennet, ou talvez um pouco mais alta.

– Como eu gostaria de revê-la! Nunca encontrei alguém que me deixasse tão encantada. Que modos, que delicadeza, e que talento para a idade! Sua performance ao piano é extraordinária.

– Espanta-me a capacidade que têm as moças de se tornarem tão prendadas – disse Bingley.

– Todas as moças são prendadas! Meu caro Charles, que quer dizer com isso?

– Sim, todas elas, acredito. Todas pintam mesas, decoram biombos e fazem bolsas de tricô. Não conheço uma que não saiba fazer todas essas coisas. E nunca ouvi mencionar o nome de uma moça pela primeira vez sem que me informassem que era muito prendada.

– Sua lista dos talentos comuns – disse Darcy – é verdadeira demais. O adjetivo é aplicado a muitas moças somente porque sabem tricotar uma bolsa ou decorar um biombo. Mas estou longe de concordar com você sobre as jovens em geral. Entre todos os meus conhecidos, não posso me gabar de conhecer mais de meia dúzia de moças realmente prendadas.

– Nem eu, com certeza – disse a Srta. Bingley.

– Neste caso – observou Elizabeth –, o senhor deve exigir muitas qualidades para seu ideal de mulher prendada.

– De fato, exijo muitas qualidades.

– Oh! Certamente – exclamou sua fiel aliada. – Nenhuma mulher pode ser realmente considerada completa se não se elevar muito acima da média. Uma dama deve possuir um vasto conhecimento de música, canto, desenho, dança e das línguas modernas para merecer esse epíteto; além disso, é preciso que tenha algo em sua maneira de andar, no tom de voz e no modo de exprimir-se, ou só o merecerá pela metade.

– Sim, deve possuir tudo isso – acrescentou Darcy. – E acrescentar ainda alguma coisa mais substancial: o desenvolvimento do espírito pela leitura intensa.

– Já não me espanta que o senhor conheça apenas *seis* mulheres prendadas. Imagino se realmente conhece *alguma.*

– Julga com tanta severidade o seu sexo, que duvida da possibilidade de tudo isso?

– *Eu* nunca vi uma mulher assim. *Eu* nunca vi tanta capacidade, gosto, dedicação e elegância reunidos em uma só pessoa.

A Sra. Hurst e a Srta. Bingley protestaram juntas contra a injustiça contida naquela dúvida, e estavam ambas declarando conhecer muitas mulheres que correspondiam àquelas exigências quando o Sr. Hurst repreendeu-as, queixando-se amargamente da pouca atenção com que jogavam. A conversa cessou de súbito e, logo depois, Elizabeth retirou-se da sala.

– Eliza Bennet – disse a Srta. Bingley, assim que a porta se fechou –, é uma dessas moças que procuram atrair o sexo oposto ao desvalorizar o próprio; e com muitos homens, tenho certeza, isso dá certo. Mas, em minha opinião, é um estratagema sórdido, um artifício vil.

– Sem dúvida – replicou Darcy, a quem a observação fora dirigida –, existe baixeza em *todas* as estratégias que as senhoras às vezes se permitem empregar para cativar. Tudo o que se assemelha a astúcia é desprezível.

A Srta. Bingley não se sentiu satisfeita o bastante com a resposta a ponto de prosseguir no assunto.

Elizabeth retornou à sala apenas para avisar que a irmã estava pior e que não podia deixá-la. Bingley insistiu para que o Sr. Jones fosse chamado imediatamente; enquanto suas irmãs, convencidas de que os recursos médicos da aldeia não eram suficientes para o caso, recomendaram que se enviasse uma mensagem urgente a Londres convocando um de seus médicos mais eminentes. Elizabeth recusou a oferta; mostrando-se, no entanto, disposta a aceitar a sugestão de Bingley; ficou decidido que o Sr. Jones seria chamado no dia seguinte de manhã cedo, caso a Srta. Bennet não amanhecesse muito melhor. Bingley estava inquieto; suas irmãs declararam-se inconsoláveis. Entretanto, consolaram sua infelicidade cantando duetos depois da ceia, enquanto Bingley tranquilizava as próprias inquietudes dando ordens à governanta para que todas as atenções possíveis fossem dispensadas à jovem enferma e à sua irmã.

9

Elizabeth passou a maior parte da noite no quarto da irmã, e de manhã teve o prazer de poder mandar respostas mais tranquilizadoras aos recados que recebera muito cedo do Sr. Bingley por intermédio de uma criada e, algum tempo depois, pelas elegantes damas de companhia das irmãs. Apesar dessas melhoras, Elizabeth pediu que enviassem um bilhete a Longbourn pedindo que a mãe fosse visitar Jane e desse a própria opinião sobre seu estado. A mensagem foi despachada imediatamente e a resposta não tardou. A Sra. Bennet, acompanhada pelas duas filhas mais novas, chegou a Netherfield pouco depois do café da manhã.

Se tivesse percebido que Jane corria algum risco, a Sra. Bennet teria ficado extremamente desolada; mas, vendo que a doença não era grave, não desejou que ela se restabelecesse imediatamente, pois isso significaria sua partida de Netherfield. Repeliu, portanto, a proposta da filha, que desejava ser transportada para casa. O farmacêutico tampouco achou a ideia razoável. E, depois de ter ficado algum tempo com Jane, a Sra. Bennet e suas três filhas aceitaram o convite da Srta. Bingley e se juntaram a ela para o café da manhã. Bingley foi ao encontro da Sra. Bennet, exprimindo-lhe sua esperança de que não tivesse encontrado a Srta. Bennet pior do que esperava.

– Sim, encontrei-a pior do que esperava – respondeu a Sra. Bennet. – Ela está doente demais para ser transportada. O Sr. Jones disse que nem devemos pensar nisso. Seremos obrigadas a abusar de sua hospitalidade por mais algum tempo.

– Transportá-la? – exclamou Bingley. – Nem devemos pensar nisso. Minha irmã, estou certo, não o permitirá.

– Pode estar certa, senhora – disse a Srta. Bingley com fria amabilidade –, de que a Srta. Bennet receberá todas as atenções enquanto estiver conosco.

A Sra. Bennet agradeceu efusivamente.

– Com certeza – acrescentou ela –, se não fosse por tão bons amigos, não sei o que seria dela, pois está realmente muito doente, e sofre muito, embora com a maior tolerância do mundo... Aliás, é sempre assim, pois ela tem, sem nenhuma dúvida, o gênio mais dócil que já conheci. Eu sempre digo às minhas outras filhas que não se comparam a *ela*. Que bela sala o senhor tem aqui, Sr. Bingley, e que vista encantadora da aleia principal. Não conheço outro lugar no país que seja tão agradável quanto Netherfield. Espero que o senhor não se apresse a abandoná-lo, embora o tenha alugado por pouco tempo.

– Tudo o que faço – replicou ele – é às pressas, e, portanto, se resolvesse deixar Netherfield, eu provavelmente o faria em cinco minutos. No momento, entretanto, considero-me muito bem instalado aqui.

– Isto é exatamente o que eu esperava de sua parte – disse Elizabeth.

– Está começando a compreender-me, não é? – exclamou ele, virando-se para ela.

– Oh, sim. Compreendo-o perfeitamente.

– Desejaria poder aceitar isso como um elogio, mas temo que tamanha transparência seja lamentável.

– É, em geral, mas isso não significa que um caráter profundo e complicado seja mais estimável do que o seu.

– Lizzy! – exclamou a mãe. – Lembre-se de onde está e não se comporte como se estivesse em casa.

– Não sabia – continuou Bingley imediatamente – que a senhorita era uma estudiosa de temperamentos. Deve ser um estudo interessante.

– Sim, mas os temperamentos complexos são os *mais* interessantes. Têm, ao menos, esse mérito.

– O campo – disse Darcy – normalmente oferece poucos exemplares para tal estudo. A sociedade rural é muito limitada e monótona.

– Mas as pessoas passam por mudanças tão frequentes que sempre existe nelas algo de novo a observar.

– Sim, realmente – exclamou a Sra. Bennet, ofendida pela maneira como ele se referia à sociedade rural. – Asseguro-lhes que *isso* acontece tanto na cidade como no campo.

Todos ficaram surpresos; e Darcy, depois de fitá-la por um instante, afastou-se em silêncio.

A Sra. Bennet, imaginando tê-lo derrotado completamente, continuou, triunfante:

– Não vejo em que Londres tenha tão grande vantagem sobre o campo, exceto quanto às lojas e lugares públicos. O campo é muito mais agradável, não acha, Sr. Bingley?

– Quando estou no campo – respondeu este –, não sinto desejo de partir; e quando estou na cidade acontece a mesma coisa. Cada lugar tem suas vantagens, e posso ser igualmente feliz em ambos.

– Sim, porque o senhor tem um ótimo temperamento. Mas pareceu-me que aquele cavalheiro – disse ela, olhando para Darcy – desvaloriza o campo.

– Na verdade, mamãe, a senhora está enganada – disse Elizabeth, envergonhada com o comportamento da mãe. – Compreendeu mal o Sr. Darcy. Ele quis apenas dizer que não há tão grande variedade de tipos no campo quanto na cidade. E a senhora tem de reconhecer que isso é verdade.

– Certamente, minha querida, ninguém disse o contrário; mas, quanto ao pequeno número de pessoas que moram nesta redondeza, creio que existem poucas regiões mais habitadas. Sei que convivemos com vinte e quatro famílias.

Nada, além do respeito por Elizabeth, poderia ter feito Bingley conter o riso. Sua irmã foi menos delicada, e lançou ao Sr. Darcy um olhar acompanhado de um sorriso muito expressivo. Elizabeth, a fim de desviar a mãe do assunto, perguntou-lhe se Charlotte Lucas estivera em Longbourn enquanto ela estivera ausente.

– Sim, ela nos visitou ontem, com o pai. Que homem agradável este Sir Williams, não acha, Sr. Bingley? É tão sofisticado, educado e gentil! Sempre tem algo a dizer a quem quer que seja. *Essa* é minha ideia de boa educação; e quem se supõe muito importante e nunca abre a boca está inteiramente equivocado.

– Charlotte jantou com vocês?

– Não, preferiu ir embora. Creio que estavam precisando de sua ajuda para as tortas de carne. Quanto a mim, Sr. Bingley, *meus* criados são capazes de cuidar do próprio serviço; *minhas* filhas são educadas de modo diferente. Mas cada um sabe o que faz, e as meninas Lucas são realmente muito boas, posso lhe assegurar. É pena que não sejam bonitas. Não que *eu* considere Charlotte assim *tão* feia; mas, enfim, ela é nossa amiga íntima.

– Ela parece uma moça muito agradável – disse Bingley.

– Oh, decerto, mas o senhor precisa reconhecer que é muito feia. A própria Lady Lucas já o declarou diversas vezes. Disse também que muito me inveja a beleza de Jane. Não gosto de me gabar de minhas filhas, mas, para dizer a verdade, não é muito frequente vermos uma moça mais bonita que Jane. É o que todos dizem. Não confio em minha opinião parcial. Quando ela tinha apenas quinze anos, havia um cavalheiro que frequentava a casa de meu irmão Gardiner, em Londres. Ficou tão apaixonado por ela que minha cunhada teve certeza de que faria uma proposta antes de virmos para cá. No entanto, não a fez. Talvez a julgasse muito jovem. Apesar de tudo, escreveu-lhe uns versos, muito bonitos, por sinal.

– E assim acabou a afeição daquele senhor – disse Elizabeth, impaciente. – Suponho que muitas terminaram da mesma forma. Gostaria de saber quem descobriu a eficácia da poesia para destruir o amor.

– Costumo considerar a poesia como o *alimento* do amor. – disse Darcy.

– De um amor sincero, sólido, sadio, talvez. Tudo serve de alimento ao que já tem força. Mas, quando se trata de uma ligeira e frágil inclinação, estou convencida de que um bom soneto é suficiente para matá-la de fome.

Darcy apenas sorriu; e a pausa geral que se seguiu fez Elizabeth recear que a mãe se expusesse novamente ao ridículo. Queria dizer alguma coisa, mas não conseguiu pensar em nada; e, depois de um curto silêncio, a Sra. Bennet começou a repetir os agradecimentos que fizera ao Sr. Bingley por sua bondade com Jane, desculpando-se igualmente do incômodo que lhe dava com Lizzy. O Sr. Bingley respondeu com toda a amabilidade, e obrigou a irmã mais moça a ser igualmente cortês e a responder adequadamente. Ela desempenhou seu papel de má vontade, mas a Sra. Bennet ficou satisfeita. Pouco depois, mandou chamar a sua carruagem. Nesse momento, a mais nova de suas filhas se adiantou. As duas jovens tinham conversado em voz baixa uma com a outra durante toda a visita, e o resultado disso era que a mais nova devia cobrar ao Sr. Bingley o baile que ele prometera dar em Netherfield assim que chegara.

Lydia era uma jovem vigorosa e bem desenvolvida de quinze anos. Tinha o rosto agradável e bem-humorado; era a favorita da mãe, que, devido a essa afeição, a apresentara à sociedade com pouca idade. Possuía muita exuberância e uma autoconfiança natural que a atenção que os oficiais, atraídos pelos bons jantares de seu tio e por suas maneiras agradáveis, transformara em segurança. Ela se sentia, assim, bastante confortável para falar ao Sr. Bingley sobre o baile e para lembrar-lhe abruptamente a sua promessa; acrescentando que ele cometeria o ato mais vergonhoso do mundo se não a cumprisse. A resposta de Bingley a esse súbito ataque foi um deleite aos ouvidos da Sra. Bennet.

– Asseguro-lhe que estou pronto a cumprir minha promessa. E, assim que sua irmã estiver restabelecida, a senhorita me fará o favor de marcar pessoalmente o dia do baile. Penso que não gostaria de dançar enquanto ela estiver doente.

Lydia se declarou satisfeita.

– Oh! Sim, será muito melhor esperar até que Jane esteja bem e, até lá, provavelmente o capitão Carter já terá retornado a Meryton. E depois que o senhor tiver dado *seu* baile – acrescentou ela –, insistirei para que os oficiais ofereçam um também. Direi ao coronel Forster que será uma vergonha se ele não o fizer.

A Sra. Bennet e suas filhas partiram, e Elizabeth voltou imediatamente para perto de Jane, deixando sua própria conduta e a de sua família à mercê das críticas das duas senhoras da casa e do Sr. Darcy; este último, porém, não pôde ser persuadido a se juntar às censuras que faziam a *ela*, apesar de todas as ironias da Srta. Bingley sobre seus *belos olhos*.

10

O dia decorreu quase exatamente como o anterior. A Sra. Hurst e a Srta. Bingley passaram algumas horas da manhã com a enferma, que, embora lentamente, continuava a melhorar; e, à noite, Elizabeth reuniu-se ao grupo na sala de visitas. Nesse dia, porém, não houve mesa de *loo*. O Sr. Darcy estava escrevendo, e a Srta. Bingley, sentada a seu lado, observava o progresso da carta, solicitando continuamente sua atenção com as observações que transmitia para a irmã dele. O Sr. Hurst e o Sr. Bingley estavam jogando *piquet*, e a Sra. Hurst os observava.

Elizabeth estava bordando, e divertia-se com o que se passava entre Darcy e sua companheira. Os contínuos elogios da moça a respeito da caligrafia, da regularidade das linhas, ou do comprimento da carta, em contraste com a perfeita indiferença com que o outro os recebia, formavam um curioso diálogo, confirmando exatamente a opinião que Elizabeth tinha a respeito de ambos.

– A Srta. Darcy vai ficar encantada com a carta!

Ele não respondeu.

– O senhor escreve muito depressa!

– Está enganada, escrevo até devagar.

– Quantas cartas o senhor não escreverá por ano! Cartas de negócios, também. Penso que deve ser odioso escrevê-las!

– É uma sorte, então, que caibam a mim, e não à senhorita.

– Não se esqueça de dizer à sua irmã que desejo vê-la.

– Já disse uma vez, a seu pedido.

– Acho que o senhor não está gostando de sua pena. Deixe-me apará-la. Eu sei aparar penas muito bem.

– Obrigado. Mas eu sempre aparo minhas próprias penas.

– Como consegue escrever tão regularmente?

Ele ficou em silêncio.

– Diga à sua irmã que estou radiante por saber que ela tem feito progressos na harpa. Escreva-lhe também que fiquei encantada com o lindíssimo desenho que fez para uma mesa, e que o considero infinitamente superior ao da Srta. Grantley.

– A senhorita se incomodaria se eu deixasse seus arroubos para a próxima carta? No momento, não tenho espaço para exprimi-los como merecem.

– Oh! Não tem importância, eu a verei em janeiro. Mas o senhor sempre escreve cartas assim tão longas e encantadoras para sua irmã, Sr. Darcy?

– Geralmente são longas; mas se são sempre encantadoras, não me cabe julgar.

– Considero regra que uma pessoa que escreve uma carta longa com facilidade não pode escrever mal.

– Isto não serve como elogio para Darcy, Caroline – exclamou o irmão –, pois ele *não* escreve com facilidade. Esforça-se demais para encontrar palavras difíceis, não é, Darcy?

– Meu estilo é diferente do seu.

– Oh! – exclamou a Srta. Bingley –, Charles escreve da maneira mais descuidada, esquece-se de dizer metade do que deveria, e borra o restante.

– As ideias me ocorrem tão rapidamente que não tenho tempo de exprimi-las. É por isso que às vezes minhas cartas não transmitem ideia alguma a meus correspondentes.

– Sua humildade, Sr. Bingley – disse Elizabeth –, deve desarmar toda censura.

– Nada é mais enganoso do que a aparência de humildade – disse Darcy. – Às vezes é apenas pouco-caso e, outras, orgulho disfarçado.

– E qual dessas duas explicações você acha que cabe à *minha* modéstia, neste caso?

– Orgulho disfarçado; pois na verdade você se orgulha de sua deficiência ao escrever, porque a considera fruto de rapidez de raciocínio e de descuido na execução, que, se não são características estimáveis, ao menos podem ser consideradas extremamente interessantes por você. A capacidade de fazer as coisas com rapidez é sempre muito apreciada pelo possuidor, que normalmente não repara nas imperfeições da execução. Quando você disse à Sra. Bennet esta manhã que se algum dia resolvesse deixar Netherfield partiria em cinco minutos, estava fazendo uma espécie de panegírico ou de elogio a si mesmo. E, no entanto, não há nada muito louvável em uma precipitação que acarretaria a necessidade de deixar assuntos importantes inacabados, e não pode trazer qualquer vantagem real a você mesmo ou a alguém mais.

– Ora! – exclamou Bingley –, é um pouco demais lembrar-se à noite de todas as tolices ditas pela manhã! No entanto, dou-lhe minha palavra de que falei sinceramente e de que ainda neste momento acredito no que disse. Pelo menos não atribuí a mim mesmo esse traço de precipitação inútil apenas para me gabar diante das senhoras.

– Tenho certeza de que você acredita nisso; mas não estou, absolutamente, convencido de que partiria com tanta rapidez. Sua conduta estaria tão à mercê do acaso como a de qualquer outro homem; e se, quando estivesse sobre seu cavalo, um amigo lhe dissesse: "Bingley, é melhor você ficar até a próxima semana", você provavelmente ficaria, você dificilmente partiria. E, se lhe fizessem outra sugestão, talvez ficasse um mês.

– Seu comentário apenas provou – exclamou Elizabeth –, que o Sr. Bingley não fez justiça ao próprio caráter. O senhor o lisonjeou mais do que ele próprio o fizera.

– Sinto-me extremamente grato – disse Bingley – por sua maneira de converter o que meu amigo diz em um elogio à serenidade de meu caráter. Mas creio que está atribuindo àquele senhor uma intenção que ele não tinha; pois ele pensaria melhor de mim se, em tais circunstâncias, eu simplesmente recusasse a sugestão e partisse o mais rápido possível.

– Então o Sr. Darcy consideraria a precipitação original compensada por sua obstinação em mantê-la?

– Sinceramente, não conseguiria explicar com exatidão; Darcy deve falar por si mesmo.

– A senhorita espera que eu justifique opiniões que resolveu atribuir a mim, mas que jamais expressei. Aceitando, porém, o caso tal como a senhorita o coloca, é preciso se lembrar, Srta. Bennet, de que o suposto amigo que desejou que Bingley ficasse em casa e adiasse os planos limitou-se a exprimir seu desejo sem oferecer nenhum argumento que justificasse o pedido.

– Ceder prontamente, facilmente, à *persuasão* de um amigo não é um mérito a seus olhos?

– Ceder sem convicção não é um elogio à inteligência de ninguém.

– Parece-me, Sr. Darcy, que o senhor jamais cede à influência da amizade e da afeição. Em geral, a estima por quem pede nos leva a ceder prontamente ao pedido sem precisar de argumentos para justificá-lo. Não estou considerando particularmente a situação que o senhor supôs sobre o Sr. Bingley. Devemos esperar, talvez, até que esta ocorra, antes de discutir o acerto de seu procedimento. Mas, em circunstâncias triviais entre amigos, quando um pede ao outro que altere uma decisão corriqueira, o senhor pensaria mal de quem cedesse ao pedido sem exigir outros argumentos para tanto?

– Não será preferível, antes de continuar o assunto, que determinemos com mais precisão o grau de importância real do pedido, assim como o nível de intimidade existente entre as partes?

– Sem dúvida! – exclamou Bingley. – Vamos definir todos os detalhes, sem nos esquecer de comparar a estatura dos amigos; pois isso tem mais importância, Srta. Bennet, do que supõe. Asseguro-lhe que, se Darcy não fosse tão mais alto do que eu, não o trataria com metade da deferência que lhe dedico. Declaro que não conheço nada mais temível do que Darcy em certas ocasiões e em determinados lugares; especialmente em sua própria casa em uma noite de domingo, quando ele não tem nada a fazer.

O Sr. Darcy sorriu; mas Elizabeth acreditou perceber que ficara ofendido; e, por isso, conteve o riso. A Srta. Bingley, ressentida com o ridículo a que o fora exposto, censurou violentamente o irmão por dizer tal tolice.

– Eu compreendo sua intenção, Bingley – disse o amigo –, você detesta discussões e deseja acabar com esta.

– Talvez. Discussões se assemelham muito a brigas. Se você e a Srta. Bennet puderem adiá-la até que eu saia da sala, ficarei muito agradecido; depois poderão falar o que quiserem a meu respeito.

– O que o senhor pede – disse Elizabeth – não é um sacrifício para mim; e o Sr. Darcy ganharia mais terminando sua carta.

O Sr. Darcy aceitou o conselho e, de fato, terminou a carta.

Finda a tarefa, pediu à Srta. Bingley e a Elizabeth que o obsequiassem com um pouco de música. A Srta. Bingley se dirigiu alegremente ao piano e, após oferecer educadamente que Elizabeth começasse, o que esta rejeitou com a mesma educação e maior sinceridade, ela sentou-se.

A Sra. Hurst cantou com a irmã e, enquanto estavam ambas absortas, Elizabeth, que folheava os cadernos de música que estavam sobre o piano, não pôde deixar de observar quão frequentemente os olhos do Sr. Darcy se fixavam nela. Não podia supor que fosse objeto de admiração de um homem tão importante; e, no entanto, achava ainda mais estranho que ele a estivesse olhando por antipatia. Acabou concluindo, afinal, que atraía-lhe a atenção por possuir algo de mais ofensivo e repreensível, segundo as noções de adequação dele, do que qualquer outra pessoa presente. A suposição não a penalizou. Darcy lhe era indiferente demais para que desejasse sua aprovação.

Depois de tocar algumas canções italianas, a Srta. Bingley atacou uma alegre canção escocesa; e, pouco depois, o Sr. Darcy, aproximando-se de Elizabeth, disse:

– A senhorita não se sente inclinada a aproveitar esta oportunidade para dançar? – perguntou ele.

Ela sorriu, mas não respondeu. Ele repetiu a pergunta, um pouco chocado com seu silêncio.

– Oh! – disse Elizabeth –, ouvi o que perguntou antes, mas não pude determinar imediatamente o que deveria responder. Sei que o senhor gostaria que eu dissesse "sim", para ter o prazer de desprezar minhas preferências, mas sempre gosto de frustrar esses estratagemas e roubar às pessoas o lance que premeditam. Resolvi, portanto, responder-lhe que não desejo absolutamente dançar. Agora me despreze, se ousar.

– Certamente não ouso.

Elizabeth, que tencionava afrontá-lo, ficou perplexa com o galanteio; mas havia no tom dela um misto de doçura e de malícia que dificilmente ofenderia alguém; e Darcy nunca se sentira tão fascinado por uma mulher como estava por ela. Acreditava realmente que, não fosse a inferioridade das relações de Elizabeth, ele se encontraria de fato em perigo.

A Srta. Bingley viu, ou suspeitou, o bastante para se enciumar; e sua grande ansiedade pelo restabelecimento da querida amiga Jane foi encorajada pelo desejo de se ver livre de Elizabeth.

Tentava frequentemente provocar a antipatia de Darcy pela hóspede, falando no suposto casamento deles e planejando a felicidade que ele encontraria em tal aliança.

– Espero – disse ela, enquanto passeavam juntos no dia seguinte pela aleia –, que dê a entender à sua sogra, quando esse desejável evento acontecer, a vantagem de ser menos tagarela; e, se puder, também, cure as meninas mais novas da mania de perseguir oficiais. E, se me permite abordar um assunto tão delicado, procure reprimir aquele pequeno toque de pretensão e impertinência que sua dama possui.

– Tem alguma outra proposta a fazer em prol de minha felicidade doméstica?

– Oh, sim, mande pendurar os retratos do tio e da tia Philips em sua galeria de Pemberley. Ponha-os ao lado do retrato de seu tio-avô, o juiz. Têm a mesma profissão, como sabe; apenas ramos diferentes. Quanto ao retrato de sua Elizabeth, nem deve tentar mandar pintá-lo, afinal, que pintor poderia fazer justiça àqueles belos olhos?

– Não seria fácil, de fato, reproduzir a expressão, mas a cor, o desenho, os cílios, tão delicados, podem ser copiados.

Nesse momento, encontraram-se com a Sra. Hurst e Elizabeth, que vinham por outro caminho.

– Não sabia que estavam passeando – disse a Srta. Bingley, confusa, temendo que suas palavras pudessem ter sido ouvidas.

– Você nos tratou abominavelmente – disse a Sra. Hurst –, saindo sem nos avisar o que pretendia fazer.

Então, tomando o braço livre do Sr. Darcy, deixou Elizabeth sozinha. O caminho era largo o bastante para apenas três pessoas.

O Sr. Darcy percebeu a grosseria e disse imediatamente:

– Este caminho não é adequado para nós todos. Seria melhor passearmos na alameda.

Mas Elizabeth, que não tinha a menor intenção de continuar com eles, respondeu, rindo:

– Não, não; fiquem onde estão. Formam um grupo encantador e causam ótimo efeito. Uma quarta pessoa estragaria o caráter pitoresco da cena. Adeus.

Em seguida afastou-se correndo, satisfeita com a ideia de que dali a um ou dois dias estaria novamente em casa. Jane estava tão melhor, que pretendia sair do quarto por algumas horas naquela tarde.

11

Quando as senhoras se retiraram depois do jantar, Elizabeth correu para perto da irmã e, verificando se estava agasalhada contra o frio, conduziu-a até a sala; onde a convalescente foi saudada pelas duas amigas com grandes demonstrações de alegria. Elizabeth nunca vira aquelas senhoras se portarem tão amavelmente como durante a hora que decorreu antes de os cavalheiros aparecerem. Sabiam conversar admiravelmente. Eram capazes de descrever um baile com todos os detalhes, contar um episódio com graça e caçoar espirituosamente dos conhecidos.

Mas, quando os cavalheiros entraram, Jane deixou de ser o centro de suas atenções. Os olhos da Srta. Bingley se voltaram imediatamente para Darcy e, antes mesmo que ele avançasse alguns passos, ela já tinha algo a lhe dizer. Ele se dirigiu imediatamente à Srta. Bennet, com uma educada felicitação por suas melhoras. O Sr. Hurst também se inclinou ligeiramente e afirmou que estava "muito contente"; mas a prolixidade e o entusiasmo ficaram por conta do cumprimento de Bingley. Ele era só alegria e atenção. Passou a primeira meia hora colocando mais lenha no fogo, para que ela não sofresse a diferença de temperatura; e pediu que ela se transferisse para o outro lado da lareira, de forma a ficar o mais distante possível da porta. Em seguida, sentou-se a seu lado e conversou quase que exclusivamente com ela. Elizabeth, que bordava no canto oposto da sala, observava tudo isso com grande prazer.

Depois do chá, o Sr. Hurst sugeriu em vão à cunhada que fizessem uma mesa de jogo. Ela tinha um palpite íntimo de que o Sr. Darcy não desejava jogar; e a proposta do Sr. Hurst aos outros também foi rejeitada. A Srta. Bingley lhe assegurou que ninguém queria jogar, e o silêncio geral que acompanhou essas palavras pareceu justificá-las. O Sr. Hurst não teve, portanto, outra coisa a fazer senão se estender em um dos sofás da sala e dormir. Darcy escolheu um livro para ler; a Srta. Bingley fez o mesmo; e a Sra. Hurst, ocupada principalmente em brincar com seus braceletes e anéis, tomava de vez em quando parte na conversa entre a Srta. Bennet e seu irmão.

A Srta. Bingley estava tão ocupada em observar o progresso do Sr. Darcy com o livro *dele* quanto em ler o próprio; e a todo momento fazia uma pergunta ou olhava uma página. Não conseguiu, entretanto, travar uma conversa; ele se limitava a responder a pergunta e continuava lendo. Afinal, exausta de tentar se distrair com o próprio livro, que escolhera apenas porque era o segundo volume da obra que Darcy lia, deu um grande bocejo e disse:

– Como é agradável passar a noite deste modo! Declaro que não há divertimento melhor do que a leitura. Qualquer outra coisa nos cansa mais rapidamente do que um livro. Quando eu tiver minha própria casa, serei infeliz se não possuir uma grande biblioteca.

Ninguém respondeu. Ela tornou a bocejar, pôs o livro de lado e relanceou o olhar pela sala, procurando outro divertimento. Ouvindo seu irmão mencionar um baile à Srta. Bennet, virou-se subitamente para ele e disse:

– Por falar nisso, Charles, você está realmente resolvido a oferecer um baile em Netherfield? Aconselho-o, antes de tomar qualquer decisão, a consultar os desejos dos presentes; estou muito enganada se não houver alguns entre nós para quem um baile seria antes um castigo do que um prazer.

– Se você se refere a Darcy – exclamou Bingley –, ele pode ir para a cama, se quiser, antes de a festa começar. Mas, quanto ao baile, já está decidido; e, assim que Nicholls tiver feito os preparativos culinários, enviarei os convites.

– Bailes seriam infinitamente mais divertidos se fossem organizados de uma maneira diferente; mas há algo de insuportavelmente enfadonho em como são conduzidos. Seria muito mais racional que, em vez de dança, a conversa fosse o objetivo principal.

– Muito mais racional, talvez, minha cara Caroline, mas não se pareceria muito com um baile.

A Srta. Bingley não respondeu; e, pouco depois, se levantou e começou a perambular pela sala. Sua figura era elegante e ela sabia andar graciosamente, mas Darcy, a quem se dirigia essa exibição, continuava inflexivelmente absorto no livro. Em desespero, ela resolveu tentar um último esforço; e, virando-se para Elizabeth, disse:

– Srta. Eliza Bennet, deixe-me persuadi-la a seguir o meu exemplo e venha dar uma volta pela sala. Asseguro-lhe que é muito agradável depois de ter ficado tanto tempo na mesma posição.

Elizabeth ficou surpresa, mas concordou imediatamente. A Srta. Bingley alcançou o que realmente pretendia com sua amabilidade; o Sr. Darcy levantou os olhos. Ele teve tanta consciência quanto a própria Elizabeth de quanto aquela atenção era inesperada e, sem se dar conta, fechou o livro. No mesmo instante foi convidado a reunir-se a elas, mas recusou, observando que só podia imaginar dois motivos que justificassem aquela caminhada pela sala, e que, em qualquer um deles, sua presença só poderia interferir. "O que ele queria dizer com isso?" A Srta. Bingley estava ansiosa para saber. Em seguida perguntou a Elizabeth se ela conseguia compreendê-lo.

– Absolutamente – respondeu a outra. – Mas fique certa de que ele quis nos criticar, e a melhor maneira de desapontá-lo será não lhe pedir nenhuma explicação.

A Srta. Bingley, entretanto, era incapaz de desapontar o Sr. Darcy no que quer que fosse e, portanto, insistiu que ele explicasse seus dois motivos.

– Não faço a menor objeção em explicá-los – respondeu Darcy, assim que ela o deixou falar. – Se escolheram este modo de passar o tempo, é porque estão fazendo confidências uma à outra, e têm algum segredo a discutir; ou então porque sabem que, andando, exibem melhor suas graciosas figuras. No primeiro caso, eu me tornaria indiscreto se aceitasse o convite e, no segundo, posso admirá-las muito melhor sentado perto da lareira.

– Oh! Que revoltante! – exclamou a Srta. Bingley. – Nunca ouvi nada tão abominável. Como poderemos castigá-lo por tal declaração?

– Nada mais fácil, se esta é sua intenção – respondeu Elizabeth. – Todos podemos aborrecer e punir uns aos outros. Provoque-o, caçoe dele. Amigos como são, deve saber como fazê-lo.

– Palavra de honra que *não* sei. Asseguro-lhe que esta amizade ainda não me ensinou *tal coisa*. Provocar alguém imperturbável e com tal presença de espírito! Não, não... Acho que ele é superior nesse terreno. E, quanto a caçoar, por favor, não nos exponhamos ao ridículo de tentar rir sem motivo. O Sr. Darcy pode felicitar a si próprio.

– É impossível rir do Sr. Darcy! – exclamou Elizabeth. – Esta é uma virtude muito rara, e rara espero que continue sendo, pois seria uma grande infelicidade para *mim* ter muitos conhecidos com esse traço. Gosto muito de rir.

– A Srta. Bingley me dá mais crédito do que mereço – respondeu Darcy. – O melhor e o mais sábio dos homens, e mesmo a mais sábia e a melhor das ações, podem ser ridicularizados por alguém cujo único fim na vida seja a ironia.

– Certamente – replicou Elizabeth – tais pessoas existem, mas espero não ser uma *delas*. Espero nunca ridicularizar o que é sábio e bom. Loucuras e absurdos, manias e incoerências, *de fato* me divertem, admito, e rio delas sempre que posso. Mas essas, suponho, são precisamente as características que lhe faltam.

– Talvez seja impossível para qualquer um, mas sempre me esforcei por evitar essas fraquezas, capazes de expor ao ridículo uma grande inteligência.

– Assim como a vaidade e o orgulho.

– Sim, a vaidade é, de fato, uma fraqueza. Mas o orgulho... quando existe uma verdadeira força de caráter, pode ser controlado.

Elizabeth se virou para esconder um sorriso.

– Sua avaliação sobre o Sr. Darcy está terminada, presumo – disse a Srta. Bingley. – E qual é o resultado?

– Estou perfeitamente convencida de que o Sr. Darcy não tem defeitos. Ele mesmo o admite sem dissimular.

– Não – disse Darcy –, não tenho tal pretensão. Possuo muitos defeitos, mas não de compreensão, assim o espero. Quanto a meu gênio, não ouso elogiá-lo, creio que seja muito pouco complacente... Com certeza, um pouco demais para as conveniências sociais. Não consigo esquecer as tolices e os vícios dos outros tão rapidamente quanto deveria, tampouco as ofensas que me são dirigidas. Meus sentimentos não cedem facilmente a todo esforço em demovê-los. Meu temperamento pode ser considerado rancoroso. Minha estima, uma vez perdida, está perdida para sempre.

– *Este* é, de fato, um defeito – exclamou Elizabeth. – O ressentimento implacável *é* uma falha de caráter. Mas o senhor soube escolher bem seu defeito. Eu não conseguiria *rir* dele; o senhor está a salvo.

– Existe, acredito, em cada temperamento, a tendência para algum mal, uma falha natural que nem mesmo a melhor educação pode extinguir.

– *Seu* defeito é uma propensão a odiar todas as pessoas.

– E o seu – replicou ele, sorrindo –, é fazer questão de não compreendê-las.

– Vamos tocar um pouco de música – exclamou a Srta. Bingley, cansada de uma conversa da qual não tomava parte. – Louisa, não se importa que eu acorde o Sr. Hurst, não é?

A irmã não fez a mais leve objeção, e o piano foi aberto. Darcy, depois de refletir por um instante, não lamentou a interrupção. Começava a sentir o perigo de prestar demasiada atenção a Elizabeth.

12

Em consequência de um acordo entre as irmãs, na manhã seguinte Elizabeth escreveu à mãe, implorando que enviasse a carruagem naquele dia. Mas a Sra. Bennet, que desejava a permanência das filhas em Netherfield até a terça-feira seguinte, exatamente uma semana após a chegada de Jane, não conseguiria obrigar-se a recebê-las com alegria antes do prazo. Sua resposta, portanto, não foi propícia, pelo menos não aos desejos de Elizabeth, que estava impaciente por voltar para casa. A Sra. Bennet disse-lhes que não poderia, absolutamente, dispor da carruagem antes de terça-feira; e, em um *postscriptum*, acrescentou que, se o Sr. Bingley e sua irmã insistissem no prolongamento da estada, poderia passar muito bem sem elas. Mas Elizabeth estava resolvida a não ficar mais tempo, tampouco esperava um convite; e temendo, pelo contrário, que a permanência delas fosse ser considerada desnecessariamente longa, insistiu para que Jane pedisse emprestada a carruagem do Sr. Bingley imediatamente. E, finalmente, ficou decidido que manifestariam a intenção de deixar Netherfield naquela mesma manhã, e que fariam o pedido.

A notícia arrancou muitos protestos de pura formalidade. E tanto insistiram para que as moças ficassem ao menos até o dia seguinte, que Jane cedeu. E a partida foi adiada. A Srta. Bingley, então, arrependeu-se de ter feito semelhante proposta, pois o ciúme e a antipatia que alimentava por uma das irmãs excediam muitíssimo a afeição que tinha pela outra.

O dono da casa ouviu com sincera tristeza que elas tivessem de partir tão cedo e procurou repetidamente persuadir a Srta. Bennet de que a partida não era prudente, e de que ela ainda não estava restabelecida, mas Jane era firme quando sabia que estava agindo corretamente.

Para o Sr. Darcy, foi uma notícia bem-vinda. Elizabeth já se demorara o bastante em Netherfield. A jovem o atraía mais do que ele desejava, e a Srta. Bingley mostrava-se pouco gentil com *ela*, e mais implicante do que de costume com ele. Sabiamente, resolveu tomar particular cuidado para que sinais de sua admiração não lhe fossem escapar logo *agora*, e despertassem nela a esperança de influenciar sua felicidade; consciente de que se deixara transparecer tal ideia, sua atitude durante o último dia seria decisiva para confirmá-la ou destruí-la. Firme nesse propósito, quase não lhe dirigiu a palavra durante todo o sábado. E, embora tivessem ficado sozinhos durante meia hora, concentrou-se em seu livro, e nem sequer olhou para ela.

Domingo, depois do serviço religioso matutino, a separação, tão agradável para quase todos, aconteceu. A cortesia da

Srta. Bingley em relação a Elizabeth aumentou de súbito, bem como sua afeição por Jane; e, na hora da despedida, depois de assegurar a esta última o prazer que sempre teria em tornar a vê-la em Longbourn ou em Netherfield, beijando-a em seguida com afeto, dignou-se até a apertar a mão da primeira. Elizabeth deixou para trás o grupo com o mais alegre dos humores.

Não foram recebidas com muita cordialidade pela mãe. A Sra. Bennet ficou surpresa com o regresso, achou que elas faziam muito mal em lhe dar tanto trabalho e afirmou que Jane se resfriaria novamente. Mas o pai, embora muito lacônico em suas expressões de alegria, ficou realmente contente ao ver as filhas; sentira a importância delas no círculo familiar. As conversas da noite, quando todos estavam reunidos, tinham perdido grande parte da animação, e quase todo o sentido, com a ausência de Jane e Elizabeth.

Encontraram Mary, como sempre, profundamente absorta no estudo da música e da natureza humana; e tiveram de ouvir novos trechos e novas observações de moralidade convencional. Catherine e Lydia tinham outro tipo de informação para elas. Muito fora feito e dito no regimento desde a quarta-feira anterior; vários oficiais tinham jantado com seu tio, um soldado tinha sido açoitado, e correra o boato de que o coronel Forster ia se casar.

13

— Espero, minha cara – disse o Sr. Bennet à esposa, ao se sentarem para o café da manhã no dia seguinte –, que a senhora tenha mandado fazer um bom jantar para hoje à noite, pois tenho motivos para esperar que alguém se junte a nós.

– A quem o senhor se refere, meu caro? Não sei de ninguém que pudesse vir, com certeza, a não ser que Charlotte Lucas nos faça uma visita, e espero que *meus* jantares sejam dignos dela. Não creio que os de sua casa sejam equivalentes.

– A pessoa a que me refiro é um cavalheiro e um estranho.

Os olhos da Sra. Bennet brilharam.

– Um cavalheiro e um estranho! Então é o Sr. Bingley, estou certa. Jane, e você não disse uma palavra a respeito; sua criaturinha sonsa! Bem, certamente terei muito prazer em ver o Sr. Bingley. Mas... Santo Deus! Que falta de sorte! Será impossível arranjar peixe para hoje. Lydia, minha querida, toque a campainha. Preciso falar com Hill imediatamente.

– *Não* é o Sr. Bingley – disse o Sr. Bennet. – É uma pessoa que nunca vi em toda a minha vida.

Todas ficaram perplexas; e o Sr. Bennet teve o prazer de ser avidamente interrogado pela mulher e pelas cinco filhas ao mesmo tempo.

Depois de se divertir com a curiosidade delas por alguns instantes, deu a seguinte explicação:

– Há um mês recebi esta carta, e há quinze dias respondi, pois julguei que era um caso delicado, que exigia atenção imediata. É de meu primo, o Sr. Collins, que, quando eu morrer, poderá expulsá-las desta casa, assim que o desejar.

– Oh, meu caro! – exclamou a Sra. Bennet –, não suporto ouvir isso. Por favor, não fale nesse homem odioso! Acho que é a coisa mais injusta deste mundo sua propriedade ser arrebatada de suas próprias filhas; e lhe asseguro que, se eu fosse o senhor, já teria tomado uma providência há muito tempo.

Jane e Elizabeth procuraram explicar à sua mãe o aspecto jurídico do caso. Já o tinham tentado muitas vezes antes, mas este era um assunto que estava além do alcance da razão para a Sra. Bennet; e ela continuava se queixando amargamente da crueldade de arrancar o patrimônio de uma família com cinco moças em favor de um homem para quem ninguém ligava.

– É certamente iníquo – disse o Sr. Bennet –, e nada pode atenuar a culpa do Sr. Collins por herdar Longbourn. Mas, se quiser ouvir sua carta, talvez se tranquilize um pouco pela maneira com que ele se exprime.

– Não, estou certa de que não me tranquilizarei; e acho muita impertinência da parte dele lhe escrever, e muita hipocrisia. Odeio esses falsos amigos. Por que ele não pode simplesmente continuar brigado com o senhor, como o pai fazia?

– Por que, não sei. Como a senhora verá, parece que ele tem alguns escrúpulos filiais a esse respeito.

Hunsford, perto de Westerham, Kent, 15 de outubro.

Caro senhor,

A desavença que existia entre o senhor e meu falecido e honrado pai sempre me causou muito mal-estar; e, desde que tive a infelicidade de perdê-lo, desejei muitas vezes remediar esse conflito, mas durante algum tempo fui impedido por minhas dúvidas. Temia que fosse desrespeitoso à sua memória que eu buscasse entendimento com uma pessoa de quem ele sempre preferiu discordar. (Está vendo, Sra. Bennet?) Entretanto, agora cheguei a uma decisão sobre o assunto, pois, tendo sido ordenado durante a Páscoa, tive a felicidade de ser honrado com a proteção de Lady Catherine de Bourgh, viúva de Sir Lewis de Bourgh, cuja generosidade e benevolência permitiram que me designasse para a importante reitoria daquela paróquia, onde com fervoroso respeito me curvarei a Sua Senhoria, e estarei sempre preparado para cumprir os ritos e cerimônias da Igreja Anglicana. Além disso, como clérigo, sinto-me incumbido do dever de promover e firmar as bênçãos da paz sobre todas as famílias sobre as quais possa se estender minha influência; e, por esse motivo, sinto-me lisonjeado em dizer que minha presente oferta de boa vontade é bastante louvável, e que o fato de ser o herdeiro mais próximo das terras de Longbourn será gentilmente ignorado e não o conduzirá a rejeitar o ramo de oliveira que lhe ofereço. Não posso deixar de me afligir com uma situação que me obriga a prejudicar suas estimáveis filhas. Peço que aceitem minhas desculpas, e asseguro-lhe que estou pronto a conceder a elas todas as possíveis reparações... Mas desse assunto tratarei depois. Se o senhor não fizer objeção a receber-me em sua casa, proponho-me a satisfação de fazer uma visita à sua família, na segunda-feira, 18 de novembro, às quatro horas. E tomarei, provavelmente, a liberdade de abusar de sua hospitalidade até o sábado seguinte, o que posso fazer sem qualquer inconveniência, pois Lady Catherine está longe de se opor à minha ausência ocasional em um domingo, contanto que outro possa me substituir nos deveres daquele dia. Com meus respeitosos cumprimentos à sua esposa e filhas, caro senhor, subscrevo-me, seu atencioso amigo,

William Collins

– Às quatro horas, portanto, poderemos esperar a visita desse apaziguador cavalheiro – disse o Sr. Bennet, dobrando a carta. – Ele parece ser um rapaz consciencioso e educado; e não duvidem de que se torne uma relação valiosa, especialmente se Lady Catherine tiver a indulgência de permitir que venha nos ver mais vezes.

– O que ele diz a respeito das meninas parece sensato; e se ele está disposto a oferecer-lhes reparação, não serei a pessoa a impedi-lo.

– Embora seja difícil adivinhar de que maneira ele pretende fazer o que diz – falou Jane –, seu desejo é certamente louvável.

O que mais surpreendeu Elizabeth foi a extraordinária deferência que ele manifestava por Lady Catherine e sua louvável intenção de casar, crismar e sepultar seus paroquianos, sempre que fosse necessário.

– Ele deve ser um homem singular – disse ela. – Não consigo formar uma ideia a seu respeito. Há algo de pomposo em seu estilo... E o que pode significar esse desejo de se desculpar por ser o herdeiro mais próximo? Não podemos supor que o recusaria, se pudesse. Acha que pode ser um homem sensato, papai?

– Não, minha querida, não acho. Tenho uma grande expectativa de que seja exatamente o contrário. Há um misto de subserviência e pretensão na carta, que promete muita coisa. Estou impaciente para conhecê-lo.

– Quanto à composição – disse Mary –, a carta não me parece muito deficiente. A ideia do ramo de oliveira talvez não seja muito original, mas foi bem empregada.

Quanto a Catherine e Lydia, nem a carta nem o autor lhes despertaram o menor interesse. Era praticamente impossível que o primo chegasse usando um uniforme vermelho, e havia semanas que não encontravam prazer na companhia de um homem que vestisse qualquer outra cor. Quanto à Sra. Bennet, a carta do Sr. Collins abrandara em parte sua má vontade, e ela se preparava para recebê-lo com uma serenidade que assombrou o marido e as filhas.

O Sr. Collins chegou pontualmente, e foi recebido com grande cortesia por toda a família. O Sr. Bennet, na verdade, pouco falou, mas as senhoras foram mais comunicativas e o Sr. Collins não parecia precisar de encorajamentos, nem estava disposto a ficar calado. Era um rapaz alto e corpulento, de vinte e cinco anos. Tinha um ar grave e imponente e maneiras cerimoniosas. Não demorou muito a cumprimentar a Sra. Bennet por ter filhas tão encantadoras, dizendo que muito ouvira falar na beleza delas, mas que naquele caso a fama ficara aquém da verdade; e acrescentou que não duvidava de que a Sra. Bennet as veria casadas dentro em pouco.

Esse galanteio não agradou muito a algumas das ouvintes, mas a Sra. Bennet, que não recusava elogios, respondeu prontamente:

– O senhor é muito gentil, com certeza; e espero de todo o coração que assim seja; pois, de outra maneira, elas se encontrariam em uma situação muito difícil. As coisas se arranjam de um modo tão estranho...

– A senhora alude, talvez, à sucessão desta propriedade?

– Ah, meu caro senhor, é isso mesmo. Deve admitir que é uma triste situação para minhas pobres filhas; não que eu culpe *o senhor* por isso, pois sei que essas coisas são uma questão de sorte.

– Sou muito sensível, minha senhora, às dificuldades de minhas primas, e muito poderia dizer sobre o assunto, mas temo parecer atrevido ou precipitado. Mas posso assegurar às jovens que vim disposto a admirá-las. No momento, não direi mais nada; talvez quando nos conhecermos melhor...

Foi interrompido pelo chamado para o jantar; e as meninas trocaram sorrisos. Elas não foram o único objeto da admiração do Sr. Collins. O saguão, a sala de jantar e todos os móveis foram examinados e louvados; e seus elogios teriam tocado o coração da Sra. Bennet, não fosse a mortificante suposição de que ele observava tudo aquilo com olhos de futuro proprietário. O jantar, por sua vez, também foi bastante apreciado; e o Sr. Collins desejou saber a qual das belas primas deveria atribuir a excelência dos pratos, mas foi corrigido pela Sra. Bennet, que respondeu um tanto asperamente que a família podia perfeitamente manter uma cozinheira, e que suas filhas nada tinham a fazer na cozinha. Ele rogou perdão por ter sido desagradável. Em um tom mais brando, ela declarou que não estava ofendida, de modo algum; mas ele continuou a se desculpar durante quinze minutos.

14

Durante o jantar, o Sr. Bennet quase não falou; mas depois que os criados se retiraram, achou que era o momento de conversar com o hóspede. Iniciou, então, um assunto no qual esperava ver o outro brilhar, observando que ele tivera muita sorte com sua protetora. Lady Catherine de Bourgh parecia disposta a atender a seus desejos e tinha grande consideração por seu conforto. O Sr. Bennet não poderia ter feito escolha melhor. O Sr. Collins elogiou a protetora com eloquência. O assunto o tornava ainda mais solene e, com um ar muito importante, ele declarou que nunca na vida encontrara tamanha virtude, tamanha afabilidade e condescendência em uma pessoa da nobreza como em Lady Catherine. Ela lhe fizera a graça de elogiar ambos os sermões que ele tivera a honra de pronunciar em sua presença. Convidara-o, também, duas vezes para jantar em Rosings, e mandara chamá-lo no sábado anterior para completar sua mesa de *quadrille*. Lady Catherine era considerada orgulhosa por muitos de seus conhecidos, mas *ele* nunca encontrara nela senão afabilidade. Sempre lhe dirigira a palavra como a qualquer outro cavalheiro; não fizera a menor objeção a que ele frequentasse a sociedade local, nem a suas ocasionais ausências, durante uma ou duas semanas, a fim de visitar parentes. Tivera mesmo a bondade de aconselhar que ele se casasse o mais cedo possível, contanto que escolhesse com prudência; e se dignara a visitar seu humilde presbitério; onde aprovara plenamente todas as alterações que ele fizera, tendo, inclusive, sugerido pessoalmente que pusesse algumas estantes nos quartos do segundo andar.

– Tudo isso é muito respeitável e cortês, sem dúvida – disse a Sra. Bennet –, e tenho certeza de que deve ser uma senhora muito agradável; é pena que a maioria das damas da nobreza não tenham o mesmo comportamento. E ela mora perto do senhor?

– O jardim em que fica situada minha humilde residência se acha separado apenas por uma alameda de Rosings Park, a residência de Sua Senhoria.

– Creio tê-lo ouvido dizer que ela era viúva, senhor. Tem algum familiar?

– Possui apenas uma filha, a herdeira de Rosings e de uma grande fortuna.

– Ah! – exclamou a Sra. Bennet, sacudindo a cabeça –, então ela está em melhor situação do que muitas moças. E que espécie de moça é ela? Bonita?

– É realmente encantadora. Lady Catherine diz até que, em matéria de pura beleza, a Srta. De Bourgh, é muito superior às mais belas de seu sexo; pois existe algo em seus traços que distingue as jovens com berço de ouro. Infelizmente, tem uma constituição doentia, e isso a impediu de realizar progressos em certas matérias, nas quais de outro modo não seria deficiente; isso foi o que me informou a senhora que está encarregada de sua educação e que reside com elas. Mas ela é muito amável, e muitas vezes me concede a honra de uma visita e vai até minha humilde habitação em seu pequeno fáeton puxado por pôneis.

– Ela já foi apresentada à sociedade? Não me lembro de seu nome entre as damas da corte.

– A fragilidade de sua saúde, infelizmente, não permite que ela permaneça em Londres; e, como eu mesmo disse a Lady Catherine certa vez, essas circunstâncias privaram a corte inglesa de seu mais brilhante ornamento. Sua Senhoria pareceu ter ficado muito contente com a ideia, e a senhora pode imaginar quanto me sinto feliz em oferecer, sempre que possível, esses delicados cumprimentos que as damas tanto apreciam. Mais de uma vez observei a Lady Catherine que sua graciosa filha parece ter nascido para ser uma duquesa, e que esta grande honra, em vez de lhe dar importância, seria adornada por ela. Esses são os pequeninos tributos que agradam a Sua Senhoria, e que eu me considero particularmente obrigado a prestar.

– O senhor tem toda a razão – disse o Sr. Bennet. – E felizmente o senhor possui o talento de lisonjear com delicadeza. Poderia perguntar se essas agradáveis atenções procedem de um impulso momentâneo ou se são resultado de um cálculo prévio?

– Originam-se principalmente do que ocorre no momento. E, embora eu às vezes me divirta desenvolvendo e aprimorando esses pequenos galanteios a serem empregados em certas ocasiões, procuro sempre lhes dar um ar tão espontâneo quanto possível.

As expectativas do Sr. Bennet estavam integralmente correspondidas. O primo era tão absurdo quanto ele esperara, e ouvia-o com o maior prazer, mantendo ao mesmo tempo a mais resoluta seriedade, e, à exceção de um ou outro olhar furtivo a Elizabeth, deliciava-se sozinho com o espetáculo.

À hora do chá, porém, o Sr. Bennet já estava farto. Acompanhou de bom grado o hóspede até a sala de visitas e, terminado o chá, ficou feliz em convidá-lo a ler para as senhoras. O Sr. Collins consentiu prontamente e recebeu um livro; mas ao bater os olhos no exemplar (que tudo indicava pertencer a uma biblioteca circulante) ele se recusou e, desculpando-se, declarou que nunca lia romances. Kitty olhou-o fixamente, e Lydia soltou uma exclamação de espanto. Outros livros foram trazidos e, após alguma ponderação, escolheu os *Sermões,* de Fordyce. Lydia bocejou quando ele abriu o volume e, antes que, com monótona solenidade, tivesse lido três páginas, interrompeu-o, dizendo:

– A senhora sabia, mamãe, que meu tio Philips está pensando em dispensar Richard? Se ele o fizer, o coronel Forster ficará com ele. Foi minha tia quem me disse no sábado. Irei a Meryton amanhã, a fim de me informar melhor e de perguntar quando o Sr. Denny voltará de Londres.

Lydia foi obrigada pelas duas irmãs mais velhas a calar-se. Mas o Sr. Collins, muito ofendido, pôs o livro de lado e disse:

– Observo com frequência a falta de interesse das jovens por livros sérios, apesar de serem escritos apenas para seu benefício. Isso me espanta, confesso; pois certamente nada pode haver de mais vantajoso para elas do que a instrução. Mas não importunarei mais minha jovem prima.

Em seguida, voltando-se para o Sr. Bennet, ofereceu-se como parceiro de gamão. O Sr. Bennet aceitou o desafio, observando que ele agira com sabedoria ao deixar as meninas se ocuparem com as próprias futilidades. A Sra. Bennet e as filhas se desculparam com toda a civilidade pela interrupção de Lydia e prometeram que não aconteceria novamente caso ele desejasse retomar a leitura; mas o Sr. Collins, após assegurar que não guardava rancor da jovem prima, e que jamais consideraria sua conduta um insulto, sentou-se diante de outra mesa com o Sr. Bennet e se preparou para o gamão.

15

O Sr. Collins não era um homem sensato, e as deficiências de sua natureza pouco haviam sido compensadas pela educação ou pelo convívio em sociedade; a maior parte de sua vida decorrera sob a orientação de um pai ignorante e avarento; e, embora tivesse cursado uma universidade, limitara-se a cumprir os semestres necessários e não travara qualquer relação vantajosa. A submissão com que o pai o criara dotara-o, a princípio, de um caráter extremamente humilde, mas agora este era largamente compensado pela presunção de sua mente fraca, pelo isolamento e pelos sentimentos decorrentes de sua súbita e prematura prosperidade. Um feliz acaso o fizera ser recomendado a Lady Catherine de Bourgh quando a reitoria de Hunsford ficou vaga; e o respeito que tinha por sua posição social, e a veneração por ela como protetora, misturados à sua vaidade, à sua autoridade como clérigo e a seus direitos como reitor tinham-no tornado um misto de orgulho e subserviência, presunção e humildade.

Dispondo agora de uma boa casa e de um rendimento mais que suficiente, ele tencionava casar-se; e na reconciliação com a família de Longbourn, havia o objetivo de conseguir uma esposa, que planejava escolher entre as filhas, caso fossem tão bonitas e amáveis como se dizia. Essas eram as desculpas, as reparações, que ele tencionava oferecer por herdar a propriedade do pai delas; e considerava a ideia excelente, repleta de conveniência e propósito, e excessivamente generosa e desinteressada de sua parte.

Seu plano não se alterou quando as viu. O lindo rosto da Srta. Bennet confirmou suas intenções e corroborou as severas noções que tinha do direito de primogenitura; e desde a primeira noite *ela* se tornou sua escolhida. A manhã seguinte, entretanto, trouxe uma alteração: após estar quinze minutos a sós com a Sra. Bennet antes do desjejum, em uma conversa que se iniciou em torno do presbitério e conduziu naturalmente à confissão da esperança de que sua senhora fosse encontrada em Longbourn, recebeu dela, entre sorrisos complacentes e outros encorajamentos, um aviso sobre Jane. "Quanto às filhas *mais novas*, ela não podia afirmar nada, não podia responder positivamente, mas não estava *ciente* de qualquer impedimento da parte delas; mas em relação à filha *mais velha*, ela se sentia na obrigação de avisar que provavelmente ficaria noiva dentro de pouco tempo."

Ao Sr. Collins restou apenas de transferir seu projeto de Jane para Elizabeth, o que logo foi feito, enquanto a Sra. Bennet atiçava o fogo. Elizabeth, tão próxima a Jane em idade e beleza, era a sucessora natural.

A Sra. Bennet registrou a sugestão, e nutriu esperanças de em breve ter duas das filhas casadas; e o homem cujo nome, ainda na véspera, a enfurecera conquistou suas boas graças.

A intenção de Lydia de ir até Meryton não foi esquecida; todas as irmãs, com exceção de Mary, concordaram em acompanhá-la; e o Sr. Collins deveria ir também, a pedido de Sr. Bennet, que estava ansioso para se ver livre dele e dispor à vontade de sua biblioteca; pois o primeiro o acompanhara até lá após o café da manhã e lá continuaria por muito tempo, teoricamente ocupado com um dos grandes in-fólios da coleção, mas na verdade falando sem cessar sobre sua casa e seu jardim de Hunsford. Esse tipo de conduta irritava extraordinariamente o Sr. Bennet. Em sua biblioteca ele se sentia sempre seguro de sua liberdade e tranquilidade; e, embora estivesse preparado, segundo declarara a Elizabeth, para encontrar a loucura e a vaidade em todos os demais cômodos da casa, costumava poupar-se delas na biblioteca. Sua amabilidade, portanto, levou-o a convidar o Sr. Collins a acompanhar suas filhas no passeio; e o Sr. Collins, que tinha muito maior vocação para andar do que para ler, ficou extremamente satisfeito por fechar o grosso volume e partir.

Entre baboseiras pomposas de sua parte e respostas educadas da parte de suas primas, passaram o tempo até Meryton. Lá, a atenção das mais novas se tornou inacessível para *ele*. Imediatamente, os olhos delas começaram a percorrer as ruas à procura de oficiais, e nada além de um chapéu muito elegante ou de um novo corte de musselina em uma vitrine seria capaz de desviá-las do objetivo.

Mas a atenção de todas as damas foi logo atraída por um desconhecido de aparência extremamente distinta, que caminhava do outro lado da rua acompanhado por um oficial. C oficial era o próprio Sr. Denny, cujo regresso de Londres Lydia fora investigar, e fez uma mesura quando elas passaram. Todas ficaram impressionadas com o aspecto do desconhecido, todas se perguntaram quem poderia ser, e Kitty e Lydia, determinadas a descobrir, se possível, conduziram o grupo ao outro lado da rua sob pretexto de ver alguma coisa em uma loja. Por sorte, mal haviam pisado a calçada oposta quando os dois rapazes, dando meia-volta, encontraram-se com elas. O Sr. Denny se dirigiu imediatamente às moças e pediu permissão para apresentar o amigo, o Sr. Wickham, que chegara com ele de Londres no dia anterior e que, ele comunicava com alegria, aceitara uma comissão em seu regimento. Era justamente como deveria ser; pois ao rapaz só faltava um uniforme para se tornar absolutamente encantador. Sua aparência era bastante favorável; ele possuía os melhores traços da beleza: um belo rosto, um bom porte e maneiras muito agradáveis. Logo depois de apresentado, iniciou a conversa com alegre presteza, uma presteza ao mesmo tempo perfeitamente correta e respeitosa; e todo o grupo se encontrava ainda conversando cordialmente quando um rumor de cavalos desviou-lhes a atenção, e Darcy e Bingley foram vistos descendo a rua. Ao reconhecer as senhoras, imediatamente se adiantaram para o grupo e as cumprimentaram com as cortesias de costume. Bingley foi quem mais falou, e a Srta. Bennet, a principal interlocutora. Estava, explicou ele, a caminho de Longbourn, a fim de obter notícias dela. O Sr. Darcy confirmou com um aceno de cabeça, e começava a decidir não olhar para Elizabeth, quando a presença do estranho lhe chamou a atenção. Elizabeth, que por acaso observava o semblante de ambos, ficou perplexa com o efeito do encontro. Ambos mudaram de cor, um empalideceu, e o outro, corou. Após alguns instantes, o Sr. Wickham tocou seu chapéu: uma saudação que o Sr. Darcy mal se dignou a responder. Que poderia significar aquilo? Era impossível imaginar; era impossível não desejar descobrir.

Poucos minutos depois, o Sr. Bingley, embora sem parecer notar o que tinha se passado, despediu-se e partiu com o amigo.

O Sr. Denny e o Sr. Wickham acompanharam as moças até a porta da casa do Sr. Philips e ali fizeram suas reverências, apesar da insistência da Srta. Lydia para que entrassem, e mesmo depois da aparição da Sra. Philips em pessoa, que abriu de súbito uma das janelas e ratificou enfaticamente o convite.

A Sra. Philips sempre ficava feliz em ver as sobrinhas, e as duas mais velhas, por causa da recente ausência, foram especialmente bem-vindas. Ela exprimia energicamente sua surpresa pelo súbito regresso das jovens, do qual, por não terem usado a própria carruagem, ela não teria sabido se não tivesse encontrado por acaso o empregado da farmácia do Sr. Jones, que lhe dissera que não estavam mais enviando remédios para Netherfield porque as senhoritas Bennet tinham partido, quando Jane chamou sua atenção para o Sr. Collins, que desejava lhe apresentar. A Sra. Philips recebeu-o com a maior amabilidade, que ele retribuiu em dobro, desculpando-se pela intromissão sem apresentação prévia que, ele não podia deixar de se felicitar, no entanto, poderia ser justificada por seu parentesco com as jovens senhoritas que o tinham apresentado. A Sra. Philips ficou espantada com tal excesso de boa educação; mas seu embevecimento diante daquele estranho logo foi interrompido por exclamações e perguntas a respeito do outro, sobre quem, entretanto, ela só pôde dizer às sobrinhas o que já sabiam: que chegara de Londres com o Sr. Denny e que receberia o posto de tenente comissionado em ...shire. Ela o vinha observando, explicou, durante a última hora, enquanto ele passeava de cima para baixo na rua. Se o Sr. Wickham tivesse reaparecido, Kitty e Lydia a teriam substituído nessa ocupação, mas infelizmente ninguém passou pela janela, a não ser alguns oficiais que, em comparação ao estranho, tinham se tornado sujeitos "estúpidos e desagradáveis". Alguns deles deviam jantar com os Philips no dia seguinte, e a tia prometeu que faria seu marido visitar o Sr. Wickham e convidá-lo também, caso a família de Longbourn pudesse comparecer à noite. Assim ficou combinado, e a Sra. Philips declarou que faria um agitado e agradável jogo e que ofereceria uma ceia mais tarde. A perspectiva de tais prazeres era muito agradável, e todos se separaram extremamente felizes. O Sr. Collins repetiu as desculpas e tornou a ser tranquilizado com incansável amabilidade pela Sra. Philips.

Enquanto caminhavam para casa, Elizabeth contou a Jane a cena que presenciara entre os dois cavalheiros; mas embora Jane quisesse defender um deles, ou ambos, tal comportamento lhe pareceu tão incompreensível quanto para Elizabeth.

Ao regressar, o Sr. Collins alegrou a Sra. Bennet, dizendo que tinha apreciado imensamente a gentileza e a educação da Sra. Philips. Declarou que, à exceção de Lady Catherine e de sua filha, nunca conhecera uma mulher tão elegante; pois a Sra. Philips não só o recebera com a maior amabilidade, como o incluíra especialmente em seu convite para a noite seguinte, embora o estivesse vendo pela primeira vez. Em parte isso devia ser atribuído a seu parentesco com a família de Longbourn, mas mesmo assim ele nunca fora tratado com tanta atenção durante toda a sua vida.

16

Como nenhuma objeção foi feita ao compromisso das meninas com a tia, e todos os escrúpulos do Sr. Collins em afastar-se do Sr. e da Sra. Bennet por uma noite durante a sua visita foram repelidos com firmeza, a carruagem levou-o, e a suas cinco primas, a Meryton na hora marcada; e as jovens tiveram o prazer de ouvir, ao entrarem na sala de visitas, que o Sr. Wickham aceitara o convite do tio e já se encontrava ali.

Quando a notícia foi transmitida e todos se acomodaram, o Sr. Collins teve a oportunidade de olhar em torno e admirar a casa, e ficou tão impressionado com o tamanho e a mobília da sala, que declarou quase ter a impressão de estar em uma pequena sala de desjejum de verão em Rosings; comparação que, a princípio, não foi muito apreciada; mas, quando a Sra. Philips soube o que era Rosings e a quem pertencia, e depois que ouviu a descrição de uma das salas de visita de Lady Catherine, e descobriu que a lareira por si só custara oitocentas libras, sentiu toda a força do elogio, e não teria ficado ressentida se comparassem sua sala ao quarto da governanta.

O Sr. Collins se alongou na descrição das riquezas de Lady Catherine e de sua propriedade, com digressões ocasionais em louvor da própria e humilde residência e dos melhoramentos que estavam sendo feitos ali, até que os cavalheiros se juntassem a eles; e ele encontrou na Sra. Philips uma ouvinte muito atenciosa, cuja opinião sobre sua importância aumentava conforme recebia informações, e que estava resolvida a detalhá-las às vizinhas assim que pudesse. Para as meninas, que não suportavam ouvir o primo, e nada tinham a fazer senão rezar por um pouco de música e examinar as imitações de porcelana sobre a lareira, a espera pareceu muito longa. Finalmente terminou, entretanto. Os cavalheiros se aproximaram; e, quando o Sr. Wickham entrou na sala, Elizabeth sentiu que a admiração que desde o primeiro momento sentira por ele não era de modo algum exagerada. Os oficiais de ...shire eram, em geral, honrados e distintos, e os melhores dentre eles estavam presentes; mas o Sr. Wickham era tão superior a eles em aparência, maneiras, atitude e modo de andar, quanto *eles* eram superiores ao gorducho tio Philips que, com o hálito cheirando a vinho do Porto, os conduzia ao cômodo.

O Sr. Wickham era o felizardo para quem se dirigiam quase todos os olhares femininos, e Elizabeth, a feliz eleita ao lado da qual ele se sentou; e a forma agradável como ele imediatamente iniciou uma conversa, embora o assunto se limitasse apenas à noite úmida que fazia, e à probabilidade de uma estação chuvosa, a fez sentir que até a maior banalidade podia tornar-se interessante graças à arte do narrador.

Diante de uma rivalidade tão desigual pela atenção, com a presença do Sr. Wickham e dos oficiais, o Sr. Collins pareceu mergulhar na insignificância; para as moças, ele não era nada, sem sombra de dúvida; mas esporadicamente encontrava na Sra. Philips uma ouvinte gentil, e era, graças à sua atenção, servido de café e biscoitos em abundância.

Quando as mesas de jogo foram colocadas, ele teve oportunidade de retribuir aquelas amabilidades, oferecendo-se como seu parceiro de uíste.

– Sou um pouco fraco no jogo atualmente – disse ele –, mas aproveitarei de boa vontade a presente oportunidade para me aperfeiçoar, pois em minha atual posição...

A Sra. Philips ficou muito grata pela atitude, mas não podia esperar para ouvir as razões.

O Sr. Wickham não jogava uíste, e sua presença foi recebida com prazer na outra mesa, entre Elizabeth e Lydia. A princípio pareceu haver certo perigo de que Lydia monopolizasse sua atenção, pois conversava com grande entusiasmo; mas como também era grande apreciadora de bilhetes de loteria, logo estava tão interessada no jogo, tão ávida por apostar e exclamar seus prêmios, que não dispensava particular atenção a ninguém. Assim, o Sr. Wickham ficou à vontade para falar com Elizabeth, que muito desejava ouvi-lo, embora não tivesse a esperança de que ele contasse o que ela mais desejava: a história de suas relações com o Sr. Darcy. Ela não ousou sequer mencionar o nome daquele cavalheiro. Sua curiosidade, entretanto, foi inesperadamente aliviada. O próprio Sr. Wickham introduziu o assunto. Perguntou qual a distância que separava Netherfield de Meryton; e, depois de ouvir a resposta, perguntou, hesitante, há quanto tempo Sr. Darcy estava lá.

– Há um mês, mais ou menos – respondeu Elizabeth; e em seguida, para não deixar o assunto morrer, acrescentou: – Ouvi dizer que ele tem uma grande propriedade em Derbyshire.

– Sim – replicou Wickham –, ele tem uma bela propriedade. Dez mil libras líquidas por ano. A senhorita não poderia encontrar melhor informante do que eu sobre esse assunto, pois desde a infância conheço a família intimamente.

Elizabeth não pôde evitar manifestar espanto.

– Sua surpresa, Srta. Bennet, é muito natural, após ter visto com que frieza nos cumprimentamos ontem. Conhece intimamente o Sr. Darcy?

– Não queria conhecê-lo mais do que conheço. Passei quatro dias na mesma casa que ele e o considero muito desagradável.

– Não tenho direito de manifestar *minha* opinião – disse Wickham – sobre ele ser ou não agradável. Não estou qualificado para formar um juízo. O conheço há tanto tempo e tão bem, que não seria um bom juiz. Para *mim*, é impossível ser imparcial. Mas acredito que sua opinião surpreenderia a todos, e talvez nunca a exprimisse tão categoricamente em outro lugar. Aqui a senhorita está entre sua própria família.

– Dou-lhe a minha palavra de que não falo *aqui* de maneira diferente da que falaria em qualquer outra casa das redondezas, exceto em Netherfield. O Sr. Darcy não é benquisto em Hertfordshire. Todos o acham insuportavelmente orgulhoso. O senhor não encontrará outra opinião mais favorável a seu respeito.

– Não posso fingir lamentar – disse Wickham após uma breve interrupção – que ele ou qualquer outro homem não seja apreciado além do que merece; mas no caso *dele* acho que isso não acontece com frequência. A sociedade se deixa cegar por sua fortuna e por sua importância, ou se deixa atemorizar por suas maneiras altivas e despóticas, e o vê apenas como ele deseja ser visto.

– Mesmo conhecendo-o tão pouco como *eu* o conheço, acho que é um homem de mau gênio.

O Sr. Wickham se limitou a balançar a cabeça.

– Pergunto-me – disse Wickham, na oportunidade seguinte de conversa – se ele pretende se demorar por aqui.

– Não tenho a mínima ideia; mas não *ouvi* falar a respeito de sua partida quando estive em Netherfield. Espero que seus planos em favor de ...shire não sejam afetados pela presença dele nestas redondezas.

– Oh, não. Não serei *eu* a deixar que o Sr. Darcy me enxote daqui. Se *ele* quiser evitar encontrar-se *comigo*, ele é quem deve partir. Não estamos em termos muito amigáveis, e é desagradável vê-lo, mas não tenho outros motivos para *evitá-lo*, senão aqueles que afirmo diante de todos: a consciência de ter sido tratado injustamente por ele e o desconforto que me causa seu feitio desagradável. O pai dele, Srta. Bennet, o falecido Sr. Darcy, foi um dos melhores homens que já pisaram sobre a terra, e o melhor amigo que já tive; e sou incapaz de estar na presença do atual Sr. Darcy sem me sentir ferido por mil lembranças tristes. Sua conduta em relação a mim tem sido escandalosa; mas creio realmente que lhe perdoaria toda e qualquer coisa, contanto que ele não desgraçasse a memória do pai.

Elizabeth sentiu crescer o interesse, e ouviu-o com toda a atenção; mas a delicadeza do assunto impedia maiores investigações.

O Sr. Wickham abordou outros temas de natureza menos especial: Meryton, a vizinhança, a sociedade, e pareceu muito satisfeito com tudo o que vira, referindo-se especialmente a esta última com sutil, mas muito perceptível, galanteria.

– Foi a perspectiva de uma vida social intensa e de boa qualidade – ele adicionou – o que mais me incentivou a aceitar o posto em ...shire. Sabia que era um dos regimentos mais respeitáveis, e meu amigo Denny me tentou ainda mais com a descrição que fez da sociedade de Meryton, das grandes atenções que tinha recebido e das excelentes relações que fizera. Confesso que a sociedade me é necessária. Sofri certos desenganos e meu espírito não tolera a solidão. *Preciso* de uma ocupação e de vida social. A vida militar não era meu objetivo, mas as circunstâncias a tornaram aceitável. Minha carreira *devia* ter sido o clero. Fui educado para ingressar na Igreja, e neste momento eu teria uma posição importante, se assim tivesse desejado aquele cavalheiro de quem falávamos ainda agora.

– Verdade?

– Sim. O falecido Sr. Darcy me legara a melhor paróquia de seus domínios. Era meu padrinho e me dedicava grande afeição. Nunca poderia pagar o que lhe devo. Ele tencionava velar por meu futuro e pensou que o tivesse feito; mas, quando o lugar vagou, foi dado a outra pessoa.

– Santo Deus! – exclamou Elizabeth. – Como *isso* pode ter acontecido? Como a vontade dele pôde ser desrespeitada? Por que o senhor não procurou uma reparação legal?

– Os termos da herança eram informais. Não havia fundamento para uma ação legal. Um homem de honra não questionaria as disposições paternas, mas o Sr. Darcy preferiu questioná-las... ou tratá-las como uma mera recomendação. Afirmou que eu tinha perdido todo o direito ao lugar que pleiteava por minha extravagância e minha imprudência, enfim, por algum motivo qualquer. O certo é que o lugar ficou vago há dois anos, no momento exato em que eu atingia a idade exigida para ocupá-lo, e foi entregue a outra pessoa; e não é menos certo que eu nada tenha feito para desmerecê-lo. Tenho um gênio franco e impulsivo e talvez algumas vezes tenha manifestado minha opinião *sobre* ele com demasiada liberdade. Não me lembro de ter feito nada mais grave. Mas o fato é que somos homens muito diferentes e que ele me detesta.

– Isso é revoltante! Ele merece ser desonrado em público.

– Mais cedo ou mais tarde *será*, mas não por *mim*. Enquanto a memória do pai dele viver em mim, jamais o provocarei ou denunciarei.

Elizabeth o admirou por tais sentimentos, e o achou ainda mais bonito quando ele os expressou.

– Mas qual – disse ela, após uma pausa – pode ter sido o motivo? O que o terá levado a proceder tão cruelmente?

– A furiosa antipatia que tem por mim, uma antipatia que não posso deixar de atribuir em parte à inveja. Se o falecido Sr. Darcy tivesse gostado menos de mim, o filho talvez me suportasse melhor; mas a extraordinária afeição que o pai manifestava por mim irritava-o desde quando ainda era muito novo.

Ele não possui a capacidade de tolerar o tipo de competição em que nos defrontávamos e a preferência que frequentemente me era dedicada.

– Eu não supunha o Sr. Darcy tão má pessoa. Embora nunca o tenha estimado, não pensava mal dele. Julgava que ele desprezasse seus semelhantes em geral, mas não imaginava que fosse capaz de descer ao nível de uma vingança tão maliciosa e de se mostrar tão injusto e desumano.

Depois de refletir por alguns minutos, ela continuou:

– Recordo-me de que ele se gabou certa vez em Netherfield de ser implacável em seus ressentimentos, de ser dotado de um temperamento rancoroso. Deve ter um gênio terrível.

– Prefiro não exprimir uma opinião – replicou Wickham. – *Eu* dificilmente seria justo com ele.

Elizabeth tornou a mergulhar em seus pensamentos e, depois de algum tempo, exclamou:

– Tratar dessa maneira o afilhado, o amigo, o favorito de seu pai...

E poderia ter acrescentado: "Um rapaz como *o senhor*, cuja própria aparência atesta a bondade". Mas se contentou com:

– E, além disso, um companheiro de infância, alguém ligado a ele, como o senhor mesmo disse, da forma mais próxima!

– Nascemos na mesma paróquia, na mesma propriedade, passamos a maior parte da infância juntos; vivemos na mesma casa, compartilhamos os mesmos divertimentos e fomos objeto da mesma afeição paternal. *Meu pai* começou a vida na mesma profissão em que seu tio parece ter se distinguido, mas abandonou tudo para servir o Sr. Darcy, dedicando todo o seu tempo à administração da propriedade de Pemberley. Era bastante estimado por ele, seu amigo e confidente mais íntimo. O Sr. Darcy, mais de uma vez, reconheceu publicamente que devia muito a meu pai, pelos serviços que este lhe prestara na administração de seus bens. E quando, pouco antes da morte de meu pai, o Sr. Darcy lhe prometeu espontaneamente encarregar-se de meu futuro, estou convencido de que sentia que essa promessa era tanto uma dívida de gratidão com *ele*, quanto uma prova de afeição por mim.

– Que estranho! – exclamou Elizabeth. – Que abominável! Espanta-me que o próprio orgulho do Sr. Darcy não o tenha obrigado a ser justo com o senhor. E, se não houvesse outro motivo, bastava que seu orgulho o impedisse de ser desonesto. Pois devo chamar esse comportamento de desonestidade.

– *Espantoso* – replicou Wickham –, pois quase todos os atos dele podem ser relacionados ao orgulho; e o orgulho tem sido seu melhor amigo. O orgulho o aproximou mais da virtude do que qualquer outro sentimento. Mas nenhum de nós é coerente; e na conduta dele comigo, houve impulsos ainda mais fortes do que o orgulho.

– Mas pode um orgulho tão abominável lhe ter dado alguma vantagem?

– Sim. Levou-o frequentemente a ser indulgente e generoso, a despender grandes quantias, a ser hospitaleiro, a ajudar seus colonos e a mitigar o sofrimento dos pobres. O orgulho familiar e o orgulho *filial*, pois ele tem grande orgulho do pai, o conduziam a isso. Não desmerecer a família, não parecer ter degenerado quanto a certas qualidades que a tornaram famosa, não botar a perder a influência da casa de Pemberley são motivos poderosos. Ele possui também orgulho *fraternal*, o qual, somado à *certa* afeição, o faz zelar com carinho e cuidado pela irmã; a senhorita deve ter ouvido dizer que ele é o melhor e o mais atencioso dos irmãos.

– Que tipo de moça é a Srta. Darcy?

Ele sacudiu a cabeça.

– Eu gostaria de responder que ela é amável. Causa-me mágoa falar mal de um Darcy. Mas é extremamente parecida com o irmão. Muito, muito orgulhosa. Quando criança era bastante afetuosa e agradável, e gostava muito de mim; e devotei horas e mais horas a seu divertimento. Mas agora ela já não representa nada para mim. É uma bela jovem de quinze ou dezesseis anos e, dizem, muito prendada. Desde a morte do pai vive em Londres em companhia de uma senhora que orienta sua educação.

Depois de muitas pausas, nas quais tentou falar de outros assuntos, Elizabeth não resistiu a voltar ao primeiro, dizendo:

– Espanta-me a intimidade dele com o Sr. Bingley. Não sei como este, que parece ser todo bom humor e é, de fato, extremamente simpático, pode ter amizade por aquele homem. Como eles podem se dar bem? Conhece o Sr. Bingley?

– Não.

– É um homem amável, bem-educado, encantador. Não deve conhecer a verdadeira natureza do Sr. Darcy.

– Provavelmente, não; mas o Sr. Darcy sabe agradar quando quer. Não lhe faltam qualidades. Sabe ser um companheiro agradável, quando acha que vale a pena. Entre seus iguais mostra-se muito diferente do que com os menos afortunados. Seu orgulho nunca o abandona; mas com os ricos ele é generoso, justo, sincero, razoável, honrado e, talvez, agradável, com alguma influência de sua fortuna e de sua figura.

Pouco depois, terminou a partida de uíste. Os jogadores se reuniram em torno da outra mesa e o Sr. Collins tomou seu lugar entre Elizabeth e a Sra. Philips, que lhe fez as perguntas habituais sobre seu êxito no jogo. A sorte não lhe tinha sido muito favorável; ele perdera todos os pontos; mas quando a Sra Philips começou a exprimir seu pesar, o Sr. Collins lhe assegurou, muito grave, que isso não tinha a menor importância, que para ele o dinheiro era insignificante, e rogou que ela não se preocupasse com o fato.

– Sei perfeitamente, minha senhora – disse ele –, que quando uma pessoa se senta em uma mesa de jogo deve correr esse risco. Felizmente, minha situação permite perder cinco xelins sem qualquer preocupação. Muitos não podem dizer o mesmo, mas graças a Lady Catherine de Bourgh estou livre dessas pequeninas misérias.

O Sr. Wickham prestou atenção a essas palavras; e, depois de observar o Sr. Collins durante alguns instantes, perguntou em voz baixa a Elizabeth se seu parente era intimamente relacionado com a família De Bourgh.

– Lady Catherine de Bourgh – respondeu Elizabeth – concedeu-lhe recentemente uma posição de reitor. Não sei quando o Sr. Collins lhe foi apresentado, mas estou certa de que não a conhece há muito tempo.

– A senhora deve saber, naturalmente, que Lady Catherine de Bourgh e Lady Anne Darcy eram irmãs; e, consequentemente, que ela é tia do atual Sr. Darcy.

– Não, na verdade eu não sabia. Não conhecia nada do parentesco de Lady Catherine até ontem.

– Sua filha, a Srta. De Bourgh, herdará uma grande fortuna. E acredita-se que ela e o primo unirão as duas propriedades.

Essa informação fez Elizabeth sorrir, pois ela se lembrou da pobre Srta. Bingley. Inúteis eram todas as suas atenções, inúteis sua afeição por sua irmã e seus elogios ao próprio Sr. Darcy, se ele já estava destinado a outra mulher.

– O Sr. Collins – disse Elizabeth – fala muito bem tanto de Lady Catherine quanto da filha; mas certos detalhes que ele relatou acerca de Sua Senhoria me fazem suspeitar que a gratidão o torna cego e que, em vez de ser sua protetora, ela é uma mulher arrogante e convencida.

– Creio que ela possua ambas as características no mais alto grau – replicou Wickham. – Há muitos anos que não a vejo, mas lembro-me perfeitamente de que nunca simpatizei com ela, e que suas maneiras eram autoritárias e insolentes. Tem fama de ser extraordinariamente sensata e inteligente; mas acredito que essas habilidades são em parte devidas à sua situação social e à sua fortuna, às suas maneiras autoritárias, e, em parte, também ao orgulho do sobrinho, que julga só poder se dar com pessoas importantes.

Elizabeth admitiu que ele fora bastante razoável, e eles continuaram a conversar com mútua satisfação até que o jantar pôs fim às partidas de cartas; cabendo às demais senhoras sua cota nas atenções do Sr. Wickham. Durante o jantar, o barulho era tão grande que não se podia conversar; mas as maneiras do Sr. Wickham agradaram a todos. Tudo o que ele dizia era bem dito; e tudo o que fazia era com graça. Elizabeth partiu com a mente tomada por ele. Durante todo o caminho para casa, não conseguiu pensar em outra coisa a não ser no Sr. Wickham e em suas palavras; mas não encontrou ocasião de mencionar seu nome, pois nem Lydia nem o Sr. Collins se calaram por um só instante. Lydia falava ininterruptamente sobre o jogo de loteria e sobre as fichas que perdera e ganhara. E o Sr. Collins discorria sobre a amabilidade do Sr. e da Sra. Philips, declarando que não se importava nem um pouco com suas perdas no jogo, enumerando todos os pratos do jantar e desculpando-se continuamente por estar incomodando as primas no assento estreito da carruagem. Estava longe de esgotar todos os seus assuntos quando a carruagem parou diante de Longbourn.

17

No dia seguinte, Elizabeth relatou a Jane o que tinha se passado entre ela e o Sr. Wickham. Jane ouviu a irmã com espanto e atenção; não podia acreditar que o Sr. Darcy fosse tão indigno da amizade do Sr. Bingley; e, no entanto, não estava em sua natureza duvidar da sinceridade de um rapaz tão elegante como o Sr. Wickham. A ideia de que ele tivera de suportar tanta ingratidão era suficiente para despertar-lhe todos os sentimentos ternos; e, portanto, nada lhe restava fazer senão pensar bem de ambos, defender a conduta dos dois e deixar por conta do acaso e do engano tudo aquilo que não podia ser explicado de outra maneira.

– Ambos foram ludibriados – disse ela –, de um modo ou de outro, em circunstâncias das quais não podemos ter nenhuma ideia. Talvez pessoas interesseiras tenham causado intrigas entre um e outro. É impossível, enfim, conjeturarmos as causas ou circunstâncias que possam tê-los afastado, sem que a culpa recaia sobre uma das partes.

– É verdade, sem dúvida; e agora, minha querida Jane, o que você tem a dizer a favor dessas pessoas interesseiras que provavelmente se envolveram no assunto? Acha que *elas* também são inocentes, ou seremos obrigadas a pensar mal de alguém?

– Ria quanto quiser, mas não mudarei de opinião. Minha querida Lizzy, pense na terrível posição em que ficaria o Sr. Darcy por tratar de tal maneira o favorito do pai, um rapaz a quem o pai prometera sua proteção. É impossível. Nenhum homem com o mínimo de humanidade, nenhum homem com alguma estima pelo próprio caráter, seria capaz disso. Poderiam seus amigos mais íntimos se enganar a tal ponto a seu respeito? Oh, não!

– Acho mais fácil acreditar que o Sr. Bingley está sendo iludido do que supor que o Sr. Wickham tenha inventado a história que me contou ontem à noite; nomes, fatos, tudo mencionado sem cerimônia. Se não for verdade, o Sr. Darcy que o contradiga. Além disso, ele parecia sincero.

– É difícil, de fato, e angustiante. Ficamos sem saber o que pensar.

– Desculpe-me, mas sabemos exatamente o que pensar.

Mas Jane só conseguia ver com clareza um único ponto: se o Sr. Bingley tivesse sido iludido, sofreria muito quando o caso se tornasse público.

As duas moças, que conversavam na aleia, foram chamadas devido à chegada de algumas das pessoas de quem estavam falando; o Sr. Bingley e as irmãs estavam ali para fazer pessoalmente o convite para o tão esperado baile em Netherfield, cuja data fora marcada para a terça-feira seguinte. As duas estavam encantadas em reencontrar sua querida amiga, declararam que havia eras que não se viam e perguntaram várias vezes o que ela andava fazendo desde que regressara de Netherfield. Ao restante da família, mal prestaram atenção; evitaram a Sra. Bennet o máximo que puderam, falaram pouco com Elizabeth e ignoraram os outros. Não demorou muito e já partiam, levantando-se das cadeiras com uma energia que surpreendeu o irmão, e apressando-se como se desejassem se ver livres das amabilidades da Sra. Bennet.

A perspectiva do baile em Netherfield era bastante agradável para todas as mulheres da família. A Sra. Bennet preferiu considerar o evento uma homenagem à sua filha mais velha, e ficou bastante lisonjeada por receber um convite feito pessoalmente pelo Sr. Bingley, em vez de um cerimonioso cartão; Jane imaginou a noite agradável que passaria em companhia das duas amigas e as atenções que receberia do irmão delas; e Elizabeth pensava com prazer em dançar muitas vezes com o Sr. Wickham e em ler a confirmação de tudo o que sabia no rosto e nas maneiras do Sr. Darcy. A felicidade que Catherine e Lydia anteviam não dependia de determinada pessoa ou acontecimento; pois, embora como Elizabeth, sonhassem dançar metade da noite com o Sr. Wickham, ele não era, de modo algum, o único par que poderia satisfazê-las, afinal, um baile era um baile. E até mesmo Mary assegurou à família que a ideia da festa não a desagradava.

– Contanto que eu possa ter as manhãs livres – disse ela –, estou satisfeita. Não acho que seja um sacrifício dedicar ocasionalmente uma noite às diversões sociais. A sociedade tem alguns direitos sobre todos nós; e compartilho a opinião daqueles que consideram certos intervalos de recreação e de divertimento desejáveis para todo mundo.

Elizabeth estava tão animada com a ocasião que, embora evitasse falar mais do que o necessário com o Sr. Collins, não pôde deixar de perguntar se ele pretendia aceitar o convite do Sr. Bingley, e se julgava apropriado tomar parte do baile; e com grande surpresa ficou sabendo que o Sr. Collins não tinha o menor escrúpulo a esse respeito e que nem de longe temia uma repreensão do arcebispo ou de Lady Catherine de Bourgh por ousar dançar.

– Sou de opinião – disse ele – que um baile dessa espécie, oferecido por um rapaz de caráter a pessoas respeitáveis, não pode ter nenhuma vocação pecaminosa; e estou tão longe de fazer qualquer objeção à dança, que me sentirei honrado em dançar com todas as minhas belas primas no decorrer da noite. E aproveito a oportunidade para solicitar sua mão, Srta. Elizabeth, para as duas primeiras danças. Esta é uma preferência que, espero, minha prima Jane atribuirá a uma causa justa, e não a qualquer desrespeito por ela.

Elizabeth ficou desolada. Planejava comprometer-se com o Sr. Wickham para aquelas mesmas danças. E ter de trocá-lo pelo Sr. Collins! Sua animação nunca se manifestara em momento mais inoportuno. Não havia mais remédio, entretanto. A felicidade do Sr. Wickham e a sua própria teriam de ser adiadas, e a proposta do Sr. Collins foi aceita com a maior dose de amabilidade de que ela pôde dispor. Aquela galanteria também a desagradou por sugerir que existia algo mais. Pela primeira vez, lhe ocorria que *ela* fora escolhida entre as irmãs para ser a senhora do presbitério Hunsford e para completar a mesa de *quadrille* em Rosings, na falta de visitas mais importantes. A ideia logo se transformou em certeza, conforme ela observava a crescente amabilidade com que o Sr. Collins a cercava, e as frequentes tentativas de elogiar sua inteligência e sua vivacidade; e, embora mais atônita do que envaidecida com esse inesperado efeito de seus encantos, não demorou até que a mãe desse a entender que a probabilidade daquele casamento parecia extremamente favorável para *ela*. Elizabeth, no entanto, resolveu ignorar a indireta, compreendendo que qualquer resposta causaria uma violenta discussão. Talvez o Sr. Collins nunca fizesse a proposta e, até que fizesse, era inútil brigar por causa dela.

Se não houvesse um baile em Netherfield, para o qual se preparar e sobre o qual falar, as Bennet mais jovens se encontrariam em um estado lamentável; pois, desde o dia do convite até o do baile, houve tanta chuva, que nem uma só vez puderam ir a Meryton. Nem tia, nem oficiais, nem novidades puderam ser procurados; não puderam sequer escolher as fitas para os próprios sapatos de baile. Até Elizabeth teve sua paciência testada pelo clima, que impedia inteiramente o progresso de suas relações com o Sr. Wickham; e nada além de uma festa na terça-feira poderia ter tornado suportável para Kitty e Lydia a monotonia de uma sexta-feira, um sábado, um domingo e uma segunda-feira como aqueles.

18

Até o momento em que Elizabeth entrou na sala de visitas de Netherfield e procurou em vão pelo Sr. Wickham entre os enxames de túnicas vermelhas ali reunidos, o medo de que ele pudesse não estar presente jamais atravessara seu espírito. A certeza de encontrá-lo não fora abalada por qualquer das lembranças que razoavelmente a poderiam ter alarmado. Vestira-se com cuidado especial e se preparara com o melhor dos espíritos para a conquista de tudo aquilo que ainda não ganhara no coração dele, certa de que não restava tanto a conquistar, que aquela noite não bastasse. Mas naquele instante formou-se nela a horrível suspeita de que o nome dele fora intencionalmente omitido nos convites enviados pelos Bingley aos oficiais, para fazer a vontade do Sr. Darcy; e embora não fosse exatamente esse o caso, o fato irreparável de sua ausência foi anunciado por seu amigo, o Sr. Denny, a quem Lydia se dirigiu avidamente, e que informou que Wickham fora obrigado a partir para Londres no dia anterior, em viagem de negócios, e que ainda não voltara; acrescentando, com um sorriso significativo:

– Não acredito que tais negócios o tivessem afastado daqui exatamente neste momento, se ele não desejasse evitar certo cavalheiro aqui presente.

Essas palavras, que Lydia não ouviu, foram percebidas por Elizabeth; e, como provavam que Darcy não era menos responsável pela ausência de Wickham do que supunha sua primeira hipótese, todos os seus sentimentos de descontentamento quanto ao primeiro foram de tal modo exacerbados pelo súbito desapontamento, que mal conseguiu responder com fria civilidade às amáveis perguntas que ele pouco depois lhe dirigiu. Atenção, tolerância e paciência com Darcy significavam uma injúria em relação a Wickham. Estava resolvida a não ter qualquer tipo de conversa com ele, e afastou-se com um mau humor que não conseguiu esconder nem ao cumprimentar o Sr. Bingley, cuja parcialidade cega a irritava.

Mas Elizabeth não nascera para o mau humor; e, embora suas esperanças para aquela noite estivessem destruídas, logo seu espírito se recuperou; e, tendo desabafado todas as suas mágoas com Charlotte Lucas, que não encontrava havia uma semana, desviou espontaneamente o assunto para as esquisitices do primo, e o apontou para ela. As duas primeiras danças, no entanto, renovaram seu desânimo e foram um tormento; o Sr. Collins, desajeitado e solene, pedindo desculpas em vez de prestar atenção e, com frequência errando os passos sem perceber, proporcionou-lhe toda a vergonha e a infelicidade de que um par desagradável é capaz, por duas danças seguidas. No momento em que conseguiu ver-se livre dele, o seu alívio não teve limites.

Dançou em seguida com um oficial, e teve o consolo de falar em Wickham e de ouvir que ele era apreciado por todos. Terminadas aquelas danças, voltou para perto de Charlotte Lucas, e conversava com ela quando foi abordada subitamente pelo Sr. Darcy, cujo convite para dançar a pegou tão desprevenida que, sem saber bem o que fazia, Elizabeth aceitou. Ele se afastou imediatamente, e ela foi deixada lamentando a própria falta de presença de espírito; Charlotte procurou consolá-la.

– Acredito que o achará muito agradável.

– Que Deus não permita! *Essa* seria a maior infelicidade de todas! Achar agradável um homem que decidi odiar? Não me deseje esse mal.

Entretanto, quando a música recomeçou e Darcy se aproximou, Charlotte não pôde deixar de recomendar à amiga, em voz baixa, que não fosse ingênua a ponto de permitir que seu entusiasmo por Wickham a tornasse desagradável aos olhos de um homem dez vezes mais importante. Elizabeth não respondeu, e tomou seu lugar na fila, perplexa com a honra de ser escolhida como par pelo Sr. Darcy, e lendo igual surpresa nos olhos dos que a cercavam. Durante algum tempo, não disseram uma palavra; e ela começou a pensar que aquele silêncio se prolongaria pelas duas danças. A princípio, resolveu ficar calada, mas de súbito, imaginando que seria um castigo ainda maior obrigar seu companheiro a falar, fez algumas breves observações sobre o baile. Ele respondeu e calou-se novamente. Após uma pausa de alguns minutos, ela se dirigiu novamente a ele:

– Agora é a *sua* vez de dizer alguma coisa, Sr. Darcy. *Eu* falei a respeito da dança, e o *senhor* deveria fazer alguma observação sobre o tamanho da sala ou sobre o número de pares.

Ele sorriu e afirmou que diria tudo o que ela desejasse.

– Muito bem, essa resposta basta por enquanto. Talvez eu venha a observar que os bailes particulares são muito mais agradáveis que os públicos. Mas *agora* podemos ficar calados.

– A senhorita tem o hábito de falar enquanto dança?

– Às vezes. É preciso falar um pouco, como sabe. Pareceria estranho ficar em silêncio durante meia hora ao lado de seu par. No entanto, para servir às preferências de *alguns*, as conversas deveriam ser entabuladas com o menor número possível de palavras.

– A senhorita está se referindo a seus próprios sentimentos, ou imagina que está justificando os meus?

– As duas coisas – replicou Elizabeth, maliciosamente –, pois sempre percebi grandes semelhanças em nossas formas de pensar. Ambos somos antissociais, taciturnos, e não gostamos de falar, a não ser que esperemos dizer alguma coisa capaz de maravilhar a sala inteira e ser transmitida à posteridade com o brilho de um provérbio.

– Essa descrição não se assemelha a seu caráter, tenho certeza – disse ele. – Quanto a se parecer com o *meu*, não posso afirmar. Sem dúvida, a *senhorita* a considera bastante fiel.

– Não devo julgar minha própria argúcia.

Ele não respondeu, e ficaram novamente em silêncio até que, terminada a dança, o Sr. Darcy perguntou se ela e as irmãs costumavam ir a Meryton. Ela respondeu afirmativamente e, sem poder resistir à tentação, acrescentou:

– Quando nos encontrou naquele dia, acabávamos de fazer uma nova amizade.

O efeito foi imediato. A expressão de altivez se acentuou no rosto de Darcy, mas ele nada respondeu; e Elizabeth, maldizendo a própria fraqueza, não teve forças para continuar. Afinal Darcy falou, constrangido:

– O Sr. Wickham é dotado de maneiras tão agradáveis que lhe é fácil *fazer* amigos. Mas que seja capaz de *mantê-los*, não é tão certo.

- Ele teve a infelicidade de perder a *sua* amizade – replicou Elizabeth, com ênfase. – E em circunstâncias que provavelmente o farão sofrer durante toda a vida.

Darcy não respondeu e pareceu ansioso por mudar de assunto. Naquele momento, Sir William Lucas se aproximou, vinha atravessando o salão; mas ao ver o Sr. Darcy, parou e fez uma mesura, cumprimentando-o, e à parceira, pela dança.

– Fiquei encantado, meu caro senhor. Tal aptidão para a dança é rara. É evidente que o senhor pertence à alta roda. Permita-me dizer, porém, que seu belo par não lhe fica atrás, e que espero renovar este prazer muitas vezes, especialmente quando certo acontecimento muito desejável, minha cara Srta. Eliza, acontecer – disse, olhando de relance para Jane e Bingley. – Como serão cumprimentados então! Rogo ao Sr. Darcy... mas não quero interrompê-lo. O senhor não me agradecerá por privá-lo da cativante conversa desta jovem, cujos brilhantes olhos também estão me censurando.

As últimas palavras mal foram ouvidas por Darcy; mas a alusão de Sir William a seu amigo pareceu impressioná-lo. Seus olhos se voltaram para Bingley e Jane, que dançavam, mas, recompondo-se rapidamente, voltou-se para Elizabeth e disse:

– A interrupção de Sir William me fez esquecer sobre o que falávamos.

– Não acho que estivéssemos falando de coisa alguma. Sir William não poderia ter interrompido duas pessoas nesta sala que tivessem menos o que dizer uma à outra. Já tentamos dois ou três assuntos sem êxito, e sobre o que poderíamos falar a seguir, não imagino.

– Gostaria de falar sobre livros? – perguntou ele, sorrindo.

– Livros? Oh, não! Estou certa de que não lemos os mesmos, ou pelo menos não com os mesmos sentimentos.

– Lamento que pense assim; mas se for o caso, pelo menos não haverá falta de assunto. Podemos comparar nossas opiniões divergentes.

– Não, não consigo falar sobre livros em um salão de baile; minha cabeça está cheia de outras coisas.

– O *presente* sempre a preocupa em tais ocasiões, não é? – perguntou ele, com uma expressão de dúvida.

– Sim, sempre – replicou ela, sem saber o que dizia, pois seu pensamento estava longe, mas logo depois voltou a si, com súbita exclamação: – Lembro-me de já tê-lo ouvido dizer, Sr. Darcy, que dificilmente perdoa, e que seu ressentimento, uma vez despertado, jamais se aplaca. O senhor é muito cuidadoso, suponho, para que ele não seja *despertado*.

– Sim, sou – disse ele, com voz firme.

– E nunca se deixa influenciar pelo preconceito?

– Espero que não.

– É particularmente importante, para aqueles que nunca mudam de opinião, ter a certeza de julgar com justiça desde o início.

– Posso indagar a finalidade dessas perguntas?

– Apenas compreender *seu* caráter – disse ela, procurando dissipar seu ar de gravidade. – Estou tentando decifrá-lo.

– E como está se saindo?

Ela sacudiu a cabeça.

– Não estou fazendo progresso algum. Ouço tantas informações contraditórias a seu respeito que fico confusa.

– Posso acreditar que as informações a meu respeito variem bastante – respondeu ele, com gravidade. – Desejaria,

Srta. Bennet, que não tentasse definir meu caráter neste momento, pois tenho razões para acreditar que o resultado não seria muito lisonjeiro.

– Mas, se não o fizer agora, pode ser que jamais encontre outra oportunidade.

– Eu jamais a privaria desse prazer – disse ele, friamente.

Ela não disse mais nada. Terminaram a segunda dança e se separaram em silêncio; ambos contrariados, embora em graus diferentes, pois havia em Darcy um sentimento muito forte em relação a Elizabeth, que o levou imediatamente a perdoá-la e a dirigir seu mau humor contra outra pessoa.

Não havia muito que tinham se separado, quando a Srta. Bingley aproximou-se de Elizabeth e, com uma expressão de educado desdém, abordou-a:

– Então, Srta. Eliza, soube que ficou encantada com George Wickham! Sua irmã me falou a respeito dele e fez mil perguntas; acho que esse rapaz se esqueceu de contar-lhe, entre outras coisas, que era filho do velho Wickham, o intendente do falecido Sr. Darcy. Entretanto, deixe-me recomendar, como amiga, que não dê inteira fé a todas as suas afirmações; pois é totalmente falso que o Sr. Darcy o tenha tratado mal; pelo contrário, ele sempre foi muito bondoso com o Sr. George Wickham, embora este tenha correspondido da maneira mais infame. Não conheço os detalhes, mas sei muito bem que o Sr. Darcy não tem culpa nenhuma, que ele não pode suportar se quer a menção do nome do Sr. George Wickham, e que, embora meu irmão achasse que não podia omitir seu nome na lista dos oficiais convidados, ele mesmo nos deu a satisfação de sair do caminho. Sua vinda para cá é de uma insolência incrível, na verdade, e me pergunto como foi capaz de tamanha ousadia. Sinto muito, Srta. Eliza, por revelar a culpa de seu favorito; mas considerando a ascendência dele, nada melhor seria de esperar.

– A culpa e a origem modesta do Sr. Wickham parecem significar a mesma coisa a seus olhos – respondeu Elizabeth, enfurecida –, pois a única acusação que lhe fez foi de ser filho do intendente do Sr. Darcy, e quanto a *isso*, posso lhe assegurar, ele mesmo me informou.

– Desculpe-me – replicou a Srta. Bingley, com expressão de despeito. – Perdoe minha interferência. Foi bem-intencionada.

"Que insolente", disse Elizabeth a si mesma. "Está muito enganada se espera me influenciar com ataques tão mesquinhos. Não passam da união de sua ignorância obstinada com a malícia do Sr. Darcy." Em seguida, procurou a irmã mais velha, que se comprometera a pedir a Bingley informações sobre o mesmo assunto. Jane foi a seu encontro com um sorriso tão doce e complacente e uma expressão de felicidade tão brilhante, que bastavam para demonstrar quanto estava satisfeita com os acontecimentos da noite. Elizabeth percebeu seus sentimentos e, naquele momento, a preocupação com Wickham, o ressentimento contra seus inimigos e tudo o mais foi deixado de lado diante da esperança de que Jane estivesse no caminho mais seguro para a felicidade.

– Eu queria saber – disse Elizabeth, com uma expressão não menos sorridente que a da irmã – o que você descobriu a respeito do Sr. Wickham. Mas se esteve tão ocupada demais com assuntos mais agradáveis para pensar em uma terceira pessoa, tem o meu perdão.

– Não – replicou Jane –, não me esqueci dele; mas nada tenho de satisfatório a lhe contar. O Sr. Bingley não conhece a história toda, nem as circunstâncias que o Sr. Darcy achou ofensivas; mas assegura a boa conduta, a integridade e a honra de seu amigo, o Sr. Darcy; e sinto dizer que está inteiramente convencido, assim como a irmã, de que o Sr. Wickham não é de modo algum um rapaz respeitável. Creio que ele foi muito imprudente e mereceu perder a estima do Sr. Darcy.

– O Sr. Bingley conhece o Sr. Wickham pessoalmente?

– Não, nunca o tinha visto até aquela manhã em Meryton.

– Então essas informações são as que recebeu do Sr. Darcy. Estou completamente satisfeita. Mas o que ele diz a respeito do posto?

– Ele não se lembra exatamente das circunstâncias, embora as tenha ouvido do Sr. Darcy mais de uma vez. Mas acredita que o posto lhe tenha sido deixado apenas *condicionalmente.*

– Não duvido da sinceridade do Sr. Bingley – disse Elizabeth, com ênfase. – Mas você me desculpará de não poder me contentar apenas com essa simples afirmação. Tenho certeza de que o Sr. Bingley defendeu o amigo de maneira brilhante, mas, como ele desconhece muitos lados da história e só ouviu a opinião do próprio Sr. Darcy, continuo a pensar exatamente como antes a respeito de ambos os cavalheiros.

Em seguida, Elizabeth escolheu outro assunto, mais agradável para ambas, no qual não havia lugar para divergências. Ouviu com prazer o relato que Jane lhe fez das felizes, embora modestas, esperanças que alimentava a respeito do Sr. Bingley, e fez o que estava a seu alcance para elevá-las. Quando o Sr. Bingley, logo depois, se juntou a elas, Elizabeth deixou-os e se aproximou da Srta. Lucas; cujas perguntas sobre quão agradável fora seu último par mal puderam ser respondidas antes que o Sr. Collins se aproximasse, muito entusiasmado, contando que fizera uma notável descoberta.

– Descobri por um singular acaso – disse ele – que existe nesta sala um parente muito próximo de minha protetora. Ouvi esse cavalheiro mencionar à jovem senhora que faz as honras desta casa os nomes de sua prima, a Srta. De Bourgh, e da mãe dela, Lady Catherine. É maravilhoso que tais coisas ocorram! Quem diria que eu encontraria aqui alguém que talvez seja sobrinho de Lady Catherine? Estou contente por ter descoberto a tempo de apresentar meus respeitos a esse cavalheiro, o que farei agora, e espero que me desculpe por não tê-lo feito antes. Minha total ignorância desse parentesco deve ser o suficiente para conquistar seu perdão.

– O senhor vai se apresentar pessoalmente ao Sr. Darcy?

– Decerto. Pedirei desculpas por não ter me apresentado mais cedo. Acredito que ele seja o sobrinho de Lady Catherine. Estarei realmente em situação de lhe afirmar que Sua Senhoria estava muito bem quando a deixei.

Elizabeth tentou dissuadi-lo; dizendo que o Sr. Darcy consideraria uma impertinência o fato de alguém se dirigir a ele sem apresentação prévia, mesmo que para elogiar sua tia; que não era absolutamente necessário para ambos que eles travassem conhecimento e que, mesmo que fosse, cabia ao Sr. Darcy, em virtude de sua condição superior, qualquer iniciativa a esse respeito. O Sr. Collins a ouviu com ar de quem estava decidido a seguir as próprias inclinações e, quando ela terminou, respondeu:

– Minha cara Srta. Elizabeth, tenho o maior respeito pela sua opinião em tudo que se refere a assuntos de sua competência, mas permita-me dizer que existe uma ampla diferença entre as formalidades de cerimônia usadas pelos leigos e aquelas que regulam as relações do clero. Então, dê-me licença de observar que considero o ofício sacerdotal equivalente em dignidade aos mais altos títulos do reino, desde que ao mesmo tempo se mantenha a devida humildade de conduta. Permita-me, pois, seguir os ditames de minha consciência e realizar o que considero um dever. Perdoe-me menosprezar seu conselho, que, em qualquer outra circunstância, seria meu guia. Mas no caso presente considero-me mais apto, pela educação e pelo estudo, a julgar o que é correto do que uma jovem como a senhorita.

E, com uma profunda reverência, deixou-a para ir falar com o Sr. Darcy, cuja reação Elizabeth observou com ansiedade, e cuja perplexidade ao ser interpelado daquela maneira ficou bastante evidente. O primo iniciou sua abordagem com uma solene reverência, e ainda que ela não pudesse ouvir uma palavra, sentiu que escutava tudo e distinguiu, no movimento de seus lábios, as palavras "desculpas", "Hunsford" e "Lady Catherine de Bourgh". Era angustiante ver o primo ridicularizar-se assim diante daquele homem. O Sr. Darcy o observava com incontido espanto, e quando, afinal, o Sr. Collins permitiu que falasse, respondeu com certa frieza. O Sr. Collins, entretanto, não se deixou abater e voltou à carga, enquanto o desprezo do Sr. Darcy parecia aumentar proporcionalmente à duração do segundo discurso. No fim, fez apenas um ligeiro cumprimento e se afastou. O Sr. Collins voltou para perto de Elizabeth.

– Não tenho razões, asseguro-lhe – disse ele –, para ficar descontente com a acolhida que recebi. O Sr. Darcy pareceu muito satisfeito com a atenção. Respondeu-me com a maior amabilidade e me fez até a honra de observar que estava tão convencido do discernimento de Lady Catherine, que tinha a certeza de que ela jamais concederia seus favores a quem não os merecesse. Foi realmente uma agradável opinião. Em suma, estou muito satisfeito com ele.

Como Elizabeth não tinha mais qualquer interesse pessoal naquela festa, voltou sua atenção inteiramente para a irmã e o Sr. Bingley, e as agradáveis reflexões derivadas daquela observação deixaram-na quase tão feliz quanto Jane. Em sua imaginação, viu-a instalada naquela mesma casa, gozando toda a felicidade que um casamento baseado em verdadeira afeição pode conceder; e sentiu-se até capaz, em tais circunstâncias, de se esforçar para gostar das duas irmãs de Bingley. Viu que os pensamentos de sua mãe se dirigiam para a mesma direção, e resolveu não se aproximar dela, pois acabaria ouvindo mais do que desejava. Quando se sentaram para a ceia, entretanto, Elizabeth considerou o mais perverso dos infortúnios ter sido colocada perto da mãe; e ficou profundamente envergonhada ao perceber que esta conversava aberta e livremente com Lady

Lucas sobre sua esperança de logo ver Jane casada com o Sr. Bingley. Era um assunto interessante, do qual a Sra. Bennet parecia incapaz de se cansar enquanto enumerava as vantagens daquela aliança. Que fosse um rapaz tão encantador, e tão rico, e vivesse a apenas cinco quilômetros de Longbourn eram os pontos principais pelos quais se alegrava. E, depois, era um imenso conforto ver como as duas irmãs do Sr. Bingley gostavam de Jane e ter a certeza de que desejavam o casamento tanto quanto ela própria. Além disso, também era muito importante para suas filhas mais novas, pois o casamento de Jane com um homem de tão alta posição as levaria a conhecer partidos ricos; e, finalmente, era tranquilizador, naquela altura de sua vida, poder confiar as filhas solteiras aos cuidados da irmã, o que a dispensaria da obrigação de frequentar a sociedade. Era preciso tratar essa circunstância como um motivo de prazer, por uma questão de etiqueta; mas ninguém jamais estaria menos inclinado do que a Sra. Bennet a ficar em casa em qualquer momento da vida. Ela concluiu o assunto desejando que Lady Lucas obtivesse em breve a mesma felicidade, embora acreditasse, de forma evidente e triunfante, que não havia a menor chance.

Elizabeth procurou em vão reprimir o fluxo de palavras da mãe e persuadi-la a descrever sua felicidade em um tom menos audível; pois percebia, com inexprimível vergonha, que grande parte daquilo fora ouvida pelo Sr. Darcy, sentado diante delas. Sua mãe limitou-se a repreendê-la por dizer tolices.

– Por favor! O que devo ao Sr. Darcy para temê-lo? Estou certa de que não lhe devemos um respeito tal que nos obrigue a calar o que possa descontentá-lo.

– Pelo amor de Deus, mamãe, fale mais baixo. Qual a vantagem de ofender o Sr. Darcy? Não é dessa maneira que se tornará estimada pelo amigo dele.

Nada do que disse, entretanto, teve menor efeito. Sua mãe continuou a expressar as próprias opiniões no mesmo tom.

Elizabeth enrubescia de vergonha e desapontamento. Não conseguia evitar olhares frequentes ao Sr. Darcy, embora cada um deles apenas confirmasse seus temores; pois ainda que ele não olhasse continuamente para sua mãe, tinha certeza de que a atenção dele estava invariavelmente fixa nela. A expressão de seu rosto mudou gradualmente do desprezo indignado para uma severa gravidade.

No entanto, chegou um momento em que a Sra. Bennet nada mais teve a dizer; e Lady Lucas, que já bocejava havia algum tempo, entediada pela repetição de prazeres que dificilmente compartilharia, consolou-se com presunto frio e galinha. Elizabeth se sentiu renascer. Mas sua tranquilidade não durou muito; pois quando o jantar terminou, propuseram que alguém cantasse, e, mortificada, ela viu que Mary, depois de ligeira insistência, preparava-se para regalar os convidados. Tentou, por meio de olhares significativos e mudos apelos, evitar aquela prova de boa vontade, mas foi em vão; Mary se recusava a compreender. Tal oportunidade de exibir-se era deliciosa, e ela começou sua música. Os olhos de Elizabeth se fixaram nela com os mais dolorosos sentimentos, e, enquanto a irmã avançava pelas várias estrofes, observou-a com uma impaciência que foi muito mal recompensada no fim; pois Mary, percebendo entre os agradecimentos a sugestão de renovar o prazer que oferecia a seus ouvintes, após uma pausa de meio minuto, começou outra música. O talento de Mary não estava, absolutamente, à altura de tal exibição; sua voz era fraca, e seus gestos, afetados. Elizabeth estava em agonia. Olhou para Jane a fim de ver como estava suportando aquilo; mas a irmã conversava discretamente com Bingley. Olhou para as duas irmãs dele e viu que faziam sinais de escárnio uma para a outra e também para Darcy, que continuava, porém, impenetravelmente sério. Elizabeth olhou para o pai, suplicando sua interferência, ou Mary cantaria a noite inteira.

Ele compreendeu o gesto e, quando Mary acabou de cantar pela segunda vez, disse, em voz alta:

– Isso basta, minha filha. Você cantou muito bem e nos deleitou a todos. Agora deixe que as outras jovens brilhem um pouco.

Mary, embora fingisse não ouvir, ficou um tanto perturbada; e Elizabeth, penalizada por ela e descontente com as palavras do pai, temeu ter se precipitado. Outras moças foram convidadas.

– Se eu tivesse a sorte de saber cantar – disse o Sr. Collins –, estou certo de que teria imenso gosto de dar aos ilustres presentes o prazer de uma ária; pois considero a música um passatempo muito inocente e perfeitamente compatível com as funções de um sacerdote. Não quero afirmar, entretanto, que seja justo dedicar todo o nosso tempo à música, pois existem, é claro, outros deveres. O reitor de uma paróquia tem muito que fazer. Em primeiro lugar, deve obter um acordo sobre o dízimo, que o beneficie sem ofender a seu protetor. Ele deve escrever os próprios sermões; e o tempo que lhe sobra não será muito para os deveres da paróquia e para o cuidado e a conservação de sua casa, que ele não pode abster-se de tornar tão confortável quanto possível. E não creio que sejam de pouca importância os cuidados que toma para mostrar-se atencioso e benévolo com todos, especialmente com aqueles a quem deve sua situação. Não posso me eximir dessa obrigação; nem posso estar de acordo com um homem que falte à ocasião de apresentar seus respeitos a qualquer membro da família de seus protetores.

E, com uma reverência ao Sr. Darcy, ele concluiu seu discurso, que tinha pronunciado em voz tão alta, que metade da sala o ouvira. Muitos ficaram chocados. Muitos sorriram; mas ninguém pareceu se divertir mais do que o próprio Sr. Bennet, enquanto sua mulher, muito séria, elogiava o Sr. Collins por ter falado de modo tão sensato e observava, em um meio sussurro a Lady Lucas, que ele era um rapaz notavelmente inteligente e distinto.

A Elizabeth pareceu que, se toda a sua família houvesse entrado em acordo para se expor ao máximo do ridículo possível naquela noite, não poderiam ter desempenhado o papel com mais empenho nem com maior êxito; e ficou feliz por Bingley e sua irmã, pois ele não notara parte daquela exibição, e seus sentimentos não pareciam ser frágeis a ponto de se alterar pelos absurdos que presenciara. Que as duas irmãs dele e o Sr. Darcy, entretanto, tivessem recebido tal oportunidade de ridicularizar seus parentes, era ruim o bastante, e ela não conseguia definir qual das duas atitudes era mais intolerável: se o desprezo silencioso do cavalheiro ou os sorrisos insolentes das damas.

O resto da noite trouxe-lhe poucas distrações. Embora o Sr. Collins, que perseverava a seu lado, não tivesse conseguido persuadi-la a dançar novamente, impediu que outros a tirassem. Em vão Elizabeth lhe suplicou que convidasse outra. Chegou mesmo a se oferecer para apresentá-lo a qualquer moça do salão. Ele assegurou que a dança em si lhe era indiferente; que seu objetivo principal era, por meio de delicadas atenções, conquistar suas boas graças e que, portanto, considerava essencial ficar ao lado dela durante toda a noite. Não houve argumentos que o demovessem de tal intento. Ela recebeu um grande alívio da Srta. Lucas, que diversas vezes se juntou a eles, e foi bondosa o bastante para conversar com o Sr. Collins.

Pelo menos estava livre de ser afrontada pelas atenções do Sr. Darcy; pois embora estivesse sempre por perto, normalmente sozinho, não se aproximou o suficiente para conversar. Elizabeth sentiu que aquele comportamento era a provável consequência de suas alusões ao Sr. Wickham, e exultou.

A família de Longbourn foi a última a partir; e, graças a uma manobra da Sra. Bennet, teve de esperar pela carruagem durante quinze minutos depois que todos os outros tinham ido embora. Isso deu a eles tempo bastante para constatar quanto sua partida era desejada por alguns dos anfitriões. A Sra. Hurst e sua irmã só abriram a boca para se queixar do cansaço, e revelavam evidente impaciência por ter a casa para si mesmas. Repeliram todas as tentativas de conversa da Sra. Bennet, lançando sobre todo o grupo uma prostração que encontrou pouco alívio nos longos discursos do Sr. Collins, que elogiava o Sr. Bingley e as irmãs pela elegância da festa, e pela hospitalidade e cortesia com que tinham tratado os convidados. Darcy não disse absolutamente nada. O Sr. Bennet, igualmente silencioso, divertia-se com a cena. O Sr. Bingley e Jane estavam juntos, um pouco afastados dos demais, e conversavam apenas um com o outro. Elizabeth se mantinha tão calada quanto a Sra. Hurst e a Srta. Bingley; e até mesmo Lydia estava cansada demais para ir além de ocasionais exclamações de "Deus, como estou exausta!", que eram acompanhadas por um violento bocejo.

Quando finalmente se levantaram para ir, a Sra. Bennet foi excessivamente cordial ao demonstrar sua esperança de receber em breve a família toda em Longbourn; e dirigiu-se particularmente ao Sr. Bingley, para assegurar-lhe de como ficariam felizes em recebê-lo a qualquer dia, para um jantar em família, sem as formalidades de um convite. Bingley agradeceu com grande prazer e de boa vontade se comprometeu a aparecer na primeira oportunidade, assim que retornasse de Londres, para onde devia partir no dia seguinte, por um curto período.

A Sra. Bennet ficou inteiramente satisfeita; e deixou a casa na deliciosa convicção de que, contando com o prazo necessário para preparar os contratos, as novas carruagens e o enxoval, ela sem dúvida veria a filha instalada em Netherfield dentro de três ou quatro meses. Em ter outra filha casada com o Sr. Collins, pensava com igual certeza, e com considerável, embora não igual, prazer. Para ela, Elizabeth era a menos querida das filhas; e embora o marido e o casamento fossem perfeitamente dignos *dela*, o valor de ambos era eclipsado pelo Sr. Bingley e por Netherfield.

19

O dia seguinte iniciou uma nova cena em Longbourn. O Sr. Collins fez sua declaração formal. Resolvido a agir sem mais perda de tempo, pois sua licença expirava no sábado seguinte, e incapaz da timidez que poderia tornar o momento embaraçoso, começou a falar de maneira muito metódica, obedecendo a todas as formalidades que supunha indispensáveis à transação. Encontrando juntas a Sra. Bennet, Elizabeth e uma das irmãs mais novas logo após o café da manhã, ele se dirigiu à mãe com as seguintes palavras:

– Posso contar, minha senhora, com seu interesse por sua bela filha Elizabeth, quando solicito a honra de uma audiência privada com ela no decorrer desta manhã?

Antes que Elizabeth tivesse tempo para outra coisa que não corar de surpresa, a Sra. Bennet respondeu de imediato:

– Oh! Sim... Certamente. Tenho certeza de que Lizzy ficará muito feliz. Acredito que ela não fará nenhuma objeção. Venha, Kitty, preciso de você lá em cima.

E, juntando as costuras, ela se afastava apressadamente quando Elizabeth exclamou:

– Mamãe, não vá. Imploro que não vá. O Sr. Collins terá de me desculpar. Ele nada tem a me dizer que os outros não possam ouvir. Vou subir também.

– Não, não, que tolice, Lizzy! Quero que fique onde está. – E como Elizabeth, com olhares embaraçados, parecesse realmente disposta a fugir, ela acrescentou: – Lizzy, eu *insisto* que fique e ouça o que o Sr. Collins tem a dizer.

Elizabeth não podia se opor a tal exigência e, depois de refletir por um instante, concluiu que seria mais sensato acabar com aquilo com a maior rapidez e tranquilidade possíveis; tornou a sentar-se e, mantendo-se ocupada, procurou disfarçar seus sentimentos, que se dividiam entre agonia e diversão. A Sra. Bennet e Kitty se afastaram, e assim que deixaram a sala o Sr. Collins começou:

– Acredite, minha cara Srta. Elizabeth, que sua modéstia, longe de prestar-lhe um desserviço, acrescenta mais uma às suas outras perfeições. A senhorita teria sido menos adorável a meus olhos caso *não* oferecesse alguma pequena resistência; mas permita que lhe assegure que tenho a permissão de sua respeitável mãe para este empreendimento. A senhorita dificilmente ignora o verdadeiro sentido de minhas palavras, embora sua natural delicadeza possa levá-la a dissimular; minhas atenções foram claras demais para serem mal compreendidas. Praticamente desde o primeiro momento em que entrei nesta casa, escolhi-a para companheira de minha vida futura. Antes de me deixar levar por meus sentimentos a esse respeito, talvez convenha dizer-lhe as razões que tenho para me casar e, além disso, os motivos que me trouxeram a Hertfordshire com o propósito de escolher uma esposa, como sem dúvida escolhi.

A ideia de que o Sr. Collins, com toda a sua solenidade, pudesse se deixar levar por seus sentimentos provocou em Elizabeth tamanha vontade de rir que ela foi incapaz de utilizar a curta pausa que se seguiu para tentar detê-lo, e ele prosseguiu:

– Minhas razões para casar são, em primeiro lugar, que considero uma obrigação de todos os pastores que se encontrem em boa situação, como eu, dar o bom exemplo do matrimônio à sua paróquia. Em segundo lugar, que estou convencido de que isso contribuirá grandemente para minha felicidade; e o terceiro motivo, que eu deveria, talvez, ter mencionado primeiro, é o conselho e a expressa recomendação da muito nobre senhora que tenho a honra de chamar minha protetora. Duas vezes ela condescendeu em dar-me sua opinião, e sem que eu lhe pedisse!, sobre este assunto. Foi na noite que precedeu minha partida de Hunsford, entre uma de nossas partidas de *quadrille*, enquanto a Sra. Jenkinson punha um tamborete sob os pés da Srta. De Bourgh, que Lady Catherine disse: "Sr. Collins, o senhor precisa se casar. Um pastor como o senhor deve se casar. Escolha adequadamente, escolha uma mulher educada, que agrade a *mim* e ao *senhor*; cuide para que seja uma pessoa ativa, útil, que não tenha sido mimada pelos pais, mas que saiba administrar uma casa com economia. Esse é meu conselho. Encontre essa mulher o mais depressa possível, traga-a para Hunsford e eu irei visitá-la". Permita-me, a propósito, observar, minha bela prima, que não considero a atenção e a amabilidade de Lady Catherine uma das menores vantagens que estão em meu poder oferecer-lhe. A senhorita verá que sua conduta está além de minha capacidade de descrição; e penso que ela considerará aceitáveis sua inteligência e sua vivacidade, especialmente combinadas ao silêncio e ao respeito que a posição de Lady Catherine impõe. Tendo esclarecido minha opinião geral a favor do matrimônio; resta explicar por que dirigi minha atenção a Longbourn em vez de à minha própria região onde, posso lhe assegurar, existem muitas jovens encantadoras. Mas o fato é que, sendo eu o herdeiro desta propriedade após a morte de seu honrado pai que, no entanto, deve viver longos anos, achei que era meu dever escolher uma esposa entre suas filhas, tornando seu prejuízo o menor possível quando esse triste evento acontecer; o qual entretanto, como eu já disse, pode demorar ainda muitos anos. Este foi meu motivo principal, minha estimada prima, e estou certo de que ele não me diminuirá a seus olhos. E agora nada me resta senão lhe exprimir, na linguagem mais apaixonada, a intensidade de minha afeição. Sou perfeitamente indiferente à fortuna e não farei nenhuma exigência dessa natureza a seu pai, pois sei perfeitamente que ela não poderia ser atendida; e sei também que as mil libras a quatro por cento, que só serão suas após o falecimento de sua mãe, são tudo a que a senhorita tem direito.

Sobre esse assunto, portanto, eu me conservarei silencioso; e pode estar certa de que nenhuma observação pouco generosa cruzará meus lábios quando estivermos casados.

Era absolutamente necessário interrompê-lo naquele momento.

– O senhor está se precipitando – exclamou Elizabeth. – Esquece que ainda não lhe dei uma resposta. Deixe-me fazê-lo sem mais perda de tempo. Aceite meus agradecimentos pelos elogios que me concede, aprecio devidamente a honra de sua proposta, mas não posso fazer outra coisa senão recusá-la.

– Não é preciso que me ensine – replicou o Sr. Collins, com gesto formal – que as moças costumam rejeitar a proposta do homem que secretamente desejam aceitar, da primeira vez em que é feita; e que às vezes essa recusa se repete duas ou até três vezes. Portanto, não estou absolutamente desencorajado pelo que acabou de dizer e espero dentro em breve conduzi-la ao altar.

– Dou-lhe minha palavra de honra, senhor – exclamou Elizabeth – que sua esperança é extraordinária depois de minha recusa. Asseguro-lhe que não sou uma dessas moças, se é que existem, que cometem a ousadia de arriscar a própria felicidade confiando na possibilidade de um segundo pedido. Minha recusa é absolutamente séria. O senhor não poderia *me* fazer feliz, e estou convencida de que sou a última mulher do mundo capaz de fazer *o senhor* feliz. Além do mais, caso sua amiga Lady Catherine viesse a me conhecer, estou certa de que me acharia, sob todos os aspectos, mal qualificada para essa situação.

– Se eu tivesse certeza de que Lady Catherine pensaria assim... – disse o Sr. Collins muito gravemente. – Mas não posso crer que Sua Senhoria a desaprovasse de maneira alguma. E saiba que, quando tiver a honra de tornar a vê-la, falarei com todo o entusiasmo sobre sua modéstia, economia e outras estimáveis qualidades.

– Na verdade, Sr. Collins, todos os elogios a mim serão desnecessários. É preciso que me permita julgar por mim mesma e me faça o favor de acreditar no que digo. Desejo que seja muito feliz e próspero e, recusando-lhe minha mão, faço tudo o que está em meu poder para impedir que aconteça o contrário. Com este oferecimento, deve considerar satisfeitas suas boas intenções em relação à minha família, e pode, sem remorsos, tomar posse da propriedade de Longbourn quando meu pai morrer. Este assunto pode, portanto, ser considerado encerrado.

E, levantando-se ao fim dessas palavras, Elizabeth teria saído da sala se o Sr. Collins não tivesse se dirigido a ela:

– Quando eu tiver a honra de lhe falar pela segunda vez sobre este assunto, espero receber uma resposta mais favorável do que esta; longe de mim, no entanto, acusá-la de crueldade neste momento, pois sei que é um costume de seu sexo rejeitar as primeiras propostas de um homem, e talvez agora suas palavras tenham encorajado ainda mais meu pedido, por serem compatíveis com a verdadeira delicadeza do espírito feminino.

– Francamente, Sr. Collins – exclamou Elizabeth, com certa veemência –, o senhor me causa absoluta perplexidade. Se o que eu disse até agora pode lhe parecer um encorajamento, não sei como exprimir minha recusa de modo a torná-la convincente.

– A senhorita deve permitir que eu me gabe, minha encantadora prima, de que sua recusa a meu pedido não passa de uma formalidade. Minhas razões para acreditar nisso são, em resumo, as seguintes: não me parece que minha mão seja indigna de sua pessoa, ou que a situação que posso oferecer-lhe não seja altamente desejável. Minha posição na vida, minhas relações com a família De Bourgh e meu parentesco com a sua são circunstâncias que falam bastante em meu favor; e a senhorita deveria tomar em consideração também que, apesar de seus muitos atrativos, não é certo que outra proposta de casamento lhe seja feita. Infelizmente, seu dote é tão pequeno que provavelmente anulará os efeitos de sua beleza e de suas adoráveis qualidades. Devo, portanto, concluir que não fala sério ao me rejeitar, e prefiro atribuir sua recusa ao desejo de aumentar meu amor através do suspense, de acordo com o costume das mulheres elegantes.

– Asseguro-lhe, senhor, que não tenho quaisquer pretensões a uma espécie de elegância que consiste em atormentar um homem respeitável. Prefiro o elogio de ser considerada sincera. Repito meu agradecimento pela grande honra de sua proposta, mas é inteiramente impossível que a aceite. Meus sentimentos o impedem em todos os aspectos. Posso ser mais clara? Não me veja como uma mulher elegante com a intenção de atormentá-lo, mas sim como uma criatura racional, dizendo a mais pura verdade.

– A senhorita é de uma coerência encantadora! – exclamou ele, com um ar de desajeitada galanteria. – Estou convencido de que, depois de sancionada pela autoridade expressa de seus excelentes pais, minha proposta se tornará irrecusável.

Contra tal perseverança no desejo de se iludir, Elizabeth nada poderia fazer. Imediatamente se retirou em silêncio; determinada, caso ele persistisse em considerar sua rejeição como um lisonjeiro encorajamento, a apelar para o pai, cuja recusa deveria ser definitiva, e cuja atitude o Sr. Collins não poderia entender como a afetação e o artifício de uma mulher elegante.

20

O Sr. Collins não permaneceu muito tempo entregue à contemplação silenciosa de seu amor triunfante; pois a Sra. Bennet, que se deixara ficar no vestíbulo esperando o fim da conferência, assim que viu Elizabeth abrir a porta e se dirigir apressadamente para a escada, entrou na sala de café da manhã e efusivamente felicitou o Sr. Collins e a si mesma pelo feliz prospecto do estreitamento de suas relações. O Sr. Collins recebeu e retribuiu essas felicitações com igual prazer, em seguida começou a relatar os detalhes da entrevista, cujos resultados, acreditava, tinha todas as razões para considerar satisfatórios, pois a insistente recusa que sua prima lhe impusera decorria naturalmente de seu pudor e de sua delicadeza de sentimentos.

Essa informação, entretanto, alarmou a Sra. Bennet; ela ficaria igualmente satisfeita se pudesse fingir que a filha pretendia encorajá-lo ao recusar a proposta, mas não ousava acreditar naquilo. Assim, não pode evitar dizer:

– Mas pode ficar certo, Sr. Collins – acrescentou ela –, de que Lizzy será chamada à razão. Falarei com ela pessoalmente. É uma menina tola e teimosa e não entende o que é melhor para ela, mas eu a *farei* entender.

– Perdoe minha interrupção, senhora – exclamou o Sr. Collins –, mas se ela é realmente teimosa e tola, não sei se seria uma esposa desejável para um homem em minha situação, que, naturalmente, procura a felicidade no casamento. Se, portanto, ela persistir na recusa, talvez fosse melhor não forçá-la a me aceitar, pois se é sujeita a essas variações de humor, não poderia contribuir muito para minha felicidade.

– O senhor compreendeu mal – disse Sra. Bennet, alarmada. – Lizzy é teimosa apenas em assuntos como este. Em tudo o mais ela é a mais dócil das criaturas. Vou falar imediatamente com o Sr. Bennet e estou certa de que logo arranjaremos tudo com ela.

E, sem dar ao Sr. Collins tempo para responder, correu para o marido, exclamando, ao entrar na biblioteca:

– Oh! Sr. Bennet, preciso do senhor imediatamente; estamos em um grande conflito. O senhor deve convencer Lizzy a se casar com o Sr. Collins, pois ela declarou que não o aceitará, e caso não se apresse, ele mudará de ideia e não se casará com *ela*.

O Sr. Bennet levantou os olhos do livro e fixou-os no rosto da mulher, com uma tranquilidade que não se alterou após ouvir suas palavras.

– Não tenho o prazer de compreendê-la – disse ele, depois que ela se calou. – Do que está falando?

– Do Sr. Collins e Lizzy. Ela declara que não aceita o Sr. Collins, e o Sr. Collins começa a achar que não aceita Lizzy.

– E o que eu poderia fazer a respeito? A situação parece irremediável.

– Fale com Lizzy pessoalmente. Diga que insiste que ela se case com ele.

– Chame-a aqui. Darei minha opinião.

A Sra. Bennet tocou a sineta e a Srta. Elizabeth foi convocada à biblioteca.

– Venha cá, minha filha – exclamou o pai, ao vê-la entrar. – Mandei chamá-la para tratar de um assunto importante. Soube que o Sr. Collins lhe fez uma proposta de casamento. É verdade? – Elizabeth respondeu que sim. – Muito bem. E você recusou essa proposta?

– Recusei, papai.

– Muito bem, agora chegamos ao ponto. Sua mãe insiste que você aceite. Não é, Sra. Bennet?

– Sim, ou nunca mais falarei com ela.

– Uma difícil escolha está diante de você, Elizabeth. De hoje em diante, você será uma estranha para um de seus pais. Sua mãe nunca mais falará com você se *não* se casar com o Sr. Collins. E eu nunca mais lhe falarei se você *se casar*.

Elizabeth não pôde deixar de sorrir diante da conclusão; mas a Sra. Bennet, que estava convencida de que o marido considerava o assunto de um ponto de vista idêntico ao seu, ficou terrivelmente desapontada.

– O que pretende, Sr. Bennet, com essas palavras? O senhor prometeu que *insistiria* com Elizabeth para que ela se casasse.

– Minha cara – replicou o marido –, tenho dois pequenos favores a lhe pedir. Primeiro, que me permita usar meu próprio entendimento no caso presente; e segundo, minha própria biblioteca. Desejo tê-la a meu inteiro dispor o mais depressa possível.

Apesar de profundamente desapontada com o marido, a Sra. Bennet ainda não cedera. Falou diversas vezes a Elizabeth; alternadamente persuadindo e ameaçando. Tentou envolver Jane em seus propósitos, mas esta, com toda a doçura possível, recusou-se a interferir. E Elizabeth resistiu a seus ataques, às vezes com seriedade, outras, com bom humor. Mas embora variasse a conduta, sua determinação permaneceu inalterável.

Enquanto isso, o Sr. Collins meditava na solidão sobre o acontecido. Possuía uma opinião demasiado alta de si mesmo para compreender o motivo por que a prima o recusava; e, embora seu orgulho estivesse ferido, não via motivo para sofrer. Seu interesse pela prima fora imaginário; e o fato de ela merecer a repreensão da mãe aplacava-lhe o desgosto.

Enquanto a família atravessava aquele conflito, Charlotte Lucas apareceu para passar o dia. Lydia a encontrou no vestíbulo e, correndo em sua direção, exclamou em voz baixa:

– Que bom você ter vindo! Tudo está muito divertido por aqui. Sabe o que aconteceu hoje de manhã? O Sr. Collins fez uma proposta de casamento a Lizzy e ela recusou.

Charlotte mal teve tempo para responder antes que Kitty, que chegava com a mesma notícia, se juntasse a elas. E mal tinham entrado na sala de café da manhã, onde a Sra. Bennet se encontrava sozinha, quando esta abordou imediatamente o assunto, apelando para a compaixão da Srta. Lucas e suplicando-lhe que persuadisse sua amiga Lizzy a ceder aos desejos da família.

– Por favor, fale com ela, minha cara Srta. Lucas – acrescentou ela, em um tom melancólico –, pois ninguém está a meu lado, todos estão contra mim. Sou cruelmente maltratada, ninguém tem pena de meus pobres nervos.

A réplica de Charlotte foi impedida pela entrada de Jane e Elizabeth.

– Oh, aí vem ela – continuou a Sra. Bennet –, despreocupada como nunca e importando-se tanto conosco quanto se estivéssemos em York, contanto que possa agir como quiser. Mas eu vou lhe dizer uma coisa, Srta. Lizzy, se enfiar na cabeça que pode recusar todas as propostas de casamento deste modo, nunca encontrará um marido. E não sei quem vai sustentá-la depois que seu pai morrer. *Eu* não o farei, estou lhe avisando, não tenho mais obrigações com você a partir de hoje. Já disse na biblioteca que nunca mais lhe falaria, e cumprirei minha palavra. Não tenho nenhum prazer em falar com filhos rebeldes, não que tenha prazer em falar com qualquer outra pessoa. Quem sofre dos nervos, como eu, não tem grande inclinação para falar. Ninguém imagina o que eu sofro! Mas é sempre assim, quem não se queixa não encontra compaixão.

Suas filhas ouviram aquele desabafo em silêncio, compreendendo que qualquer tentativa para trazê-la à razão só serviria para irritá-la ainda mais. Assim, ela continuou falando sem ser interrompida até a chegada do Sr. Collins, que entrou na sala com ar mais grave que de costume. Ao vê-lo, a Sra. Bennet se virou para as meninas:

– Agora, eu faço questão, que vocês, todas vocês, fiquem quietas e deixem que eu e o Sr. Collins tenhamos uma conversinha.

Elizabeth saiu silenciosamente da sala. Jane e Kitty a seguiram, mas Lydia ficou onde estava, resolvida a ouvir tudo o que pudesse; e Charlotte foi detida, a princípio, pela amabilidade do Sr. Collins, cujas perguntas a respeito de sua família e dela própria foram bastante minuciosas e, depois, movida por um pouco de curiosidade, contentou-se em ir até a janela e fingir que não estava prestando atenção à conversa. Com uma voz chorosa, a Sra. Bennet deu início à palestra com as seguintes palavras:

– Oh! Sr. Collins!

– Minha cara senhora – replicou ele –, guardemos silêncio sobre este assunto para sempre. Longe de mim – continuou ele, em uma voz em que transparecia seu aborrecimento – ficar ressentido com o comportamento de sua filha. Resignar-se aos males inevitáveis é um dever que nos cabe a todos; principalmente a um homem como eu, tão afortunado no começo da carreira; e acredito estar resignado. Talvez por duvidar de que seria inteiramente feliz caso minha bela prima tivesse me honrado com sua mão; pois observei muitas vezes que a resignação nunca é tão perfeita como nos casos em que a felicidade que nos é recusada começa a perder parte de seu valor a nossos olhos. A senhora não considerará, espero, que demonstro qualquer desrespeito à sua família ao retirar minha proposta de casamento sem ter pedido sua intervenção e a do Sr. Bennet a meu favor. Temo que minha conduta possa ser reprovável apenas porque aceitei a recusa dos lábios de sua filha e não dos seus. Mas todos estamos sujeitos a erro. Certamente procurei agir da forma mais correta durante este incidente. Meu objetivo era encontrar uma companheira estimável, sem perder de vista as vantagens que isso representava para sua família, e, se a minha *atitude* foi de algum modo repreensível, rogo-lhe que aceite minhas desculpas.

21

A discussão sobre a proposta do Sr. Collins estava quase encerrada. Elizabeth tinha apenas de suportar o desconforto que tudo aquilo lhe causava e, ocasionalmente, alguma indireta amarga da mãe. Quanto ao próprio cavalheiro, *seus* sentimentos foram claramente expressos, não por embaraço, abatimento ou desejo de evitá-la, mas pela secura das maneiras e por um silêncio rancoroso. Quase não dirigiu a palavra a Elizabeth, e as assíduas atenções de que tanto se orgulhava foram transferidas durante o resto do dia para a Srta. Lucas, cuja paciência e amabilidade foram um grande alívio para todos, especialmente para Elizabeth.

O dia seguinte não trouxe melhora ao mau humor ou à indisposição da Sra. Bennet. Também o Sr. Collins continuava com o orgulho ferido. Elizabeth tivera esperança de que o rancor pudesse lhe abreviar a visita, mas seus planos não foram minimamente afetados. Ele deveria partir no sábado, e até sábado pretendia ficar.

Após o café da manhã, as meninas andaram até Meryton para indagar se o Sr. Wickham já tinha voltado e para lamentar sua ausência no baile de Netherfield. Ele as encontrou quando entravam na cidade, e as acompanhou até a casa da tia, onde exprimiu sua decepção e desculpas, e onde o descontentamento de todos foi amplamente comentado. Para Elizabeth, entretanto, ele admitiu que sua ausência fora voluntária.

– Percebi – disse ele –, conforme a hora do baile se aproximava, que era melhor não me encontrar com o Sr. Darcy; que ficar no mesmo salão, na mesma festa que ele, durante tantas horas poderia representar um esforço superior às minhas forças, e que cenas desagradáveis para todos poderiam ocorrer.

Elizabeth aprovou calorosamente sua prudência, e tiveram tempo não apenas para discuti-la plenamente, como para todos os elogios que dirigiram um ao outro enquanto Wickham e outro oficial caminhavam com elas até Longbourn. O fato de o Sr. Wickham acompanhá-las oferecia uma dupla vantagem; não só revelava a Elizabeth a importância que ela adquirira a seus olhos, como era uma oportunidade muito favorável de apresentá-lo ao pai e à mãe.

Pouco depois do regresso, chegou uma carta para a Srta. Bennet; vinha de Netherfield e foi aberta imediatamente.

O envelope continha uma pequena folha de papel fino, coberto por uma bela caligrafia feminina; e Elizabeth viu a expressão do rosto de sua irmã se alterar enquanto ela lia, e percebeu que fixava com atenção certos trechos. Jane recompôs-se rapidamente e, pondo a carta de lado, procurou tomar parte na conversa com a habitual alegria; mas Elizabeth sentiu nela uma ansiedade que desviava sua atenção até mesmo de Wickham; e, assim que este e seu companheiro partiram, um olhar de Jane a convidou a acompanhá-la até o andar de cima. No quarto, ela mostrou a carta, dizendo:

– É de Caroline Bingley; o conteúdo me surpreendeu muito. Todos eles deixaram Netherfield a caminho de Londres; e não têm intenção de voltar. Ouça o que ela diz.

Jane leu então a primeira frase em voz alta, dizia que Caroline resolvera acompanhar o irmão e que tencionava jantar naquele mesmo dia em Grosvenor Street, onde a Sr. Hurst possuía uma casa. A frase seguinte continha estas palavras: "Não finjo lamentar a perda de qualquer coisa que deixo em Hertfordshire, a não ser sua companhia, minha cara amiga; mas esperemos que no futuro possamos desfrutar a repetição das muitas conversas interessantes que tivemos, e até lá procuremos atenuar a dor da separação com uma correspondência frequente e cordial. Conto com você para isso."

Elizabeth ouviu essas pretensiosas expressões com a frieza que lhe inspirava sua desconfiança; e, embora o caráter súbito daquela partida a surpreendesse, nada encontrava nela que lamentar. Não era a ausência das irmãs que impediria o Sr. Bingley de voltar; e, quanto à perda daquela companhia, estava convencida de que Jane se consolaria facilmente, aproveitando a do próprio Sr. Bingley.

– É uma falta de sorte – disse Elizabeth, depois de uma curta pausa – que você não tenha podido ver suas amigas antes de partirem, mas não poderíamos esperar que o período de felicidade futura a que a Srta. Bingley se refere chegue mais cedo do que ela pensa, e que os agradáveis momentos que conheceram como amigas sejam repetidos com ainda maior satisfação como irmãs? O Sr. Bingley não ficará em Londres por causa delas.

– Caroline diz claramente que nenhum deles voltará a Hertfordshire neste inverno. Vou ler para você: "Quando meu irmão partiu ontem, imaginava que os negócios que o chamavam a Londres pudessem ser concluídos em três ou quatro dias, mas como estamos certas de que isso não acontecerá e, ao mesmo tempo, sabemos que quando Charles chegar à cidade não terá pressa em deixá-la, resolvemos acompanhá-lo, para que não seja obrigado a passar suas horas livres em um hotel desconfortável. Muitos de nossos conhecidos já estão lá para o inverno; desejaria que você, minha cara amiga, tivesse a intenção de fazer parte desse grupo, mas quanto a isso não tenho esperanças. Desejo sinceramente que o Natal em Hertfordshire seja repleto das alegrias comuns à data, e que seus admiradores sejam tão numerosos que a impeçam de sentir falta dos três que lhe arrebatamos".

– É evidente, portanto – acrescentou Jane –, que ele não voltará mais neste inverno.

– É evidente apenas que a Srta. Bingley não acha que ele *deveria*.

– Por que pensa assim? A iniciativa deve ter partido dele. Ele manda na própria vida. Mas você não sabe de *tudo*. Eu *vou* ler a passagem que me magoou. Não esconderei nada de *você*: "O Sr. Darcy está impaciente para ver a irmã e, para falar a verdade, nós não estamos menos impacientes que ele. Acho realmente que Georgiana Darcy não tem igual em elegância, beleza e cultura; e a afeição que ela inspira em Louisa e em mim torna-se mais interessante com a esperança que ousamos alimentar de que ela um dia se torne nossa irmã. Não sei se antes já lhe manifestei meus sentimentos a esse respeito, mas não quero deixar o campo sem confidenciá-los a voce, com a certeza de que não os considerará insensatos. Meu irmão já a admira muito, e terão agora frequentes oportunidades de conviver. Todos os parentes dela desejam a aliança, bem como os nossos, e penso que não me deixo iludir pela parcialidade fraterna quando digo que considero Charles capaz de conquistar o coração de qualquer mulher. Com todas as circunstâncias a favor desse casamento, e nenhuma contra, estou errada, minha cara Jane, ao alimentar a esperança de um acontecimento que fará a felicidade de tantas pessoas?"

– O que pensa *desta* parte, minha querida Lizzy? – indagou Jane, ao terminar a leitura. – Não é clara o bastante? Não declara expressamente que Caroline não espera nem deseja que eu me torne sua irmã? E que está tão convencida da indiferença do irmão que, suspeitando da natureza de meus sentimentos por ele, deseja (e com que bondade!) deixar-me de sobreaviso? Pode haver outra opinião a este respeito?

– Sim, pode; pois a minha é totalmente diferente. Quer ouvi-la?

– De boa vontade.

– Eu a direi em poucas palavras: a Srta. Bingley percebe que o irmão está apaixonado por você, e quer que ele se case com a Srta. Darcy. Ela o acompanha a Londres com a esperança de detê-lo lá e tenta persuadi-la de que ele não sente nada por você.

Jane balançou a cabeça.

– É verdade, Jane, você deve acreditar em mim. Ninguém que os tenha visto juntos pode duvidar da afeição do Sr. Bingley por você. Estou certa de que a Srta. Bingley não duvida. Ela não é tão simplória. Se ela recebesse metade desse amor da parte do Sr. Darcy, já teria encomendado o enxoval. Mas o caso é o seguinte: não somos ricos e importantes o bastante para eles; e ela está ainda mais ansiosa para casar a Srta. Darcy com o irmão, pois espera que, formada uma aliança entre as duas famílias, haveria menos empecilhos em formar outra; o que, sem dúvida é um pouco ingênuo, mas acredito que poderia dar certo se a Srta. De Bourgh estivesse fora do caminho. Entretanto, minha querida Jane, você não pode acreditar seriamente que só porque a Srta. Bingley diz que o irmão admira a Srta. Darcy, ele seja menos sensível a *seus* méritos do que quando se despediu de você na terça-feira, ou que ela tem condições de persuadi-lo de que não está apaixonado por você, e sim pela amiga dela.

– Se pensássemos da mesma forma sobre a Srta. Bingley – replicou Jane –, sua opinião me tranquilizaria. Mas sei que a base de seu raciocínio é injusta. Caroline é incapaz de enganar alguém de propósito; tudo o que posso esperar no caso é que ela mesma esteja enganada.

– Está bem. Você não poderia ter encontrado ideia mais feliz, já que não quer se consolar com a minha. Acredite que ela tenha se enganado. Já cumpriu seu dever quanto a ela e não precisa mais se preocupar com isso.

– Mas, minha querida irmã, mesmo supondo o melhor, você acredita que eu poderia ser feliz aceitando um homem cujas irmãs e amigos desejam que se case com outra pessoa?

– Você deve decidir por si mesma – disse Elizabeth. – E se, depois de madura deliberação, chegar à conclusão de que a infelicidade de descontentar as duas irmãs for maior do que a felicidade de ser esposa do Sr. Bingley, aconselho que o recuse sem hesitação.

– Como pode falar assim? – disse Jane sorrindo levemente. – Você sabe que, embora me doesse excessivamente a desaprovação delas, eu não hesitaria.

– Não achei que o faria; e, sendo este o caso, não posso considerar sua situação com muita piedade.

– Mas se ele não retornar neste inverno, minha escolha não passará de uma hipótese. Mil coisas podem acontecer em seis meses.

Elizabeth considerou a ideia de que ele não voltasse mais com o maior dos desprezos. Parecia-lhe apenas uma sugestão dos desejos interesseiros de Caroline. E nem por um momento pôde supor que esses desejos, por mais declarados ou astuciosos que fossem, pudessem influenciar um rapaz tão independente.

Exprimiu à irmã o que sentia com toda a convicção de que era capaz e logo teve o prazer de constatar o efeito de suas palavras. Jane não tinha tendência a se deprimir e, aos poucos, recuperou a esperança, embora suas dúvidas quanto ao afeto de Bingley às vezes sobrepujassem a confiança de que ele voltaria a Netherfield e corresponderia a todos os desejos de seu coração.

As irmãs concordaram que comunicariam à Sra. Bennet apenas a partida da família, sem alarmá-la quanto à conduta do cavalheiro; mas mesmo esta notícia incompleta causou-lhe graves preocupações, e ela lamentou a infelicidade da partida das jovens, justamente quando todos estavam se tornando tão íntimos. Após se lamentar durante algum tempo, consolou-se com a ideia de que o Sr. Bingley voltaria em breve e jantaria em Longbourn, e a conclusão de tudo aquilo foi a reconfortante declaração de que, embora o tivesse convidado apenas para um jantar em família, ela se encarregaria de preparar dois pratos principais.

22

Os Bennet foram convidados para jantar com os Lucas e, novamente, durante a maior parte do tempo, a Srta. Lucas teve a bondade de dar atenção ao Sr. Collins. Elizabeth achou uma oportunidade para agradecer à amiga.

– Isso o deixa de bom humor – disse ela. – Fico mais agradecida do que você imagina.

Charlotte assegurou à amiga que tinha muita satisfação em ser útil, o que pagava plenamente o pequeno sacrifício de seu tempo. Era muita gentileza, mas a bondade de Charlotte ia além do que Elizabeth supunha; seu objetivo era nada menos que afastar Elizabeth de qualquer possível retorno das atenções do Sr. Collins, atraindo-as para si mesma. Tal foi o plano da Srta. Lucas; e aparentemente foi tão bem-sucedido que, quando se separaram à noite, ela teria se sentido quase segura de seu êxito se o Sr. Collins não tivesse de partir de Hertfordshire tão cedo. Mas nesse ponto ela subestimara o ímpeto e a independência do caráter do Sr. Collins, pois essas qualidades o levaram a escapar sorrateiramente de Longbourn House na manhã seguinte e a correr até Lucas Lodge para se atirar a seus pés. O Sr. Collins evitou cuidadosamente atrair a atenção dos primos, pois estava certo de que se o vissem partir não poderiam deixar de adivinhar sua intenção. E ele não queria que a tentativa fosse conhecida até que seu êxito também pudesse ser; pois, embora estando quase seguro da vitória, e com razão, visto que Charlotte fora razoavelmente encorajadora, sentia-se relativamente inseguro desde a aventura de quarta-feira. Sua recepção, no entanto, foi das mais amáveis. A Srta. Lucas o avistou de uma janela do andar de cima e logo saiu para encontrá-lo casualmente na aleia. Mas não ousara esperar que tanto amor e tanta eloquência a aguardassem ali.

Em um espaço de tempo tão curto quanto o permitiam os longos discursos do Sr. Collins, tudo foi combinado satisfatoriamente para ambos; e, ao entrarem na casa, ele pediu gravemente que ela marcasse o dia no qual o tornaria o mais feliz dos homens; e ainda que tal solicitação devesse ser afastada no momento, a dama não se sentia inclinada a adiar tal felicidade. A estupidez com que fora presenteado pela natureza privava sua corte de qualquer encanto que pudesse levar uma mulher a desejar prolongá-la; e a Srta. Lucas, que o aceitara por puro e desinteressado desejo de estabelecer sua situação na vida, não se incomodava que a data fosse marcada logo.

Sir William e Lady Lucas logo foram convocados a dar seu consentimento; o que aconteceu com alegre diligência; a situação atual do Sr. Collins o tornava um partido muito desejável para a filha, a quem só podiam deixar uma pequena fortuna; e as probabilidades de futura riqueza eram bastante consideráveis. Lady Lucas começou imediatamente a calcular, com mais interesse do que jamais dedicara ao assunto, quantos anos ainda viveria o Sr. Bennet; e Sir William manifestou a opinião de que, quando o Sr. Collins recebesse a propriedade de Longbourn, seria bastante conveniente que ambos, ele e a esposa, se apresentassem em St. James. Toda a família, em suma, se sentia profundamente feliz. As filhas mais novas alimentaram a esperança de *ser apresentadas à sociedade* um ou dois anos mais cedo do esperavam; e os rapazes afastaram a apreensão de que Charlotte morresse solteira. A própria Charlotte estava razoavelmente serena. Conseguira o que almejava e tinha tempo para pensar no assunto. Suas reflexões foram, em geral, satisfatórias. O Sr. Collins certamente não era sensato ou agradável; sua companhia era cansativa, e sua afeição por ela devia ser imaginária. Mas mesmo assim seria seu marido. Sem ter grandes ilusões a respeito dos homens ou da vida conjugal, o casamento sempre fora seu objetivo; era a única segurança para uma moça bem-educada e de pouca fortuna; e, por mais incertas que fossem as perspectivas de felicidade, era a forma mais agradável de se proteger da necessidade. Essa proteção, ela agora a obtivera; e, com vinte e sete anos, sem jamais ter sido atraente, compreendia que fora um golpe de sorte. O ponto menos agradável era a surpresa que aquilo devia causar a Elizabeth Bennet, cuja amizade ela prezava mais que à de qualquer outra pessoa. Elizabeth ficaria surpresa e provavelmente a censuraria; e, embora isso não afetasse seus planos, ela se sentiria ferida com semelhante desaprovação. Decidiu fazer o comunicado pessoalmente, e recomendou ao Sr. Collins que não dissesse uma palavra sobre o ocorrido a ninguém da família quando retornasse a Longbourn para jantar. Uma promessa de discrição foi, é claro, solenemente feita, mas não poderia ser cumprida sem esforço; pois a curiosidade gerada por sua longa ausência explodiu em perguntas tão diretas que foi necessária alguma dissimulação para evitá-las, e ao mesmo tempo ele exercia grande abnegação, pois ardia com o desejo de revelar seu êxito amoroso.

Como ele partiria muito cedo na manhã seguinte, antes de a família acordar, a cerimônia de despedida foi realizada na hora em que as senhoras se retiravam para dormir; e a Sra. Bennet, com grande educação e cordialidade, exprimiu a felicidade que todos sentiriam em tornar a vê-lo em Longbourn, assim que seus deveres permitissem uma nova visita.

– Minha cara senhora – replicou ele –, o convite é particularmente agradável, porque é o que eu esperava receber; e pode estar certa de que o aceitarei tão depressa quanto me for possível.

Todos ficaram perplexos; e o Sr. Bennet, que não desejava de modo algum um retorno tão precipitado, disse imediatamente:

– Mas não haveria perigo da desaprovação de Lady Catherine, meu bom senhor? É melhor negligenciar os parentes do que correr o risco de ofender sua protetora.

– Meu caro senhor – replicou o Sr. Collins –, agradeço-lhe especialmente a amável previdência, e pode ficar certo de que não tomarei tal decisão sem o consentimento de Sua Senhoria.

– Todo o cuidado é pouco. Arrisque tudo, menos incorrer no descontentamento dela; e se suspeitar de que o despertará ao voltar para cá, o que considero extremamente provável, fique sossegado em sua casa, e esteja certo de que *nós* não ficaremos ofendidos.

– Acredite, meu caro senhor, que fico muito grato pela atenção tão cordial; e pode ficar certo de que receberá em breve uma carta minha, agradecendo esta e todas as demais provas de afeição que recebi durante minha estada em Hertfordshire. Quanto às minhas encantadoras primas, embora minha ausência não deva ser longa o bastante para que isso seja necessário, tomo a liberdade de desejar-lhes saúde e felicidade, sem excetuar minha prima Elizabeth.

Com as cortesias habituais, as senhoras então se retiraram; muito espantadas que ele planejasse voltar em breve. A Sra. Bennet interpretou aquilo como um desejo de fazer a corte a uma de suas filhas mais novas, e Mary poderia ter sido levada a aceitá-lo; ela prezava os talentos do Sr. Collins muito mais que qualquer uma das outras; havia uma solidez nas reflexões dele que frequentemente a impressionava, e, embora não o considerasse nem de longe tão inteligente quanto a si mesma, pensava que, se o encorajasse a ler e a se ilustrar como o fizera, ele poderia tornar-se um companheiro muito agradável. Mas na manhã seguinte, todas as esperanças dessa natureza foram dissipadas. A Srta. Lucas foi visitá-los pouco depois do café da manhã e, em conferência privada com Elizabeth, relatou os acontecimentos do dia anterior.

A possibilidade de que o Sr. Collins estivesse apaixonado pela amiga já ocorrera a Elizabeth nos dias anteriores; mas que Charlotte o encorajasse lhe parecia quase tão impossível quanto que ela mesma o fizesse. Assim, sua perplexidade foi tão grande que, a princípio, ultrapassou os limites da discrição, e ela não pôde deixar de exclamar:

– Noiva do Sr. Collins? Minha cara Charlotte, não é possível!

A expressão grave com que a Srta. Lucas contara a história se alterou momentaneamente com a confusão causada por uma censura tão direta; mas como não era nada além do que esperava, logo recuperou a compostura e respondeu calmamente:

– Por que está surpresa, minha cara Eliza? Acha inacreditável que o Sr. Collins agrade a uma mulher só porque não teve a felicidade de lhe agradar?

Mas Elizabeth já tinha recuperado a compostura. E, fazendo um grande esforço, conseguiu assegurar a Charlotte com razoável firmeza que a perspectiva daquela aliança lhe era muito agradável e que desejava à amiga todas as felicidades imagináveis.

– Eu sei o que você está sentindo – replicou Charlotte. – Está admirada porque o Sr. Collins há tão pouco tempo ainda desejava se casar com você. Mas, quando tiver tempo de pensar sobre o assunto, espero que aprove minha decisão. Bem sabe que não sou romântica. Nunca fui. Desejo apenas um lar confortável; e, considerando o caráter do Sr. Collins, suas relações e sua situação na vida, estou convencida de que tenho tanta possibilidade de ser feliz quanto qualquer outra pessoa que se case.

Elizabeth respondeu calmamente:

– Sem dúvida.

Depois de uma pausa embaraçosa, as duas amigas se reuniram ao resto da família. Charlotte não se demorou muito tempo, e Elizabeth pôde refletir sobre o que acabara de saber. Mas demorou muito para se conformar com a ideia de um casal tão incompatível. A extravagância do Sr. Collins, que fizera duas propostas de casamento em três dias, não era nada em comparação ao fato de ter sido aceito. Elizabeth sempre soubera que a opinião de Charlotte sobre o casamento não se parecia muito com a sua, mas nunca poderia ter suposto que, diante de uma proposta, ela fosse capaz de sacrificar todos os seus melhores sentimentos às vantagens mundanas. Charlotte, a esposa do Sr.

Collins, era o quadro mais humilhante possível! E à aflição de ver uma amiga desgraçar a si mesma e se rebaixar em sua estima somava-se a triste convicção de que era impossível que ela fosse remotamente feliz no destino que escolhera.

23

Elizabeth estava sentada com a mãe e as irmãs, refletindo sobre o que ouvira e imaginando se devia mencioná-lo, quando Sir William Lucas em pessoa apareceu, enviado pela filha, para anunciar a união entre as duas famílias. Depois de vários elogios aos Bennet e de muitas demonstrações de alegria pela aliança entre as casas, ele abordou o assunto para uma audiência não somente atônita, mas também incrédula; pois a Sra. Bennet, com mais perseverança do que polidez, retrucou que ele devia estar completamente enganado. E Lydia, sempre espontânea, e geralmente malcriada, exclamou:

– Santo Deus, Sir William, como é que o senhor pode contar uma história dessas? Então não sabe que o Sr. Collins quer se casar com Lizzy?

Nada menos que a complacência de um homem da corte poderia levá-lo a tolerar tal desconsideração; mas a boa educação de Sir William o fez passar por cima de tudo aquilo; e, embora insistisse que dizia a verdade, escutou todas aquelas impertinências com a mais perfeita cortesia.

Elizabeth, sentindo que lhe cabia o dever de salvá-lo daquela situação incômoda, adiantou-se e confirmou suas palavras, mencionando o relato prévio que ouvira da própria Charlotte; e procurou pôr um fim às exclamações da mãe e das irmãs, dando os mais sinceros parabéns a Sir William, atitude que Jane imediatamente imitou, fazendo diversas observações sobre a felicidade que aquela aliança poderia trazer, o excelente caráter do Sr. Collins e a conveniente distância que separava Hunsford de Londres.

A Sra. Bennet ficou tão abalada que nada pôde dizer en quanto Sir William esteve presente; mas assim que ele saiu, seus sentimentos encontraram uma válvula de escape. Em primeiro lugar, ela persistiu em duvidar da verdade daquelas afirmações; em segundo, tinha certeza de que o Sr. Collins fora iludido; em terceiro lugar, sabia que eles jamais seriam felizes; e, em quarto, que o compromisso poderia ser rompido. Duas conclusões, no entanto, eram óbvias; uma, que Elizabeth era a causa de todo aquele mal; e, outra, que ela própria fora barbaramente maltra tada por todos eles; e nesses dois pontos ela insistiu durante o resto do dia. Nada a pôde consolar ou aplacar, e aquele dia terminou sem que seu ressentimento diminuísse. Uma semana se passou antes que ela pudesse olhar para Elizabeth sem censurá-la; um mês se foi antes que conseguisse conversar com Sir William e Lady Lucas sem ser grosseira; e muitos meses transcorreram antes que perdoasse Charlotte.

O Sr. Bennet reagiu ao caso com muito mais tranquilidade. Considerou a situação muito agradável; pois se sentia satisfeito, dizia, por descobrir que Charlotte Lucas, a quem ele sempre julgara toleravelmente sensata, era, na realidade, tão tola quanto sua mulher e mais tola do que sua filha.

Jane se confessou um tanto surpresa, mas falou menos em seu espanto do que no desejo sincero de que eles fossem felizes; e Elizabeth não conseguiu persuadi-la de que aquela felicidade era pouco provável. Kitty e Lydia estavam longe de invejar a Srta. Lucas, afinal, o Sr. Collins era apenas um clérigo; e a notícia não significou para elas mais do que uma novidade que podiam espalhar em Meryton.

Lady Lucas não poderia ter resistido ao triunfo de revidar à Sra. Bennet falando sobre o conforto que representava para ela o fato de ter uma filha bem casada; e passou a visitar Longbourn com mais frequência que de costume, para dizer quanto se sentia feliz, embora os olhares irados e as observações rancorosas da Sra. Bennet fossem capazes de estragar qualquer felicidade.

Entre Elizabeth e Charlotte havia um constrangimento que as mantinha caladas sobre o assunto; e Elizabeth persuadiu-se de que nenhuma confiança real poderia subsistir entre elas dali em diante. A decepção com Charlotte a tornou ainda mais próxima da irmã, em cuja retidão e delicadeza de sentimentos tinha absoluta confiança, e cuja felicidade cada dia mais a preocupava, pois fazia uma semana que Bingley partira e nada se falava sobre seu retorno.

Jane enviara a Caroline uma resposta imediata à sua carta e contava os dias para receber a resposta. A prometida carta de agradecimento do Sr. Collins chegou na terça-feira, endereçada ao Sr. Bennet e escrita com a solenidade e a gratidão de alguém que tivesse passado um ano com a família. Depois de tranquilizar sua consciência quanto a esse tópico, o Sr. Collins passou a falar, servindo-se de expressões arrebatadas, sobre sua felicidade em ter obtido a afeição da adorável Srta. Lucas, explicando que era apenas com a intenção de gozar a companhia de sua prometida que ele manifestara com tanta insistência o desejo de retornar a Longbourn, onde esperava chegar dali a quinze dias, em uma segunda-feira. Lady Catherine, acrescentava ele, aprovara tão sinceramente o casamento que desejava que acontecesse o mais cedo possível. Com esse argumento, que ele julgava decisivo, esperava convencer Charlotte a marcar uma data próxima para o dia que haveria de torná-lo o mais feliz dos homens.

O retorno do Sr. Collins a Hertfordshire já não era motivo de prazer para a Sra. Bennet. Pelo contrário, ela estava tão disposta a se queixar quanto o marido. Achava muito curioso que ele ficasse em Longbourn em vez de ir para Lucas Lodge; a visita era também muito inconveniente e extremamente incômoda.

Detestava receber hóspedes quando sua saúde estava tão debilitada, e os apaixonados eram, dentre todas as pessoas, as mais desagradáveis. Esses eram os suaves murmúrios da Sra. Bennet, e cediam apenas à grande preocupação causada pela ausência do Sr. Bingley.

Nem Jane nem Elizabeth se sentiam confortáveis em relação ao assunto. Os dias se passavam sem trazer qualquer notícia dele, a não ser o boato que circulou em Meryton de que o Sr. Bingley não voltaria a Netherfield naquele inverno; boato este que enfureceu a Sra. Bennet e que ela nunca deixava de contradizer como à mais escandalosa das mentiras.

Até Elizabeth começou a temer, não que Bingley fosse indiferente, mas que as irmãs dele tivessem conseguido mantê-lo afastado. Apesar da relutância em admitir uma hipótese tão desfavorável à felicidade de Jane, e tão pouco honrosa à constância do admirador, não podia impedir que tal ideia lhe ocorresse frequentemente. Os esforços reunidos das maldosas irmãs e do amigo autoritário, somados aos atrativos da Srta. Darcy e aos divertimentos de Londres, podiam ter superado, ela temia, a força de sua ligação.

Quanto a Jane, *sua* ansiedade durante aquele período de incerteza era, naturalmente, mais dolorosa que a de Elizabeth; mas o que quer que sentisse, ela escondia, e entre as duas irmãs, portanto, nunca se fazia alusão àquele assunto. Mas, como nenhuma delicadeza daquela espécie refreava a Sra. Bennet, não se passava uma hora sem que falasse em Bingley, exprimindo impaciência por sua chegada ou mesmo exigindo que Jane declarasse, de uma vez por todas que, se ele não voltasse ela se consideraria ofendida. Foi necessária toda a doçura e a firmeza de Jane para suportar esses ataques com relativa tranquilidade.

O Sr. Collins retornou pontualmente na segunda-feira marcada, porém sua acolhida em Longbourn não foi tão amável quanto da primeira vez. Mas ele se sentia tão feliz que não precisava de muitas atenções; e, felizmente para os outros, o noivado os poupou de sua companhia. Passava a maior parte das horas em Lucas Lodge, e muitas vezes voltava a Longbourn apenas a tempo de desculpar-se pela ausência antes de a família se retirar para dormir.

A Sra. Bennet estava realmente em um estado lamentável. A simples alusão a qualquer detalhe relativo ao casamento a precipitava em um acesso de mau humor, e aonde quer que fosse, era certo que ouviria falar naquele assunto. A presença da Srta. Lucas era-lhe insuportável. Como sua sucessora naquela casa, era vista com ciumenta aversão. A cada vez que Charlotte ia visitá-los, a Sra. Bennet concluía que estava antecipando o momento da posse; e, quando ela dizia algo em voz baixa ao Sr. Collins, tinha certeza de que falavam da propriedade de Longbourn, planejando expulsá-la e às filhas assim que o Sr. Bennet morresse. Queixava-se amargamente de tudo aquilo ao marido.

– Francamente, Sr. Bennet – dizia ela –, é muito duro pensar que Charlotte Lucas um dia será dona desta casa, que *eu* serei forçada a sair por causa *dela*, e irei sobreviver para vê-la tomar meu lugar!

– Minha cara, não ceda a pensamentos tão sombrios. Confiemos em um desfecho melhor. Deleitemo-nos com a possibilidade de que *eu* sobreviva.

Isso não servia de consolo para a Sra. Bennet, e, portanto, em vez de responder, ela retomou o assunto anterior.

– Não posso suportar a ideia de que eles vão herdar toda esta propriedade. Se não fosse esta questão de sucessão, eu não me importaria.

– Com o que a senhora não se importaria?

– Com absolutamente nada.

– Devemos ser gratos, então, por vê-la poupada de tal estado de insensibilidade.

– Jamais poderei ser grata, Sr. Bennet, a nada que se refira a esta sucessão. Não posso compreender como alguém pode ficar tranquilo ao privar as filhas de outra pessoa da propriedade que possuem? E tudo por causa do Sr. Collins! Por que *ele* e não outra pessoa qualquer?

– Confio à senhora essa decisão – disse o Sr. Bennet.

24

A carta da Srta. Bingley chegou e pôs fim a todas as dúvidas. A primeira frase evidenciava que eles passariam todo o inverno em Londres, e concluía transmitindo os sentimentos do irmão por não ter tido tempo de apresentar seus respeitos aos amigos de Hertfordshire antes da partida.

Todas as esperanças estavam perdidas, completamente perdidas; e, quando Jane conseguiu retomar a leitura, nada encontrou para consolá-la a não ser as expressões de afeto da remetente. Os elogios à Srta. Darcy eram o assunto principal da carta. Seus muitos atrativos eram novamente descritos, e Caroline se gabava com alegria da crescente intimidade entre elas, arriscando-se a predizer a realização dos desejos que revelara na carta anterior. Comunicava, também com prazer, que seu irmão era hóspede do Sr. Darcy, e mencionava com entusiasmo os planos deste último, relativos à nova mobília que encomendara.

Elizabeth, a quem Jane logo comunicou aquelas informações, ouviu com silenciosa revolta. Seus sentimentos estavam divididos entre a preocupação com a irmã e o ressentimento contra todos os outros. Não deu crédito à afirmação de Caroline de que o irmão se interessava pela Srta. Darcy. Continuava a acreditar, mais do que nunca, na sinceridade da afeição que Bingley tinha por Jane, e por mais que sempre o tivesse estimado, não podia evitar um sentimento de cólera, e até de desprezo, diante daquela maleabilidade de gênio, daquela falta de iniciativa pessoal que o tornava um joguete nas mãos de seus ardilosos amigos, e o levava a sacrificar a própria felicidade ao capricho das inclinações alheias. Se a única coisa em jogo fosse sua própria felicidade, entretanto, ele poderia arriscá-la como bem entendesse; mas sua irmã estava envolvida, o que ele deveria levar em consideração. Enfim, era um assunto ao qual se poderia dedicar uma longa reflexão sem chegar a lugar algum. Não encontrava outra hipótese, e mesmo que o interesse de Bingley tivesse realmente declinado, ou sido sufocado pela interferência dos amigos; quer ele tivesse consciência da afeição de Jane ou a ignorasse; em qualquer dos casos, e embora sua opinião acerca de Bingley variasse forçosamente segundo essas hipóteses, a situação da irmã permanecia a mesma, sua paz de espírito igualmente perturbada.

Passaram-se um ou dois dias antes que Jane adquirisse coragem para falar a Elizabeth sobre seus sentimentos; mas finalmente, tendo a Sra. Bennet as deixado a sós depois de se queixar com mais irritação que de costume sobre Netherfield e seu proprietário, Jane não pôde se impedir de dizer à irmã:

– Oh! Gostaria que minha querida mãe tivesse mais domínio sobre si mesma; ela não imagina a dor que me causam seus insistentes comentários sobre ele. Mas não me queixarei, isso não pode durar muito tempo. Ele será esquecido e voltaremos a ser o que éramos.

Elizabeth olhou para a irmã com incrédula preocupação, mas não disse nada.

– Você duvida de mim – exclamou Jane, corando ligeiramente –, mas não há razão. Talvez eu o guarde na memória como o homem mais amável que já conheci, mas é tudo. Não tenho nada a esperar ou temer, e nenhum motivo para censurá-lo. Graças a Deus! Não sinto *essa* dor. Preciso apenas de um pouco de tempo, e certamente tentarei melhorar.

Com uma voz mais forte acrescentou, pouco depois:

– Tenho desde já o consolo de saber que tudo não passou de uma fantasia, que não fez mal a ninguém a não ser a mim mesma.

– Minha querida Jane! – exclamou Elizabeth –, você é boa demais. Sua doçura e seu desinteresse são realmente angelicais; sinto que nunca lhe fiz a devida justiça e que nunca a amei tanto quanto merece.

A Srta. Bennet protestou com veemência contra os extraordinários méritos e atribuiu o elogio à cordial afeição da irmã.

– Não – disse Elizabeth –, não é justo. *Você* quer pensar que todas as pessoas são respeitáveis e se sente ferida se eu falo mal de alguém. *Eu* desejo apenas considerar *você* perfeita, e você não concorda. Não tema que eu cometa algum excesso ou abuse de sua boa vontade universal. Não é necessário. Poucas são as pessoas que eu realmente amo, e menos ainda as que tenho em boa conta. Quanto mais conheço o mundo, menos ele me satisfaz; e a cada dia aumenta minha crença na incoerência do caráter humano e na pouca confiança que se pode depositar nas aparências do mérito ou do bom-senso. Ultimamente encontrei dois exemplos. Um não irei mencionar. O outro é o casamento de Charlotte. É inexplicável! Sob todos os pontos de vista, é inexplicável!

– Minha querida Lizzy, não se entregue a sentimentos dessa espécie. Eles arruinarão sua felicidade. Você não deixa margem para diferenças de situação e de temperamento. Pense na respeitabilidade do Sr. Collins e no caráter prudente e estável de Charlotte. Lembre-se de que ela vem de uma família muito grande; que quanto à fortuna, é uma união muito desejável; e esteja pronta a acreditar, para o bem de todos, que Charlotte possa sentir realmente respeito e estima por nosso primo.

– Para agradar você, eu tentaria acreditar em quase tudo. Mas ninguém mais se beneficiaria com tal crença; pois, se eu me convencesse de que Charlotte nutre qualquer estima por ele, apenas pensaria pior de sua inteligência do que sei de seu coração. Minha querida Jane, o Sr. Collins é um homem afetado, pomposo, obtuso e tolo; você sabe disso tão bem quanto eu; e deve sentir, como eu, que a mulher que se casar com ele não pode estar em seu juízo perfeito. Você não deve tentar defendê-la só porque ela é Charlotte Lucas. Não pode, por causa de um caso individual, mudar o sentido das palavras "bom-senso" e "integridade", nem procurar persuadir a si mesma ou a mim de que egoísmo é prudência, e insensibilidade diante do perigo é certeza de felicidade.

– Considero suas expressões fortes demais quando se refere a eles – respondeu Jane –, e espero que se convença disso quando os vir felizes juntos. Mas chega deste assunto. Você aludiu a outra coisa. Você mencionou *dois* exemplos. Sei o que está pensando, mas lhe peço, querida Lizzy, que não me cause mágoa julgando *aquela pessoa* culpada, nem dizendo que ele caiu em seu conceito. Não devemos nos precipitar, imaginando que fomos intencionalmente ofendidas. Não podemos exigir que um rapaz despreocupado seja sempre prudente e circunspecto. Muitas vezes, é apenas nossa vaidade que nos engana. As mulheres superestimam facilmente a admiração dos homens.

– E os homens fazem tudo para mantê-las nessa ilusão.

– Se o fazem de propósito, não pode haver justificativa; mas não creio que haja tanta perversidade no mundo quanto se acredita.

– Estou longe de atribuir qualquer aspecto da conduta do Sr. Bingley a uma intenção perversa – disse Elizabeth –, mas mesmo sem o propósito deliberado de errar, ou de tornar os outros infelizes, erros podem ser cometidos, e tristeza pode ser causada. Indiferença, descaso com os sentimentos alheios ou falta de firmeza produzem os mesmos efeitos.

– E você atribui a conduta dele a algum desses defeitos?

– Sim, ao último. Mas, se continuar, acabarei por desagradá-la dizendo o que penso sobre pessoas que você estima. Detenha-me enquanto é tempo.

– Você persiste, então, em supor que as irmãs o influenciam?

– Sim, tal como o amigo.

– Não posso acreditar. Por que tentariam influenciá-lo? Só podem desejar sua felicidade, e se ele ama a mim, nenhuma outra mulher poderia proporcioná-la.

– Sua primeira suposição é falsa. Eles podem desejar muitas coisas além da felicidade dele; podem desejar o aumento de sua fortuna e de sua importância; podem desejar que se case com uma jovem com importância social, dinheiro, boas relações e orgulho.

– Sem sombra de dúvida, elas *desejam* que ele escolha a Srta. Darcy – replicou Jane –, mas podem ter motivos mais nobres do que você supõe. Eles a conhecem há muito mais tempo do que a mim; não é de espantar que a prefiram. Mas, quaisquer que sejam seus desejos, é muito pouco provável que se opusessem à vontade do irmão. Que irmã se sentiria no direito de fazer uma coisa dessas, se não com as piores intenções? Se elas acreditassem que ele gosta realmente de mim, não tentariam nos separar; pois, se assim fosse, não teriam sucesso. Supondo tal afeição, você atribui atitudes maldosas e erradas a todos, e causa-me infelicidade. Não me atormente com tal ideia. Não estou envergonhada por ter me enganado ou, pelo menos, a vergonha é pouca, e nem se compara ao que eu sentiria se pensasse mal dele ou das irmãs. Deixe-me ver as coisas sob o melhor aspecto, da forma como deve ser.

Elizabeth não pode se opor ao desejo da irmã; e a partir desse dia o nome do Sr. Bingley pouco foi mencionado entre elas.

A Sra. Bennet continuava a estranhar e a queixar-se da prolongada ausência dele e, embora não se passasse um dia sem que Elizabeth lhe desse uma explicação objetiva para o fato, parecia haver pouca probabilidade de que ela algum dia o considerasse com menos perplexidade. Sua filha procurava convencê-la de uma coisa na qual ela mesma não acreditava: de que as atenções de Bingley tinham resultado de uma simpatia transitória, que cessara com a falta de convivência; mas, embora essa probabilidade fosse admitida momentaneamente, ela era obrigada a repeti-la todos os dias. O consolo da Sra. Bennet era que o Sr. Bingley voltaria no verão.

O Sr. Bennet encarava o assunto de maneira diferente.

– Então, Lizzy – disse ele um dia –, sua irmã teve um desgosto amoroso, creio eu. Ela merece meus parabéns. Excetuando o casamento, o que uma moça mais aprecia é uma decepção amorosa de vez em quando. É algo em que pensar e lhe confere uma espécie de distinção entre as amigas. Quando chegará sua vez? Você não desejará ser suplantada por Jane durante muito tempo. Chegou sua hora. Há em Meryton um número de oficiais suficiente para desapontar todas as moças da região. Deixe que Wickham seja *seu* homem. É um sujeito simpático e a dispensaria com dignidade.

– Obrigada, papai, mas um homem menos agradável seria o bastante para mim. Não podemos todas esperar a boa sorte de Jane.

– É verdade – disse o Sr. Bennet –, mas é um conforto pensar que, a despeito do que lhe aconteça, você tem uma mãe afetuosa que saberia tirar o melhor partido da situação.

A companhia do Sr. Wickham era bastante útil para dissipar a tristeza na qual as últimas ocorrências tinham lançado algumas integrantes da família de Longbourn. Viam-no com frequencia, e às suas outras qualidades fora acrescida uma franqueza absoluta. Tudo o que Elizabeth já sabia, as queixas dele sobre o Sr. Darcy, e quanto sofrera por sua causa, era agora publicamente conhecido e discutido abertamente; e todos se sentiam contentes por pensar que sempre tinham antipatizado com o Sr. Darcy, mesmo antes de ouvir qualquer coisa contra ele.

A Srta. Jane era a única criatura que supunha que pudessem existir circunstâncias atenuantes no caso, desconhecidas da sociedade de Hertfordshire; com doce e firme candura, invocava sempre a tolerância e a possibilidade de enganos, mas para todos os o Sr. Darcy era condenado como o pior dos homens.

25

Após uma semana de declarações de amor e projetos de felicidade, a chegada do sábado privou o Sr. Collins da companhia de sua amada Charlotte. A dor da separação, no entanto, poderia ser aliviada pelos preparativos da recepção de sua noiva, e ele tinha motivos para esperar que logo em seguida a seu próximo regresso a Hertfordshire, seria fixado o dia que havia de torná-lo o mais feliz dos homens. Despediu-se dos parentes em Longbourn com tanta solenidade quanto da primeira vez; tornou a desejar às encantadoras primas saúde e felicidades, e prometeu ao Sr. Bennet nova carta de agradecimentos.

Na segunda-feira seguinte, a Sra. Bennet teve o prazer de receber o irmão e a cunhada, que chegavam, como de costume, para passar o Natal em Longbourn. O Sr. Gardiner era um homem fino e sensato, muito superior à irmã tanto em natureza como em educação. As senhoras de Netherfield dificilmente acreditariam que um homem que vivia do comércio e morava próximo a seus armazéns pudesse ser tão bem-educado e agradável. A Sra. Gardiner, muitos anos mais nova que a Sra. Bennet ou que a Sra. Philips, era uma mulher elegante, agradável, inteligente, e muito querida pelas sobrinhas de Longbourn. Entre ela e as duas mais velhas, especialmente, existia uma forte amizade. Muitas vezes tinham sido suas hóspedes em Londres.

A primeira tarefa da Sra. Gardiner ao chegar consistiu na distribuição dos presentes que trazia e na descrição das modas mais recentes. Feito isso, seu papel tornou-se menos ativo. Era sua vez de ouvir. A Sra. Bennet tinha muitas mágoas a relatar, e muito do que se queixar. Todas elas tinham sofrido grandes decepções desde a última vez em que vira a cunhada. Duas de suas filhas tinham estado a ponto de se casar e, afinal, tudo dera em nada.

– Eu não culpo Jane – continuou ela –, pois Jane teria aceitado o Sr. Bingley se pudesse. Mas Lizzy! Oh, minha irmã! É extremamente penoso pensar que ela poderia ser agora a esposa do Sr. Collins se não fosse tão insensata. Ele fez uma proposta aqui mesmo nesta sala, e ela o recusou. A consequência disso é que Lady Lucas casará uma das filhas antes de mim, e que Longbourn está mais perdida do que nunca. Os Lucas são gente muito esperta, minha irmã, eles só pensam nas vantagens que podem obter. Lamento falar deles assim, mas é verdade. Causa-me um grande nervosismo e infelicidade ser assim contrariada em minha própria família e ter vizinhos que pensem mais em si mesmos do que nos outros. No entanto, a visita de vocês neste momento é o maior dos confortos, e muito me alegro de saber o que você acaba de nos contar a respeito das mangas compridas.

A Sra. Gardiner, a quem a maior parte dessas notícias já fora transmitida por Jane e Elizabeth na correspondência que mantinham, deu à irmã uma resposta evasiva e, por compaixão às sobrinhas, desviou o assunto.

Mais tarde, sozinha com Elizabeth, tornou a abordar o assunto:

– É provável que ele fosse um partido desejável para Jane – disse ela. – Sinto que o projeto tenha fracassado. Mas essas coisas acontecem muito! Um rapaz como o Sr. Bingley, a julgar pela descrição que me fizeram, se apaixona facilmente por uma moça bonita durante algumas semanas e, quando um acaso os separa, esquece-a facilmente. Inconstâncias dessa espécie são muito frequentes.

– De certo modo isso é um excelente consolo – disse Elizabeth –, mas não serve para *nós*. Não sofremos por *acidente*. Não é assim tão frequente que um rapaz desimpedido se deixe persuadir pelos amigos a esquecer uma moça por quem estava perdidamente apaixonado poucos dias antes.

– Mas a expressão "perdidamente apaixonado" é tão gasta, tão duvidosa, tão indefinida, que não esclarece muita coisa. Muitas vezes é aplicada tanto a sentimentos que surgem em apenas meia hora de contato, como a afeições reais e fortes. Diga-me, quão *perdidamente* o Sr. Bingley estava apaixonado?

– Nunca vi uma inclinação mais promissora. Ele estava se tornando cada vez mais desatento em relação aos outros, e inteiramente absorto por ela. A cada vez que se encontravam, isso se tornava mais sólido e claro. No baile que ele próprio ofereceu, ultrajou duas ou três moças por não tirá-las para dançar! E eu mesma me dirigi a ele duas vezes sem obter resposta. Podem existir melhores sintomas? A desatenção geral não é a própria essência do amor?

– Oh, sim, da espécie de amor que suponho tenha sido a dele. Pobre Jane! Sinto por ela, pois com o feitio que tem, talvez não o esqueça imediatamente. Seria melhor que isso tivesse acontecido a *você*, Lizzy; graças a seu bom humor, você teria esquecido mais depressa. Acha que podemos convencê-la a voltar conosco? Uma mudança de ares poderia ser favorável. E, talvez, ficar longe de casa por algum tempo fosse bastante útil.

Elizabeth ficou muito contente com a proposta, e sentiu-se plenamente convencida da pronta aquiescência da irmã.

– Espero – acrescentou a Sra. Gardiner – que nenhuma consideração por esse rapaz a influencie. Moramos em pontos tão afastados na cidade, todas as nossas relações são tão diferentes e, como você sabe, saímos tão raramente de casa, que é muito improvável que eles se encontrem. A não ser que ele vá visitá-la.

– E *isso* é inteiramente impossível; pois ele está sob a vigilância do amigo, e o Sr. Darcy não o deixaria visitar Jane naquela parte de Londres! Minha cara tia, como pode supor tal coisa? O Sr. Darcy talvez tenha *ouvido* falar na Gracechurch Street, mas, se alguma vez pisasse lá, creio que nem um mês de abluções bastaria para livrá-lo das impurezas; e, acredite, o Sr. Bingley nunca sai sem ele.

– Tanto melhor. Espero que eles não se encontrem. Mas Jane não se corresponde com a irmã do Sr. Bingley? *Ela* não poderá deixar de visitá-la.

– Ela cortará relações completamente.

Mas, apesar da certeza que Elizabeth pretendera impor à afirmação, bem como à possibilidade ainda mais interessante de Bingley estar sendo impedido de ver Jane, esse assunto a preocupava de tal maneira que, depois de refletir, se convenceu de que não considerava o caso inteiramente perdido. Parecia-lhe possível, e algumas vezes até mesmo provável, que a afeição do Sr. Bingley se reanimasse, e que a influência dos amigos pudesse ser contrabalançada com êxito pela influência dos atrativos de Jane.

A Srta. Bennet aceitou o convite da tia com prazer; e, se ainda pensava nos Bingley, era apenas para desejar que, como

Caroline não morava na mesma casa que o irmão, fosse possível ocasionalmente passar uma ou outra manhã com a amiga, sem o risco de encontrá-lo.

Os Gardiner ficaram uma semana em Longbourn; e, entre os Philips, os Lucas e os oficiais, não houve um dia sequer sem compromissos. A Sra. Bennet tinha planejado tão cuidadosamente esses divertimentos para os parentes, que nem uma só vez eles se sentaram juntos para um jantar em família. Quando havia convidados em casa, sempre compareciam alguns oficiais, e um deles era sempre o Sr. Wickham; e nessas ocasiões, a Sra. Gardiner, em cujo espírito os calorosos elogios de Elizabeth tinham despertado suspeitas, observava os dois com grande atenção. Sem supor, pelo que via, que estivessem seriamente apaixonados, a preferência que manifestavam um pelo outro era suficiente para inquietá-la; e decidiu falar com Elizabeth sobre o assunto antes de partir de Hertfordshire, e fazê-la perceber a imprudência de encorajar tal inclinação.

Para a Sra. Gardner, Wickham despertava um interesse que estava além de seus múltiplos encantos. Havia uns dez ou doze anos, antes de seu casamento, a Sra. Gardiner passara um tempo considerável exatamente na mesma região de Derbyshire da qual viera o Sr. Wickham. Tinham, portanto, muitos conhecidos em comum; e, embora o Sr. Wickham pouco tivesse estado lá depois da morte do pai do Sr. Darcy, cinco anos antes, ainda podia dar notícias mais recentes dos antigos amigos da Sra. Gardiner do que as que ela poderia obter de outro modo.

A Sra. Gardiner estivera em Pemberley e conhecia muito bem o nome do falecido Sr. Darcy. Aquela, portanto, era uma fonte inesgotável de assunto. Comparando suas lembranças de Pemberley com as descrições minuciosas que Wickham lhe fazia, e prestando um tributo de admiração ao caráter de seu antigo senhor, a Sra. Gardiner deliciava a si mesma e a seu interlocutor. Ao ser informada sobre o tratamento que o atual Sr. Darcy lhe dispensara, ela procurou se lembrar de algo na reputação que ele tivera na infância que pudesse confirmar aquilo. E acreditou, afinal, recordar-se de ter ouvido dizer que o Sr. Fitzwilliam Darcy fora um menino orgulhoso e de mau caráter.

26

As recomendações da Sra. Gardiner a Elizabeth foram transmitidas cordialmente na primeira oportunidade favorável que encontrou para falar a sós com a sobrinha; depois de dizer francamente o que pensava, continuou:

– Você é uma jovem sensata demais, Lizzy, para se apaixonar apenas porque alguém a avisa para não fazê-lo; e, portanto, não temo falar abertamente. Com toda a seriedade, quero que esteja prevenida. Não se envolva nem procure envolvê-lo em uma afeição que ausência de fortuna tornaria muito imprudente. Não tenho nada a dizer contra *ele*; é um rapaz muito interessante; e, se estivesse na situação que deveria estar, acho que você não poderia encontrar ninguém melhor. Mas, não sendo este o caso, não se deixe levar pela fantasia. Você tem bom-senso, e todos nós esperamos que o utilize. Seu pai confia em *sua* resolução e boa conduta. Não o desaponte.

– Minha cara tia, a senhora está tomando as coisas muito a sério.

– Sim, e espero que você as considere com a mesma seriedade.

– Bem, neste caso, não precisa se alarmar. Eu cuidarei de mim mesma e do Sr. Wickham também. Ele não se apaixonará por mim, se eu puder evitar.

– Elizabeth, agora você não está falando sério.

– Desculpe-me. Vou tentar novamente. No momento, não estou apaixonada pelo Sr. Wickham; não, certamente que não. Mas ele é, sem comparação, o homem mais agradável que já conheci. E, se ele se apaixonar por mim, acredito que será melhor do que se não o fizer. Vejo perfeitamente a imprudência que há nisso. Oh! *Aquele* abominável Sr. Darcy! A opinião que meu pai tem de mim me lisonjeia; e eu seria uma criatura indigna se a traísse. Meu pai, no entanto, simpatiza com o Sr. Wickham. Em suma, minha cara tia, eu ficaria muito triste se causasse aborrecimento a algum de vocês; mas, se vemos diariamente que os jovens apaixonados dificilmente são desencorajados pela imediata falta de fortuna, como poderei lhe prometer maior prudência que a de meus semelhantes, se eu for tentada? E como poderia sequer saber se seria prudente resistir? Tudo o que posso prometer, portanto, é que não agirei precipitadamente. Não terei pressa em me considerar o mais alto objeto da afeição do Sr. Wickham. Em suma, farei o possível.

– Talvez fosse melhor que você não o encorajasse a vir aqui tantas vezes. Pelo menos você não deveria *lembrar* sua mãe de convidá-lo.

– Como fiz no outro dia – disse Elizabeth, com um sorriso encabulado. – É verdade, será prudente deixar de fazer *isso*. Mas não imagine que ele nos visita com tanta frequência. Foi por sua causa que ele foi convidado tantas vezes esta semana. A senhora conhece as ideias de mamãe sobre a necessidade de ter sempre companhia para seus amigos. Mas dou a minha palavra de que tentarei agir da forma mais sensata; e agora espero que esteja satisfeita.

A tia lhe assegurou que estava; e Elizabeth agradeceu o carinho de suas sugestões. Em seguida se separaram; um maravilhoso exemplo de conselhos sobre um assunto delicado sendo aceitos sem ressentimentos.

O Sr. Collins retornou a Hertfordshire pouco depois da partida dos Gardiner e Jane; e, desta vez, por ter ficado na casa dos Lucas, sua chegada não causou grandes transtornos à Sra. Bennet. O dia do casamento aproximava-se, e ela se resignara, enfim, ao inevitável. Costumava até dizer com insistência, em um tom amargo, que "*desejava* que pudessem ser felizes". O casamento seria realizado na quinta-feira seguinte; e, na quarta, a Srta. Lucas foi fazer sua visita de despedida. Quando se levantou para sair, Elizabeth, envergonhada com os relutantes votos de felicidade da mãe, e sinceramente comovida, acompanhou a antiga amiga até a porta. Quando desciam juntas as escadas, Charlotte disse:

– Espero ter notícias suas com frequência, Eliza.

– *Isso* você certamente terá.

– E tenho outro favor a lhe pedir. Você irá me visitar?

– Nos encontremos muitas vezes, espero, aqui em Hertfordshire.

– Não é provável que eu possa sair de Kent durante algum tempo. Prometa-me, portanto, que irá a Hunsford.

Elizabeth não pôde recusar, embora não encarasse aquela visita com prazer.

– Meu pai e Maria irão me visitar em março – acrescentou Charlotte. – Espero que você consinta em ir com eles. Na verdade, Eliza, você será tão bem-vinda quanto alguém da família.

Enfim, aconteceu o casamento; o noivo e a noiva partiram para Kent diretamente da igreja, e todos tiveram tanto para dizer e ouvir como de costume nessas ocasiões. Elizabeth logo teve notícias da amiga; e a correspondência entre elas continuou tão regular e frequente como sempre; mas que fosse igualmente franca, era impossível. Elizabeth nunca se dirigia à amiga sem sentir que todo o conforto da intimidade estava perdido e, embora decidida a não negligenciar a correspondência, o fazia em consideração ao passado, não ao presente. As primeiras cartas de Charlotte foram recebidas com muita ansiedade; não poderia haver outro sentimento que não a curiosidade para saber o que a amiga pensava da nova casa, se gostara de Lady Catherine e até que ponto ela ousaria se declarar feliz; mas quando lia as cartas, Elizabeth sentia que Charlotte se expressava sobre todos esses pontos exatamente como ela esperava. Escrevia alegremente, parecia rodeada de conforto e não mencionava nada indigno de elogios. A casa, a mobília, a vizinhança, as estradas, tudo estava a seu gosto, e Lady Catherine se mostrara benevolente e amável. Era o mesmo quadro de Hunsford e de Rosings que o Sr. Collins pintara, racionalmente amenizado; Elizabeth compreendeu que teria de esperar até o dia da visita para saber o restante.

Jane já enviara algumas linhas à irmã, anunciando que chegara a Londres em segurança; e quando escrevesse novamente, Elizabeth esperava que já tivesse alguma notícia dos Bingley.

A impaciência pela segunda carta foi recompensada como a impaciência costuma ser: Jane estava em Londres havia uma semana sem ver Caroline e sem ter notícias dela. Explicava o fato, no entanto, supondo que sua última carta de Longbourn para a amiga tivesse se extraviado.

"Minha tia", ela continuava, "vai amanhã para aqueles lados da cidade. E eu terei a oportunidade de visitar Grosvenor Street."

Ela tornou a escrever após a visita, dizendo que se encontrara com a Srta. Bingley. "Não creio que Caroline estivesse de bom humor", foram suas palavras, "mas pareceu muito contente por me ver e censurou-me por não ter avisado que viria a Londres. Portanto, eu tinha razão; ela não recebeu minha última carta. Perguntei sobre seu irmão, é claro. Está bem, mas tão ocupado com o Sr. Darcy que elas quase não o veem. Soube que a Srta. Darcy estava sendo esperada para o jantar. Eu desejava conhecê-la, mas minha visita não foi longa, pois Caroline e a Sra. Hurst precisaram sair. Acredito que em breve as verei aqui."

Elizabeth sacudiu a cabeça diante daquela carta. Estava convencida de que só o acaso faria o Sr. Bingley descobrir que sua irmã estava em Londres.

Passaram-se quatro semanas e Jane não o viu. Tentou persuadir a si mesma de que não lamentava o fato; mas não podia continuar cega à falta de atenção da Srta. Bingley. Após esperar em casa todas as manhãs durante quinze dias, inventando, todas as tardes, uma nova desculpa para sua demora, finalmente ela apareceu; mas a rapidez da visita e, sobretudo, a mudança em suas maneiras impediram Jane de continuar se iludindo. A carta que escreveu à irmã provava o que sentia:

> Minha cara Lizzy:
>
> Estou certa de que será incapaz de regozijar-se à minha custa se eu confessar que me enganei inteiramente quanto à afeição da Srta. Bingley por mim. Mas, minha querida irmã, embora o que se passou tenha provado que você tinha razão, não me acuse de obstinação se eu continuo a sustentar que, considerando a conduta anterior dela, minha confiança era tão natural quanto suas suspeitas. Não compreendo absolutamente as razões que ela tinha para desejar ter uma amizade íntima comigo, mas, se essas mesmas circunstâncias se repetissem, estou certa de que eu seria novamente enganada. Caroline não retribuiu minha visita até ontem; e nem um bilhete, nem uma linha eu recebi nesse período. Quando ela chegou, foi evidente que não encontrava prazer algum em estar ali; deu breves desculpas, inteiramente formais, por não ter vindo antes, não disse uma só vez que desejava me ver novamente e mostrou-se, sob todos os aspectos, uma pessoa tão diferente que, quando partiu, eu estava perfeitamente resolvida a cortar relações. Lamento muito, mas não posso deixar de culpá-la. Fez muito mal em distinguir-me a princípio, como fez; posso dizer com certeza que ela tomou todas as iniciati-

vas da amizade, mas tenho pena dela porque deve sentir que procedeu de forma incorreta; e porque tenho plena certeza de que a causa de tudo isso foi a preocupação que tem com o irmão. Não preciso me explicar melhor; e, embora *nós* saibamos que essa preocupação é inteiramente inútil, se ela a sente de fato, ficará facilmente explicada sua conduta em relação a mim. E, tão merecedor como é da afeição da irmã, qualquer preocupação que sinta por ele será natural e louvável. Não posso, porém, evitar me perguntar a razão de ainda possuir tais receios, pois se ele gostasse realmente de mim já teríamos nos encontrado há muito tempo. Ele sabe que estou em Londres, estou certa, por algo que ela mesma comentou; e, no entanto, a maneira como fala dá a entender que deseja persuadir a si mesma de que o irmão se interessa realmente pela Srta. Darcy. Não posso compreender. Se não temesse fazer um julgamento precipitado, estaria quase tentada a dizer que em tudo isto há uma forte aparência de duplicidade. Mas procurarei banir todos os pensamentos dolorosos e pensar somente no que pode me deixar feliz: sua afeição e a inalterável bondade de meus caros tios. Escreva-me sem demora. A Srta. Bingley disse alguma coisa a respeito de o irmão nunca mais voltar a Netherfield, e de desistir da casa, mas não deu toda a certeza. É melhor sermos discretas a esse respeito. Estou extremamente satisfeita que tenha recebido notícias tão agradáveis de nossos amigos de Hunsford. Peço que vá visitá-los com Sir William e Maria. Estou certa de que você se sentirá muito bem lá.

Com amor etc.

Essa carta causou certa tristeza a Elizabeth; mas sua coragem foi restituída ao perceber que, Jane não seria mais enganada, pelo menos não pela irmã de Bingley. Todas as esperanças quanto a ele estavam agora perdidas. Elizabeth não desejava sequer que Bingley renovasse suas atenções. Sob todos os pontos de vista, o conceito de seu caráter caíra; e, como castigo para ele, bem como uma possível compensação para Jane, Elizabeth desejou sinceramente que ele se casasse com a irmã do Sr. Darcy, pois, segundo a descrição de Wickham, ela o faria lamentar amargamente o que desperdiçara.

Aproximadamente na mesma época, a Sra. Gardiner relembrou por carta a Elizabeth sua promessa em relação àquele cavalheiro, e lhe pediu notícias; e o que Elizabeth tinha para contar era mais satisfatório para a tia do que para si mesma. O aparente interesse do Sr. Wickham desvanecera-se, suas atenções tinham cessado, ele as dedicava a outra pessoa. Elizabeth era observadora o suficiente para perceber tudo aquilo, mas podia ver e escrever a respeito sem tristeza. Seu coração fora meramente tocado, e sua vaidade estava satisfeita pela crença de que *ela* teria sido a escolhida, se a fortuna o permitisse. Uma repentina herança de dez mil libras era o encanto mais notável da jovem que ele agora cortejava; mas Elizabeth, menos arguta nesse caso que no de Charlotte, não o censurou pelo desejo de independência. Nada, pelo contrário, poderia ser mais natural; e, embora tivesse razões para supor que o Sr. Wickham não renunciara a ela sem alguns conflitos, estava pronta a admitir que aquela renúncia fora uma medida sensata e desejável para ambos, desejava sinceramente que ele fosse feliz.

Tudo isso foi comunicado à Sra. Gardiner; e depois de relatar os detalhes, ela continuou: "Estou convencida agora, minha cara tia, de que nunca o amei; pois, se tivesse experimentado essa paixão pura e elevada, detestaria agora a simples menção de seu nome e desejaria a ele todos os males. Mas meus sentimentos não são apenas cordiais em relação a *ele*; mas também pela a Srta. King. Não consigo encontrar em mim qualquer ódio em relação a ela e não a considero nada além de uma ótima moça. Em nada disso pode haver amor. Minha cautela valeu a pena; e embora eu fosse um objeto de maior interesse para todos os meus conhecidos caso estivesse perdidamente apaixonada por ele, não posso dizer que lamento minha comparativa insignificância. A consideração pode ter um preço muito alto. Kitty e Lydia tomam essa traição muito mais a sério do que eu. São muito inexperientes nos costumes do mundo, e ainda não chegaram à torturante conclusão de que os belos rapazes precisam tanto de um meio de vida quanto os feios."

27

Sem maiores acontecimentos na família de Longbourn, e com poucas diversões senão passeios ocasionais a Meryton, às vezes enlameados e às vezes frios, passaram os meses de janeiro e fevereiro. A chegada de março marcaria a ida de Elizabeth a Hunsford. A princípio, não a tinha encarado com muita seriedade; mas Charlotte, ela logo percebeu, contava com aquilo, e aos poucos Elizabeth começou a pensar na visita com maior prazer e com mais certeza. O período de ausência aumentara seu desejo de rever Charlotte e enfraquecera sua repugnância pelo Sr. Collins. Havia também o sabor da novidade; e com a mãe que tinha, e com irmãs tão pouco amigáveis, não sentiria falta de casa, e uma mudança de ares lhe faria bem. Além disso, a viagem lhe daria a oportunidade de ver Jane; em suma, à medida que a data se aproximava, ela teria lamentado muito ter de adiar a partida. Entretanto, tudo correu bem e ficou combinado de acordo com os planos de Charlotte. Elizabeth viajaria em companhia de Sir William e de sua segunda filha. O acréscimo de uma noite em Londres foi feito a tempo, e os planos se tornaram tão perfeitos quanto poderiam ser.

A única tristeza era deixar o pai, a quem certamente faria falta; e que, chegado o dia, mostrou-se tão pouco satisfeito com sua partida que pediu-lhe que escrevesse, e quase prometeu responder.

A despedida entre Elizabeth e o Sr. Wickham foi perfeitamente cordial; sobretudo da parte dele. A afeição atual não era suficiente para fazê-lo esquecer que Elizabeth fora a primeira a despertar e a merecer sua atenção, a primeira que o ouvira e se compadecera, a primeira que admirara; e em sua maneira de dizer adeus, desejando-lhe todos os divertimentos, lembrando o que deveria esperar de Lady Catherine de Bourgh e confiando que as opiniões de ambos sobre ela, e sobre todos os outros, sempre coincidissem, havia uma solicitude, um interesse, que a fez sentir-se ligada a ele por uma sincera estima; e despediu-se dele convencida de que, casado ou solteiro, ele sempre representaria a seus olhos o ideal de uma pessoa cordial e agradável.

Seus companheiros de viagem no dia seguinte não eram do tipo que a faria considerá-lo menos admirável. Sir William Lucas e sua filha Maria, uma moça bem-humorada, mas de cabeça tão oca quanto o pai, nada tinham a dizer que fosse digno de atenção, e Elizabeth os escutava com tanto deleite quanto ao ranger da carruagem. Ela adorava absurdos, mas conhecia Sir William bem demais. Nenhuma das maravilhas que ele contava a respeito de seu título e de sua apresentação na corte eram novidades para ela; e sua amabilidade estava tão gasta quanto seus assuntos.

Era uma viagem de apenas quarenta quilômetros, e haviam partido tão cedo, que chegaram a Gracechurch Street ao meio-dia. Ao se aproximarem da casa do Sr. Gardiner, avistaram Jane na janela da sala de visitas; quando chegaram à entrada, ela estava lá para saudá-los. Elizabeth, perscrutando ansiosamente o rosto da irmã, teve o prazer de constatar que continuava saudável e lindo como sempre. Nos degraus da escada havia uma tropa de meninos e meninas, cuja impaciência pela chegada da prima impediu que esperassem na sala, mas como fazia um ano que não a viam, não ousavam descer. Tudo foi alegria e gentileza. O dia passou da forma mais agradável; de manhã andaram para lá e para cá e fizeram compras, e à noite foram ao teatro.

Afinal, Elizabeth conseguiu conversar com a tia. O primeiro assunto foi sua irmã; e sentiu mais tristeza que espanto ao ouvir, em resposta às suas minuciosas perguntas, que, embora Jane sempre lutasse para conservar a coragem, atravessava períodos de depressão. Era razoável, no entanto, acreditar que não durariam muito tempo. A Sra. Gardiner deu também os detalhes da visita da Srta. Bingley, e narrou algumas conversas que ela própria tivera com Jane, e que provavam que esta renunciara de coração àquela amizade.

A Sra. Gardiner, então, gracejou com a sobrinha a respeito da deserção de Wickham e deu-lhe os parabéns por suportá-la tão bem.

– Mas, minha cara Elizabeth – acrescentou ela –, que espécie de moça é a Srta. King? Ficaria triste por pensar que nosso amigo é interesseiro.

– Por favor, minha querida tia, qual é a diferença, quando se trata de casamentos, entre o interesse e a prudência? Onde termina o cuidado e começa a cobiça? No Natal passado, a senhora temia que Wickham se casasse comigo; porque seria uma imprudência; e agora, ao saber que tenta conquistar uma moça que tem apenas dez mil libras, quer achá-lo interesseiro.

– Se você me disser que espécie de moça é a Srta. King, saberei o que pensar.

– É uma moça muito boa, creio eu. Não sei nada de mau a seu respeito.

– Mas Wickham não lhe deu a menor atenção, até que a morte do avô a tornou herdeira da fortuna.

– Não... Por que deveria? Se não era admissível que conquistasse *minha* afeição, porque não tenho dinheiro, por que cortejaria uma moça de quem não gostava e que era igualmente pobre?

– Mas parece indelicado da parte dele ter lançado suas atenções sobre ela tão pouco tempo depois do acontecido.

– Um homem em situação desesperada não pode se dar ao luxo de ter todas essas delicadezas elegantes. Se *ela* não se opõe, por que *nós* nos importaríamos?

– O fato de *ela* não se opor não justifica a atitude *dele*. Apenas demonstra que lhe falta alguma coisa... Bom-senso ou sentimento.

– Bem – exclamou Elizabeth –, pense como quiser. Que *ele* seja interesseiro e *ela*, tola.

– Não, Lizzy, isso é o que *não* quero pensar. Eu lamentaria pensar mal de um rapaz que viveu tanto tempo em Derbyshire.

– Oh, se isso é tudo, tenho uma péssima opinião a respeito dos rapazes de Derbyshire; e seus amigos íntimos que vivem em Hertfordshire não são muito melhores. Estou farta deles todos. Graças a Deus, amanhã irei para um lugar onde encontrarei um homem que não possui sequer uma qualidade agradável, e que não tem nem atitudes nem bom-senso que o recomendem. Os homens estúpidos são os únicos que vale a pena conhecer, afinal.

– Cuidado, Lizzy; suas palavras tem forte sabor de despeito.

Antes que a conversa fosse interrompida pelo o fim da peça, Elizabeth teve o prazer inesperado de receber um convite para acompanhar os tios em uma excursão que se propunham fazer no verão.

– Ainda não decidimos onde terminará nosso passeio disse a Sra. Gardiner –, mas talvez cheguemos até os Lagos.

Nenhum plano poderia ser mais agradável para Elizabeth, e a receptividade ao convite foi pronta e agradecida.

– Minha querida tia! – exclamou ela, deliciada. – Que prazer! Que felicidade! A senhora me inspira nova vida e vigor. Adeus desapontamentos e tristezas. Que importam os homens se comparados a rochedos e montanhas? Oh! Que horas agradáveis passaremos! E, quando *voltarmos*, não faremos como os outros viajantes, que nada podem descrever com precisão. Nós *saberemos* onde estivemos, nos *lembraremos* do que vimos. Lagos, montanhas e rios não se confundirão em nossas lembranças; nem, ao tentarmos descrever uma cena, discutiremos a respeito de sua localização. Que *nossas* primeiras efusões sejam menos insuportáveis que as da maioria dos viajantes.

28

Tudo, durante a viagem no dia seguinte, tudo pareceu a Elizabeth novo e interessante; sua disposição era excelente; pois encontrara a irmã tão bem que todas as preocupações sobre sua saúde se tinham dissipado, e a perspectiva da viagem para o norte eram uma fonte permanente de prazer.

Quando deixaram a estrada principal para entrar no caminho que levava a Hunsford, todos os olhos estavam atentos para divisar a reitoria, e a cada curva esperavam vê-la surgir. A cerca de Rosings Park limitava a estrada de um dos lados. Elizabeth sorria ao lembrar-se de tudo o que lhe tinham dito a respeito de seus habitantes.

Finalmente, viram a reitoria. O jardim, descendo em rampa suave pela estrada, a casa que o encimava, a cerca verde, as sebes de loureiros, tudo anunciava que estavam chegando.

O Sr. Collins e Charlotte apareceram à porta, e, entre sorrisos e acenos, a carruagem parou junto ao pequeno portão, de onde uma pequena aleia de cascalho conduzia até a casa. Em um instante, todos tinham saltado, felizes pelo reencontro. A Sra. Collins recebeu a amiga com muita alegria, e Elizabeth ficou ainda mais satisfeita por ter ido ao perceber tão calorosa acolhida. Viu imediatamente que os modos do primo não haviam se alterado com o casamento; sua cortesia formal permanecia exatamente a mesma, e ele a deteve no portão por alguns minutos, para fazer perguntas a respeito de toda a sua família. Foram, então, sem mais demoras, exceto pelo comentário do morador a respeito da beleza da porta de entrada, conduzidos ao interior da casa; assim que entraram na sala de estar, ele tornou a dar as boas-vindas, com pomposa formalidade, à sua humilde residência, e repetiu meticulosamente todas as recomendações da esposa para que os visitantes se sentissem à vontade.

Elizabeth estava preparada para vê-lo em toda a sua glória; e não pôde deixar de imaginar, ao ouvi-lo elogiar o tamanho da sala, seu aspecto e sua mobília, que ele se dirigia a ela particularmente, como se desejasse mostrar o que tinha perdido ao recusá-lo. Mas, embora tudo fosse limpo e confortável, não pôde recompensá-lo com algum sinal de arrependimento; e parecia absurdo que a amiga pudesse se mostrar tão alegre vivendo com tal companheiro. Quando o Sr. Collins dizia alguma coisa que pudesse, com razão, envergonhar a mulher, o que, aliás, era bastante frequente, Elizabeth voltava os olhos involuntariamente para Charlotte. Uma ou duas vezes pôde perceber um leve rubor; mas em geral, Charlotte era sábia o bastante para não lhe dar ouvidos. Depois de ficarem na sala tempo suficiente para admirar cada peça da mobília, desde o guarda-louças até a grade da lareira, e para contarem a viagem e tudo o que tinha acontecido em Londres, o Sr. Collins convidou-os para um passeio no jardim, que era grande e bem traçado, e de cujo trato ele se encarregava pessoalmente. Trabalhar no jardim era um de seus prazeres mais respeitáveis; e Elizabeth se admirou com a seriedade com que Charlotte comentou as vantagens daquele exercício e admitiu que o encorajava ao máximo. Então, conduzindo-os através de todos os caminhos e atalhos, e sem lhes deixar tempo de exprimir os elogios que ele próprio solicitava, fazia ressaltar cada detalhe do jardim, com uma minúcia que esmaecia toda a beleza. Era capaz de enumerar os campos em todas as direções, e sabia quantas árvores havia até nos bosques mais distantes. Mas, de todas as paisagens de que seu jardim, o condado ou o reino inteiro podiam se gabar, nenhuma se comparava à visão de Rosings, descortinada através das árvores que bordejavam o parque, quase defronte de sua casa. Era uma bela e recente construção, bem situada em uma elevação do terreno.

Do jardim, o Sr. Collins os teria levado para uma volta por seus dois prados, mas as senhoras, que não usavam sapatos adequados para andar pelo campo ainda recoberto por um resto de geada, preferiram voltar; e, enquanto Sir William acompanhava o Sr. Collins, Charlotte conduziu a irmã e a amiga pela casa, provavelmente muito feliz por ter uma oportunidade de fazê-lo sem o auxílio do marido. A casa era pequena, mas bem construída e cômoda; e tudo era arranjado com uma simplicidade e uma ordem que Elizabeth atribuiu inteiramente a Charlotte. Esquecida a presença do Sr. Collins, reinava em tudo um ar de conforto e, a julgar pelo evidente prazer de Charlotte, Elizabeth supôs que a presença dele era frequentemente esquecida.

Já fora informada de que Lady Catherine ainda estava no campo. Voltaram a falar nisso ao jantar, quando o Sr. Collins, tendo se juntado a eles, observou:

– Sim, Srta. Elizabeth, terá a honra de ver Lady Catherine de Bourgh domingo que vem na igreja, e não preciso dizer que ficará encantada. Ela é toda afabilidade e condescendência, e não duvido de que a senhorita seja honrada com sua atenção, depois que o serviço terminar. Não hesito em afirmar que ela incluirá a senhorita e minha irmã Maria em todos os convites com que nos honrar enquanto estiverem aqui. A atitude dela em relação à minha cara Charlotte é encantadora. Costumamos jantar em Rosings duas vezes por semana, e Lady Catherine nunca permite que voltemos a pé para casa. Sempre nos oferece sua carruagem. *Ou melhor*, uma de suas carruagens, pois Sua Senhoria possui várias.

– Lady Catherine é uma senhora muito respeitável e de muita sensibilidade, de fato – acrescentou Charlotte –, e uma vizinha muito atenciosa.

– É verdade, minha cara, é exatamente o que eu digo. Ela é o tipo de senhora a quem não se pode louvar o bastante.

Passaram a maior parte da noite falando sobre as novidades de Hertfordshire, e contando novamente tudo o que já fora comunicado por carta; e mais tarde, na solidão de seu quarto, Elizabeth teve de meditar sobre o grau de contentamento de Charlotte, a fim de compreender a habilidade com que ela conduzia o marido, e a serenidade com que o suportava, admitindo que saía-se muito bem. Pensou em como transcorreria aquela visita, no calmo teor das atividades habituais, nas irritantes interrupções do Sr. Collins e nas alegrias das visitas a Rosings. Sua imaginação fértil não demorou a definir tudo o que aconteceria.

No meio do dia seguinte, enquanto Elizabeth estava no quarto se aprontando para um passeio, um ruído súbito no andar de baixo pareceu lançar a casa inteira em tumulto; após alguns instantes de atenção, ouviu alguém subir as escadas correndo, gritando seu nome. Abriu a porta e no patamar encontrou Maria, que, sem fôlego, de tanta agitação, exclamou:

– Oh, minha querida Eliza! Apronte-se depressa e desça para a sala de jantar, pois há algo que você precisa ver! Não vou lhe dizer o quê, mas se apresse e desça imediatamente.

Elizabeth fez várias perguntas em vão; Maria se recusava a responder. Desceram correndo e entraram na sala de jantar, que dava para a alameda, em busca daquela maravilha; havia duas senhoras em um fáeton baixo parado ao portão do jardim.

– É só isso? – exclamou Elizabeth. – Eu esperava, no mínimo, que os porcos tivessem invadido o jardim. E não é nada além de Lady Catherine e sua filha.

– Oh, minha querida! – exclamou Maria, escandalizada com o engano. – Não é Lady Catherine; aquela velhota é a Sra. Jenkinson, que mora com elas. A outra é a Srta. De Bourgh. Olhe para ela. É tão pequena. Quem imaginaria que ela pudesse ser assim tão frágil e tão magra?

– É abominavelmente grosseira por obrigar Charlotte a ficar lá fora com esse vento. Por que ela não entra?

– Oh! Charlotte disse que ela quase nunca entra. É a maior das honras quando a Srta. De Bourgh o faz.

– Sua aparência me agrada – disse Elizabeth, a quem outros pensamentos tinham ocorrido. – Parece doentia e triste. Sim, ela servirá muito bem para ele. Será uma esposa muito apropriada.

O Sr. Collins e Charlotte estavam parados ao portão conversando com as senhoras; e, para alegria de Elizabeth, Sir William estava postado na porta de entrada, absorto pela grandeza que tinha diante de si, inclinando-se constantemente a cada vez que a Srta. De Bourgh olhava para aquele lado.

Finalmente, o assunto se esgotou; as senhoras se afastaram e os outros voltaram para a casa. Assim que o Sr. Collins avistou as duas moças, pôs-se a cumprimentá-las pela boa sorte; Charlotte explicou que todos tinham sido convidados para jantar em Rosings no dia seguinte.

29

O triunfo do Sr. Collins com aquele convite foi completo. A possibilidade de mostrar a grandeza de sua protetora e a amabilidade com que tratava a ele e à esposa era exatamente o que ele tinha desejado; e que a oportunidade de fazê-lo lhe tivesse sido dada tão cedo era uma mostra tão clara da condescendência de Lady Catherine, que ele não conseguia admirá-la adequadamente.

– Confesso – disse ele – que não teria ficado surpreso se Sua Senhoria nos convidasse para tomar chá e passar a tarde em Rosings no domingo. Eu até esperava, pela experiência que tenho de sua afabilidade, que isso acontecesse. Mas quem poderia ter previsto tamanha atenção? Quem poderia ter imaginado que receberíamos um convite para jantar, um convite, aliás, que abrange todo o grupo, tão imediatamente após a chegada de vocês?

– Sou o menos surpreso com o fato – replicou Sir William –, por causa da familiaridade com os hábitos dos grandes, que minha situação na vida me permitiu adquirir. Na corte, esses exemplos de comportamento elegante não são incomuns.

Durante o resto do dia, e na manhã seguinte, pouco se falou sobre outra coisa que não a visita a Rosings. O Sr. Collins informou cuidadosamente sobre o que os esperava, de forma que a visão dos magníficos salões, dos inúmeros criados e do opulento jantar não os desconcertasse inteiramente.

Quando as senhoras se retiravam a fim de se preparar, ele disse a Elizabeth:

– Não se preocupe, minha cara prima, a respeito de seus trajes. Lady Catherine está longe de exigir de nós a elegância que ela e a filha ostentam. Aconselho-a apenas a usar seu melhor vestido, não há motivo para mais do que isso. Lady

Catherine não pensará mal a seu respeito por ve-la vestida com simplicidade. Ela gosta de preservar as distinções de classe.

Enquanto se vestiam, ele bateu duas ou três vezes em cada porta, recomendando que se apressassem, pois Lady Catherine não gostava que a fizessem esperar. Tão formidáveis descrições de Sua Senhoria e de sua vida suntuosa apavoraram Maria Lucas, que tinha pouca prática social, e esperava sua visita a Rosings com tanta ansiedade quanto o pai sentira antes de sua apresentação à corte em St. James.

Como o tempo estava bom, fizeram uma agradável caminhada de menos de um quilômetro através do parque. Todos os parques têm sua beleza e suas paisagens; e o que Elizabeth viu que a agradou, embora não sentisse o êxtase de que o Sr. Collins as considerava dignas, e foi muito pouco afetada pela enumeração que este fez das janelas da fachada e pela revelação do quanto as vidraças haviam custado a Sir Lewis de Bourgh.

Enquanto subiam as escadas para o hall, o nervosismo de Maria crescia a olhos vistos, e mesmo Sir William não parecia perfeitamente calmo. A coragem de Elizabeth não lhe faltou. Nada do que ouvira a respeito de Lady Catherine a convencia de que esta possuísse talentos extraordinários ou virtudes miraculosas, e ela acreditava poder testemunhar a simples ostentação de dinheiro e de posição social sem vacilar.

Do hall de entrada, cujas belas proporções e ricos ornamentos o Sr. Collins ressaltou com ar extático, eles acompanharam os criados através de uma antecâmara até uma sala onde estavam Lady Catherine, a filha e a Sra. Jenkinson. Sua Senhoria, com grande condescendência, levantou-se para recebê-los; e, como a Sra. Collins tinha combinado com o marido que ela própria se encarregaria da formalidade das apresentações, a cerimônia decorreu adequadamente, sem todas aquelas desculpas e agradecimentos que o Sr. Collins teria julgado necessários.

Apesar de já ter estado em St. James, Sir William estava tão impressionado com a grandeza que o cercava que se limitou a fazer uma profunda mesura e a sentar-se sem dizer uma palavra; sua filha, quase fora de si de tanto pavor, sentou-se na beirada de sua cadeira, sem saber para que lado olhar. Elizabeth não se sentiu absolutamente perturbada com a cena, e pôde observar serenamente as três damas à sua frente. Lady Catherine era uma senhora alta, bastante gorda, com traços fortemente marcados, que outrora deviam ter sido belos. Seu ar não era conciliador, nem sua maneira de recebê-los permitia que esquecessem a própria inferioridade social. Ela não parecia assustadora em silêncio; mas tudo o que dizia era pronunciado em um tom tão autoritário, que revelava sua arrogância. Elizabeth se lembrou imediatamente da descrição do Sr. Wickham; e, no decorrer do dia, concluiu que Lady Catherine era exatamente como ele a descrevera.

Quando, após examinar a mãe, em cujo rosto e gestos ela logo percebeu alguma semelhança com o Sr. Darcy, voltou os olhos para a filha, ficando quase tão perplexa quanto Maria ao perceber como era magra e pequena. Não havia a menor semelhança entre mãe e filha, nem no porte nem nas feições. A Srta. De Bourgh era pálida e doentia; e seus traços, embora não fossem feios, eram insignificantes; falava muito pouco, e só em voz baixa com a Sra. Jenkinson, cuja aparência nada tinha de excepcional e que se ocupava exclusivamente de ouvir o que ela dizia e de posicionar o biombo que protegia seus olhos.

Depois de ficarem sentados durante alguns minutos, eles se dirigiram até a janela para admirar a vista. O Sr. Collins se encarregava de lhes detalhar as belezas, enquanto Lady Catherine tinha a bondade de informar que a vista era muito mais bela no verão.

O jantar foi incrivelmente farto, e havia todos os criados e toda a prataria que o Sr. Collins prometera; e, como igualmente previra, ele se sentou na extremidade da mesa, por desejo de Sua Senhoria, e parecia achar que a vida não pudesse oferecer nada melhor. Serviu-se, comeu e elogiou tudo com deliciada alegria; e todos os pratos foram louvados, primeiro por ele, em seguida por Sir William, que estava suficientemente recuperado para repetir tudo o que o genro dizia, de forma tão exagerada, que Elizabeth perguntou a si mesma como Lady Catherine poderia suportar. Mas Lady Catherine parecia satisfeita com a admiração excessiva dos hóspedes e sorria da maneira mais graciosa, especialmente quando era servido algum prato que eles não conheciam. Os outros conversavam pouco. Elizabeth estava sempre pronta a falar quando encontrava uma ocasião, mas sentava-se entre Charlotte e a Srta. De Bourgh: a primeira, ocupada em ouvir Lady Catherine, e a segunda, mergulhada em absoluto silêncio durante todo o jantar. A Sra. Jenkinson aplicava-se principalmente em observar quão pouco a Srta. De Bourgh comia, em insistir para que ela provasse algum outro prato e em temer que estivesse indisposta. Para Maria, falar estava totalmente fora de questão, e os cavalheiros nada mais faziam senão comer e admirar.

Quando as senhoras voltaram para a sala de visitas, houve pouco que fazer senão ouvir Lady Catherine falar, o que ela fez sem interrupção até a hora do café, dando sua opinião sobre todo e qualquer assunto de forma tão decidida que ficava claro que não estava habituada a ter suas palavras contestadas. Fez perguntas a Charlotte a respeito dos assuntos domésticos com familiaridade e minúcia, e deu diversos conselhos a respeito de cada um deles; disse-lhe como tudo deveria ser regulado em uma família pequena como a dela e a instruiu sobre como cuidar das vacas e das aves. Elizabeth verificou que nada era indigno da atenção daquela grande dama, contanto que oferecesse uma oportunidade para doutrinar os outros. Nos intervalos das recomendações à Sra. Collins, fazia uma série de perguntas a Maria e a Elizabeth, especialmente a esta última, como cujas relações estava menos familiarizada, e que, segundo observou para a Sra. Collins, era uma jovem muito gentil e bonita. Perguntou-lhe quantas irmãs tinha, se eram mais novas ou mais velhas do que ela, se alguma delas estava para se casar, se eram bonitas, onde tinham sido educadas, que tipo de carruagem seu pai possuía e qual era o nome de solteira de sua mãe. Elizabeth sentiu toda a impertinência daquelas perguntas, mas respondeu com grande serenidade. Lady Catherine então observou:

– A propriedade de seu pai será herdada pelo Sr. Collins, acredito. Alegro-me por sua causa – continuou ela, virando-se para Charlotte –, mas não vejo necessidade de privar a descendência feminina do direito de herdar propriedades. Na família de Sir Lewis de Bourgh, isso não foi julgado necessário. Sabe tocar piano e cantar, Srta. Bennet?

– Um pouco.

– Oh! Então um dia desses precisa nos dar este prazer. Nosso piano é dos melhores. Provavelmente superior ao... Precisa experimentá-lo qualquer dia. Suas irmãs também sabem tocar e cantar?

– Uma delas sabe.

– Por que as outras também não aprenderam? Todas deveriam ter aprendido. Todas as garotas da família Webb sabem tocar, e o pai delas não tinha um rendimento tão bom quanto o seu. Sabem desenhar?

– Não, de modo algum.

– Como? Nenhuma de vocês?

– Nenhuma.

– Isso é muito curioso. Mas com certeza não tiveram oportunidade. Sua mãe deveria tê-las levado à cidade todas as primaveras, para que tomassem lições.

– Minha mãe não teria feito objeção, mas meu pai detesta Londres.

– Sua governanta os deixou?

– Nunca tivemos uma governanta.

– Nunca tiveram governanta! Como é possível? Educar cinco filhas sem uma governanta! Nunca ouvi uma coisa dessas! Sua mãe deve ter ficado escravizada à educação de vocês!

Elizabeth mal conseguiu conter um sorriso ao responder que não fora o caso.

– Então, quem ensinou a vocês? Quem se encarregou de sua educação? Sem uma governanta, ela deve ter sido negligenciada.

– Em comparação a certas famílias, acredito que sim; mas, entre nós, às que quiseram aprender nunca faltaram meios. Sempre nos encorajaram a ler, e tivemos todos os professores necessários. Mas às que escolheram ficar ociosas, certamente foi feita a vontade.

– Claro, sem dúvida; mas isso é justamente o que uma governanta teria evitado. Se tivesse conhecido sua mãe, eu a teria aconselhado com muita insistência a que tomasse uma governanta. Sempre digo que não é possível fazer nada pela educação sem uma instrução constante e regular, e só uma governanta pode provê-la. É espantoso o número de famílias para as quais arranjei governantas. É sempre com prazer que vejo uma jovem bem empregada. Graças a meus cuidados, quatro sobrinhas da Sra. Jenkinson estão magnificamente colocadas; e não faz muito tempo que recomendei outra jovem, cujo nome ouvi apenas acidentalmente, e a família ficou muito satisfeita com ela. Sra. Collins, já lhe contei que Lady Metcalfe fez uma visita ontem para me agradecer? Ela acha a Srta. Pope um tesouro. "Lady Catherine", disse ela, "a senhora me deu um tesouro." Alguma de suas irmãs mais novas já foi apresentada à sociedade, Srta. Bennet?

– Sim, senhora, todas.

– Todas? As cinco de uma vez? É muito estranho! E a senhorita é apenas a segunda! As mais novas já frequentam a sociedade antes de as mais velhas estarem casadas! Suas irmas mais novas devem ser muito jovens.

– A mais nova ainda não fez dezesseis anos. Talvez seja um pouco cedo demais para *ela* frequentar a sociedade. Mas na verdade, minha senhora, acho que seria uma crueldade recusar-lhes sua parte de distrações e vida social só porque as mais velhas não tiveram os meios ou a inclinação para se casar cedo. As últimas a nascer têm os mesmos direitos aos prazeres da mocidade que as mais velhas. E trancá-las em casa por um motivo como *esse*! Creio que não seria uma boa forma de promover a afeição fraternal ou a delicadeza de sentimentos.

– Palavra de honra – disse Sua Senhoria –, sua opinião é muito decidida para uma pessoa de tão pouca idade. Diga-me, quantos anos tem?

– Com três irmãs mais moças já crescidas – replicou Elizabeth, sorrindo –, Sua Senhoria não deve esperar que eu responda.

Lady Catherine pareceu ficar atônita por não receber uma resposta adequada; e Elizabeth suspeitou ter sido a primeira criatura que já ousara fazer pouco de tão pomposa impertinência!

– A senhorita não pode ter mais de vinte anos, portanto não precisa esconder a idade.

– Ainda não completei vinte e um.

Quando os cavalheiros se reuniram a elas, e terminou o chá, as mesas de jogo foram colocadas. Lady Catherine, Sir William, e o Sr. e a Sra. Collins se sentaram para jogar *quadrille*; e, como a Srta. De Bourgh preferia jogar cassino, as duas moças e a Sra. Jenkinson tiveram a honra de formar uma mesa com ela. A mesa delas foi especialmente tediosa. Não se ouviu uma sílaba que não se referisse ao jogo, exceto quando a Sra. Jenkinson exprimia seus receios de que a Srta. De Bourgh estivesse agasalhada de mais ou de menos, ou de que a luz fosse deficiente ou excessiva. A outra mesa era muito mais animada. Lady Catherine falava sem parar: apontando os erros dos três outros, ou contando algum caso a respeito de si mesma. O Sr. Collins estava ocupado em concordar com tudo o que Sua Senhoria dissesse, agradecendo-lhe cada ponto e pedindo desculpas se achava que estava ganhando demais. Sir William pouco dizia. Estava abastecendo a memória com anedotas e nomes nobres.

Quando Lady Catherine e a filha se fartaram de jogar, as mesas foram tiradas, a carruagem foi oferecida à Sra. Collins, prontamente aceita e imediatamente chamada. Todos se reuniram em torno da lareira para ouvir Lady Catherine lançar suas previsões sobre o tempo que faria no dia seguinte. Foram privados dessas informações pela chegada da carruagem. E, depois de muitos agradecimentos da parte do Sr. Collins, e de outras tantas mesuras de Sir William, eles partiram. Mal tinham passado da porta quando Elizabeth foi intimada pelo primo a dar sua opinião sobre tudo o que tinham visto em Rosings. Para o bem de Charlotte, ela a expressou de maneira mais favorável do que era na realidade. Seus louvores, embora tivessem exigido algum esforço, de modo algum foram julgados suficientes pelo Sr. Collins, e imediatamente ele se sentiu obrigado a tomar para si a tarefa de elogiar Sua Senhoria.

30

Sir William ficou apenas uma semana em Hunsford; mas a visita foi suficiente para convencê-lo de que a filha estava instalada da maneira mais confortável, e que possuía um marido e uma vizinha que não se encontravam facilmente. Enquanto Sir

William esteve em Hunsford, o Sr. Collins dedicou suas manhãs a passear com ele em seu cabriolé para lhe mostrar a região Depois que ele partiu, entretanto, a família voltou para suas ocupações habituais e Elizabeth ficou satisfeita ao perceber que a presença do primo não se tornou mais constante por causa dessa alteração, pois a maior parte das horas entre o café da manhã e o almoço, ele passava agora trabalhando no jardim, lendo ou escrevendo e olhando pela janela de sua própria biblioteca, que tinha vista para a estrada. A sala das senhoras ficava nos fundos. A princípio, Elizabeth se perguntou por que Charlotte não preferia a sala de jantar para uso comum; era maior e tinha um aspecto mais agradável; mas logo compreendeu que a amiga possuía um excelente motivo para aquilo, pois sem dúvida o Sr. Collins passaria muito menos tempo em sua sala privada se elas ficassem em outra igualmente agradável; e louvou o arranjo de Charlotte.

Da sala de visitas não se via a estrada; e elas dependiam do Sr. Collins para saber que carruagens passavam e, sobretudo, quantas vezes a Srta. De Bourgh aparecia em seu fáeton, o que ele jamais deixava de anunciar, embora acontecesse quase todos os dias. Não era raro que ela parasse na reitoria e conversasse alguns minutos com Charlotte, mas quase nunca era persuadida a apear.

Poucos eram os dias em que o Sr. Collins não caminhava até Rosings, e não muitos aqueles nos quais a esposa não achava necessário acompanhá-lo; e até dar conta de que existiam outros assuntos familiares a tratar, Elizabeth não compreendeu o sacrifício de tantas horas. De vez em quando, eram honrados com uma visita de Sua Senhoria, e nada do que se passava na sala escapava à sua atenção. Ela examinava o que faziam, observava seus bordados e aconselhava que os fizessem de maneira diferente; punha defeito na disposição dos móveis ou descobria uma negligência da criada; e, se ficava para uma refeição, era só para observar que os assados da Sra. Collins eram grandes demais para a família.

Elizabeth logo descobriu que aquela grande dama, embora não possuísse o título de juiz de paz do condado, era um magistrado muito ativo na própria paróquia, cujos mínimos problemas eram levados a seu conhecimento pelo Sr. Collins; e, quando qualquer dos aldeões se mostrava disposto a uma contenda, descontente ou empobrecido, ela corria para a aldeia a fim de resolver as questões, silenciar as queixas e incitar a harmonia e a abundância.

Os jantares em Rosings eram repetidos cerca de duas vezes por semana; e, com exceção da ausência de Sir William e do fato de haver apenas uma mesa de jogo, eram uma repetição exata do primeiro. Os outros compromissos sociais eram mínimos; pois o estilo de vida das famílias da vizinhança estava, em geral, além das possibilidades dos Collins. Entretanto, isso não desagradava a Elizabeth, que passava suas horas confortavelmente; havia conversas agradáveis com Charlotte e, como o tempo estava ótimo para aquela época do ano, passava bons momentos ao ar livre. Seu passeio favorito, que em geral fazia enquanto os outros visitavam Lady Catherine, era no bosque aberto que limitava aquele lado do parque, onde havia uma bela alameda coberta que ninguém mais parecia apreciar e onde ela se sentia protegida da curiosidade de Lady Catherine.

Dessa maneira tranquila se passaram os primeiros quinze dias de sua visita. A Páscoa estava se aproximando, e na semana que a precedia uma pessoa estava sendo esperada em Rosings, o que, em um círculo tão pequeno, era um acréscimo importante. Pouco depois de sua chegada, Elizabeth soubera que o Sr. Darcy estaria em Rosings dali a poucas semanas. E, embora houvesse poucos conhecidos seus que não preferisse a ele, sua chegada contribuiria com um rosto comparativamente novo nos jantares em Rosings, e ela poderia se divertir em vê-lo frustrar os planos da Srta. Bingley, dispensando atenções à prima, a quem estava claramente destinado por Lady Catherine. Esta falava em sua visita com imensa satisfação, referia-se a ele nos termos mais elogiosos e pareceu quase zangada ao saber que a Srta. Lucas e Elizabeth já o conheciam.

A notícia de sua chegada foi logo conhecida na reitoria, pois o Sr. Collins passou a manhã inteira observando os portões do parque que davam para a estrada, a fim de ser o primeiro a vê-lo; e, após fazer uma mesura ao ver a carruagem entrar na propriedade, correu para casa com a grande notícia. Na manhã seguinte, apressou-se a visitar Rosings para apresentar seus respeitos. Havia dois sobrinhos de Lady Catherine a quem apresentá-los, pois o Sr. Darcy levara consigo o coronel Fitzwilliam, filho mais novo de seu tio, o lorde ...; e, para grande surpresa de todos, quando o Sr. Collins voltou para casa, os cavalheiros o acompanharam. Da sala do marido, Charlotte os vira atravessando a estrada e, correndo imediatamente para o outro cômodo, avisou as amigas da honra que as esperava, acrescentando:

– Devo agradecer a você, Eliza, por esta amabilidade. O Sr. Darcy não me visitaria tão cedo.

Elizabeth mal tivera tempo para renunciar ao direito àquele elogio antes que a aproximação dos senhores fosse anunciada pela campainha da porta, e pouco depois os três entraram na sala. O coronel Fitzwilliam, que vinha na frente, tinha cerca de trinta anos e não era bonito, mas tinha as atitudes e os modos de um verdadeiro cavalheiro. O Sr. Darcy era exatamente o mesmo que fora em Hertfordshire. Ele apresentou seus cumprimentos, com a habitual reserva, à Sra. Collins; e, quaisquer que fossem seus sentimentos em relação à amiga da dona da casa, cumprimentou-a com total compostura. Elizabeth limitou-se a uma reverência silenciosa.

O coronel Fitzwilliam começou a conversar imediatamente, com o desembaraço e a naturalidade de um homem bem-educado, e falou de maneira agradável; mas seu primo, após dirigir ao Sr. Collins uma ligeira observação sobre a casa e o jardim, permaneceu sentado durante algum tempo em silêncio. Finalmente, entretanto, conseguiu encontrar cortesia suficiente para inquirir Elizabeth sobre sua saúde e a de sua família. Ela lhe respondeu da maneira habitual, e depois de uma curta pausa, acrescentou:

– Minha irmã mais velha está em Londres há três meses. Por acaso não a encontrou?

Ela sabia perfeitamente que ele não a encontrara; mas queria ver se deixaria transparecer que estava informado do que havia se passado entre os Bingley e Jane; e pareceu-lhe que ficara um pouco confuso ao responder que não tivera a sorte de encontrar a Srta. Bennet. O assunto não foi mais mencionado, e pouco depois os cavalheiros partiram.

31

As maneiras do coronel Fitzwilliam foram muito apreciadas na reitoria, e todas as senhoras sentiram que ele contribuiria consideravelmente para alegrar os jantares em Rosings. Passaram-se alguns dias, no entanto, antes que recebessem um convite, pois havendo visitas na casa, eles não eram necessários; e só no domingo de Páscoa, quase uma semana após a chegada dos cavalheiros, foram honrados com tal atenção quando saíam da igreja, sendo meramente convidados a ir até lá no fi nal da tarde. Durante a semana anterior, quase não haviam tido ocasião de ver Lady Catherine ou a filha. O coronel Fitzwilliam visitara a reitoria mais de uma vez nesse período, mas o Sr. Darcy fora visto apenas na igreja.

O convite foi aceito, é claro, e à hora apropriada eles se reuniram ao grupo que já se encontrava na sala de visitas de Lady Catherine. Sua Senhoria os recebeu com gentileza, mas era evidente que a companhia deles não era nem de longe tão aceitável quanto nos dias em que ela não tinha nenhuma outra visita; e ela estava, de fato, totalmente absorvida pela presença dos sobrinhos, conversando com eles, especialmente com Darcy, muito mais do que com qualquer outra pessoa na sala.

O coronel Fitzwilliam pareceu realmente contente de vê-los; qualquer coisa era um alívio bem-vindo para ele em Rosings; e a bela amiga da Sra. Collins chamara muito sua atenção. Estava sentado ao lado dela e falava de forma tão agradável sobre Kent e Hertfordshire, sobre viajar e ficar em casa, sobre novos livros e música, que Elizabeth sentiu que jamais se divertira tanto naquela sala; e conversavam com tanta animação e fluência, que atraíram a atenção da própria Lady Catherine e do Sr. Darcy. Os olhos *dele* voltavam-se constantemente para eles com uma expressão de curiosidade; e que Sua Senhoria compartilhava o sentimento logo ficou evidente, pois ela não teve escrúpulos de exclamar:

– O que está dizendo, Fitzwilliam? Sobre o que vocês conversavam? O que estava contando à Srta. Bennet? Quero saber o que é.

– Estamos falando de música, senhora – disse ele, impossibilitado de evitar uma resposta.

– De música! Então fale em voz alta. É, de todos os assuntos, meu favorito. Quero tomar parte na conversa, se estão falando de música. Há poucas pessoas na Inglaterra, suponho, que apreciem a música mais do que eu, ou que tenham um gosto mais refinado. Se eu tivesse aprendido, seria uma grande intérprete. E Anne também, aliás, se sua saúde tivesse permitido. Estou certa de que ela tocaria admiravelmente. Como Georgiana está se saindo, Darcy?

O Sr. Darcy louvou afetuosamente o talento da irmã.

– Fico muito satisfeita em ouvir tão boas notícias sobre ela – disse Lady Catherine –; e diga a ela, por mim, que nunca conseguirá se sobressair se não estudar muito.

– Eu lhe asseguro, senhora – replicou ele –, que ela não precisa de tal conselho. Pratica com muita constância.

– Tanto melhor. A prática nunca é exagerada; e, na próxima vez que escrever a ela, recomendarei que não a negligencie em nenhum aspecto. Eu sempre digo às moças que nenhuma distinção pode ser alcançada na música sem um estudo constante. Já disse à Srta. Bennet várias vezes que nunca tocará realmente bem, a não se que estude mais; e mesmo que a Sra. Collins não possua um piano, ela é muito bem-vinda, como já lhe disse muitas vezes, a vir a Rosings para estudar nos aposentos da Sra. Jenkinson. Ela não incomodaria ninguém naquela parte da casa.

O Sr. Darcy pareceu um pouco envergonhado pela grosseria da tia, e nada respondeu.

Depois do café, o coronel Fitzwilliam lembrou a Elizabeth sua promessa de tocar para ele; e ela sentou-se imediatamente ao piano. Ele aproximou a cadeira. Lady Catherine ouviu metade de uma canção e em seguida voltou a conversar com seu outro sobrinho; até que este se afastou e, dirigindo-se com a habitual ponderação ao piano, colocou-se de modo a conseguir uma visão perfeita do rosto da bela intérprete. Elizabeth percebeu o que ele estava fazendo e, na primeira pausa, virou-se para ele e disse, com um sorriso malicioso:

– O senhor pretende me intimidar, Sr. Darcy, aproximando-se com toda esta imponência? Mas não ficarei inibida, embora sua irmã *toque* tão bem. Possuo uma obstinação que impede a vontade alheia de me amedrontar. Minha coragem sempre é despertada quando tentam me intimidar.

– Não direi que a senhorita está enganada – replicou ele –, porque é impossível que acredite realmente que eu tenha alguma intenção de inibi-la; e tenho o prazer de conhecê-la há tempo suficiente para saber que encontra grande divertimento em exprimir, ocasionalmente, opiniões que na verdade não são as suas.

Elizabeth riu cordialmente dessa descrição da si própria, e disse para o coronel Fitzwilliam:

– Seu primo lhe dará uma bela ideia a meu respeito, ensinando-lhe a não acreditar em uma só palavra do que digo. Sou particularmente desafortunada por ter encontrado uma pessoa tão capaz de expor meu verdadeiro caráter. Logo aqui, onde eu esperava conseguir me passar por alguém confiável. Aliás, Sr. Darcy, é muita falta de generosidade de sua parte mencionar tudo o que descobriu sobre minhas fraquezas em Hertfordshire... e, permita-me dizer, muito pouco político também... pois me incita a retaliar, e podem surgir coisas que seus parentes ficariam escandalizados em ouvir.

– Eu não a temo – respondeu ele, sorrindo.

– Por favor, conte-me o que tem contra ele – exclamou o coronel Fitzwilliam. – Adoraria saber como ele se comporta entre estranhos.

– Então o senhor saberá, mas prepare-se para algo terrível. Da primeira vez que o vi em Hertfordshire, o senhor deve saber, estávamos em um baile... E nesse baile, o que o senhor acha que ele fez? Dançou apenas quatro vezes! Sinto muito causar-lhe essa desilusão, mas é verdade. Ele dançou apenas quatro vezes, embora faltassem cavalheiros; e tenho certeza absoluta de que mais de uma moça ficou sentada por falta de par. Sr. Darcy, o senhor não pode negar o fato.

– Eu não tinha a honra, naquela noite, de conhecer outras moças no salão a não ser as de meu próprio grupo.

– É verdade; e ninguém poderia jamais ser apresentado em um salão de baile. Bem, coronel Fitzwilliam, que devo tocar agora? Meus dedos esperam suas ordens.

– Talvez – disse Darcy –, eu tivesse feito melhor solicitando uma apresentação, mas sou pouco qualificado para me apresentar a estranhos.

– Devemos perguntar a seu primo a razão para isso – disse Elizabeth, ainda se dirigindo ao coronel Fitzwilliam. – Devemos perguntar-lhe por que um homem sensato e bem-educado, com experiência na sociedade, está mal qualificado para se apresentar a estranhos?

– Posso responder sua pergunta – respondeu Fitzwilliam – sem consultá-lo. É porque ele não se dá ao trabalho.

– Certamente não possuo o talento de alguns – disse Darcy – para conversar facilmente com pessoas que nunca vi na vida. Não consigo encontrar o tom apropriado ou parecer interessado nos assuntos dos outros, como vejo acontecer frequentemente.

– Meus dedos – disse Elizabeth – não se movem sobre este instrumento de maneira tão magistral quanto os de muitas outras mulheres. Eles não têm a mesma força ou a mesma rapidez, nem produzem o mesmo efeito. Mas sempre pensei que fosse minha culpa, porque nunca me dei ao trabalho de praticar. Não duvido que *meus* dedos sejam tão capazes de tocar tão bem quanto os de qualquer outra mulher.

Darcy sorriu e disse:

– A senhorita tem toda a razão. Seu tempo foi muito melhor empregado. Ninguém que tenha tido o privilégio de ouvi-la pode pensar que lhe falta alguma coisa. Nenhum de nós dois toca para estranhos.

Nesse momento foram interrompidos por Lady Catherine, que os chamava para saber do que estavam falando. Elizabeth imediatamente recomeçou a tocar. Lady Catherine se aproximou e, depois de ouvir durante alguns minutos, disse a Darcy:

– A Srta. Bennet não tocaria de todo mal se estudasse mais e tivesse o privilégio de um professor em Londres. Ela tem uma boa noção de dedilhado, embora seu gosto não se equipare ao de Anne. Anne teria sido uma pianista notável se sua saúde tivesse permitido que aprendesse.

Elizabeth olhou para Darcy, procurando observar como ele acolhia aquele elogio à sua prima; mas nem naquele momento, nem em qualquer outro, pôde discernir algum sintoma de amor; e, a julgar por sua atitude geral em relação à Srta De Bourgh, Elizabeth concluiu, para consolo da Srta. Bingley, que ele teria a mesma possibilidade de se casar com *ela*, caso fosse sua parente.

Lady Catherine continuou com suas observações sobre o desempenho de Elizabeth, alternando-as com conselhos sobre técnica e gosto. Elizabeth os recebeu com toda a paciência e amabilidade; e, a pedido dos cavalheiros, continuou tocando até que a carruagem de Sua Senhoria estivesse preparada para conduzi-los para casa

32

Na manhã seguinte, Elizabeth estava sentada sozinha escrevendo para Jane, enquanto a Sra. Collins e Maria tinham ido fazer compras na aldeia, quando foi sobressaltada pela campainha da porta. Como não ouvira nenhuma carruagem se aproximar, pensou que não era improvável ser Lady Catherine e, apreensiva, estava escondendo a carta que escrevia, a fim de escapar a perguntas indiscretas, quando a porta se abriu e, para sua imensa surpresa, o Sr. Darcy, e ninguém mais que o Sr. Darcy, entrou na sala.

Ele também pareceu surpreso por encontrá-la só. Desculpou-se pela intrusão, dizendo que pensava que todas as senhoras estivessem em casa.

Em seguida se sentaram e, depois que as perguntas sobre Rosings foram feitas, corriam o risco de cair em um silêncio total. Era absolutamente necessário, portanto, pensar em alguma coisa e, naquela situação de emergência, lembrando-se da última vez em que o vira em Hertfordshire, e curiosa para saber o que ele diria sobre a súbita partida, observou:

– Com que rapidez vocês partiram de Netherfield em novembro passado, Sr. Darcy! Deve ter sido uma surpresa muito agradável para o Sr. Bingley revê-los em tão pouco tempo; pois, se não me engano, ele partira no dia anterior. Ele e as irmãs estavam passando bem, espero, quando o senhor deixou Londres.

– Perfeitamente, obrigado.

Ela compreendeu que não receberia qualquer outra resposta e, após uma curta pausa, acrescentou:

– Creio ter ouvido dizer que o Sr. Bingley não pretende voltar mais a Netherfield.

– Nunca o ouvi dizer tal coisa; mas é provável que passe muito pouco tempo lá no futuro. Ele tem muitos amigos, e está em uma idade em que o número de amigos e de compromissos aumenta continuamente.

– Se pretende ficar tão pouco em Netherfield, seria melhor para a vizinhança que desistisse inteiramente do lugar, pois assim outra família poderia se instalar lá. Mas talvez o Sr. Bingley a tenha alugado pensando menos na conveniência dos vizinhos do que na própria, e devemos esperar que ele a mantenha ou desocupe pelos mesmos princípios.

– Eu não ficaria surpreso – disse Darcy – se ele desistisse da propriedade assim que se oferecesse uma oportunidade vantajosa.

Elizabeth não respondeu. Temia continuar falando sobre o Sr. Bingley; e, nada mais tendo a dizer, resolveu deixar o trabalho de encontrar um novo assunto a cargo do Sr. Darcy.

Ele percebeu a intenção e logo começou:

– Esta casa parece muito confortável. Lady Catherine, acredito, fez grandes melhorias quando o Sr. Collins chegou a Hunsford.

– Acredito que sim, e estou certa de que ela não poderia ter dispensado sua bondade a alguém mais grato.

– O Sr. Collins parece ter tido muita sorte na escolha da esposa.

– Sim; seus amigos devem ficar satisfeitos por ele ter encontrado uma das poucas mulheres sensatas capazes de aceitá-lo, ou de fazê-lo feliz. Minha amiga é bastante inteligente, embora eu não saiba ao certo se considero seu casamento com o Sr. Collins a coisa mais sábia que já fez. Ela parece perfeitamente feliz, entretanto, e, vendo pelo ângulo mais prudente, de fato ela fez um bom casamento.

– Deve ser muito agradável para ela estar instalada a uma distância tão conveniente da família e dos amigos.

– O senhor considera essa uma distância conveniente? São mais de oitenta quilômetros.

– E o que são oitenta quilômetros em uma boa estrada? Pouco mais do que meio dia de viagem. Sim, considero essa uma distância *muito* conveniente.

– Eu jamais consideraria a distância como uma das *vantagens* do casamento – exclamou Elizabeth. – Eu jamais teria dito que a Sra. Collins está instalada *perto* da família.

– Esta é uma prova de sua ligação com Hertfordshire. Qualquer lugar fora dos arredores de Longbourn, eu suponho, deve lhe parecer longínquo.

Enquanto ele falava, havia em seu rosto uma espécie de sorriso que Elizabeth julgou compreender. Devia supor que ela estava pensando em Jane e em Netherfield, e enrubesceu ao responder:

– Não quero dizer que uma mulher não possa morar longe da família. A distância e a proximidade são relativas, e dependem de várias circunstâncias. Quando há dinheiro suficiente para que as despesas da viagem sejam pouco importantes, a distância não traz inconveniência. Mas não é esse o caso *aqui*. O Sr. e a Sra. Collins têm um rendimento que lhes permite uma vida confortável, porém, não é suficiente para viagens frequentes, e estou certa de que minha amiga não se consideraria *perto* da família por menos da *metade* da atual distância.

O Sr. Darcy arrastou levemente sua cadeira em direção a ela e disse:

– Mas *a senhorita* não tem o direito de ser tão apegada a um lugar. *A senhorita* não pode ter morado sempre em Longbourn.

Elizabeth pareceu surpresa; o cavalheiro experimentou alguma mudança de humor. Afastou sua cadeira, pegou um jornal em cima da mesa e, olhando por cima dele, disse, em um tom mais frio:

– Está gostando de Kent?

Seguiu-se um curto diálogo sobre o condado, calmo e conciso de ambas as partes, que logo foi interrompido pela chegada de Charlotte e da irmã. A conversa entre os dois as surpreendeu. O Sr. Darcy relatou o engano que ocasionara a imposição de sua presença à Srta. Bennet e, após ficar sentado por mais alguns minutos sem dizer quase nada, foi embora.

– Qual pode ser o significado dessa visita? – disse Charlotte, assim que ele partiu. – Minha querida Eliza, ele deve estar apaixonado por você, ou jamais teria vindo com tão pouca cerimônia.

Mas, quando Elizabeth falou sobre o silêncio dele, a hipótese não pareceu muito provável, mesmo para a esperançosa Charlotte; e, depois de várias conjeturas, supuseram afinal que a visita fora devida à dificuldade de encontrar alguma coisa para fazer, o que não era de estranhar naquela época do ano. Todas as atividades ao ar livre estavam fora de questão. Dentro de casa havia Lady Catherine, livros e uma mesa de jogos, mas os cavalheiros não conseguem ficar o tempo todo trancados dentro de casa; e fosse pela proximidade da reitoria, fosse pelo prazer de caminhar até lá, ou de visitar seus moradores, o fato é que os dois primos sentiram-se tentados a andar naquela direção quase todos os dias. Chegavam em diferentes horas da manhã, às vezes separados, outras, juntos, e de vez em quando acompanhados pela tia. Era evidente para todos que o coronel Fitzwilliam os visitava por gostar de sua companhia, fato que o recomendava ainda mais; e Elizabeth era lembrada, pela satisfação em estar com ele, assim como pela evidente admiração que ele nutria por ela, de seu antigo favorito, George Wickham; e, embora ao compará-los, percebesse que havia menos daquela doçura cativante nas maneiras do coronel Fitzwilliam, acreditava que ele possuísse uma mente mais culta.

Mas o porquê do Sr. Darcy ir tantas vezes à reitoria era mais difícil de entender. Não podia ser pela companhia, pois frequentemente passava mais de dez minutos sem dizer uma só palavra; e, quando falava, parecia fazê-lo mais por obrigação do que por escolha, um sacrifício em prol do decoro, não um prazer. Raramente parecia animado. A Sra. Collins não sabia o que fazer com ele. E o fato de o coronel Fitzwilliam caçoar ocasionalmente de seu comportamento provava que, em geral, ele agia de maneira diferente, coisa que ela mesma não poderia ter deduzido pelo que conhecia dele; e como teria ficado satisfeita em descobrir que essa mudança era um sinal de amor, e o objeto daquele amor, sua amiga Eliza, dispôs-se seriamente a encontrar a causa da mudança. Observava-o todas as vezes que o encontrava em Rosings, ou quando ele ia a Hunsford; mas sem grande sucesso. Ele decerto olhava bastante para sua amiga, mas a expressão daquele olhar era dúbia. Era um olhar intenso e fixo, mas Charlotte perguntava-se muitas vezes se havia realmente nele alguma admiração, e outras vezes, parecia-lhe não ser nada além de um olhar distraído.

Uma ou duas vezes sugerira a Elizabeth a possibilidade de o Sr. Darcy estar interessado por ela, mas Elizabeth sempre ria da ideia; e a Sra. Collins não achou correto forçar o assunto, para não correr o risco de despertar esperanças que poderiam acabar em desapontamento; pois achava, sem sombra de dúvida, que toda a antipatia da amiga se desvaneceria no momento em que o supusesse sob seu poder.

Em seus afetuosos planos para Elizabeth, às vezes pensava em casá-la com o coronel Fitzwilliam. Ele era, sem comparação, o mais agradável dos dois; era evidente que a admirava, e sua situação na vida era das melhores; mas, para contrabalançar essas vantagens, o Sr. Darcy tinha uma influência considerável na igreja, e seu primo não podia ter nenhuma.

33

Mais de uma vez, durante seus passeios pelo parque, Elizabeth encontrou inesperadamente o Sr. Darcy. Ela percebeu a perversidade do acaso, que o levava aonde ninguém mais costumava ir. E, para evitar que a situação se repetisse, logo no primeiro encontro cuidou de dizer que aquele era um de seus lugares favoritos . Achou muito estranho portanto que o acaso se repetisse uma segunda vez, e mesmo uma terceira. Parecia o efeito de uma obstinação cruel, ou de uma voluntária penitência, pois aquelas ocasiões não se limitavam meramente às perguntas de cortesia, seguidas por uma pausa embaraçosa e depois pela despedida; pelo contrário, ele achava necessário dar meia-volta e acompanhá-la. Ele nunca dizia muito, e nem ela se dava ao trabalho de falar ou ouvir muito; mas ficou surpresa que, na terceira vez que se encontraram, ele tivesse feito a ela algumas perguntas estranhas e desconexas sobre o prazer de estar em Hunsford, o gosto que ela parecia encontrar naqueles passeios solitários e a opinião de Elizabeth sobre a felicidade do casal Collins; e que, ao falar em Rosings, dizendo que ela não conhecia perfeitamente aquela casa, ele tivesse parecido esperar que, quando quer que ela voltasse a Kent, fosse hospedar-se lá *também*. Era isso que as palavras dele pareciam indicar. Estaria ele pensando no coronel Fitzwilliam? Elizabeth pensou que, se fosse uma indireta, seria esse o sentido mais provável. Aquilo a perturbou um pouco, e ela ficou bastante feliz ao ver-se diante do portão da reitoria.

Certo dia, Elizabeth estava absorta em reler a última carta de Jane enquanto caminhava, detendo-se em determinados trechos que comprovavam que a irmã estava deprimida quando escrevera, quando levantou os olhos e, em vez de ser surpreendida novamente pelo Sr. Darcy, viu que se encontrava diante do coronel Fitzwilliam. Guardando a carta imediatamente e forçando um sorriso, disse:

– Eu não sabia que o senhor costumava passear por estes lados.

– Estava dando a volta ao parque – respondeu ele –, como o faço todos os anos, e desejava encerrá-la com uma visita à reitoria. Pretende ir mais adiante?

– Não, eu ia voltar logo.

E, dizendo isso, ela se virou. Juntos voltaram até a casa.

– Está mesmo decidido a deixar Kent no sábado? – perguntou Elizabeth.

– Sim... a menos que Darcy adie novamente a partida. Estou à disposição dele. Que decida como melhor lhe aprouver.

– E, se ele não ficar satisfeito com o que resolver fazer, ao menos terá tido o grande prazer do poder de escolha. Não conheço ninguém que pareça prezar tanto o poder de fazer o que desejar quanto o Sr. Darcy.

– Ele gosta mesmo de fazer as coisas à sua maneira – respondeu o coronel Fitzwilliam. – Mas todos nós também gostamos. Só que ele tem mais meios de realizar seus desejos do que a maioria, porque ele é rico, e a maioria é pobre. Falo por experiência. Um filho caçula, como sabe, tem de estar preparado para a abnegação e para a dependência.

Em minha opinião, o filho mais novo de um conde sabe muito pouco sobre ambas. Agora, fale a verdade, o que o senhor já experimentou da abnegação e da dependência? Quando foi impedido por falta de dinheiro de se locomover livremente ou de obter qualquer coisa que desejasse?

– Essas são perguntas pessoais, e talvez eu não possa dizer que tenha experimentado muitas dificuldades de tal natureza. Mas em questões de maior importância é possível que eu sofra com a falta de dinheiro. Os filhos mais novos não podem se casar como desejam.

– A não ser que se apaixonem por mulheres ricas, o que, acredito, sempre acontece.

– A manutenção de nosso padrão de vida nos torna dependentes demais. E não há muitos em minha classe que se podem se dar ao luxo de se casar sem considerar a questão financeira.

"Será uma indireta para mim?", pensou Elizabeth, e corou diante da ideia; mas, recompondo-se, disse, em um tom alegre:

– Então, por favor, diga-me, qual é o preço habitual para o filho mais novo de um conde? A não ser que o irmão mais velho seja muito doente, não creio que possam exigir além de cinquenta mil libras.

Ele respondeu no mesmo tom, e o assunto morreu. Para interromper um silêncio que poderia fazê-lo imaginar que ela se sentira afetada pelo que acabara de ocorrer, Elizabeth disse, pouco depois:

– Imagino que seu primo o tenha trazido consigo com o intuito principal de ter alguém à disposição. Não sei por que ele não se casa, para assegurar que essa conveniência seja permanente. Mas talvez a irmã dele preencha esses requisitos no momento. E, como ela se encontra sob seus cuidados exclusivos, pode fazer com ela o que quiser.

– Não – disse o coronel Fitzwilliam –, esse é um benefício que ele tem de compartilhar comigo. Exercemos juntos a tutela da Srta. Darcy.

– É mesmo? Diga-me, que espécie de tutores são? Sua pupila lhes dá muito trabalho? As moças nessa idade às vezes são difíceis de governar; e, se ela possui o verdadeiro espírito dos Darcy, deve ser voluntariosa.

Enquanto falava, Elizabeth percebeu que o coronel a olhava com seriedade e, pela maneira como lhe perguntou imediatamente por que ela supunha que a Srta. Darcy lhe pudesse causar preocupações, ficou convencida de que, de uma forma ou de outra, aproximara-se da verdade. Ela respondeu sem meias palavras:

– Não precisa ficar alarmado. Nunca ouvi nada de mau a respeito dela; e acredito até que é uma das criaturas mais dóceis do mundo. É uma das jovens prediletas de duas conhecidas minhas, a Sra. Hurst e a Srta. Bingley. Creio que já ouvi o senhor dizer que as conhece.

– Conheço-as um pouco. O irmão delas é um cavalheiro muito agradável e bem-educado. É um grande amigo de Darcy.

– Oh, sim – disse Elizabeth, secamente. – O Sr. Darcy é excepcionalmente atencioso com o Sr. Bingley e tem um cuidado prodigioso com ele.

– Cuidado? Sim, acredito realmente que Darcy *cuide* para ele de certos assuntos que precisam de cuidados. Por um fato que ele citou durante nossa viagem até aqui, tenho razões para pensar que Bingley deve muita coisa a Darcy. Mas devo desculpar-me, pois não tenho o direito de pensar que Bingley seja a pessoa citada. É uma simples conjetura.

– Sobre o que o senhor está falando?

– É um caso que Darcy, naturalmente, não pode desejar que se espalhe, pois seria desagradável que chegasse aos ouvidos da família da moça.

– Pode ficar certo de que nunca falarei a esse respeito.

– E lembre-se de que não tenho muitas razões para supor que seja Bingley. O que me contou foi apenas o seguinte: que estava satisfeito consigo mesmo por ter salvado um amigo da inconveniência de um casamento dos mais imprudentes, mas sem mencionar nomes ou quaisquer outros detalhes, e suspeitei que fosse Bingley apenas porque acredito que ele é o tipo de rapaz que se mete em aventuras dessa espécie, e porque sei que eles estiveram juntos durante todo o verão passado.

– O Sr. Darcy apresentou os motivos dessa interferência?

– Pelo que entendi, havia objeções muito fortes contra a moça.

– E de que artifícios ele usou para separá-los?

– Ele não me falou a respeito dos artifícios – disse Fitzwilliam sorrindo. – Disse-me apenas o que acabo de lhe contar.

Elizabeth não respondeu, e continuou a andar, com o coração repleto de indignação. Depois de observá-la durante alguns instantes, Fitzwilliam perguntou por que estava tão pensativa.

– Estava pensando no que acaba de me contar – disse ela. – Não concordo com a conduta de seu primo. Que direito ele tem de julgar?

– Parece que a senhorita está disposta a considerar a interferência dele inoportuna.

– Não sei com que direito o Sr. Darcy pode decidir a respeito da legitimidade das inclinações do amigo, ou por que, baseado apenas no próprio julgamento, deve determinar de que maneira aquele amigo poderia ser feliz. Mas – continuou ela, voltando a si –, como não conhecemos as circunstâncias, não é justo condená-lo. Não suponho que existisse grande afeição nesse caso.

– A suposição não é improvável – disse Fitzwilliam – mas diminui bastante o triunfo de meu primo.

Essas palavras foram ditas em tom de gracejo; mas pareceu a Elizabeth que traçavam um retrato tão fiel do Sr. Darcy que ela resolveu refrear a resposta; e, portanto, mudando abruptamente de assunto, falou de coisas banais até que chegaram à reitoria. Então, trancada em seu quarto logo depois que o visitante partiu, pôde pensar sem interrupção em tudo o que ouvira. Não era de supor que fossem outras as pessoas envolvidas, senão as que ela cogitava. Não poderiam existir no mundo *dois* homens sobre os quais o Sr. Darcy exercesse um domínio tão absoluto. De que ele tomara parte nas medidas que tinham sido adotadas para separar o Sr. Bingley de Jane, ela nunca duvidara; mas sempre atribuíra à Srta. Bingley a iniciativa do plano e a parte mais importante da execução. Mas mesmo que sua própria vaidade não o traísse, *ele* era a causa, seu orgulho e seu capricho eram a causa de tudo o que Jane sofrera, e ainda sofria. Ele arruinara por algum tempo todas as esperanças de felicidade do coração mais afetuoso e generoso do mundo; e ninguém poderia dizer quão duradouro era o mal que tinha causado.

"Havia objeções muito fortes contra a moça", tinham sido as palavras do coronel Fitzwilliam, e essas fortes objeções provavelmente consistiam no fato de ela ter um tio que era advogado no campo e outro que era comerciante em Londres.

"Contra a própria Jane", pensou ela, "não poderia haver possibilidade de objeção. Ela é toda doçura e bondade! Uma grande inteligência, uma mente culta e maneiras cativantes. Nada, tampouco, pode ser objetado contra meu pai, que, embora seja um pouco excêntrico, tem qualidades que nem o Sr. Darcy pode desdenhar, e uma dignidade que ele provavelmente nunca alcançará." Quando pensava na mãe, com efeito, sua confiança vacilava um pouco, mas era inadmissível que quaisquer objeções *nesse* ponto pesassem aos olhos do Sr. Darcy, cujo orgulho, ela estava convencida, seria mais facilmente ferido pela falta de importância dos parentes do amigo do que por sua falta de senso; e, afinal, Elizabeth chegou à conclusão de que o Sr. Darcy se deixara levar em parte por esse orgulho repugnante e em parte pelo desejo de manter o Sr. Bingley para sua irmã.

A agitação e as lágrimas que o assunto causara a deixaram com dor de cabeça; e piorou tanto ao longo da tarde que, somado à sua falta de desejo de ver o Sr. Darcy, o mal-estar determinou-a a não acompanhar as primas a Rosings, onde iam tomar chá. A Sra. Collins, percebendo que ela realmente não estava bem, não quis forçá-la, e impediu tanto quanto pôde a insistência do marido, mas o Sr. Collins não pôde esconder que temia que Lady Catherine se mostrasse aborrecida por Elizabeth ter ficado em casa.

34

Quando eles partiram, Elizabeth, como se desejasse exasperar-se o máximo possível contra o Sr. Darcy, escolheu como ocupação a leitura de todas as cartas que recebera de Jane desde que chegara a Kent. Não continham queixas, não relembravam acontecimentos passados, nem comunicavam sofrimentos presentes. Mas em cada uma delas, em praticamente todas as linhas, faltava aquela animação que sempre caracterizara o estilo de Jane, e que, vinda da serenidade de um espírito em paz consigo mesmo e bem-disposto com todos, poucas vezes fora obscurecido. Elizabeth observou, com uma atenção que não tivera na primeira leitura, cada frase que traía alguma inquietude. A vergonhosa jactância do Sr. Darcy a respeito dos sofrimentos que ele tinha causado dera-lhe um senso mais apurado do sofrimento da irmã. Era um consolo pensar que a estada dele em Rosings terminaria dali a dois dias, e outro ainda maior, a ideia de que em menos de quinze dias estaria novamente com Jane, disposta a contribuir para o restabelecimento de sua tranquilidade com toda a afeição de que era capaz.

Não podia pensar que Darcy estava partindo de Kent sem lembrar que o primo iria com ele; mas o coronel Fitzwilliam deixara claro que não tinha nenhuma intenção em relação a ela e, embora fosse um homem agradável, Elizabeth não estava disposta a ficar triste por sua causa.

Enquanto se decidia sobre esse ponto, foi subitamente despertada pelo som da campainha, e a princípio ficou um pouco alvoroçada pela ideia de que pudesse ser o coronel Fitzwilliam, que já os visitara àquela hora uma vez, e que podia estar ali para se informar de sua saúde. Mas essa ideia foi logo afastada, e suas emoções foram afetadas de maneira totalmente diversa quando, para sua mais absoluta perplexidade, viu o Sr. Darcy entrar na sala. De forma apressada, começou a fazer perguntas sobre sua saúde, atribuindo a visita ao desejo de saber se estava melhor. Ela respondeu com fria educação. Darcy ficou sentado durante alguns instantes e depois, levantando-se, pôs-se a caminhar pela sala. Elizabeth ficou surpresa, mas não disse nada. Depois de um silêncio de vários minutos, aproximou-se agitado e disse:

– Em vão tenho lutado. É inútil. Meus sentimentos não podem ser reprimidos. Preciso que me permita dizer quão ardentemente eu a admiro e amo.

A perplexidade de Elizabeth foi maior do que ela poderia expressar. Encarou-o, enrubesceu, duvidou e ficou calada. O Sr. Darcy considerou aquilo um encorajamento suficiente, e a confissão de tudo o que sentia e havia muito vinha sentindo por ela seguiu se imediatamente. Falou bem, mas também descreveu sentimentos que não vinham do coração; e ele não falava com mais eloquência de sua ternura que de seu orgulho. Sua percepção da inferioridade de Elizabeth, da indignidade que constituía, dos obstáculos da família, na qual a razão sempre se opusera à inclinação foram descritos com um ardor que parecia ser consequência de seu sofrimento, mas que recomendava muito pouco suas pretensões.

Apesar de sua profunda antipatia, Elizabeth não conseguiu ficar insensível à demonstração do afeto de um homem como aquele; e, embora suas intenções não variassem nem por um só instante, a princípio lamentou ser obrigada a lhe infligir tal decepção; até que, levada ao ressentimento pelas palavras seguintes, sua compaixão se diluiu na raiva. Procurou, no entanto, dominar-se, para responder com paciência assim que ele acabasse de falar. Ele concluiu descrevendo a força daquela afeição que, apesar de seus esforços, não conseguira dominar; e exprimindo sua esperança de que aquele sentimento fosse agora recompensado pela aceitação de Elizabeth. Quando disse isso, ela percebeu claramente que ele não duvidava de que a resposta fosse favorável. Ele *falava* em apreensão e ansiedade, mas seu rosto exprimia certeza. Esse fato só a exasperou ainda mais e, quando ele terminou, o sangue subiu ao rosto de Elizabeth, que disse:

– Em casos como este, creio que é costume estabelecido exprimir nossa gratidão pelos sentimentos que nos são confessados, embora esses sentimentos não possam ser retribuídos. É natural que essa gratidão seja sentida, e eu se conseguisse *sentir* gratidão, agora eu lhe agradeceria. Mas não posso. Nunca desejei seu afeto, e o senhor certamente o concede contra a vontade. Sinto muito ter de causar decepção a qualquer pessoa. Mas não o fiz de propósito, e espero que dure pouco. Os sentimentos que, segundo o senhor me disse, o impediram durante muito tempo de reconhecer seu amor não falharão em dissipá-lo após esta explicação.

O Sr. Darcy, que estava apoiado contra a lareira, com os olhos fixos no rosto dela, pareceu receber suas palavras com tanto ressentimento quanto surpresa. O rosto dele ficou pálido de cólera, e a perturbação de sua mente era visível em cada traço. Lutava para dar a seus gestos uma aparência de calma, e não falaria até que acreditasse ter se controlado. A pausa foi insuportável para Elizabeth. Afinal, em uma voz em que transparecia uma calma forçada, respondeu:

– E esta é a única resposta que devo ter a honra de esperar? Eu gostaria, talvez, de ser informado por que, e com tanta *indelicadeza*, sou rejeitado. Mas isso tem pouca importância.

– Eu também poderia perguntar – replicou ela – por que, com o intuito tão evidente de ofender e insultar, o senhor resolveu dizer que gostou de mim contra sua vontade, contra sua razão e até mesmo contra seu caráter. Não é desculpa suficiente para a minha indelicadeza, se é que eu *fui* indelicada? Mas tenho outros motivos. O senhor sabe que tenho. Mesmo que meus sentimentos não lhe fossem contrários, se fossem indiferentes ou mesmo favoráveis, o senhor acha que qualquer consideração me tentaria a aceitar um homem que arruinou, talvez para sempre, a felicidade de minha irmã mais querida?

Enquanto ela pronunciava essas palavras, o Sr. Darcy mudou de cor; mas a comoção foi curta e ele continuou a ouvir sem tentar interrompê-la quando continuou:

– Tenho todas as razões do mundo para pensar mal do senhor. Nenhum motivo poderá desculpar o papel injusto e mesquinho que desempenhou *nesse caso*. O senhor não ousará... não poderá negar que foi a principal, se não a única causa da separação dos dois; que expôs um deles à censura de todos por capricho e instabilidade, e o outro, expôs ao ridículo, destruindo suas esperanças; e causou a ambos uma tristeza excruciante.

Ela fez uma pausa e viu, com grande indignação, que ele a ouvia com uma expressão que não traía o menor remorso. Chegou a olhá-la com um sorriso de incredulidade afetada.

– O senhor nega que fez isso? – repetiu ela.

Ele assumiu um ar de tranquilidade quando respondeu:

– Não desejo negar que fiz tudo o que pude para separar meu amigo de sua irmã, ou que me alegro desse êxito. Em relação a *ele*, fui mais benevolente do que comigo mesmo.

Elizabeth recusou-se a demonstrar que notara aquela gentil reflexão; o sentido não lhe escapou, mas tampouco foi capaz de acalmá-la.

– Mas não é apenas nesse caso – continuou ela – que minha antipatia se baseia. Muito antes disso minha opinião a seu respeito já estava formada. Seu caráter me foi revelado por um relato que ouvi do Sr. Wickham meses atrás. Sobre esse assunto, o que o senhor tem a dizer? Que ato imaginário de amizade poderá alegar para se justificar? Que falsos motivos poderá inventar para iludir os outros?

– A senhorita tem um ávido interesse pelos problemas daquele cavalheiro – disse Darcy, em um tom menos tranquilo, a cor de seu rosto se intensificando.

– Quem, tendo ouvido seus infortúnios, pode deixar de se interessar por ele?

– Seus infortúnios? – repetiu Darcy, em um tom de desprezo. – Sim, seus infortúnios foram realmente grandes.

– E infligidos pelo senhor – exclamou Elizabeth, com energia. – Foi o senhor quem o reduziu a seu estado atual de pobreza, de comparativa pobreza. O senhor lhe recusou as vantagens que sabia estarem destinadas a ele. Privou-o, durante os melhores anos de sua vida, da independência a que ele tinha direito e que, aliás, merecia. O senhor fez tudo isso! E mesmo assim consegue ouvir a menção aos infortúnios dele com desprezo e ironia.

– E esta – exclamou Darcy, enquanto atravessava a sala com passos largos – é sua opinião a meu respeito! É este o valor que me dá! Agradeço-lhe por ter se explicado tão claramente. Minhas faltas, tais como as descreve, são realmente graves! Mas talvez – acrescentou ele, parando de andar e voltando-se para Elizabeth –, essas ofensas pudessem ter sido relevadas se eu não tivesse ferido seu orgulho, confessando-lhe com toda a franqueza os escrúpulos que me impediram durante tanto tempo de tomar uma decisão. Essas amargas acusações poderiam ter sido suprimidas se eu tivesse, com mais habilidade, escondido meus conflitos e lisonjeado-a com a afirmação de um sentimento irrestrito a que nada se opunha, nem a razão, nem a reflexão, nem qualquer outro motivo. Mas odeio toda espécie de fingimento. Tampouco me envergonham os sentimentos que exprimi. São naturais e justos. Pode esperar que eu ficasse satisfeito com a inferioridade social de seus parentes? Ou que me alegrasse com a esperança de me relacionar com essas pessoas, cuja condição é tão claramente inferior à minha?

Elizabeth sentia sua cólera crescer a cada momento; e, apesar disso, reuniu todas as forças para parecer calma quando falou:

– O senhor está enganado, Sr. Darcy, se acredita que a forma como se declarou poderia ter afetado meu julgamento, se não para me poupar do desgosto que eu sentiria em recusá-lo caso o senhor tivesse se portado de forma mais cavalheiresca.

Elizabeth percebeu que ele se sobressaltara ao ouvir essas palavras, mas ele nada disse, e ela prosseguiu:

– Nenhuma proposta que o senhor fizesse me persuadiria a aceitá-lo.

Novamente, seu choque foi visível; e ele olhou para Elizabeth com um misto de incredulidade e humilhação. Ela continuou:

– Desde o começo, praticamente desde o primeiro instante em que o conheci, suas maneiras demonstraram sua arrogância, sua pretensão, e seu desprezo egoísta pelos sentimentos dos outros, e causaram uma impressão tão profunda que constituiu, por assim dizer, o alicerce sobre o qual os acontecimentos subsequentes elevaram uma indestrutível antipatia; e menos de um mês depois de conhecê-lo eu já estava convencida de que o senhor seria o último homem no mundo com quem eu me casaria.

– Não precisa acrescentar mais nada, senhorita – disse Darcy. – Compreendo perfeitamente seus sentimentos, e nada me resta senão me envergonhar dos meus. Perdoe-me por ter tomado tanto de seu tempo, e aceite meus mais sinceros votos de saúde e felicidade.

Com essas palavras, saiu apressadamente da sala e, depois de alguns instantes, Elizabeth o ouviu abrir a porta da frente e deixar a casa.

O tumulto em seus pensamentos crescia dolorosamente. Ela não conseguia recuperar o equilíbrio e, fraca, deixou-se cair sobre uma cadeira e chorou durante meia hora. Sua perplexidade, conforme refletia sobre o que acabara de acontecer, aumentava a cada vez que revia a cena. Quem poderia imaginar que ela receberia uma proposta de casamento do Sr. Darcy! Que ele pudesse estar apaixonado por ela havia tantos meses! Que estivesse tão apaixonado que desejava se casar com ela apesar de todas as objeções que o tinham levado a impedir que o amigo se casasse com sua irmã, e que deviam ter igual peso em seu próprio caso, era praticamente inacreditável! Era gratificante ter inspirado sem querer uma afeição tão forte. Mas seu orgulho, seu abominável orgulho, a indecente confissão de sua atitude em relação a Jane, sua imperdoável tranquilidade ao reconhecer o que tinha feito, embora não o pudesse justificar, e a maneira desapiedada com que se referira ao Sr. Wickham, que tratara com crueldade sem sequer tentar negar, logo sobrepujaram a piedade que, por um momento, a ideia de tal paixão tinha inspirado.

Essas reflexoes agitadas prosseguiram até que o ruído da carruagem de Lady Catherine a fez perceber que não estava em condições de enfrentar a perspicaz atenção de Charlotte, e correu para o quarto

35

Elizabeth acordou na manhã seguinte com os mesmos pensamentos e reflexões com que se debatera na véspera até adormecer. Ainda não se recuperara da surpresa do que tinha acontecido; era impossível pensar em qualquer outra coisa e, incapaz de encontrar uma ocupação que a distraísse, resolveu, logo após o café da manhã, permitir-se um pouco de exercício ao ar livre. Encaminhava-se diretamente para seu lugar favorito, quando a lembrança de que o Sr. Darcy costumava aparecer lá a deteve e, em vez de entrar no parque, tomou a alameda que levava à estrada. A cerca do parque limitava a estrada de um lado, e pouco depois ela passou por um dos portões.

Depois de dar duas ou três voltas por aquela parte do caminho, sentiu-se tentada, pela beleza da manhã, a parar nos portões e contemplar o parque. Durante as cinco semanas que tinha passado em Kent, uma grande transformação se operara, e a cada dia as árvores ficavam mais verdes. Ela estava a ponto de continuar o passeio, quando avistou de relance, no pequeno bosque que bordejava o parque; um cavalheiro que vinha em sua direção; e, temendo que fosse o Sr. Darcy, recuou imediatamente. Mas a pessoa já se encontrava tão próxima que podia vê-la, e apressando o passo com impetuosidade, chamou-a. Ela dera meia-volta, mas ao ouvir seu nome, embora reconhecesse a voz do Sr. Darcy, voltou até o portão. Ele também já chegara até la e, estendendo-lhe uma carta, que ela aceitou instintivamente, disse, com um olhar altivo:

– Estive no bosque na esperança de encontrá-la. A senhoria me daria a honra de ler esta carta?

Em seguida, com uma leve reverência, voltou-se novamente para o outro lado e logo estava fora de vista.

Sem esperança de prazer, mas com ávida curiosidade, Elizabeth abriu a carta; e, com espanto sempre crescente, viu que o envelope continha duas folhas de papel, inteiramente recobertas por uma caligrafia apertada. O próprio envelope estava coberto de frases. Continuando o caminho pela alameda, ela começou a ler. A carta fora datada em Rosings, às oito horas da manhã, e dizia o seguinte:

> Não fique alarmada, senhorita, ao receber esta carta, pela apreensão de que contenha a repetição daqueles sentimentos ou a renovação daquela proposta que ontem à noite tanto a repugnaram. Escrevo-lhe sem qualquer intenção de angustiá-la ou de humilhar a mim mesmo, insistindo em esperanças que, para a felicidade de ambos, não vejo a hora de esquecer; e o esforço para escrever esta carta, e para lê-la, teria sido poupado se meu caráter não exigisse que fosse escrita e lida. A senhorita, portanto, deve perdoar a liberdade com que exijo sua atenção; seus sentimentos, estou certo, a concederão com relutância, mas peço que seu senso de justiça a conceda.
>
> Duas acusações de naturezas bastante diferentes, e de forma alguma de igual magnitude, foram imputadas a mim ontem à noite. A primeira mencionada foi que, apesar do que sentiam um pelo outro, eu tinha separado o Sr. Bingley de sua irmã; e a outra foi que, ferindo vários direitos, desafiando a honra e a humanidade, eu teria arruinado a prosperidade e destruído os planos futuros

do Sr. Wickham. Repudiar de modo voluntário e gratuito o companheiro de minha infância, o favorito declarado de meu pai, um rapaz que dependia exclusivamente de nossa proteção, e a quem esta fora prometida, seria uma perversidade incomparavelmente mais grave do que separar duas pessoas cuja afeição não brotara havia mais de umas poucas semanas. Mas das censuras que me foram feitas com tanta veemência a respeito desses dois casos espero estar a salvo, para o futuro, quando o seguinte relato de meus atos e motivos tiver sido lido. Se, durante esta exposição eu me encontrar na necessidade de exprimir sentimentos que possam ser ofensivos aos seus, posso apenas dizer que lamento. A necessidade deve ser obedecida, e qualquer desculpa a mais seria absurda. Eu não chegara a Hertfordshire havia muito tempo quando percebi, assim como os outros, que Bingley preferia sua irmã mais velha a qualquer outra moça da região, mas até a noite do baile de Netherfield eu não tivera qualquer apreensão de que ele se apaixonasse verdadeiramente. Muitas vezes antes já o vira apaixonado. Naquele baile, enquanto eu tinha a honra de dançar com a senhorita, ouvi pela primeira vez, através de uma informação casual de Sir William, que as atenções de Bingley em relação à sua irmã tinham gerado uma expectativa geral de que se casassem. Ele falou como se a união já fosse um fato, acerca do qual apenas a data era incerta. A partir daquele momento, observei a atitude de meu amigo com muita atenção; e pude perceber que sua inclinação pela Srta. Bennet era mais forte do que qualquer outra que já testemunhara nele. Observei também sua irmã; seu ar e suas maneiras eram francos, alegres e atraentes como sempre, mas não demonstravam qualquer sintoma especial de afeição. E, a partir das observações daquela noite, fiquei convencido de que, embora ela aceitasse as atenções dele com prazer, não as estimulava com qualquer demonstração de sentimento. Se *a senhorita* não está enganada quanto a este ponto, *eu* devo ter errado. Como conhece melhor sua irmã, a última hipótese parece ser mais provável. Se foi o caso, se esse erro me levou a infligir um desgosto à sua irmã, seu ressentimento não é questionável. Mas não tenho receio de afirmar que a serenidade do rosto de sua irmã e a tranquilidade de sua expressão são tais que o observador mais perspicaz concluiria que, por mais amável que seja seu genio, seu coração não é dos mais fáceis de atingir. É certo que eu desejava acreditar na indiferença dela, mas arrisco-me a afirmar que minhas investigações e decisões geralmente não são influenciadas por minhas esperanças ou receios. Não foi porque o desejasse que acreditei na indiferença dela; foi porque cheguei a essa convicção imparcial, e ela é tão sincera quanto meu desejo. Minhas objeções ao casamento não eram apenas aquelas que, ontem à noite, reconheci exigirem, em meu próprio caso, toda a força da paixão para serem vencidas; a desigualdade social não seria um mal tão grande para meu amigo quanto para mim. Mas existiam outras causas para minha resistência; causas que, embora ainda existentes, e existindo em ambos os casos, eu me propusera a deixar de lado, porque não me pareceram obstáculos imediatos. Essas causas precisam ser nomeadas, embora resumidamente. A situação da família de sua mãe, embora pouco recomendável, não era nada em comparação à total falta de decoro tão frequente e quase permanentemente demonstrada por ela, por suas três irmãs mais novas e, às vezes, até por seu pai. Perdoe-me, é angustiante ofendê-la. Mas entre seu constrangimento pelos defeitos de seus parentes e o desprazer pela descrição dos mesmos, deixe-se consolar pelo fato de que, por terem conseguido evitar sua parte nessa censura, é um elogio não menos generalizado do que honroso que a senhorita e sua irmã mais velha sempre tenham demonstrado sensatez e caráter. Acrescentarei apenas que os fatos que se passaram naquela noite confirmaram minha opinião sobre todas as pessoas em questão e fortaleceram minha resolução de proteger meu amigo de uma aliança que eu considerava das mais infelizes. Ele deixou Netherfield para ir a Londres no dia seguinte, como decerto está lembrada, com a intenção de regressar em breve.

O papel que desempenhei no caso será explicado agora. A inquietude das irmãs de Bingley fora igualmente despertada; e logo descobrimos que nossos sentimentos coincidiam a esse respeito; convencidos de que devíamos agir com rapidez, resolvemos nos juntar a ele em Londres imediatamente. Foi o que fizemos. E lá tomei a meu cargo a incumbência de revelar a meu amigo as consequências desastrosas de tal escolha. Eu as descrevi e reforcei com seriedade. No entanto, por mais que essa advertência possa ter abalado a resolução dele, não creio que teria sido suficiente para impedir o casamento se não tivesse sido apoiada pela afirmação, que não hesitei em fazer, de que sua irmã lhe era indiferente. Até aquele momento, ele acreditava que ela correspondia à sua afeição sinceramente, se não com igual intensidade. Mas Bingley é por natureza muito modesto, e tem mais confiança em meu julgamento do que no próprio. Portanto, convencê-lo de que tinha se iludido não foi muito difícil. Persuadi-lo, em seguida, de que não devia voltar a Hertfordshire, depois de firmado o primeiro ponto, não custou mais que alguns minutos. Não me arrependo de tê-lo feito. Há apenas uma parte de minha conduta na qual não reflito com satisfação; é que condescendi em usar de certos artifícios para esconder de Bingley o fato de sua irmã estar em Londres. Eu mesmo sabia, bem como a Srta. Bingley, mas seu irmão o ignora até hoje. Que eles pudessem ter se encontrado sem outras consequências, é possível, mas seu afeto não me pareceu extinto o bastante para que pudesse vê-la sem correr algum perigo. Talvez esse artifício e essa dissimulação sejam indignos de mim. Mas está feito, entretanto, e minha intenção foi a melhor possível. Sobre este assunto nada mais tenho a dizer, nem mais desculpas a dar. Se feri os sentimentos de sua irmã, foi sem a intenção de fazê-lo; e, embora os motivos que inspiraram minha conduta possam, naturalmente, parecer-lhe insuficientes, ainda não encontrei razões para condená-los.

Com relação à outra acusação, a mais grave, a que diz respeito ao Sr. Wickham, só poderei refutá-la expondo toda a história de suas relações com minha família. Do que *pessoalmente* ele me acusa, não sei; mas sobre a verdade do que vou relatar possuo mais de uma testemunha insuspeita. O Sr. Wickham é filho de um homem muito respeitável, que durante muitos anos geriu todos os bens da propriedade de Pemberley; a fidelidade com que sempre se desincumbiu de suas funções mereceu, naturalmente, a gratidão de meu pai. E, em relação a George Wickham, seu afilhado, a generosidade de meu pai era ilimitada. Meu pai o sustentou em uma escola e, mais tarde, em Cambridge; o que constituiu um auxílio importante, pois o pai do Sr. Wickham, sempre em dificuldades devido às extravagâncias da esposa, não teria tido condições de dar ao filho a educação de um cavalheiro. Meu pai não só gostava muito da companhia daquele jovem, cujas maneiras eram sempre cativantes; mas tinha por ele a maior admiração e, alimentando a esperança de que abraçasse a carreira eclesiástica, tencionava reservar-lhe um lugar na mesma. Quanto a mim, há muitos anos comecei a pensar de maneira diferente a respeito dele. Suas inclinações viciosas e a falta de escrúpulos que ele tinha o cuidado de esconder de seu melhor amigo não poderiam passar despercebidas a um rapaz de sua idade, que o observava e tinha a oportunidade de vê-lo em momentos de descuido, coisa que o falecido Sr. Darcy não podia fazer. Aqui, novamente, terei de magoá-la, até que ponto, só a senhorita poderia saber. Mas, quaisquer que sejam os sentimentos que o Sr. Wickham lhe tenha inspirado, a suspeita que alimento acerca da natureza dos mesmos não me impedirá de revelar o verdadeiro caráter dele. Apenas acrescenta mais um motivo. Meu excelente pai morreu há cerca de cinco anos; e sua afeição pelo Sr. Wickham foi até o fim tão firme que ele recomendou particularmente no testamento que eu me encarregasse de promover seu adiantamento na carreira que tinha escolhido, e manifestou o desejo de que um posto importante, à disposição da família, lhe fosse dado, assim que vagasse, caso o Sr. Wickham se ordenasse. Deixou-lhe também um legado de mil libras. O pai dele não sobreviveu muito tempo ao meu, e em seis meses o Sr. Wickham me escreveu, informando-me que resolvera não tomar ordens e esperando que eu não achasse despropositado o desejo de uma compensação pecuniária mais imediata, em lugar do posto do qual não poderia agora se beneficiar. Acrescentou que tinha intenção de estudar Direito, e que eu devia compreender que os juros de mil libras não seriam suficientes para tanto. Eu mais desejei acreditar do que realmente acreditei em sua sinceridade; mas, de qualquer modo, mostrei-me perfeitamente disposto a aceder à proposta. Eu sabia que o Sr. Wickham não devia ser pastor e, portanto, o negócio foi logo arranjado. Ele desistiu de toda proteção relativa à sua entrada na Igreja, mesmo se estivesse algum dia em situação de recebê-la, e aceitou em troca a quantia de três mil libras. Todas as nossas relações foram interrompidas a partir dessa época. Minha opinião sobre ele era desfavorável demais para que o convidasse a Pemberley ou aceitasse sua companhia em Londres. Creio que durante esse tempo ele ficou na cidade, mas seu estudo de Direito foi um mero pretexto e, livre de toda a obrigação, ele levou uma vida de ócio e dissipação. Durante três anos pouco ouvi falar nele; mas, ao falecer a pessoa que ocupava o posto que outrora lhe fora destinado, ele tornou a me escrever, solicitando sua apresentação para o dito lugar. Seu atual estado, dizia ele, e eu não tive dificuldade em acreditar, era extremamente precário. Descobrira que o estudo do Direito era pouco proveitoso e estava absolutamente resolvido a tomar ordens, se eu o apresentasse para o posto em questão, coisa de que ele não duvidava, pois estava informado de que não havia outro pretendente e eu não poderia ter esquecido as intenções de meu venerado pai. A senhorita dificilmente poderia censurar-me por ter recusado aquela pretensão e rejeitado todas as novas tentativas no mesmo sentido. O ressentimento que ele manifestou foi proporcional à situação precária em que se encontrava. E ele foi, sem dúvida, tão violento ao insultar-me para os outros quanto para mim mesmo. Depois desse período, todas as relações de mera formalidade foram cortadas. Como ele viveu, não sei. Mas no último verão, ele novamente se impôs em meu caminho da forma mais desagradável possível. Devo agora mencionar certas circunstâncias que desejaria esquecer, e que só uma obrigação tão forte quanto a atual poderia me induzir a relatar para qualquer outra pessoa. Tendo dito isso, confio inteiramente em sua discrição. Minha irmã, que é dez anos mais nova do que eu, foi deixada sob a tutela do sobrinho de minha mãe, o coronel Fitzwilliam, e a minha. Há cerca de um ano ela deixou o internato e se estabeleceu em Londres para aprimorar suas habilidades; e no verão passado, foi, em companhia da senhora que a orientava, para Ramsgate; e para lá também se dirigiu o Sr. Wickham, sem dúvida de propósito; pois depois se descobriu que havia um entendimento prévio entre ele e a Sra. Younge, sobre cujo caráter infelizmente nos enganamos; e graças ao auxílio e à conivência dela, ele se aproximou de Georgiana, em cujo afetuoso coração ainda era tão vívida a impressão da bondade com que ele a tratara na infância, que se deixou persuadir de que estava apaixonada e consentiu em fugir com ele. Ela tinha apenas quinze anos, o que lhe serve como desculpa; após relatar sua imprudência, tenho o consolo de poder acrescentar que soube disso por ela própria. Fui ao encontro deles inesperadamente, um ou dois dias antes da planejada fuga; e Georgiana, incapaz de suportar a ideia de desgostar e ofender um irmão que ela considerava quase como um pai, confessou-me tudo. A senhorita pode imaginar como me senti e como agi. Para proteger a reputação e os sentimentos de minha irmã, eu me abstive de qualquer ato de represália em público, mas escrevi ao Sr. Wickham, que partira imediatamente, e a Sra. Younge foi, naturalmente, dispensada. Sem dúvida, o objetivo principal do Sr. Wickham era de se apoderar da fortuna de minha irmã, que é de trinta mil libras; mas não posso deixar de pensar que o desejo de se vingar de mim também tenha sido um grande estímulo. Sua vingança teria sido, de fato, completa.

Esta, senhorita, é uma narrativa fiel dos acontecimentos que nos concernem a ambos; e, se não a rejeitar como absolutamente falsa, espero que me absolva daqui por diante da falta de ter agido com crueldade em relação ao Sr. Wickham. Não sei de que maneira, sob que tipo de falsidade, ele se impôs à sua atenção; mas o êxito que alcançou não é de espantar. Ignorando os acontecimentos anteriores, não estava em seu poder desmascarar essas falsidades e nem em sua natureza desconfiar delas. A senhorita pode se perguntar por que tudo isso não foi dito ontem à noite. Mas naquele momento eu não tinha suficiente domínio sobre mim mesmo para decidir o que podia ou devia revelar. Quanto à verdade de tudo o que foi aqui relatado, posso apelar particularmente para o testemunho do coronel Fitzwilliam, que, dado nosso parentesco e intimidade, e sobretudo por sua qualidade de executor testamentário de meu pai, conhece necessariamente todos os detalhes desses acontecimentos. Se sua antipatia por *mim* privar de valor *minhas* asserções, a mesma causa não a poderia impedi-la de confiar em meu primo; e para que haja a possibilidade de consultá-lo, procurarei entregar-lhe a presente carta ainda esta manhã. Acrescento apenas: Deus a abençoe.

Fitzwilliam Darcy

36

Se Elizabeth, ao receber a carta do Sr. Darcy, não esperava que esta contivesse uma renovação da proposta, também não tinha a menor ideia a respeito de seu conteúdo. Mas, diante do que leu, é fácil imaginar com que avidez percorreu as linhas e quantas emoções contraditórias aquelas palavras produziram. Durante a leitura, seus sentimentos não podiam ser definidos. Primeiro constatou com assombro que ele acreditava poder se desculpar; e persuadiu-se, de maneira inabalável, que um justo pudor o impediria de dar qualquer explicação. Com enorme preconceito contra tudo o que ele pudesse dizer, começou a ler o relato do que acontecera em Netherfield. Leu com uma ansiedade que mal lhe permitia que compreendesse as palavras, e a impaciência de saber o que a frase seguinte diria a privava de aprofundar o sentido daquela que tinha diante dos olhos. Descartou imediatamente como falsa a crença dele na indiferença de sua irmã, e o relato das objeções reais, e as piores, contra o casamento, a enfureceu de tal forma que a incapacitou de ser justa. Nenhum arrependimento que ele exprimisse pelo que fizera a satisfazia; seu estilo não era penitente, mas arrogante. Tudo aquilo era orgulho e insolência.

Mas quando esse assunto deu lugar ao relato sobre o Sr. Wickham, quando ela leu, com um pouco mais de atenção, a sequência de acontecimentos que, se fossem verdadeiros, jogariam por terra toda a sua boa opinião sobre o valor dele, e que tinham uma semelhança alarmante com a história que o próprio Sr. Wickham contara a seu respeito, seus sentimentos se tornaram mais dolorosos e difíceis de definir. Perplexidade, apreensão e até o horror a oprimiam. Ela se recusava a acreditar naquilo, exclamando repetidamente: "Deve ser mentira! Não pode ser! Deve ser a maior das falsidades!". E, depois de ter lido a carta inteira, embora não se lembrasse de quase nada das duas últimas páginas, Elizabeth colocou-a de lado, dizendo a si mesma que não lhe daria crédito e que nunca mais a leria.

Nesse confuso estado de espírito, repleto de pensamentos inquietantes, continuou a andar; mas foi inútil; em meio minuto voltou a desdobrar a carta e, com um esforço para se controlar, recomeçou a leitura mortificante de tudo que se referia a

Wickham, obrigando-se a examinar o sentido de cada frase. A história de suas relações com a família de Pemberley era exatamente a que Wickham lhe tinha contado; e a bondade do falecido Sr. Darcy, embora até então não conhecesse toda a sua extensão, concordava igualmente com as palavras dele. Até ali as duas narrativas coincidiam; mas, quando ela chegou ao testamento, a diferença era grande. O que Wickham dissera a respeito da paróquia ainda estava fresco em sua memória; e enquanto se lembrava de cada palavra, era impossível não sentir que havia uma grosseira duplicidade de um dos lados; e, por alguns instantes, teve a esperança de que a verdade coincidisse com seus desejos. Mas depois de ler e reler com a maior atenção os detalhes que se seguiam imediatamente à desistência de Wickham a todos os direitos ao posto, recebendo em troca a soma considerável de três mil libras, novamente foi forçada a hesitar. Baixou a carta, pesou cada circunstância com toda a imparcialidade de que era capaz e calculou a probabilidade de cada afirmação, mas não obteve muito sucesso. De ambos os lados havia apenas afirmações. Tornou a ler. Mas cada linha provava mais claramente que a história, que a princípio achara impossível interpretar de maneira a tornar a conduta do Sr. Darcy menos infame, podia ser vista sob um aspecto que o inocentava de tudo.

A extravagância e a dissolução que o Sr. Darcy não hesitava em atribuir ao caráter do Sr. Wickham a chocavam profundamente; sobretudo porque ela não conseguia prová-las injustas. Nunca ouvira falar em Wickham antes da sua entrada na milícia do ...shire, na qual ele se engajara obedecendo à sugestão de um rapaz que encontrara por acaso em Londres e com quem renovara uma amizade superficial. De seu modo de vida anterior, nada se sabia em Hertfordshire, a não ser o que ele próprio contara. Quanto a seu verdadeiro caráter, mesmo que possuísse os meios, Elizabeth nunca desejara investigar. Sua figura, sua voz e seus modos haviam sido suficientes para que ela lhe atribuísse imediatamente todas as virtudes. Procurou lembrar-se de algum exemplo de bondade, de algum traço marcante de integridade ou de benevolência que pudesse salvá-lo dos ataques do Sr. Darcy; ou, ao menos, que a predominância da virtude atenuasse aqueles erros ocasionais, que era como ela gostaria de classificar o que o Sr. Darcy descrevia como ociosidade e vício. Mas não lhe foi possível encontrar nenhuma lembrança dessa natureza. Podia vê-lo diante de si, com todo o encanto de sua presença e boas maneiras; mas não conseguia se recordar de nada de bom além da aprovação geral da vizinhança e da consideração que sua habilidade social lhe arrebanhara entre os oficiais. Depois de refletir consideravelmente sobre esse ponto, mais uma vez recomeçou a ler. Mas, que infelicidade!, a história que se seguia, relativa a seus desígnios de fugir com a Srta. Darcy, era confirmada pela conversa que tivera com o coronel Fitzwilliam na manhã anterior; e, finalmente, ela era convidada a obter cada detalhe da verdade com o próprio coronel, que ela sabia estar intimamente ligado a todas as circunstâncias da vida do primo, e sobre cujo caráter não tinha motivos para duvidar. Por um momento esteve quase resolvida a conversar com ele, mas a ideia foi afastada por exigir uma explicação constrangedora, e depois, completamente banida, porque ela sabia que o Sr. Darcy jamais a teria sugerido se não se tivesse previamente assegurado a colaboração do primo.

Ela se lembrava perfeitamente de toda a conversa que tivera com o Sr. Wickham, na primeira noite, na casa do Sr. Philips. Muitas das expressões que ele usara ainda estavam frescas em sua memória. Compreendia agora, de súbito, toda a impropriedade que havia naquelas confidências a uma pessoa estranha, e perguntou-se como aquilo lhe escapara antes. Percebeu a indelicadeza daquela exibição, e a incompatibilidade entre suas afirmações e sua conduta. Lembrava-se de que ele se gabara de não temer um encontro com o Sr. Darcy, que o Sr. Darcy poderia deixar o condado, mas que *ele* não o faria; mas, no entanto, faltara ao baile de Netherfield na semana seguinte. Recordou-se também de que, até o momento da partida da família de Netherfield, ele se abstivera de contar sua história a outra pessoa além dela; mas que em seguida ela fora discutida em todos os lugares; e que ele não tivera então qualquer escrúpulo em denegrir o caráter do Sr. Darcy, apesar de ter declarado que o respeito à memória do pai sempre o impediria de acusar o filho.

Como tudo parecia diferente agora! Suas atenções com a Srta. King eram, agora, a consequência de odiosas intenções puramente interesseiras; e o fato de que ela possuía apenas uma pequena fortuna não provava a moderação dos desejos do pretendente, mas a avidez de agarrar o que pudesse. Quanto à atitude dele em relação à própria Elizabeth, não havia justificativa tolerável: ou ele se enganara a respeito de sua fortuna ou agira por pura vaidade, encorajando uma preferência que ela tivera a imprudência de revelar. Cada esforço que ainda restava em favor dele enfraquecia; e, como uma defesa adicional ao Sr. Darcy, ela não podia deixar de admitir que o Sr. Bingley, quando questionado por Jane muito antes, afirmara a inocência do amigo na questão; que, por mais orgulhosas e desagradáveis que fossem as maneiras do Sr. Darcy, ela jamais, durante todo o curso de suas relações com ele, relações que ultimamente os haviam aproximado, concedendo-lhe uma espécie de familiaridade com sua forma de ser, nunca presenciara qualquer fato que provasse que ele era inescrupuloso e injusto ou que possuía hábitos irreligiosos ou imorais. Todos os amigos o prezavam, e até Wickham lhe havia reconhecido qualidades como irmão; e ela ouvira-o várias vezes falar afetuosamente da irmã, o que provava que ele era capaz de *algum* sentimento de ternura. Se seus atos fossem tais como Wickham os descrevera, se ele houvesse violado de forma tão brutal tudo o que era direito, dificilmente o resto do mundo não saberia; e sua amizade com um homem tão estimável quanto o Sr. Bingley seria incompreensível.

Elizabeth sentia-se cada vez mais envergonhada de si mesma. Não podia pensar em Darcy nem em Wickham sem sentir que fora cega, parcial, preconceituosa e absurda.

"Como minha conduta foi desprezível!", pensou ela. "Eu, que me orgulhava tanto de ter discernimento! Eu, que valorizava minha inteligência! Tantas vezes desdenhei a generosa candura de minha irmã, e gratifiquei minha própria vaidade com inúteis e censuráveis desconfianças. Que descoberta humilhante! Mas como é justa esta humilhação! Eu não poderia ter agido mais cegamente nem se estivesse apaixonada! Mas a vaidade, não o amor, foi a minha tolice! Lisonjeada com a preferência de um e ofendida com a negligência do outro, logo no início de nossas relações, cortejei a parcialidade e a ignorância e afastei a razão em relação a ambos. Até este momento, eu não conhecia a mim mesma."

Enquanto seu pensamento ia de si mesma para Jane e de Jane para Bingley, logo lhe ocorreu a ideia de que a explicação do Sr. Darcy quanto *àquele* ponto lhe parecera muito insuficiente; e leu novamente. Muito diferente foi o efeito da segunda leitura. Como poderia dar valor às afirmações de Sr. Darcy em um ponto e negar-lhe no outro? Ele declarava que nem de longe suspeitara da afeição de sua irmã; e Elizabeth não conseguia deixar de se lembrar da opinião que Charlotte sempre tivera a esse respeito. Nem podia negar que fosse justa sua descrição de Jane. Ela sabia que os sentimentos de Jane, embora capazes de fervor, eram pouco demonstrados, e que havia sempre em suas maneiras uma placidez que raramente se encontra unida a uma grande sensibilidade.

Quando chegou ao trecho da carta em que sua família era mencionada, em termos mortificantes, mas merecidos, ficou profundamente envergonhada. A justiça daquela afirmação era grande demais para ser negada, e as circunstâncias que ele mencionava, particularmente as que se referiam ao baile de Netherfield, confirmando suas primeiras impressões desfavoráveis, não haviam causado uma impressão mais forte na mente dele do que na sua.

O elogio a ela mesma e à irmã não foi ignorado. Aliviava, mas não compensava o desprezo que a conduta do restante da família atraíra; e, ao refletir que o desapontamento de Jane fora de fato causado pelos parentes mais próximos, cuja extravagância prejudicava a reputação de ambas, sentiu-se deprimida como nunca.

Depois de caminhar pela alameda durante duas horas, entregando-se a toda espécie de pensamento, reconsiderando acontecimentos, determinando probabilidades e reconciliando-se, da melhor forma que podia, com uma mudança tão súbita e tão importante, o cansaço e a lembrança de que ficara muito tempo ausente fizeram com que voltasse para casa; e, ao entrar, fez um esforço a fim de parecer alegre como de costume, reprimindo todas as reflexões que poderiam torná-la inapta para a conversa.

Foi imediatamente informada que os dois cavalheiros de Rosings tinham aparecido durante sua ausência; o Sr. Darcy estivera ali apenas durante alguns minutos para se despedir, mas o coronel Fitzwilliam ficara por pelo menos uma hora, esperando seu regresso, e quase resolvera sair a pé para ir procurá-la. Elizabeth nada conseguiu além de *fingir* decepção por não encontrá-lo; mas na verdade se alegrou. O coronel Fitzwilliam tinha perdido todo o interesse; ela só conseguia pensar na carta.

37

Os dois cavalheiros partiram de Rosings na manhã seguinte, e o Sr. Collins, que tinha ido esperá-los no portão para apresentar suas despedidas, voltou pouco depois trazendo a boa notícia de que eles pareciam gozar de muito boa saúde e de relativo bom humor, levando em consideração a cena melancólica que tinha se passado em Rosings. Para Rosings, então, ele se dirigiu apressadamente, a fim de consolar Lady Catherine e a filha; e, na volta, trouxe, com grande satisfação, um recado de Sua Senhoria dizendo que ela se sentia tão entediada que desejava recebê-los para jantar.

Elizabeth não pôde deixar de se lembrar, ao ver Lady Catherine, de que, se tivesse desejado, poderia agora ser apresentada a ela como sua futura sobrinha; nem pôde pensar, sem sorrir, em como Sua Senhoria ficaria indignada. "O que ela teria dito? Como teria se comportado?", eram perguntam com as quais se divertia.

O primeiro assunto abordado foi a diminuição que o grupo de Rosings sofrera.

– Asseguro-lhes que sinto muitíssimo – disse Lady Catherine. – Acredito que ninguém sente tanto a ausência dos amigos quanto eu. Mas sou particularmente ligada àqueles rapazes; e sei que também são muito ligados mim. Ficaram desolados por partir! Mas eles sempre ficam. O coronel conseguiu dominar seus sentimentos até o fim; mas Darcy parecia inconformado, mais do que no ano passado. A ligação dele com Rosings certamente cresceu.

O Sr. Collins aproveitou a ocasião para fazer um elogio, que foi recebido com um sorriso pela mãe e pela filha.

Depois do jantar, Lady Catherine observou que a Srta. Bennet parecia melancólica; e, atribuindo imediatamente essa tristeza à proximidade de sua partida, acrescentou:

– Mas se for este o caso, deve escrever à sua mãe pedindo que a deixe ficar mais um pouco. A Sra. Collins terá grande prazer em sua companhia, estou certa.

– Fico muito agradecida a Sua Senhoria pelo amável convite – replicou Elizabeth –, mas não posso aceitá-lo. Preciso estar em Londres no próximo sábado.

– Mas nesse caso só terá ficado aqui seis semanas. Contava que permanecesse pelo menos dois meses. Foi o que eu disse à Sra. Collins antes de sua chegada. Não pode haver motivo para uma partida tão prematura. A Sra. Bennet certamente pode dispensá-la por mais quinze dias.

– Mas meu pai não pode. Ele me escreveu na semana passada dizendo que apressasse meu retorno.

– Oh! Seu pai poderá dispensá-la, se sua mãe puder. Uma filha nunca é muito importante para um pai. E, se quiser ficar mais um mês, poderei levá-la comigo até Londres, pois passarei uma semana lá no começo de junho; e como Dawson não faz objeção em viajar no banco do cocheiro da caleche, haverá espaço para uma de vocês. Aliás, se o tempo estiver frio, poderiam ir ambas, pois nenhuma das duas é grande.

– A senhora é muito gentil, Lady Catherine; mas creio que serei obrigada a seguir meu plano anterior.

Lady Catherine pareceu resignar-se.

– Sra. Collins, é preciso que mande um criado com elas. Sabe que sempre falo o que penso, e não posso tolerar a ideia de duas jovens viajarem sozinhas na diligência. É extremamente impróprio. É preciso que mande alguém. Tenho a maior antipatia do mundo por esse tipo de coisa. As moças deveriam sempre ser acompanhadas e protegidas, de acordo com sua situação na vida. Quando minha sobrinha Georgiana foi para Ramsgate no verão passado, fiz questão de que dois criados a acompanhassem. A Srta. Darcy, filha do Sr. Darcy de Pemberley e de Lady Anne, não poderia se apresentar de maneira diferente. Dou muita atenção a essas coisas.

Mande John acompanhar as moças, Sra. Collins. Estou satisfeita por ter me lembrado disso; pois seria pouco recomendável para *a senhora* mandá-las sozinhas.

– Meu tio enviará um criado para nós.

– Oh! Seu tio! Ele tem um criado? Ainda bem que tem alguém em sua família que pense nessas coisas. Onde trocarão os cavalos? Oh, Bromley, naturalmente. Se citarem meu nome no Bell, serão muito bem servidas.

Lady Catherine fez muitas outras perguntas a respeito da viagem. E, como ela própria não respondia a todas, era necessário prestar atenção, coisa que Elizabeth apreciou; pois de outra maneira, com as preocupações que a absorviam, ela poderia até se esquecer de onde estava. As reflexões deviam ser reservadas para as horas solitárias; sempre que podia, entregava-se a elas com alívio; e não se passava um dia sem uma de suas caminhadas, nas quais podia se entregar ao prazer das lembranças desagradáveis.

Quanto à carta do Sr. Darcy, estava a ponto de sabê-la quase de cor. Estudava cada frase: e seus sentimentos em relação ao autor variavam frequentemente. Quando se lembrava do modo como se declarara, ainda ficava muito indignada; mas quando considerava a injustiça com que o tinha condenado e tratado, sua cólera se voltava contra si mesma; e o desapontamento que ele tinha sofrido o tornava objeto de compaixão. O afeto dele despertava-lhe gratidão, e o caráter, respeito; mas Elizabeth não conseguia aprová-lo; nem podia arrepender-se de sua recusa ou sentir a menor vontade de revê-lo. Sua conduta passada era uma fonte constante de amarguras e de ressentimentos, e os infelizes defeitos de sua própria família eram um motivo ainda mais forte de humilhação; eram falhas irremediáveis. Seu pai se limitava a rir e nunca fazia qualquer esforço para corrigir as leviandades das filhas mais novas; e sua mãe, cujas maneiras não eram muito melhores, era totalmente insensível a esse mal. Muitas vezes, Elizabeth reunira seus esforços aos de Jane, em uma tentativa de reprimir as imprudências de Catherine e Lydia; mas se eram amparadas pela indulgência da mãe, que esperança haveria de melhora? Catherine, influenciável, irritadiça e completamente sob o domínio de Lydia, sempre sentira-se afrontada pelos conselhos das irmãs mais velhas; e Lydia, voluntariosa e insolente, nem sequer lhes dava ouvidos. Ambas eram ignorantes, insensíveis e vaidosas. Enquanto existisse um oficial em Meryton, continuariam a flertar com eles; e, enquanto Meryton ficasse a curta distância de Longbourn, nunca deixariam de ir até lá.

A ansiedade pelo futuro de Jane era outra de suas maiores preocupações, e a explicação do Sr. Darcy, inocentando Bingley, realçava o valor do que Jane perdera. A afeição dele se provara sincera, e a conduta fora isenta de toda a culpa, a não ser por uma confiança grande demais no amigo. Como era triste, então, pensar que Jane seria privada de uma situação tão desejável, tão cheia de vantagens e de promessas de felicidade pela extravagância e pela loucura de sua própria família!

Quando a essas recordações se acrescentava a revelação sobre o caráter de Wickham, é de imaginar que seu bom humor, que poucas vezes antes fora abalado, estivesse agora tão escasso, que lhe era quase impossível parecer minimamente alegre.

Os convites para Rosings foram tão frequentes durante a última semana como na primeira. A última noite foi passada lá; e Sua Senhoria tornou a se informar minuciosamente sobre todos os detalhes da viagem, deu conselhos sobre a melhor maneira de fazer as malas e insistiu tanto na necessidade de empacotar os vestidos da única forma correta que existia, que Maria sentiu-se obrigada, quando retornou, a desfazer todo o trabalho da manhã e refazer tudo.

Quando se despediram, Lady Catherine, com grande amabilidade, desejou uma boa viagem, convidando-as a regressarem a Hunsford no ano seguinte; e a Srta. De Bourgh foi benevolente a ponto de fazer uma reverência e estender a mão a ambas.

38

Na manhã de sábado, Elizabeth e o Sr. Collins se encontraram para o desjejum alguns minutos antes de os outros aparecerem; e ele aproveitou a oportunidade para apresentar suas despedidas com todas as formalidades que julgava indispensáveis.

– Não sei, Srta. Elizabeth – disse ele –, se a Sra. Collins já lhe exprimiu seu reconhecimento pela gentil visita que nos fez, mas estou certo de que a senhorita não deixará esta casa sem receber todos os seus agradecimentos. O privilégio de sua companhia foi muito apreciado, eu lhe asseguro. Sei que nossa humilde casa possui poucos atrativos. A simplicidade de nosso modo de vida, os cômodos pequenos, o número insuficiente de criados e o pouco que vemos do mundo devem tornar Hunsford extremamente aborrecida para uma jovem como a senhorita; mas espero que acredite que somos gratos por sua condescendência e que fizemos tudo em nosso poder para que não passasse seu tempo de maneira pouco agradável.

Elizabeth respondeu com calorosos agradecimentos e afirmações de que tinha sido muito feliz. Passara seis semanas muito agradáveis; o prazer de estar com Charlotte, e as grandes atenções que tinha recebido deveriam fazer com que *ela* estivesse na obrigação de agradecer; o Sr. Collins ficou satisfeito e replicou com uma solenidade mais alegre.

– É uma alegria saber que não passou seu tempo de maneira desagradável. Certamente, fizemos tudo o que estava a nosso alcance; e tivemos a felicidade de poder apresentá-la à mais alta sociedade, e, graças às nossas relações com Rosings, tivemos meios de variar frequentemente nossa humilde cena doméstica. Penso, portanto, que podemos imaginar que sua visita a Hunsford não foi totalmente enfadonha. Nossa situação quanto à família de Lady Catherine é realmente uma dessas extraordinárias vantagens abençoadas de que poucos se podem gabar. A senhorita viu a intimidade que temos. Viu a frequência dos convites. Na verdade, devo reconhecer que, apesar de todos os inconvenientes desta humilde reitoria, não penso que seus hóspedes possam ser objeto de compaixão, enquanto compartilham nossa intimidade com Rosings.

Palavras eram insuficientes para traduzir a elevação de seus sentimentos; e ele se viu obrigado a caminhar de um lado para outro na sala, enquanto Elizabeth procurava unir cortesia e verdade em algumas poucas frases curtas.

– Creio que poderá levar um relato muito favorável a nosso respeito para Hertfordshire, minha cara prima. Felicito a mim mesmo, ao menos, que a senhorita possa fazê-lo. Foi uma testemunha diária das grandes atenções com que Lady Catherine cobre a Sra. Collins; e espero que tenha se tornado evidente que sua amiga não fez uma infeliz... mas sobre esse ponto é melhor silenciar. Deixe-me apenas assegurar, minha cara Srta. Elizabeth, que lhe desejo do fundo do coração uma felicidade igual no casamento. Minha cara Charlotte e eu temos um só espírito e um só pensamento. Existe entre nós, sob todos os aspectos, uma notável semelhança de caráter e de ideias. Parece que fomos feitos um para o outro.

Elizabeth pôde afirmar com segurança que aquilo era uma grande sorte e, com igual sinceridade, acrescentou que acreditava firmemente em sua felicidade doméstica, coisa que muito a alegrava. Não lamentou, entretanto, ter de interromper a frase devido à entrada da pessoa cuja felicidade comentavam. Pobre Charlotte! Era triste deixá-la em tal companhia! Mas ela fizera uma escolha consciente; e, embora se despedisse das hóspedes com pesar, não parecia digna de compaixão. Sua casa e seus afazeres domésticos, sua paróquia e suas aves, e todas as demais preocupações, ainda não tinham perdido o encanto.

Finalmente, a carruagem chegou, as malas foram amarradas, os embrulhos levados para o interior, e foi anunciado que tudo estava pronto. Após despedir-se afetuosamente da amiga, Elizabeth foi acompanhada até a carruagem pelo Sr. Collins e, enquanto caminhavam pelo jardim, ele a encarregava de levar seus mais respeitosos cumprimentos à família, não esquecendo os agradecimentos pelas atenções que recebera em Longbourn no inverno, e as saudações para o Sr. e a Sra. Gardiner, embora não os conhecesse. Depois a ajudou a subir para a carruagem e Maria também se acomodou, e a porta estava a ponto de ser fechada quando de súbito ele lembrou, com alguma consternação, que elas tinham se esquecido de deixar alguma mensagem para as senhoras de Rosings.

– Naturalmente– acrescentou ele –, desejarão que eu transmita seus humildes respeitos com os mais cordiais agradecimentos pela bondade de que foram objeto enquanto aqui se hospedaram.

Elizabeth não fez objeção; a porta pôde ser fechada e finalmente a carruagem se afastou.

– Deus meu! – exclamou Maria, depois de alguns minutos de silêncio. – Parece que chegamos ontem e, no entanto, quantas coisas aconteceram!

– Muitas coisas, de fato – concordou Elizabeth, com um suspiro.

– Jantamos em Rosings nove vezes, e duas vezes fomos para o chá. Quantas coisas terei para contar!

Elizabeth acrescentou consigo mesma: "E quantas coisas eu terei para esconder!"

A viagem decorreu sem muita conversa e sem qualquer incidente; e quatro horas depois de terem saído de Hunsford, chegaram à casa do Sr. Gardiner, onde passariam alguns dias.

Jane estava com boa aparência, e Elizabeth teve pouca oportunidade de observar a disposição da irmã por causa dos vários divertimentos que a tia tivera a bondade de organizar.

Mas Jane regressaria com ela, e em casa haveria tempo bastante para observações.

Não foi sem esforço, entretanto, que esperou até que chegassem a Longbourn para contar à irmã a proposta do Sr. Darcy. Saber que estava em seu poder fazer uma revelação que assombraria Jane, e viria agradar ao mesmo tempo o que lhe restava de vaidade, era uma tentação a que nada se poderia opor senão a indecisão sobre a quantidade exata de fatos que deveria revelar; e o medo de precisar repetir certas coisas a respeito de Bingley que poderiam ferir ainda mais sua irmã.

39

Foi na segunda semana de maio que as três moças partiram juntas de Gracechurch Street para ..., em Hertfordshire; e, ao se aproximarem da hospedaria onde a carruagem do Sr. Bennet devia encontrá-las, avistaram, como garantia da pontualidade do cocheiro, Kitty e Lydia em uma das janelas da sala de refeições no andar de cima. Havia uma hora, as duas esperavam ali, alegremente ocupadas em visitar a chapelaria do outro lado da rua, observar a sentinela de plantão e preparar um molho para a salada.

Depois de dar as boas-vindas às irmãs, apontaram triunfantes para uma mesa posta com as várias espécies de carnes frias que tinham conseguido encontrar no guarda-comida da hospedaria.

– Não está bonito? Não é uma surpresa agradável?

– E nós convidamos vocês todas – acrescentou Lydia –, mas é preciso que nos emprestem dinheiro, pois gastamos tudo naquela loja ali na frente. – Em seguida, mostrando as compras que tinha feito, disse: – Olhem, comprei este chapéu. Não é muito bonito, mas achei que era melhor comprar do que não comprar. Vou desmanchá-lo assim que chegar em casa e ver se posso deixá-lo melhor.

E, quando as irmãs o declararam horrível, acrescentou, com perfeita indiferença:

– Oh! Mas havia dois ou três ainda mais horríveis na loja; e, depois que eu comprar um bonito cetim para enfeitá-lo, creio que ficará tolerável. Além disso, o que se usará neste verão será de pouca valia depois que o regimento de ...shire deixar Meryton daqui a quinze dias.

– Ah, vão mesmo? – exclamou Elizabeth, com a maior satisfação.

– Eles vão estar acampados perto de Brighton; e eu queria tanto que papai nos levasse até lá para passar o verão! Seria um plano delicioso, e tenho certeza de que não custaria praticamente nada. Mamãe, principalmente, gostaria de ir também! Apenas imagine que verão infeliz teremos se ficarmos aqui!

"Sim", pensou Elizabeth, "*esse* seria um plano estupendo, de fato, e acabaria conosco de uma vez por todas. Santo Deus! Brighton, com o acampamento cheio de soldados, para elas, que já perdem a cabeça por um pobre regimento de milícia e um baile mensal em Meryton."

– Agora, tenho novidades para vocês – disse Lydia ao se sentar à mesa. – O que acham que é? São notícias excelentes. Notícias importantíssimas sobre uma pessoa de quem todas gostamos.

Jane e Elizabeth olharam uma para a outra. O garçom foi dispensado. Lydia começou a rir e disse:

– Oh! Vocês são tão formais e discretas, achando que o garçom não devia ouvir. Como se ele se importasse! Estou certa de que deve estar acostumado a ouvir coisas muito piores do que a que vou dizer. Mas ele é muito feio! Estou feliz que tenha ido.

Nunca vi um queixo tão comprido na vida. Bem, agora passemos à novidade: é sobre nosso caro Wickham; bom demais para o garçom, não é? Não há perigo de Wickham se casar com Mary King. É isso mesmo! Ela foi morar com um tio em Liverpool; definitivamente. Wickham está salvo.

– E Mary King está salva! – acrescentou Elizabeth. – Salva de um casamento imprudente motivado por sua fortuna.

– Ela é uma grande tola de partir, se gosta dele.

– Mas espero que não haja uma ligação muito forte em nenhum dos lados – disse Jane.

– Estou certa de que do lado *dele* não há. Garanto que ele nunca se importou com ela. Quem *poderia* se interessar por uma criaturinha horrorosa e sardenta como aquela?

Elizabeth ficou perplexa ao perceber, embora fosse incapaz de se *exprimir* com tanta brutalidade, a brutalidade dos *sentimentos* que seu coração abrigara e antes julgara generosos.

Assim que terminaram de comer, e as mais velhas pagaram a despesa, a carruagem foi chamada; instaladas todas as malas, caixas e embrulhos, além do indesejável acréscimo das compras de Kitty e Lydia, todas tomaram os respectivos assentos.

– Como vamos apertadas! – exclamou Lydia. – Estou contente de ter comprado meu chapéu, mesmo que seja só pelo prazer de ter mais uma caixa. Bem, agora vamos ficar à vontade, conversar e rir até chegar em casa. Em primeiro lugar, contem tudo o que aconteceu a vocês desde que partiram. Conheceram rapazes agradáveis? Flertaram com alguém? Eu tinha esperanças de que uma de vocês arranjasse um marido antes de voltar. Jane daqui a pouco vai virar uma solteirona, eu afirmo. Ela já tem quase vinte e três anos! Deus! Como eu ficaria envergonhada se não me casasse antes dos vinte e três! Minha tia Philips quer tanto que arranjem maridos, vocês nem imaginam! Ela disse que Lizzy deveria ter aceitado o Sr. Collins; mas *eu* acho que não teria graça nenhuma. Deus! Como eu gostaria de me casar antes de vocês; e então as acompanharia a todos os bailes. Puxa! Nós nos divertimos muito, no outro dia, na casa do coronel Forster. Kitty e eu fomos passar o dia lá, e a Sra. Forster prometeu que haveria um pouco de dança à noite (a propósito, a Sra. Forster e eu somos *amicíssimas*). Então ela convidou as duas Harrington, mas Harriet estava doente, e Pen foi obrigada a ir sozinha; e o que acham que fizemos? Vestimos Chamberlayne com roupas femininas para tentar fazê-lo se passar por uma dama. Imagine como foi divertido! Ninguém sabia, além do coronel e da Sra. Forster, e de Kitty e eu, além de minha tia, pois fomos obrigadas a pedir um vestido dela emprestado; e vocês não podem imaginar como ele ficou bem! Quando Denny, Wickham, Pratt e mais dois ou três chegaram, nenhum deles o reconheceu. Deus! Como eu ri! E a Sra. Forster também. Achei que ia morrer de tanto rir. *Isso* os fez desconfiar, e logo descobriram do que se tratava.

Com histórias desse tipo sobre suas festas, e boas anedotas, Lydia procurou, auxiliada pelas sugestões e adições de Kitty, distrair as companheiras durante todo o caminho até Longbourn. Elizabeth ouvia o mínimo que podia, mas não havia como escapar às frequentes menções a Wickham.

A recepção em casa foi das mais afetuosas. A Sra. Bennet se regozijou ao ver Jane linda como sempre; e, mais de uma vez durante o jantar, o Sr. Bennet disse espontaneamente para Elizabeth:

– Estou feliz que você esteja de volta, Lizzy.

O grupo que se sentou para jantar era grande, pois quase todos os Lucas tinham ido até lá para rever Maria e ouvir as novidades; e vários foram os assuntos que os ocuparam. Lady Lucas atirava perguntas a Maria, que estava do outro lado da mesa, acerca da saúde e das aves domésticas da filha mais velha; a Sra. Bennet estava duplamente ocupada. De um lado ouvia de Jane as novidades da moda de Londres, e, de outro, as repetia para as filhas mais novas dos Lucas; e Lydia, com uma voz mais alta que a de qualquer outra pessoa, enumerava os vários acontecimentos da manhã para todos os que desejassem ouvir.

– Oh! Mary – disse ela –, eu queria que você tivesse ido conosco, pois nos divertimos imensamente! Durante a ida, Kitty e eu fechamos todas as cortinas da carruagem e fingimos que não havia ninguém lá dentro; e teríamos continuado assim até chegar, mas ela ficou enjoada; e, quando chegamos à estalagem do George, acho que nós comportamos muito bem, pois regalamos as outras três com o melhor almoço frio do mundo, e se tivesse ido, a teríamos convidado também. E depois, a volta foi muito divertida! Achei que nunca caberíamos na carruagem. Quase morri de tanto rir. Falamos e rimos tão alto que qualquer pessoa nos ouviria a quinze quilômetros de distância.

Mary replicou, gravemente:

– Longe de mim, minha querida irmã, depreciar tais prazeres. São, sem dúvida, os mais adequados às mentes femininas em geral. Mas confesso que não têm encantos para *mim*. Prefiro infinitamente um bom livro.

Mas Lydia não ouviu uma só palavra dessa resposta. Dificilmente prestava atenção a alguém por mais de meio minuto. E nunca ouvia o que Mary dizia.

De tarde, Lydia insistiu com o resto das meninas que fossem a Meryton para saber das novidades; mas Elizabeth se opôs firmemente ao plano. Os outros não deviam dizer que as senhoritas Bennet eram incapazes de ficar um dia sequer em casa sem sair correndo atrás dos oficiais. Havia também outro motivo para essa oposição. Ela temia rever Wickham, e estava resolvida a evitá-lo o máximo que pudesse. O conforto que a partida do regimento representava para *ela* era imenso. Dali a quinze dias, teriam ido embora, e ela esperava ficar livre deles para sempre.

Poucas horas depois de chegar em casa, Elizabeth descobriu que o plano de Brighton a que Lydia aludira na hospedaria era tema de frequente discussão entre seus pais. Viu imediatamente que o pai não tinha a menor intenção de ceder; mas suas respostas eram ao mesmo tempo tão vagas e ambíguas, que a mãe, embora muitas vezes desanimada, ainda não tinha perdido a esperança de triunfar no fim.

40

A impaciência de Elizabeth para contar a Jane o que tinha acontecido não podia mais ser contida; e afinal, resolvendo omitir todos os detalhes que dissessem respeito à irmã, e prevenindo-a de que ficaria surpresa, na manhã seguinte contou a maior parte da cena que se tinha passado entre o Sr. Darcy e ela.

A perplexidade da Srta. Bennet foi logo abrandada pela parcialidade fraterna, que a fazia considerar perfeitamente natural qualquer admiração que fosse demonstrada por Elizabeth; e a surpresa logo se perdeu entre outros sentimentos. Era realmente lamentável que o Sr. Darcy tivesse se declarado de uma forma que o recomendava tão pouco; mas o que mais a entristeceu foi o desgosto que a recusa de sua irmã devia ter lhe causado.

– Ele agiu de forma incorreta ao se convencer de que teria êxito – disse Jane –, e certamente não deveria tê-lo demonstrado, mas considere quanto isso deve ter aumentado sua decepção.

– É verdade – disse Elizabeth –, eu sinto muito por ele. Mas o Sr. Darcy tem outros sentimentos que devem logo sobrepujar a admiração que tem por mim. Você não me censura, entretanto, por tê-lo recusado, não é?

– Censurar você? Oh, não...

– Mas me censura por ter falado com tanto ardor sobre Wickham.

– Não, não sei o que haveria de errado no que você disse.

– Mas você *saberá* quando eu lhe contar o que aconteceu no dia seguinte.

Então, Elizabeth falou da carta, repetindo tudo o que se referia a George Wickham. Que choque foi para a pobre Jane! De bom grado ela passaria a vida sem saber que existia em toda a raça humana tanta maldade como a que se concentrava ali em um só indivíduo. Nem mesmo a defesa de Darcy, ainda que a consolasse um pouco, era suficiente para compensar tal descoberta. Com a maior seriedade, Jane procurou provar que havia uma possibilidade de erro, tentando inocentar um sem acusar o outro.

– Não adianta – disse Elizabeth. – Você nunca conseguirá dar razão aos dois. Faça sua escolha, mas é preciso que se contente com um deles. Há uma quantidade limitada de virtude entre eles; suficiente apenas para um homem bom; e tem sido difícil definir a quem pertencem. Quanto a mim, estou inclinada a acreditar no Sr. Darcy, mas escolha como quiser.

Passou-se algum tempo, entretanto, antes que um sorriso aparecesse no rosto de Jane.

– Não me lembro jamais de ter me chocado desta forma – disse ela. – Wickham é tão cruel! É quase inacreditável! E pobre Sr. Darcy! Querida Lizzy, imagine tudo o que ele deve ter sofrido. Que decepção! E somada à descoberta de sua péssima opinião sobre ele! E ter de contar uma coisa daquelas sobre a própria irmã! É triste demais. Creio que sinta a mesma coisa.

– Oh, não! Minha compaixão e meu arrependimento se dissipam quando vejo você tão cheia de ambos! Tenho tanta certeza de que você lhe fará toda a justiça, que cada vez me sinto mais despreocupada e indiferente. Sua generosidade dispensa a minha. E, se você continuar a lamentá-lo muito mais tempo, meu coração ficará leve como uma pena.

– Pobre Wickham; há uma expressão tão benevolente em seu rosto! Suas maneiras são tão francas e amáveis...

– Houve certamente um erro na educação desses dois rapazes. Um ficou com todas as qualidades, e o outro, com todas as aparências.

– Nunca achei o Sr. Darcy tão deficiente no que diz respeito às *aparências*, como você achava.

– E, mesmo assim, eu me considerei muito esperta ao desgostar dele imediatamente, e sem qualquer razão. É tão estimulante para a inteligência, tão favorável para a ironia ter uma antipatia desse tipo. Pode-se insultar alguém continuamente sem jamais dizer uma verdade; mas é impossível zombar a vida inteira de um homem sem, de vez em quando, esbarrar em algo espirituoso.

– Lizzy, quando leu a carta pela primeira vez, estou certa de que não conseguiu lidar com o assunto como o faz agora.

– É verdade, não consegui Fiquei bastante perturbada, e até infeliz. E não tinha ninguém com quem falar, nenhuma Jane para me consolar, assegurando-me que eu não fora tão fraca, leviana e tola quanto eu sabia que tinha sido! Oh! Como desejei que você estivesse lá!

– Foi pena que você tenha usado expressões tão fortes ao falar de Wickham para o Sr. Darcy, pois agora elas *realmente* parecem descabidas.

– Sim, mas a infelicidade de falar com amargura é uma consequência natural dos preconceitos que eu vinha alimentando. Há um ponto sobre o qual eu quero seu conselho. Quero saber se devo ou não revelar a nossos conhecidos qual é o verdadeiro caráter de Wickham.

A Srta. Bennet fez uma pequena pausa e depois respondeu:

– Acho que não há motivo para fazer uma denúncia tão terrível. Qual é a sua opinião?

– Que não devo fazê-lo. O Sr. Darcy não me autorizou a tornar públicas suas declarações. Pelo contrário, recomendou-me discrição sobre todos os detalhes relativos à irmã; e, se eu tentasse esclarecer as pessoas sobre o resto de sua conduta, quem acreditaria? O preconceito geral contra o Sr. Darcy é tão violento, que metade dos habitantes de Meryton morreria se eu tentasse colocá-lo sob uma luz mais favorável. Não tenho forças para isso. Wickham partirá dentro em breve; e, portanto, pouco importa que ninguém aqui saiba quem ele realmente é. Algum dia tudo será descoberto, e então poderemos rir da estupidez dos outros por não terem adivinhado há mais tempo. No momento, não direi nada.

– Tem toda a razão. Uma denúncia pública poderia arruinar a vida dele para sempre. Talvez esteja arrependido do que fez e ansioso por refazer a reputação. Não devemos roubar suas esperanças.

O tumulto na mente de Elizabeth foi amenizado por essa conversa. Livrara-se de dois segredos que lhe haviam pesado durante quinze dias, e estava certa de ter em Jane uma ouvinte atenta quando desejasse falar novamente sobre aquilo. Mas ainda havia algo escondido, que sua prudência a impedia de revelar. Não ousava expor a Jane a outra metade da carta do Sr. Darcy, nem lhe contar quão sinceramente fora estimada pelo Sr. Bingley. Ali estava um segredo que ninguém mais podia compartilhar; e ela compreendia que só o restabelecimento da mais perfeita compreensão entre eles poderia desobrigá-la desse silêncio. "E então", pensou, "se esse evento tão improvável acontecer, tudo o que eu poderia fazer era contar o que o próprio Bingley diria de uma forma muito mais agradável. Só me verei livre deste segredo quando ele tiver perdido todo o valor!"

Agora, instalada em casa, tinha toda a oportunidade de observar o estado real dos sentimentos de sua irmã. Jane não estava feliz. Conservava muito viva a afeição por Bingley. Como nunca amara antes, seus sentimentos tinham todo o ardor de uma primeira paixão e, devido a seu caráter e idade, maior firmeza do que primeiras paixões em geral possuem; e cultuava com tanto fervor a lembrança de Bingley e de tal modo o preferia a qualquer outro homem, que precisava lançar mão de todo o seu bom-senso e de toda a sua consideração pelos sentimentos alheios para dominar aquela tristeza que poderia se tornar prejudicial para sua própria saúde e para a tranquilidade de seus amigos.

– Bem, Lizzy – disse a Sra. Bennet, certo dia –, qual é sua opinião *atual* sobre o triste caso de Jane? Quanto a mim, estou decidida a não falar mais nisso com ninguém. Foi o que disse à minha irmã Philips no outro dia. Mas não consigo descobrir se Jane o encontrou em Londres. Bem, ele é um rapaz muito pouco merecedor, e não creio que haja a menor probabilidade neste mundo de que ela o consiga de volta agora. Nada se fala a respeito de sua volta a Netherfield no verão; eu já indaguei todas as pessoas que poderiam saber.

– Também não creio que ele voltará a Netherfield.

– Oh, bem! Que ele faça o que quiser. Ninguém o quer aqui. Mas eu continuo a achar que ele foi muito desleal com minha filha; e se eu fosse ela não teria suportado. Bem, mas o meu consolo é que Jane morrerá de desgosto, e então ele se arrependerá do que fez.

Como Elizabeth não via nenhum consolo nesse prognóstico, nada respondeu.

– Bem, Lizzy – continuou a mãe, pouco depois –, então os Collins vivem com muito conforto, não é? Bem, bem, só desejo que dure. E como é a mesa deles? Charlotte é uma excelente dona de casa, suponho. Se é tão habilidosa quanto a mãe, deve estar economizando bastante. Não há extravagância nenhuma na casa *deles*, há?

– Não, nenhuma.

– A boa administração de uma casa depende principalmente disso. Sim, sim. *Eles* não correm o risco de gastar mais do que têm. *Eles* nunca terão problemas com dinheiro. Bem, que sejam felizes! E suponho que falem com frequência da posse de Longbourn após a morte de seu pai, não? Já a consideram uma propriedade sua, estou certa, não importa quando aconteça.

– Foi um assunto que nunca mencionaram na minha frente.

– Não. Teria sido muito estranho se o fizessem. Mas não tenho a menor dúvida de que falam nisso constantemente entre si. Bem, se não os incomoda que a propriedade não seja legalmente deles, tanto melhor. Eu teria vergonha de herdar uma propriedade que estivesse apenas legada a mim.

41

A primeira semana depois do regresso das meninas passou rapidamente. A segunda começou. Chegara o dia da partida do regimento de Meryton, e todas as moças da redondeza definhavam de desgosto. A tristeza era geral. Apenas as mais velhas das senhoritas Bennet ainda conseguiam comer, beber, dormir e passar o tempo como de costume. Frequentemente sua insensibilidade era censurada por Kitty e Lydia, cuja agonia era extrema, e que não conseguiam compreender tamanha desumanidade em alguém da família.

– Deus do céu! O que vamos fazer? – exclamavam elas frequentemente, impelidas pela amargura. – Como pode estar tão sorridente, Lizzy?

Sua afetuosa mãe compartilhava toda aquela tristeza; recordava-se do que tinha sofrido com uma situação parecida, vinte e cinco anos antes.

– Eu me lembro – disse ela – de que chorei durante dois dias seguidos quando o regimento do coronel Millar partiu. Pensei que ia morrer de desgosto.

– Estou certa de que morrerei – disse Lydia.

– Se pudéssemos ir a Brighton! – observou a Sra. Bennet.

– Oh, sim! Se pudéssemos ir a Brighton... Mas papai é totalmente contra!

– Alguns banhos de mar me restabeleceriam para sempre.

– E minha tia Philips disse que isso me faria muito bem – acrescentou Kitty.

Essas eram as lamentações que se ouviam continuamente em Longbourn. Elizabeth procurava se divertir com elas; mas sua vergonha lhe roubava todo o prazer. Voltava a sentir o fundamento das objeções do Sr. Darcy; e nunca antes estivera tão disposta a perdoar a interferência dele no caso do amigo.

Mas as sombrias perspectivas de Lydia foram logo dissipadas; pois a Sra. Forster, a mulher do coronel do regimento, a convidou para ir a Brighton em sua companhia. Essa inestimável amiga era muito jovem e estava casada havia muito pouco tempo. A semelhança dos temperamentos alegres e bem-humorados as aproximou, e dos três meses que se conheciam, eram amigas íntimas havia dois.

O êxtase de Lydia, sua adoração pela Sra. Forster, o deslumbramento da Sra. Bennet e a mortificação de Kitty são impossíveis de descrever. Inteiramente indiferente aos sentimentos da irmã, Lydia corria pela casa em uma felicidade inextinguível, exigindo que todos lhe dessem parabéns, rindo e falando com mais violência do que nunca; enquanto a infeliz Kitty permanecia na sala de estar, lamentando seu destino em termos irracionais e em tom ressentido:

– Não compreendo por que a Sra. Forster não me convidou com Lydia – disse ela. – Embora eu não seja sua amiga particular, tenho tanto direito a ser convidada quanto ela, mais até, pois sou dois anos mais velha.

Em vão Elizabeth procurou lhe incutir sentimentos mais sensatos e Jane, maior resignação. Quanto a Elizabeth, esse convite estava longe de lhe produzir os mesmos sentimentos que em sua mãe e em Lydia, pois o considerava uma espécie de sentença de morte para todas as possibilidades de sua irmã um dia ter bom-senso; e por mais que corresse o risco de se tornar detestada caso fosse descoberta, não pôde deixar de aconselhar secretamente o pai que não a deixasse ir. Descreveu a ele todas as impropriedades da conduta de Lydia, as poucas vantagens que lhe poderiam advir da intimidade com uma mulher como a Sra. Forster, e a probabilidade de que ela se tornasse ainda mais imprudente em companhia de tal pessoa em Brighton, onde as tentações seriam maiores do que em casa. Ele a ouviu atentamente, e respondeu:

– Lydia nunca ficará tranquila até que exponha a si mesma publicamente. E nunca encontrará melhor ocasião de fazer uma tolice do que a atual, sem dar despesas e trabalho à família.

– Se o senhor soubesse – disse Elizabeth – das grandes desvantagens que a opinião dos outros sobre a conduta leviana de Lydia pode nos trazer; ou melhor, que já nos trouxe, julgaria a questão de maneira diferente.

– Já nos trouxe? – repetiu o Sr. Bennet. – Será que ela já afugentou um de seus admiradores? Minha pobre Lizzy! Mas não fique desanimada. Esses rapazes sensíveis que não suportam o contato com pequenos ridículos não são dignos de desgosto. Vamos, dê-me a lista dos pobres coitados que foram postos em fuga pelas loucuras de Lydia.

– Na verdade, o senhor está enganado. Não tenho tais desgostos a lamentar. Não estou me queixando de problemas particulares, mas gerais. Nossa reputação, nossa dignidade aos olhos do mundo será afetada pela leviandade extravagante, pela imprudência e pelo desprezo por todas as restrições que marcam o caráter de Lydia. Perdoe-me por falar tão claramente. Se o senhor, meu querido pai, não se der o trabalho de reprimir o espírito exuberante dela, e não lhe ensinar que as atuais ocupações não são a finalidade de sua vida, em breve não haverá mais possibilidade de corrigi-la. Seu caráter estara definido, e aos 16 anos ela será a mais decidida namoradeira que já expôs a si mesma e à sua família no ridículo; e uma namoradeira no pior sentido, sem outros atrativos a não ser a juventude e a boa aparência; e sua ignorância e futilidade a tornarão incapaz de vencer o desprezo geral que seu apetite imoderado por admiração há de provocar. E Kitty corre o mesmo perigo. Ela acompanhará de olhos fechados os passos de Lydia. Vaidosa, ignorante, ociosa, e absolutamente descontrolada! Oh, meu querido pai! Acha possível que elas não sejam censuradas e desprezadas em qualquer lugar em que se tornem conhecidas? E que suas irmãs não sejam também envolvidas no mesmo desprezo?

O Sr. Bennet percebeu que a filha falava de todo o coração; e, tomando-lhe afetuosamente a mão, respondeu:

– Não se preocupe, minha querida. Onde quer que você e Jane sejam conhecidas, serão respeitadas e apreciadas; e vocês não serão menos admiradas por ter duas, ou melhor, três irmãs bastante tolas. Não teremos um instante de sossego em Longbourn se Lydia não for a Brighton. Portanto, deixemos que vá. O coronel Forster é um homem sensato e tomará precauções para que nada de mau aconteça; e, felizmente, ela é pobre demais para ser objeto de grandes cobiças. Em Brighton ela terá menos importância do que aqui, mesmo como uma namoradeira vulgar. Os oficiais encontrarão moças mais dignas de atenção. Esperemos, portanto, que sua estada lá lhe mostre sua insignificância. E, de qualquer forma, ela não pode piorar muito sem nos autorizar a trancá-la em casa pelo resto da vida.

Elizabeth foi obrigada a se contentar com essa resposta; mas sua opinião continuou a mesma, e ela deixou o pai desapontada e triste. Não era de sua natureza, no entanto, remoer os desgostos, tornando-os ainda piores. Sabia que cumprira seu dever, e inquietar-se com males inevitáveis ou aumentá-los pela ansiedade eram características que não combinavam com seu feitio.

Se Lydia e a mãe tivessem conhecido o assunto da conversa que Elizabeth tivera com o Sr. Bennet, toda a sua volubilidade somada não teria sido suficiente para exprimir a indignação que as possuiria. Na imaginação de Lydia, uma visita a Brighton compreendia todas as possibilidades de felicidade terrena. Ela via, com os criativos olhos da imaginação, as ruas daquela alegre cidade balneária repletas de oficiais. Imaginava-se o centro das atenções de centenas de rapazes que ainda não conhecia. Via todos os esplendores do campo militar; as barracas estendendo-se em belas filas regulares, povoadas de jovens alegres, resplandecentes em suas túnicas vermelhas; para completar a cena, via a si mesma sentada sob uma dessas barracas, flertando com pelo menos seis oficiais ao mesmo tempo.

Se tivesse descoberto que a irmã procurava arrancá-la de tais possibilidades e de tais realidades, qual não teria sido sua indignação? Ela só poderia ser compreendida pela mãe, cujos sentimentos seriam aproximadamente os mesmos. A ida de Lydia a Brighton era a única coisa que a consolava da melancólica certeza de que seu marido jamais pretendera ir.

Mas elas ignoravam tudo o que se tinha passado; e seus arroubos continuaram, com mínimas interrupções, até o dia da partida de Lydia.

Então, Elizabeth veria o Sr. Wickham pela última vez. Tendo-o encontrado frequentemente em sociedade desde que regressara, seu nervosismo em relação a ele já estava praticamente controlado; a antiga preferência, totalmente superada. Ela conseguira até distinguir, nas gentilezas que a princípio a tinham deliciado, certa afetação e monotonia. Além disso, na conduta atual de Wickham, Elizabeth encontrara uma nova fonte de desprazer, pois ele parecia disposto a renovar as atenções que tinham caracterizado os primeiros tempos de suas relações, o que, depois de tudo o que acontecera, servia apenas para irritá-la. Ao ver-se escolhida como objeto de galanteios tão fúteis e frívolos, perdeu todo o respeito por ele; e, enquanto o repelia com firmeza, não pôde deixar de censurá-lo pela convicção de que, não importava por quanto tempo e por que motivo tivesse se afastado, a vaidade de Elizabeth seria gratificada, e sua preferência, reconquistada no momento em que ele desejasse se reaproximar.

No último dia do regimento em Meryton, Wickham jantou em Longbourn com outros oficiais. Elizabeth estava tão pouco disposta a se despedir dele de bom humor que, quando lhe perguntou sobre como passara o tempo em Hunsford, ela citou o coronel Fitzwilliam e o Sr. Darcy, dizendo que tinham passado três semanas em Rosings, e perguntando se ele conhecia o primeiro.

Ele pareceu surpreso, insatisfeito, alarmado; mas em um instante se recompôs e voltou a sorrir, respondendo que em outras épocas o encontrava com frequência; e, depois de observar que era um cavalheiro muito fino, perguntou se Elizabeth tinha gostado dele. A resposta dela foi calorosamente afirmativa. Com ar de indiferença, pouco depois ele acrescentou:

– Quanto tempo disse que eles passaram em Rosings?

– Quase três semanas.

– E a senhorita o viu frequentemente?

– Sim, quase todos os dias.

– As maneiras dele são bem diferentes das do primo.

– Sim, muito diferentes. Mas acho que o Sr. Darcy ganha muito com a convivência.

– É mesmo? – exclamou Wickham, com um olhar que não escapou a Elizabeth. – E posso perguntar... – porém, contendo-se, acrescentou, em um tom mais alegre: – será na maneira de falar que ele melhora? Será que se dignou a acrescentar um pouco de cortesia a seu estilo habitual? Pois não espero – continuou, com um tom mais baixo e sério – que a essência tenha melhorado.

– Oh, não! – disse Elizabeth. – Acredito que essência continua exatamente a mesma.

Enquanto ela falava, Wickham parecia não saber se devia alegrar-se com aquelas palavras ou desconfiar de seu sentido. Havia alguma coisa no rosto de Elizabeth que o obrigava a ouvi-la com ansiosa e apreensiva atenção, quando ela acrescentou:

– Quando falei que ele ganha com a convivência, não quis dizer que seu espírito ou suas maneiras estão se aperfeiçoando, mas que, quando o conhecemos melhor, seu caráter se torna mais compreensível.

A inquietude de Wickham transparecia agora no rubor de seu rosto e no olhar inquieto; durante alguns instantes ficou em silêncio; e, finalmente, vencendo o constrangimento, voltou-se novamente para ela e disse, no mais gentil dos tons:

– A senhorita, que conhece tão bem meus sentimentos em relação ao Sr. Darcy, há de compreender quanto me alegro em perceber que ele é sábio o bastante para ao menos assumir a aparência que deveria. Seu orgulho, nesse ponto, pode ser útil, se não para ele próprio, pelo menos para os outros, pois o impedirá de cometer injustiças tão flagrantes como as que tive de sofrer. Mas temo que essas mudanças às quais a senhorita acaba de aludir sejam adotadas apenas durante as visitas à casa da tia, cuja opinião e julgamento ele respeita muito. O medo que a tia lhe causa sempre atuou sobre ele, quando estão juntos; e sei que grande parte disso deve ser atribuída ao desejo que tem de favorecer seu planejado casamento com a Srta. De Bourgh, que leva muito a sério.

Elizabeth não pôde reprimir um sorriso diante dessas palavras, mas respondeu apenas com um ligeiro aceno de cabeça. Compreendeu que ele desejava arrastá-la para o velho assunto de suas mágoas, e não estava disposta a favorecê-lo. Ele passou o resto da noite aparentando a alegria costumeira, porém interrompeu suas atenções a Elizabeth; e separaram-se com mútua cortesia e, possivelmente, com o mútuo desejo de nunca mais se encontrarem.

Quando o grupo se retirou, Lydia foi com a Sra. Forster para Meryton, de onde deveriam partir cedo na manhã seguinte. A separação entre ela e o resto da família foi mais barulhenta do que terna. Kitty foi a única que chorou; mas as lágrimas eram de humilhação e inveja. A Sra. Bennet foi generosa nos desejos de felicidade para a filha, e eloquente nas recomendações de que não perdesse nenhuma oportunidade de se divertir; conselho que, tudo levava a crer, seria seguido à risca; e, na clamorosa felicidade de suas próprias despedidas, Lydia não ouviu os adeuses menos ruidosos das irmãs.

42

Se as opiniões de Elizabeth se originassem do exemplo dado pela própria família, sua ideia de felicidade conjugal e de consolo doméstico não poderia ser das mais lisonjeiras. Seu pai, cativado pela juventude e pela beleza, e por aquela aparência de bom humor que a juventude e a beleza em geral conferem, tinha se casado com uma mulher cuja débil compreensão e as ideias estreitas, pouco depois do casamento haviam suprimido toda a afeição que tinha por ela. Respeito, estima e confiança tinham se desvanecido para sempre; e todos os seus anseios de felicidade doméstica foram destruídos. Mas o Sr. Bennet não era um homem que procurasse se consolar das desilusões causadas pelas próprias imprevidências entregando-se a esses prazeres nos quais os infelizes procuram uma compensação para suas loucuras e vícios. Gostava do campo e dos livros; e deles vinham suas principais distrações. À mulher, por outro lado, devia pouco além do divertimento que sua ignorância e falta de senso lhe proporcionavam. Essa não é a espécie de felicidade que os homens em geral desejam encontrar no casamento; mas, na falta de outros prazeres, o verdadeiro filósofo se beneficiará dos que tiver.

Elizabeth, no entanto, nunca fora cega aos defeitos do pai como marido. Sempre os vira com pesar; mas admirando-lhe as qualidades, e grata pela maneira afetuosa com que a tratava, esforçava-se por esquecer o que não podia ignorar, e bania dos pensamentos as contínuas violações da conduta conjugal e do decoro que, expondo a mãe ao desprezo das próprias filhas, eram extremamente repreensíveis. Mas nunca sentira de modo tão intenso as desvantagens que sofrem os filhos de um casamento tão inadequado, nem compreendera antes tão claramente os males provenientes de uma aplicação tão defeituosa de aptidões; aptidões que, se bem empregadas, poderiam proteger a dignidade das filhas, mesmo se fossem incapazes de esclarecer a mente da esposa.

Após o alívio por se ver livre de Wickham, Elizabeth encontrou poucas outras vantagens na partida do regimento. As reuniões a que compareciam eram menos variadas do que antes; e em casa tinha uma mãe e uma irmã cujas contínuas lamentações sobre o tédio da vida projetavam uma tristeza palpável sobre o círculo familiar; e, embora Kitty pudesse retomar seu grau costumeiro de bom-senso, já que as causas que perturbavam sua mente tinham sido removidas, Lydia, de cujo temperamento se podia esperar um mal pior, corria o risco de ter sua leviandade e sua tolice acentuadas pelo duplo perigo de estar em um lugar que era acampamento e balneário ao mesmo tempo. Assim, ela descobriu, como antes já muitas vezes acontecera, que um acontecimento que desejara com impaciência não produzia, ao se realizar, toda a satisfação que se esperava. Era necessário, portanto, marcar outro período para o começo de sua verdadeira felicidade; ter outro ponto de apoio para seus desejos e esperanças e, novamente aproveitando o prazer da antecipação, ter um consolo para o presente e preparar-se para uma nova decepção. Sua viagem aos Lagos era agora o objeto de seus pensamentos mais felizes; era seu melhor consolo para as horas desagradáveis que o descontentamento de Kitty e da mãe tornavam inevitáveis; e, se pudesse ter incluído Jane no plano, teria sido perfeito.

"Mas é sorte", pensou Elizabeth, "que eu tenha algo a desejar. Se tudo fosse perfeito, minha decepção seria certa. Mas assim, levando comigo uma fonte contínua de tristeza pela ausência de minha irmã, posso razoavelmente esperar que todas as minhas boas expectativas se realizem. Um projeto em que cada ponto prometa prazer, jamais poderia ser bem-sucedido; e o desapontamento geral só é amenizado pelos aborrecimentos."

Quando Lydia partiu, prometeu que escreveria frequente e minuciosamente para a mãe e para Kitty; mas as cartas eram sempre muito esperadas e muito curtas. As dirigidas à Sra. Bennet continham pouco mais do que fatos como estes: que tinham acabado de regressar da biblioteca, onde tais ou quais oficiais as haviam acompanhado e onde vira toaletes de enlouquecer; ou que tinha um novo vestido ou uma nova sombrinha que ela desejaria descrever com mais detalhes, mas precisava sair com grande pressa, pois a Sra. Forster a estava chamando para ir ao acampamento. Quanto às cartas para Kitty, havia ainda menos para comentar, pois, embora mais longas, a maior parte do sentido estava nas entrelinhas.

Depois das primeiras duas ou três semanas de ausência de Lydia, a saúde, o bom humor e a alegria começaram a retornar a Longbourn. Tudo tomou um aspecto mais agradável. As famílias que tinham ido passar o inverno em Londres regressavam, e os trajes e os divertimentos do verão estavam de volta. A Sra. Bennet voltou à sua habitual serenidade rabugenta e, no meio de junho, Kitty estava tão melhor, que já conseguia ir a Meryton sem chorar; acontecimento tão promissor, que deu a Elizabeth a esperança de que no Natal seguinte ela tivesse juízo suficiente para não mencionar os oficiais mais de uma vez por dia, a não ser que, por uma ordem maliciosa e cruel do Ministério da Guerra, outro regimento fosse para Meryton.

A data fixada para sua viagem pelo norte aproximava-se rapidamente; faltavam apenas quinze dias quando chegou uma carta da Sra. Gardiner, que ao mesmo tempo adiava a partida e abreviava a duração do passeio. O Sr. Gardiner seria retido pelos negócios até quinze dias depois da data marcada, e deveria regressar a Londres em um mês. Esse período era curto demais para que fossem tão longe e vissem tudo o que tinham planejado, ou, pelo menos, que o fizessem com a tranquilidade e o conforto que desejavam. Portanto, eram obrigados a desistir de ir aos Lagos, fazendo um circuito mais reduzido; e, de acordo com os novos planos, não passariam de Derbyshire. Naquele condado havia muito que ver para preencher as três semanas que tinham; e, para a Sra. Gardiner, um atrativo a mais. A cidade onde passara alguns anos de sua vida, e na qual passariam alguns dias, era um objeto de curiosidade tão interessante para ela quanto as notáveis belezas de Matlock, Chatsworth, Dovedale ou Peak.

Elizabeth ficou extremamente desapontada; tinha criado a expectativa de ver os Lagos; e continuava a achar que havia tempo suficiente. Mas tinha o temperamento dócil e, certamente, o espírito alegre; então logo tudo ficou bem novamente.

Muitas ideias estavam associadas a Derbyshire. Era impossível ler a palavra sem pensar em Pemberley e em seu proprietário. "Mas certamente", pensou ela, "eu penetrarei no condado impunemente e roubarei alguns seixos sem que ele perceba."

O período de expectativa fora agora duplicado. Ela teria de esperar quatro semanas até a chegada dos tios. Mas elas passaram, e o Sr. e a Sra. Gardiner, acompanhados dos quatro filhos, apareceram finalmente em Longbourn. As crianças, duas meninas de seis e oito anos, e dois meninos mais novos, seriam entregues aos cuidados de sua prima Jane, que era a grande favorita de todos e cuja firmeza e doçura de caráter a tornavam perfeita para ensinar às crianças, brincar com elas e amá-las.

Os Gardiner passaram apenas uma noite em Longbourn, e partiram na manhã seguinte com Elizabeth, em busca de novidades e aventuras. Um prazer era certo: o de ter bons companheiros de viagem; com saúde e bom temperamento para suportar pequenos contratempos, bom humor para realçar todos os prazeres, e afeição e inteligência capazes de sugerir novas distrações, caso surgissem aborrecimentos.

Não é intenção desta obra fazer uma descrição de Derbyshire, nem dos vários lugares notáveis por que passaram no caminho; Oxford, Blenheim, Warwick, Kenilworth, Birmingham etc. são bem conhecidos. Uma pequena parte de Derbyshire é tudo o que interessa. À pequena cidade de Lambton, onde a Sra. Gardiner residira e onde, recentemente descobrira, ainda se encontravam alguns de seus velhos conhecidos, eles direcionaram seus passos depois de visitar todas as principais belezas do condado; e Elizabeth soube pela tia que Pemberley ficava a oito quilômetros de Lambton. Não ficava na estrada que tomariam, mas dois ou três quilômetros fora dela. Conversando sobre o itinerário, na véspera, a Sra. Gardiner tornou a manifestar o desejo de rever a propriedade. O Sr. Gardiner concordou e perguntaram a Elizabeth se ela aprovava a ideia.

– Minha querida, você não gostaria de ver um lugar do qual tanto ouviu falar? – perguntou a tia. – Além disso, um lugar ao qual tantos de seus conhecidos estão ligados? Wickham passou lá toda a juventude, como sabe.

Elizabeth ficou angustiada. Sentiu que nada tinha a fazer em Pemberley e foi obrigada a manifestar sua falta de desejo. Precisou admitir que estava farta de grandes casas; depois de percorrer tantas, não encontrava mais prazer algum em belas tapeçarias ou cortinas de cetim.

A Sra. Gardiner zombou de sua tolice.

– Se Pemberley fosse apenas uma casa ricamente mobiliada – disse ela –, eu tampouco faria questão de ir; mas o parque é lindíssimo, e os bosques são dos mais belos do país.

Elizabeth não respondeu, mas seu espírito não podia concordar. Imediatamente lhe ocorreu a possibilidade de encontrar o Sr. Darcy durante a visita. Seria horrível! A simples ideia a fazia corar; e pensou que talvez fosse preferível conversar abertamente com a tia a correr tal risco. Mas contra isso havia objeções; e finalmente ela decidiu que usaria essa ideia como um último recurso, caso suas indagações revelassem a presença da família em Pemberley.

Por isso, quando foi se deitar à noite, perguntou à criada se Pemberley era um lugar bonito, qual era o nome do proprietário, e, com íntimo alarme, se a família estava lá para passar o verão. Felizmente, a última pergunta foi respondida de modo negativo e, livre da causa de suas inquietações, sentiu uma grande curiosidade em ver a casa; e, quando o assunto tornou a ser comentado na manhã seguinte, e de novo lhe pediram a opinião, ela pôde responder prontamente, com o ar adequado de indiferença, que não fazia nenhuma objeção ao plano.

Para Pemberley, portanto, eles iriam

43

No caminho, Elizabeth esperava, com alguma agitação, pela primeira vista dos bosques de Pemberley; e, quando afinal chegaram ao portão e entraram no parque, seu espírito estava em grande alvoroço.

O parque era muito grande e tinha as mais variadas paisagens. Entraram pela parte mais baixa e durante algum tempo seguiram através de um belo bosque que cobria uma grande extensão.

Apesar da conversa animada que mantinha com os tios, Elizabeth viu e admirou todas as vistas e lugares pitorescos. Por cerca de um quilômetro, o caminho subia suavemente, e depois de algum tempo se encontraram no topo de um morro bastante alto, onde o bosque cessava e a visão era imediatamente tomada pela Pemberley House, situada do outro lado do vale, pelo qual a estrada, encurvando-se bruscamente, descia. Era uma grande e bela construção de pedra, situada em uma elevação e emoldurada por uma série de colinas arborizadas; e, em frente à casa, um riacho fora represado, embora não tivesse uma aparência artificial. Suas margens não eram simétricas nem adornadas de maneira pouco natural. Elizabeth ficou encantada. Nunca vira um lugar onde a natureza tivesse sido mais generosa, ou onde a beleza natural fosse tão preservada de intervenções de gosto duvidoso. Todos manifestaram admiração; e, naquele momento, ela sentiu que ser a senhora de Pemberley significava alguma coisa!

Desceram a colina, atravessaram a ponte e se aproximaram da porta; e enquanto examinavam de perto cada aspecto do que viam, todas as suas apreensões quanto a um possível encontro com o dono da casa retornaram. Temia que a criada pudesse ter se enganado. Após solicitarem uma visita ao lugar, foram conduzidos ao hall; e, enquanto esperavam pela governanta, Elizabeth teve tempo bastante para se perguntar por que estava ali.

A governanta chegou; uma senhora idosa, de aspecto respeitável, muito menos elegante e mais amável do que ela esperava. Acompanharam-na até a sala de jantar. Era uma sala grande, de boa proporção e mobiliada com elegância. Elizabeth, depois de examiná-la rapidamente, foi até uma das janelas para apreciar a vista. A colina de onde tinham descido, coroada pelo bosque, e parecendo mais íngreme por causa da distância, era um belo objeto de apreciação. Cada aspecto do terreno era favorável, e ela observou a paisagem com deleite; o rio, as árvores espalhadas pelas margens, o vale serpenteando até onde a vista podia alcançar. Conforme passavam às outras salas, as vistas variavam, mas em qualquer janela havia belezas para ver. Os cômodos eram grandes e elegantes. E a mobília revelava a fortuna do proprietário; mas Elizabeth admirou o bom gosto dos móveis, que não eram nem pomposos nem desnecessariamente sofisticados. Tinham menos esplendor e mais elegância que a mobília de Rosings.

"E deste lugar", pensou ela, "eu poderia ter sido a senhora! Com estas salas eu poderia estar intimamente familiarizada! Em vez de observá-las como uma estranha, eu poderia alegrarme por possuí-las e receber nelas, como visitantes, meu tio e minha tia. Mas não", voltando a si continuou, " isso nunca poderia acontecer. Meu tio e minha tia estariam perdidos para mim. Jamais me permitiriam convidá-los."

A lembrança foi oportuna, salvou-a de algo semelhante ao arrependimento.

Estava ansiosa para perguntar à governanta se o dono da casa estava realmente ausente, mas a coragem lhe faltava. A pergunta, entretanto, foi feita pelo tio; e Elizabeth desviou o rosto, alarmada, enquanto a Sra. Reynolds respondia que sim, acrescentando:

– Mas é esperado amanhã com um grande grupo de amigos.

Como Elizabeth ficou feliz pela visita ter sido feita naquele dia, e não no seguinte!

A tia chamou-a para olhar um quadro. Ela se aproximou e viu um retrato do Sr. Wickham entre várias outras miniaturas sobre a lareira. A Sra. Gardiner perguntou, sorrindo, se ela gostava do retrato. A Sra. Reynolds se aproximou e disse que era o retrato do filho do intendente de seu falecido patrão, que o tinha educado à sua própria custa.

– Ele agora ingressou na vida militar – acrescentou ela –, mas creio que se tornou um rapaz pouco prudente.

A Sra. Gardiner olhou para a sobrinha com um sorriso que esta não pôde retribuir.

– E este – disse a Sra. Reynolds, apontando para outra miniatura – é meu patrão, um retrato muito fiel. Foi feito ao mesmo tempo em que o outro, há oito anos.

– Já ouvi falar muito na bela figura de seu patrão – disse a Sra. Gardiner, olhando para o retrato. – É um rosto bonito. Mas, Lizzy, você pode dizer se é parecido ou não.

O respeito da Sra. Reynolds por Elizabeth pareceu aumentar depois desta alusão às suas relações com o patrão.

– Aquela jovem conhece o Sr. Darcy?

Elizabeth corou e respondeu:

– Um pouco.

– E não acha que é um cavalheiro muito bonito?

– Sim, muito bonito.

– Estou certa de que *eu* não conheço outro tão bonito; mas na galeria do andar de cima os senhores verão um retrato melhor e maior do que este. Esta era a sala favorita de meu falecido patrão, e essas miniaturas estão exatamente no lugar onde estavam quando ele era vivo. Ele gostava muito delas.

Isso explicou a Elizabeth o fato de o Sr. Wickham se encontrar entre elas.

A Sra. Reynolds, então, chamou a atenção dos visitantes para um retrato da Srta. Darcy, pintado quando ela tinha apenas oito anos.

– E a Srta. Darcy é tão bonita quanto o irmão? – perguntou o Sr. Gardiner.

– Oh, sim! É a jovem mais bonita que eu já vi; e tão instruída! Toca piano e canta o dia inteiro. Na sala ao lado, há um novo instrumento que acaba de chegar para ela. Um presente de meu patrão. Ela virá amanhã com ele.

O Sr. Gardiner, que tinha maneiras muito agradáveis e comunicativas, encorajava a Sra. Reynolds com perguntas e observações; e esta, por orgulho ou afeição, tinha evidentemente muito prazer em falar do patrão e de sua irmã.

– Seu patrão passa muito tempo em Pemberley durante o ano?

– Não tanto quanto eu gostaria, senhor; mas creio que ele passa metade do tempo aqui; e a Srta. Darcy sempre vem para os meses de verão.

"A não ser", pensou Elizabeth, "quando vai a Ramsgate."

– Se seu patrão se casasse, a senhora o veria mais do que agora.

– Sim, senhor; mas não sei quando *isso* acontecerá. Não conheço ninguém que esteja à altura dele.

O Sr. e a Sra. Gardiner sorriram. Elizabeth não conseguiu evitar dizer:

– O mérito é todo dele, sem dúvida, que a senhora pense assim.

– Não digo mais do que a verdade. E todos que o conhecerem dirão o mesmo – replicou a Sra. Reynolds.

Elizabeth achou que isso era ir longe demais; e ouviu com perplexidade enquanto a governanta acrescentava:

– Ele jamais dirigiu a mim uma palavra ríspida em toda a minha vida, e o conheço desde que tinha quatro anos.

Esse era o elogio mais extraordinário de todos, o mais oposto às ideias de Elizabeth. Sua mais firme opinião era que ele não tinha um bom temperamento. Sua atenção fora despertada; desejava ouvir mais, e ficou grata ao tio por dizer:

– São poucas as pessoas de quem se pode dizer o mesmo. A senhora tem sorte em ter um patrão como esse.

– Sim, senhor, sei disso muito bem. Não há no mundo inteiro outro melhor. Mas sempre observei que as crianças que têm bom caráter se tonam adultos de bom caráter, e ele tinha o temperamento mais doce e o coração mais generoso do mundo quando era menino.

Elizabeth praticamente a encarava. "Será o mesmo o Sr. Darcy?", pensou ela.

– O pai dele era um homem excelente – disse a Sra. Gardiner.

– Sim, senhora, era mesmo; e o filho será exatamente como ele, igualmente bondoso com os pobres.

Elizabeth ouvia, admirava-se, duvidava, e sentia-se impaciente por ouvir mais. A Sra. Reynolds não conseguia desviar sua atenção para outro ponto. Em vão ela falou sobre as pessoas retratadas nos quadros, as dimensões das salas e o preço dos móveis. O Sr. Gardiner, que achava muito divertida aquela parcialidade pela família, a que ele atribuía os excessivos louvores da Sra. Reynolds a seu patrão, tornou a introduzir o assunto, e ela discorreu com energia sobre seus muitos méritos enquanto subiam juntos a grande escadaria.

– Ele é o melhor senhor de terras e o melhor patrão – disse ela – que já existiu. Não é como os jovens desregrados de hoje, que só pensam em si próprios. Não existe um só dos seus arrendatários ou criados que não fale nele com admiração. Muitos dizem que é orgulhoso; mas eu nunca vi nada disso. Em minha opinião, penso que é porque ele não fica tagarelando como os outros rapazes.

"Sob que luz favorável ela o coloca!", pensou Elizabeth.

– Essas boa imagem – sussurrou a tia, enquanto caminhavam – não combina com o procedimento dele em relação a nosso pobre amigo.

– Talvez estejamos enganados.

– Não é provável; o testemunho é dos melhores.

Ao chegarem ao espaçoso hall no andar superior, foram conduzidos a uma linda sala de estar, decorada recentemente com maior elegância e leveza do que os cômodos de baixo; e foram informados de que tudo aquilo tinha sido feito para agradar a Srta. Darcy, que tinha manifestado preferência por aquela sala da última vez que estivera em Pemberley.

– Ele é certamente um bom irmão – disse Elizabeth, enquanto se dirigia para uma das janelas.

A Sra. Reynolds antecipava a alegria da Srta. Darcy quando ela entrasse no aposento.

– E é sempre assim que ele age – ela acrescentou. – Tudo o que pode fazer para agradar à irmã é executado imediatamente. Não há nada que não faria por ela.

A galeria de retratos e dois ou três dos principais quartos de dormir eram tudo o que lhes restava ver. A primeira continha muitos quadros interessantes; mas Elizabeth não entendia nada de arte; e quando a criada mostrara os outros, no andar de baixo, ela desviara sua atenção para examinar alguns desenhos a creiom da Srta. Darcy, cujos temas eram mais interessantes e também mais compreensíveis.

Na galeria havia também muitos retratos de família, mas eles tinham pouco interesse para uma estranha. Elizabeth caminhou em busca do único cujos traços reconheceria. Afinal, um deles lhe despertou a atenção, e ela observou a notável semelhança com o rosto do Sr. Darcy, com um sorriso que ela já se lembrava de ter visto quando olhava para ela. Deteve-se durante vários minutos diante do retrato em intensa contemplação, e antes de deixar a galeria voltou a examiná-lo. A Sra. Reynolds informou-os que fora pintado quando o pai dele ainda estava vivo.

Mais do que nunca, havia no espírito de Elizabeth um sentimento de benevolência em relação ao retratado. Os elogios com os quais a Sra. Reynolds o tinha coberto não eram pouco importantes. Que louvor é mais valioso que o de um criado bem-informado? Como irmão, senhor de terras e patrão, ela considerou que a felicidade de muitos estava sob responsabilidade dele. Quanto de alegria e tristeza estava em seu poder proporcionar!

Quanto bem e mal poderiam ser feitos por ele! Tudo o que a Sra. Reynolds dissera a seu respeito tinha sido favorável, e ela ficou diante da tela na qual seu rosto fora retratado e cujos olhos pareciam fitá-la. Elizabeth pensou na admiração do Sr. Darcy com uma gratidão que jamais sentira; recordou o ardor e suavizou as expressões de sua declaração.

Quando todos os cômodos abertos a visitação tinham sido vistos, tornaram a descer as escadas e, ao se despedirem da governanta, foram entregues aos cuidados do jardineiro, que os encontrou na porta do hall de entrada.

Enquanto atravessavam o gramado em direção ao riacho, Elizabeth se voltou para olhar a casa; seu tio e sua tia também se detiveram, e, enquanto o primeiro fazia conjeturas sobre a data em que fora construída, o proprietário em pessoa surgiu de repente na estrada que conduzia às cocheiras, do outro lado da casa.

Estavam a cerca de vinte metros um do outro, e seu aparecimento fora tão repentino, que Elizabeth não conseguiu evitar ser vista. Seus olhos se encontraram imediatamente, e ambos coraram de um modo intenso. Ele teve um sobressalto e por um momento pareceu paralisado pela surpresa; mas, voltando imediatamente a si, adiantou-se para o grupo e se dirigiu a Elizabeth, se não com absoluta calma, pelo menos com toda a amabilidade.

Ela tinha se virado instintivamente; mas deteve-se quando ele se aproximou, e recebeu seus cumprimentos com um embaraço impossível de dominar. Se, a princípio, sua aparência, ou sua semelhança com o retrato que tinham acabado de examinar, já não provasse ao Sr. e à Sra. Gardiner que estavam diante do próprio Sr. Darcy, a expressão de surpresa do jardineiro ao ver o patrão teria sido suficiente. Ficaram um pouco afastados enquanto ele conversava com a sobrinha, que, atônita e constrangida, mal ousava levantar os olhos para seu rosto, e mal tinha consciência do que respondia às perguntas educadas que ele fazia sobre sua família. Perplexa com a mudança em suas maneiras desde a última vez em que tinham se visto, sentia que cada frase que ele pronunciava aumentava sua confusão; e a inconveniência de ser encontrada ali lhe ocorria constantemente, tornando os poucos minutos em que estiveram juntos os mais penosos de sua vida. Ele também não parecia estar muito à vontade; quando falava, sua voz não tinha a tranquilidade habitual; e perguntou em que dia Elizabeth saíra de Longbourn e quanto tempo ficaria em Derbyshire tantas vezes, e de uma maneira tão apressada, que tornou evidente a distração de seus pensamentos.

Afinal, pareceu incapaz de encontrar outro assunto; e, após ficar alguns instantes sem dizer uma palavra, subitamente voltou a si e se despediu.

Os outros se aproximaram e exprimiram sua admiração pela figura do rapaz; mas Elizabeth, inteiramente absorta em seus pensamentos, não ouviu uma só palavra, limitando-se a acompanhá-los em silêncio. Sentia-se consumido de vergonha e contrariedade. Sua ida até ali fora a ideia mais infeliz e mais irrefletida do mundo! Como aquele encontro deveria ter parecido estranho ao Sr. Darcy! E sob que luz desfavorável não a colocaria aos olhos de um homem tão vaidoso! Poderia parecer que ela se atirava intencionalmente em seu caminho! Oh! Por que tinha ido? Ou por que ele chegara um dia antes do esperado? Se tivessem saído dez minutos mais cedo, ele não a teria reconhecido, pois era evidente que chegava naquele momento, que tinha acabado de descer do cavalo ou da carruagem. Ela enrubesceu várias vezes ao repassar mentalmente a inadequação daquele encontro. E o comportamento dele, tão alterado... o que poderia significar? Era espantoso que ele tivesse dirigido a palavra a ela! Mas falar com tanta amabilidade e perguntar por sua família! Nunca Elizabeth vira suas maneiras tão pouco cerimoniosas, ele nunca ele lhe falara com tanta doçura quanto durante aquele encontro inesperado. Que contraste com o último encontro em Rosings Park, quando lhe entregara a carta! Ela não sabia o que pensar, nem como explicar aquilo.

Tinham agora penetrado em um belo caminho que acompanhava as margens do riacho, e cada passo os aproximava de uma das mais belas partes do bosque; mas só algum tempo depois é que Elizabeth começou a notar o que a cercava, e, embora respondesse maquinalmente aos diversos apelos dos tios para que olhasse o que apontavam, não distinguia perfeitamente nenhum detalhe da paisagem. Seus pensamentos estavam voltados para aquele ponto na casa de Pemberley, qualquer que fosse ele, onde o Sr. Darcy estava agora. Ansiava por saber o que passava por sua mente naquele momento, de que maneira pensava nela, e se, apesar de tudo, ainda lhe era cara. Talvez ele tivesse se mostrado tão amável porque fosse indiferente, mas havia *algo* em sua voz que não transparecia indiferença. Se ele tivera prazer ou desgosto em encontrá-la, não sabia, mas certamente não estava calmo.

Afinal, as observações dos companheiros sobre sua distração a despertaram, e ela sentiu que precisava se recompor.

Penetraram no bosque e, dizendo adeus ao riacho por algum tempo, subiram para um terreno mais elevado; e ali, através de clareiras ocasionais, descobriram encantadoras vistas do vale, das colinas do outro lado, recobertas de extensos bosques e, ocasionalmente, do riacho. O Sr. Gardiner exprimiu o desejo de dar volta ao parque, mas temia não ser possível percorrê-lo a pé. Com um sorriso triunfante do jardineiro, foram informados que o parque tinha mais de quinze quilômetros de circunferência. Isso encerrou o assunto; e continuaram no caminho habitual; que os levou novamente colina abaixo, por entre os bosques, até um dos pontos mais estreitos do riacho. Atravessaram-no por uma ponte simples, adequada à paisagem que a cercava; mais rústica que as que tinham visitado antes; e o vale, estreitando-se, tornava-se uma várzea diminuta, ocupada pelo curso d'água e por um caminho estreito, cercado de moitas de arbustos selvagens. Elizabeth desejava explorar os meandros do riacho; mas, depois de atravessarem a ponte e perceberem a distância a que se encontravam da casa. A Sra. Gardiner, que não gostava muito de caminhar, declarou que não podia ir mais adiante e que desejava voltar para a carruagem o mais depressa possível. Sua sobrinha foi, portanto, obrigada a se submeter, e o grupo voltou em direção à casa, do outro lado do rio, tomando o caminho mais curto; mas progrediam lentamente, pois o Sr. Gardiner, que gostava muito de pescar, embora raramente tivesse a oportunidade de fazê-lo, detinha-se a todo instante para observar a aparição ocasional de uma truta na água e fazer perguntas ao homem que os acompanhava. Enquanto caminhavam lentamente, foram outra vez surpreendidos, e a perplexidade de Elizabeth não foi menor que da primeira vez, quando viram o Sr. Darcy se aproximando a pequena distância. O caminho, menos protegido que do outro lado, permitiu que o visse antes de encontrá-lo. Apesar do choque, Elizabeth ao menos estava mais preparada para o encontro do que antes, e decidiu se comportar e falar com calma, caso ele realmente os abordasse. Durante alguns instantes, de fato, pensou que ele ia seguir por outro caminho. Essa ideia durou enquanto uma curva da estrada o ocultou de sua visão; mas, feita a curva, ele surgiu imediatamente diante deles. Com um rápido olhar, Elizabeth percebeu que ele nada perdera da recente amabilidade; e, para imitar sua educação, logo que se encontraram ela começou a louvar as belezas do lugar; mas não passara das palavras "lindo" e "encantador" quando uma infeliz recordação a perturbou, e ela imaginou que aqueles elogios a Pemberley podiam ser mal interpretados. Seu rosto mudou de cor e ela não disse mais nada.

A Sra. Gardiner estava parada um pouco atrás; e, quando Elizabeth calou-se, o Sr. Darcy perguntou se ela lhe daria a honra de apresentá-lo a seus amigos. Esse foi um golpe de cortesia para o qual ela não estava preparada; e mal pôde deixar de sorrir ao vê-lo agora procurar conhecer as mesmas pessoas contra as quais seu orgulho tinha se revoltado quando lhe propusera casamento. "Qual não será sua surpresa", pensou ela, "quando souber quem são eles! Imagina, naturalmente, que são pessoas importantes."

A apresentação, no entanto, foi feita imediatamente; e, ao mencionar o parentesco que os unia, olhou de soslaio para o Sr. Darcy, esperando ver como reagia; não sem esperar que fugisse o mais depressa possível de tão infame companhia. Era evidente que o parentesco o *surpreendia*; no entanto, resistiu com bravura e, longe de se afastar, juntou-se a eles na volta, e começou a conversar com o Sr. Gardiner. Elizabeth não pôde deixar de se sentir lisonjeada e triunfante. Era reconfortante que ele soubesse que ela não precisava se envergonhar de todos os seus parentes. Ouviu com muita atenção tudo o que se passava entre eles, e se alegrou a cada vez que uma expressão ou uma frase do tio revelava sua inteligência, seu bom gosto e suas boas maneiras.

O assunto logo se encaminhou para a pesca, e ela ouviu o Sr. Darcy convidar seu tio, com a maior cortesia, para pescar ali todas as vezes que quisesse enquanto estivesse na região, oferecendo-se ao mesmo tempo para emprestar os acessórios necessários, e indicando as partes do riacho onde a pesca em geral era mais proveitosa. A Sra. Gardiner, que caminhava de braço dado com Elizabeth, lançou a ela um expressivo olhar de surpresa. Elizabeth nada disse, mas ficou extremamente satisfeita; aquele ato de galanteria provavelmente destinava-se a ela. Sua perplexidade, entretanto, era extrema; e ela repetia continuamente: "Por que é que ele está tão alterado? Qual será o motivo? Não pode ser por *mim*, não pode ser por *minha* causa que suas maneiras estão mais educadas. Minhas críticas em Hunsford não poderiam causar uma mudança tão acentuada. É impossível que ele ainda me ame."

Após caminhar desse modo por algum tempo, as duas senhoras na frente, os dois cavalheiros atrás, ao chegarem à margem do rio onde iam examinar uma curiosa planta aquática, houve uma pequena alteração. Foi causada pela Sra. Gardiner que, fatigada pelo exercício daquela manhã, achou o braço de Elizabeth inadequado para se apoiar e, consequentemente, preferiu o do marido. O Sr. Darcy tomou seu lugar ao lado de Elizabeth e continuaram a caminhar. Depois de um curto silêncio, foi ela quem primeiro falou. Desejava que ele soubesse que se assegurara de sua ausência antes de ir até lá, e começou, portanto, observando que sua chegada fora inesperada.

– ...pois sua governanta – acrescentou ela – nos informou que o senhor não chegaria até amanhã; e, de fato, antes de sairmos de Bakewell, disseram-nos que o senhor não era esperado imediatamente.

Ele reconheceu que era verdade; e respondeu que, por causa dos negócios que tinha a tratar com seu intendente, adiantara-se algumas horas aos companheiros de viagem.

– Se juntarão a mim amanhã cedo – continuou ele –, e entre eles há algumas pessoas que a conhecem, o Sr. Bingley e suas irmãs.

Elizabeth respondeu com um leve aceno da cabeça. Seus pensamentos a levaram imediatamente para a ocasião em que o nome do Sr. Bingley fora pronunciado entre eles pela última vez; e, a julgar pela expressão do rosto do Sr. Darcy, a mente *dele* não estava ocupada de maneira diferente.

– Há também outra pessoa no grupo – continuou ele depois de uma pausa – que deseja particularmente conhecê-la. A senhorita me permitiria, se não for pedir demais, que eu lhe apresentasse minha irmã durante sua estada em Lambton?

A surpresa que tal pedido causava a Elizabeth era realmente grande; tão grande que nem percebeu que concordava. Compreendeu imediatamente que o desejo da Srta. Darcy de conhecê-la só poderia ter sido inspirado pelo irmão e, mesmo sem maiores indagações, era bastante satisfatório; era agradável saber que o ressentimento dele não o levara a pensar mal a seu respeito.

Continuaram a caminhar em silêncio; ambos mergulhados nas próprias reflexões. Elizabeth não estava confortável; seria impossível; mas sentia-se lisonjeada e satisfeita. O desejo do Sr. Darcy de lhe apresentar a irmã era uma grande honra. Logo eles haviam se distanciado bastante dos outros e, quando chegaram à carruagem, o Sr. e a Sra. Gardiner estavam cerca de duzentos metros atrás.

Ele então a convidou a entrar, mas ela declarou que não estava cansada, e eles ficaram no gramado. Em um momento como aquele, muito poderia ser dito, e o silêncio era constrangedor. Elizabeth queria falar, mas parecia haver um obstáculo em quase todos os assuntos. Afinal, se lembrou de que estava viajando, e eles falaram de Matlock e de Dove Dale com grande perseverança. No entanto, o tempo e a tia caminhavam lentamente. E sua paciência e ideias estavam quase esgotadas antes que a conversa terminasse. Quando o Sr. e a Sra. Gardiner se aproximaram, foram convidados a entrar para beber alguma coisa; mas recusaram e se despediram com a maior educação. O Sr. Darcy ajudou as senhoras a subirem para a carruagem e, quando se afastaram, Elizabeth o viu caminhando lentamente em direção à casa.

As observações dos tios tiveram início; e ambos declararam que o tinham achado infinitamente superior ao que esperavam.

– Ele é perfeitamente bem-educado, cortês e modesto – disse o Sr. Gardiner.

– Certamente há um pouco de pompa em suas maneiras – replicou a Sra. Gardiner –, mas é limitada à sua atitude e não lhe cai mal. Agora posso dizer, como a governanta, que, embora muitas pessoas o considerem de orgulhoso, eu não vi nada disso.

– O que me surpreendeu mais foram suas maneiras conosco. Eram mais do que educadas: eram realmente atenciosas; e não havia necessidade para tanta atenção. Suas relações com Elizabeth são muito recentes.

– Por certo, Lizzy – disse Sra. Gardiner –, ele não é tão bonito quanto Wickham; ou melhor, não tem a graça de Wickham, embora os traços sejam perfeitamente regulares. Mas não entendo por que você nos disse que ele era tão desagradável.

Elizabeth se desculpou da melhor forma possível; dizendo que o achara mais simpático da última vez que haviam se encontrada em Kent, e que nunca o vira tão amável quanto naquela manhã.

– Mas talvez ele seja um pouco excêntrico nas amabilidades – replicou o Sr. Gardiner. – Os homens importantes em geral são; e, portanto, não levarei a sério o convite para pescar, pois é possível que mude de ideia amanhã e me expulse de seu parque.

Elizabeth sentiu que eles tinham se enganado totalmente sobre o caráter do Sr. Darcy, mas não disse nada.

– Pelo que vimos dele – continuou a Sra. Gardiner –, eu jamais poderia pensar que fosse capaz de agir tão cruelmente com qualquer pessoa como fez com o pobre Wickham. Sua expressão não revela mau caráter. Pelo contrário, há algo de agradável em seus lábios, quando fala. E há uma dignidade em seu rosto que dificilmente daria a alguém uma ideia desfavorável de seu coração. Mas é verdade que a boa mulher que nos mostrou a casa lhe atribuiu o mais brilhante dos temperamentos! Às vezes eu mal podia conter o riso. Mas acredito que seja um patrão condescendente e, aos olhos de um criado, isso resume todas as virtudes.

Elizabeth sentiu, então, que deveria dizer alguma coisa para justificar o procedimento de Darcy em relação a Wickham; e, portanto, deu a entender aos tios, da forma mais reservada que pôde, que, pelo que ouvira de seus parentes em Kent, seus atos eram suscetíveis de uma interpretação inteiramente diferente; e que seu caráter nem de longe era tão defeituoso, nem o de Wickham, tão amável, quanto o tinham suposto em Hertfordshire. E, para confirmar o que lhes dizia, relatou os detalhes de todas as transações pecuniárias em que se tinha envolvido. Não deu o nome da pessoa que a informara, mas acrescentou que era digna de todo o crédito.

A Sra. Gardiner ficou surpresa e preocupada; mas, como se aproximavam agora do lugar onde residira na juventude, ela entregou-se ao encanto das recordações; e engajou-se de tal forma na tarefa de mostrar ao marido as maravilhas das redondezas, que se esqueceu do resto. Mesmo cansada como estava por causa da caminhada da manhã, logo depois do almoço saiu à procura de antigos conhecidos, e passou uma tarde agradável renovando laços de amizade havia muito interrompidos.

Os acontecimentos daquele dia eram interessantes demais para que Elizabeth pudesse dar muita atenção a esses novos amigos; e não pôde fazer outra coisa senão pensar, e pensar com admiração, nas amabilidades do Sr. Darcy e, sobretudo, em seu desejo de lhe apresentar a irmã.

44

Elizabeth imaginou que o Sr. Darcy levaria a irmã para visitá-la no dia seguinte ao de sua chegada a Pemberley; e decidiu, portanto, não se afastar da hospedaria durante toda aquela manhã. Mas sua suposição foi falsa; pois na mesma manhã em que chegaram a Lambton, os visitantes apareceram. Elizabeth e seus tios haviam passeado pela cidade com alguns de seus novos amigos, e acabavam de regressar à hospedaria para se vestir e almoçar com a mesma família, quando o ruído de uma carruagem os atraiu para a janela, e viram um cavalheiro e uma dama subindo a rua em uma charrete. Elizabeth reconheceu imediatamente a libré, compreendeu do que se tratava e relatou com grande surpresa aos parentes a honra que estava esperando. O tio e a tia ficaram extraordinariamente surpresos; e o embaraço de Elizabeth comunicar aquilo, somado à circunstância em si, e à lembrança de muitas outras do dia precedente, lhes deu uma nova visão do que se passava. Nada o havia sugerido anteriormente, mas sentiam que agora não havia outra maneira de explicar as atenções do Sr. Darcy sem supor um interesse dele pela sobrinha. Enquanto essas novas ideias lhes atravessavam o pensamento, a perturbação de Elizabeth crescia a cada momento. Ela mesma ficou espantada com seu nervosismo. Além de outras inquietações, temia que o Sr. Darcy, com sua parcialidade, tivesse exagerado suas qualidades; e, ansiosa como nunca por agradar, imaginava, naturalmente, de que todas as suas qualidade lhe faltariam.

Ela afastou-se da janela, temendo ser vista; e, enquanto caminhava de um lado para outro da sala, procurando se recompor, percebeu os olhares curiosos dos tios, o que tornou tudo ainda pior.

A Srta. Darcy e o irmão apareceram, e aquela temível apresentação aconteceu, afinal. Com espanto, Elizabeth percebeu que sua nova conhecida estava tanto ou mais nervosa do que ela. Desde que chegara a Lambton, ouvira dizer várias vezes que a Srta. Darcy era extremamente orgulhosa; mas a observação de poucos minutos lhe bastara para constatar que era apenas extremamente tímida. Era muito difícil obter dela outras palavras, que não monossílabos.

A Srta. Darcy era mais alta e corpulenta do que Elizabeth; e, embora tivesse pouco mais de dezesseis anos, suas formas eram bem desenvolvidas e sua aparência, feminina e graciosa. Não era tão bonita quanto o irmão, mas havia bom-senso e cordialidade em sua expressão, e suas maneiras eram perfeitamente modestas e corteses. Elizabeth, que esperava encontrar nela uma observadora tão crítica e impassível quanto o Sr. Darcy, sentiu-se extremamente aliviada ao discernir tamanha diferença de feitio.

Poucos momentos depois de chegar, Darcy avisou que Bingley também iria lhe apresentar seus cumprimentos; e

Elizabeth mal tivera tempo de exprimir sua satisfação e de preparar-se para receber o visitante quando ouviu na escada os passos rápidos de Bingley, e no mesmo instante ele apareceu na sala; todo o ressentimento contra ele se perdera havia muito, porém, mesmo que ainda existisse, teria sido impossível mantê-lo diante da singela cordialidade com que ele se exprimiu ao tornar a vê-la. Perguntou, de maneira cordial, embora vaga, por sua família, falando com a mesma tranquilidade bem-humorada de sempre.

Para o Sr. e a Sra. Gardiner, ele era um personagem tão interessante quanto para ela. Havia muito que desejavam conhecê-lo. O grupo todo, aliás, despertava neles a mais viva curiosidade. As suspeitas recentes a respeito de sua sobrinha e do Sr. Darcy direcionaram para ambos suas atenções, em uma análise intensa, ainda que reservada; e logo chegaram à conclusão de que pelo menos um dos dois sabia o que era o amor. Quanto aos sentimentos dela, permaneceram um pouco em dúvida; mas era evidente que o cavalheiro transbordava de fervorosa admiração.

Elizabeth, por sua vez, tinha muito que fazer. Queria se certificar dos sentimentos de cada um dos visitantes, dominar os próprios, e agradar a todos, e neste último ponto, em que mais temera falhar, podia estar mais certa do seu êxito, pois eles estavam dispostos a seu favor. Bingley estava pronto, Georgiana, ansiosa, e Darcy, determinado a se deixar agradar.

Ao ver Bingley, os pensamentos dela se dirigiram, naturalmente, para a irmã; e como ela desejou saber se os dele tomavam o mesmo rumo. Às vezes lhe parecia que ele falava menos do que antes, e em uma ou duas ocasiões ela alegrou-se com a ideia de que, ao olhar para seu rosto, ele tentava encontrar uma semelhança com outra pessoa. Mas, embora essa impressão pudesse ser imaginária, Elizabeth não poderia se enganar quanto ao comportamento dele em relação à Srta. Darcy, que fora estabelecida como rival de Jane. Nem de um lado nem de outro um só olhar deixou transparecer qualquer interesse especial. Nada ocorreu entre eles que pudesse justificar as esperanças da Srta. Bingley. Quanto a esse ponto, logo ficou satisfeita; e, antes de os visitantes irem embora, ocorreram dois ou três pequenos fatos que, segundo sua ansiosa interpretação, denotavam uma recordação terna de Jane e um desejo de dizer mais coisas que pudessem conduzir à menção do nome dela, se ele ousasse. Quando os outros conversavam entre si, Bingley observou em um tom que denotava certo pesar, que "havia muito tempo que não tinha o prazer de vê-la...", e antes que Elizabeth pudesse responder, acrescentou:

– Faz mais de oito meses. Não nos vemos desde o dia vinte e seis de novembro, quando estávamos todos dançando juntos em Netherfield.

Elizabeth ficou satisfeita ao perceber que a lembrança dele era tão exata; e depois, quando os outros estavam distraídos, ele encontrou ocasião de perguntar se *todas* as irmãs de Elizabeth estavam em Longbourn. A pergunta nada tinha de excepcional, como tampouco a observação anterior, mas havia um olhar e uma expressão que lhes conferiam significado.

Elizabeth não teve muitas oportunidades de voltar os olhos para o Sr. Darcy; mas todas as vezes que o olhava de relance surpreendia uma expressão de contentamento, e tudo o que ele dizia era em um tom tão diferente de sua antiga altivez e desdém pelos outros que Elizabeth ficou convencida de que a melhoria de suas maneiras, que presenciara na véspera, por mais temporária pudesse se provar, sobrevivera ao menos por um dia. Quando o viu assim ocupado em procurar a companhia e a boa opinião de pessoas com as quais poucos meses antes qualquer contato teria sido uma desgraça; quando o ouvia tratar com amabilidade não só a ela, Elizabeth, mas aos próprios parentes que tinha tão abertamente desdenhado, e se lembrava da última e acalorada discussão entre os dois na reitoria de Hunsford, a diferença, a mudança parecia tão grande, e a impressionava de tal maneira, que ela mal podia impedir que sua perplexidade se tornasse visível. Nunca, nem mesmo na companhia dos queridos amigos de Netherfield, ou dos parentes importantes em Rosings, o vira tão desejoso de agradar, tão livre de orgulhosas e rígidas reservas quanto agora, quando nada poderia resultar de seus esforços, e quando o simples conhecimento daquelas pessoas para as quais dirigia agora suas atenções provocaria a censura e o sarcasmo das senhoras de Netherfield e de Rosings.

Os visitantes ficaram com eles por cerca de meia hora. E, quando se levantaram para partir, o Sr. Darcy se dirigiu à irmã, pedindo que apoiasse o convite que fazia ao Sr. e à Sra. Gardiner e à Srta. Bennet para que jantassem em Pemberley antes de deixarem o condado. A Srta. Darcy, embora com uma timidez que revelava sua inexperiência em fazer convites, prontamente acedeu. A Sra. Gardiner olhou para a sobrinha, desejosa de saber se *ela*, a quem o convite principalmente se dirigia, estava disposta a aceitá-lo, Elizabeth virara o rosto. Presumindo, portanto, que essa atitude estudada exprimia mais um momentâneo embaraço que qualquer desagrado em relação à proposta, e vendo que o marido, que apreciava a sociedade, estava disposto a aceitá-la, ela consentiu, e o jantar foi marcado para dali a dois dias.

Bingley expressou grande prazer na certeza de rever Elizabeth, pois tinha ainda muito que dizer e muitas perguntas a fazer sobre os amigos de Hertfordshire. Elizabeth, interpretando aquilo tudo como um desejo de ouvir falar em Jane, ficou satisfeita; e por conta dessa e de outras coisas, depois que os visitantes partiram pôs-se a pensar naquela última meia hora com alguma satisfação, embora seu prazer tivesse sido pequeno durante a visita. Ansiosa por ficar a sós, e temendo perguntas e alusões dos tios, permaneceu em companhia destes apenas o tempo necessário para ouvir suas opiniões favoráveis sobre Bingley e logo deixou-os apressadamente, sob o pretexto de se vestir.

Mas ela não tinha razão de temer a curiosidade do Sr. e da Sra. Gardiner; não era o desejo deles forçar suas confidências. Era evidente que ela conhecia o Sr. Darcy muito mais intimamente do que tinham suposto. Era evidente que ele estava muito apaixonado por ela. Viam naquilo um motivo de interesse, mas não de indagações.

Quanto ao Sr. Darcy, ansiavam por imaginar as melhores coisas a seu respeito. Até onde se estendiam suas relações, não encontravam nele nenhum defeito. Não podiam deixar de se sentir tocados por sua cortesia e, se tivessem definido seu caráter pelas próprias impressões e pelas informações da criada, a sociedade de Hertfordshire, onde ele tinha residido, não o teria reconhecido. Havia agora, entretanto, interesse em acreditar nas palavras da governanta, e em pouco tempo chegaram à conclusão de que a opinião de uma criada que o conhecera desde os quatro anos, e cujas maneiras eram as de uma pessoa respeitável, não poderia ser rejeitada sumariamente. Seus amigos de Lambton, por outro lado, não sabiam de nenhum fato que pudesse diminuir o valor daquele testemunho. De nada o acusavam senão de orgulho; e orgulho ele provavelmente possuía. Mesmo se não fosse o caso, o defeito lhe seria imputado pelos habitantes de uma pequena cidade comercial onde a família não possuía relações. Todos reconheciam, no entanto, que era um homem generoso e fazia bem aos pobres

No que dizia respeito a Wickham, os visitantes logo descobriram que não era muito estimado no lugar; pois, embora nada de preciso se soubesse sobre as suas relações com o filho de seu protetor, era sabido que ao sair de Derbyshire deixara muitas dívidas e que o Sr. Darcy mais tarde as tinha saldado.

Quanto a Elizabeth, seus pensamentos estavam Pemberley, mais naquela noite do que na anterior; e, embora as horas parecessem passar lentamente, não foram suficientes para que compreendesse seus sentimentos em relação a *um* dos habitantes da mansão; e ficou duas horas acordada, tentando defini-los. Certamente não o odiava. Não; o ódio havia muito se dissipara, e havia muito também que se envergonhava de ter nutrido por ele alguma antipatia, se é que podia chamar assim. O respeito que suas valiosas qualidades lhe inspiravam, embora a princípio admitido com relutância, já não lhe causava aversão; e agora se transformava em um sentimento mais amigável, graças a testemunhos tão favoráveis a ele, e colocavam seu caráter sob a luz favorável que suas atitudes tinham produzido na véspera. Mas, acima de tudo, acima do respeito e da estima, encontrava em si mesma um motivo de boa vontade que seria impossível desprezar. Era gratidão. Gratidão não somente porque ele a âmara, mas porque ainda a amava o bastante para perdoar toda a aspereza e a petulância com que ela o rejeitara, e todas as acusações injustas com que acompanhara a rejeição. Ele que, como imaginara, a evitaria como à sua maior inimiga, durante aquele encontro acidental pareceu ansioso por manter a amizade, e sem qualquer exibição indelicada de sentimentos ou qualquer excentricidade de maneiras no que dizia respeito apenas aos dois, procurava também a boa opinião de seus amigos, e insistira em apresentá-la à irmã. Uma mudança como aquela em um homem tão orgulhoso produzia não somente espanto, mas gratidão, pois ao amor, a um amor ardente, deveria ser atribuída. E como tal, a impressão que causava nela podia ser encorajada, pois de forma alguma era desagradável, embora não estivesse definida claramente. Ela o respeitava, o estimava e era-lhe grata; tinha um interesse verdadeiro por seu bem-estar; e precisava apenas saber até que ponto desejava que aquele bem-estar dependesse dela; e quanto valeria para a felicidade de ambos que ela empregasse o poder, que imaginava ainda possuir, de fazê-lo renovar sua declaração.

Ficara decidido naquela noite, entre a tia e a sobrinha, que uma cortesia tão decisiva como a que manifestara a Srta. Darcy, indo visitá-los no mesmo dia de sua chegada a Pemberley, pois ela só chegara em casa a tempo de um desjejum tardio, devia ser retribuída, embora não pudesse ser igualada, por um esforço de educação da parte delas; e, consequentemente, que seria muito adequado fazer uma visita a Pemberley na manhã seguinte. Elas deviam, portanto, ir até lá. Elizabeth ficou contente. No entanto, quando perguntou a si mesma o motivo desse contentamento, não encontrou resposta.

O Sr. Gardiner saiu logo depois do café da manhã. O plano da pescaria fora renovado no dia anterior, e um encontro foi marcado com alguns dos cavalheiros em Pemberley, ao meio-dia.

45

Convencida, como estava agora, de que a antipatia da Srta. Bingley era devida ao ciúme, Elizabeth não podia deixar de sentir que sua presença em Pemberley seria muito desagradável para ela, e estava curiosa para saber com que grau de amabilidade da parte da Srta. Bingley suas relações seriam agora renovadas.

Ao chegarem à casa, foram conduzidas através do hall de entrada à sala de visitas, que, dando para o lado norte, era muito agradável no verão. Suas janelas abriam-se para o pátio, descortinando uma vista encantadora das altas colinas recobertas de árvores e dos belos carvalhos e castanheiras espalhados sobre o gramado próximo.

Nesse aposento, foram recebidas pela Srta. Darcy, que estava acompanhada pela Sra. Hurst, pela Srta. Bingley e pela senhora que morava com ela em Londres. Georgiana as recebeu com toda a amabilidade; embora em sua atitude transparecesse aquele embaraço derivado da timidez e do medo de errar, e que poderia facilmente ser tomado por orgulho e reserva pelas pessoas que se sentissem inferiores. A Sra. Gardiner e a sobrinha, no entanto, lhe faziam justiça e se compadeciam dela.

Pela Sra. Hurst e pela Srta. Bingley foram recebidas com uma mera reverência; e depois que se sentaram, uma pausa, constrangedora como sempre são essas pausas, persistiu durante alguns instantes. Foi quebrada pela Sra. Annesley, uma senhora gentil e de aparência agradável, cuja tentativa para introduzir algum tipo de assunto dava provas de que tinha mais educação do que qualquer uma das outras; e entre ela e a Sra. Gardiner, com o apoio ocasional de Elizabeth, a conversa foi estabelecida. A Srta. Darcy parecia desejar apenas um pouco de coragem para se juntar a elas; e às vezes arriscava uma frase curta, quando parecia não haver muito perigo de ser ouvida.

Elizabeth percebeu desde logo que estava sendo atentamente observada pela Srta. Bingley, e que não podia dizer uma só palavra, sobretudo para a Srta. Darcy, sem despertar sua atenção. Essa observação não a teria impedido de tentar conversar com a Srta. Darcy, se não estivessem sentadas a uma distância tão inconveniente; mas não lamentava ser poupada da necessidade de falar muito. Seus próprios pensamentos a absorviam. Esperava, a qualquer momento, que alguns dos cavalheiros entrassem na sala. Desejava e temia que o dono da casa estivesse entre eles; e se mais desejava ou mais temia, era incapaz de definir. Depois de permanecerem sentadas por quinze minutos, sem ouvir a voz da Srta. Bingley, esta chamou a atenção de Elizabeth com uma fria pergunta sobre a saúde de sua família. Ela respondeu com igual indiferença e concisão, e a outra nada mais disse.

O acontecimento seguinte foi a entrada de criados, que traziam travessas de carne fria, bolos e uma grande variedade das melhores frutas da estação; mas isso não aconteceu senão depois de muitos olhares significativos e sorrisos da Sra. Annesley, dirigidos à Srta. Darcy para que se lembrasse de sua posição.

Havia agora ocupação suficiente para o grupo inteiro; pois, embora nem todas pudessem conversar, todas podiam comer; e as belas pirâmides de uvas, ameixas e pêssegos logo as reuniram em torno da mesa.

Assim ocupada, Elizabeth teve uma boa oportunidade para decidir se realmente temia o aparecimento do Sr. Darcy, ou se o desejava, quando o próprio entrou na sala; e então, embora no momento anterior seu desejo tivesse predominado, começou a lamentar que ele estivesse ali.

O Sr. Darcy estivera durante algum tempo com o Sr. Gardiner, que pescava em companhia de outros dois ou três cavalheiros da casa, e o havia deixado apenas ao saber que Elizabeth e a tia pretendiam visitar Georgiana naquela manhã. Assim que apareceu, Elizabeth resolveu, com sensatez, mostrar-se calma e desembaraçada; uma resolução extremamente necessária, mas não muito fácil de cumprir, pois percebeu que as suspeitas de todo o grupo se dirigiam para eles, e dificilmente algum olhar não observou a atitude dele quando entrou na sala. Em nenhuma fisionomia se espelhava uma curiosidade tão forte quanto na da Srta. Bingley, apesar dos sorrisos derramados cada vez que se dirigia a quem eram direcionados; pois o ciúme ainda não a tornara desesperada, e de forma alguma desistira de cobrir o Sr. Darcy de atenções. Após a chegada do irmão, a Srta. Darcy começou a fazer esforços ainda maiores para falar; e Elizabeth percebeu que ele ansiava que a irmã a conhecesse melhor, encorajando todas as tentativas de conversa entre elas. A Srta. Bingley também percebeu; e, na imprudência da cólera, aproveitou a primeira oportunidade para dizer, com irônica amabilidade:

– É verdade, Srta. Eliza, que o regimento da milícia de ...shire foi removido de Meryton? Deve ter sido uma grande perda para a *sua* família.

Na presença de Darcy, ela não ousava mencionar o nome de Wickham; mas Elizabeth compreendeu imediatamente que ela tinha em mente; e as muitas recordações ligadas a ele lhe produziram um momento de angústia; mas, esforçando-se para repelir vigorosamente aquele ataque mal-intencionado, respondeu em tom bastante indiferente. Enquanto falava, lançando um olhar involuntário para Darcy, percebeu que ele a olhava fixamente com a expressão alterada, e que sua irmã, bastante confusa, parecia incapaz de levantar os olhos. Se a Srta. Bingley soubesse que causava tamanho constrangimento à sua querida amiga, teria desistido da indireta; mas sua intenção fora apenas perturbar Elizabeth, aludindo a um homem por quem acreditava que esta nutria afeição; e revelando nela uma suscetibilidade que poderia prejudicá-la aos olhos de Darcy, com a lembrança das loucuras e os absurdos que ligavam membros da família dela ao regimento. Nenhuma sílaba sobre a fuga planejada da Srta. Darcy jamais chegara ao conhecimento da Srta. Bingley. A nenhuma outra criatura aquilo fora revelado, além de Elizabeth; e Darcy desejava particularmente esconder esse fato dos Bingley, devido à esperança que Elizabeth havia muito lhe atribuía de que um dia sua irmã entrasse para a família. Ele certamente fizera aquele plano, e, embora não admitisse que tal intenção tivesse pesado em sua tentativa de separar o amigo da Srta. Bennet, era provável que aumentasse seu interesse pelo bem-estar do amigo.

O comportamento reservado de Elizabeth, entretanto, logo o tranquilizou; e como a Srta. Bingley, aborrecida e desapontada, não ousou fazer nenhuma alusão mais direta a Wickham, Georgiana também voltou a si aos poucos, mas não se atreveu a dizer mais uma só palavra. Seu irmão, cujos olhos temia encontrar, mal considerou seu interesse no caso, e aquele ataque com propósito de afastar os pensamentos dele de Elizabeth, pareceu tê-los fixado nela com mais força, e mais satisfação.

A visita não durou muito depois da pergunta e da resposta anteriormente mencionadas; e, enquanto o Sr. Darcy acompanhava as senhoras à carruagem, a Srta. Bingley dava vazão a seus sentimentos e críticas em relação a Elizabeth; sua presença, suas maneiras e seu vestido. Mas Georgiana não a encorajava. A recomendação do irmão lhe era suficiente; seu julgamento não poderia estar errado, e ele falara em Elizabeth em termos tão elogiosos, que Georgiana não poderia fazer nada, senão considerá-la adorável e gentil. Quando Darcy voltou à sala de visitas, a Srta. Bingley não pôde deixar de repetir parte do que dissera à irmã dele.

– Como a aparência de Eliza Bennet estava desagradável esta manhã, Sr. Darcy – exclamou ela. – Nunca vi uma pessoa mudar tanto em tão pouco tempo, como ela mudou desde o inverno. Sua pele está muito escura e áspera! Louisa e eu estávamos dizendo que quase não a reconhecemos.

Por mais que essas palavras desagradassem o Sr. Darcy, ele se limitou a responder com frieza que não percebera nela qualquer alteração, a não ser que estava um pouco bronzeada, fato que nada tinha de milagroso quando uma pessoa viajava no verão.

– De minha parte – continuou a Srta. Bingley –, devo confessar que nunca encontrei qualquer beleza nela. Seu rosto é fino demais; a pele não tem brilho; e os traços não são nada bonitos. Ao nariz falta caráter; não há força em suas linhas. Seus dentes são passáveis, mas nada têm de extraordinário; e quanto aos olhos, que já foram algumas vezes considerados tão belos, não vejo neles nada de excepcional. Têm uma expressão penetrante e agressiva que não me agrada em absoluto; e em suas maneiras há uma independência deselegante que acho intolerável.

Persuadida como a Srta. Bingley estava de que Darcy admirava Elizabeth, escolhia um método pouco eficiente de recomendar a si mesma; mas pessoas irritadas nem sempre agem com sabedoria; e ao perceber nele um olhar ofendido, conseguiu todo êxito que esperava. No entanto, ele permaneceu resolutamente calado; e, decidida a fazê-lo falar, ela prosseguiu:

– Lembro-me, quando a vimos pela primeira vez em Hertfordshire, de como nos surpreendemos de que ela fosse conhecida pela beleza; e lembro-me especialmente de ouvi-lo dizer, certa noite, após um jantar ao qual eles compareceram em Netherfield: "*Ela*, bonita? Antes eu diria que a mãe dela é inteligente." Mas, depois disso, ela parece ter ganhado sua admiração, pois creio já tê-lo ouvido dizer uma vez que a considera bastante bonita.

– Sim – replicou Darcy, incapaz de se conter por mais tempo –, mas *isso* foi quando a vi pela primeira vez, pois há muito tempo a considero uma das mais belas mulheres que conheço.

Então ele saiu. A Srta. Bingley foi deixada com a satisfação de tê-lo forçado a dizer algo que não magoava a ninguém, a não ser a si mesma.

Enquanto regressavam, a Sra. Gardiner e Elizabeth conversaram a respeito de tudo o que tinha acontecido durante a visita, exceto sobre o que as havia interessado particularmente. A aparência e o comportamento de todos foram discutidos, exceto os da pessoa que lhes atraíra a atenção. Falaram sobre sua irmã, seus amigos, sua casa, suas frutas, sobre tudo, menos sobre ele. No entanto, Elizabeth ansiava por saber o que a Sra. Gardiner pensava; e a Sra. Gardiner teria ficado muito satisfeita se Elizabeth tivesse começado o assunto.

46

Elizabeth ficara muito desapontada, ao chegar a Lambton, por não encontrar uma carta de Jane; e esse desapontamento se renovara a cada manhã; mas, no terceiro dia, sua aflição terminou, e sua irmã foi justificada, pois recebeu duas cartas suas ao mesmo tempo, uma das quais estava marcada como extraviada. Elizabeth não se surpreendeu, pois Jane tinha escrito o endereço de maneira quase ilegível.

Estavam se preparando para passear quando as cartas chegaram; e o tio e a tia, deixando-a para que as desfrutasse em paz, partiram sozinhos. A primeira carta devia ser lida antes; fora escrita havia cinco dias. O começo continha um relato de todas as pequenas reuniões e compromissos da família, com as últimas novidades da região; mas a segunda metade, escrita no dia seguinte sob evidente agitação, trazia notícias mais importantes. Assim dizia:

> Desde que comecei esta carta, querida Lizzy, aconteceu um fato inesperado e muito sério; mas temo alarmá-la, esteja certa de que todos estão bem. O que tenho a contar diz respeito à nossa pobre Lydia. Uma mensagem urgente chegou ontem às dez horas da noite, quando tínhamos acabado de nos deitar, mandado pelo coronel Forster, para informar-nos que ela tinha partido para a Escócia com um de seus oficiais; para falar a verdade, com Wickham! Imagine nossa surpresa. Para Kitty, entretanto, não pareceu tão inesperado. Estou muito, muito triste. Um casamento muito imprudente para ambos! Mas quero esperar o melhor e fazer o possível para acreditar que o caráter dele foi mal compreendido. Leviano e indiscreto não tenho dúvidas de que ele é, mas esse ato (e nos alegremos por isso) não me parece revelar um mau coração. Sua escolha é desinteressada, ao menos, pois ele deve saber que papai nada pode dar a ela. Nossa pobre mãe está muito desgostosa. Meu pai está suportando melhor. Como estou grata por não termos contado a eles o que sabíamos contra Wickham; nós mesmas precisamos esquecer essas coisas. Partiram no sábado à meia-noite, ao que parece, mas sua ausência não foi notada senão ontem, às oito da manhã. A mensagem foi enviada imediatamente. Minha querida Lizzy, eles devem ter passado a quinze quilômetros de distância daqui.

O coronel Forster nos dá motivos para esperá-lo em breve. Lydia deixou algumas linhas para sua esposa, informando-a sobre a intenção dos dois. Preciso terminar por aqui, pois não posso me afastar muito tempo de minha mãe. Temo que você não consiga compreender esta carta, pois eu nem sei bem o que escrevi.

Sem tomar tempo para refletir, e sem saber exatamente o que sentia ao acabar essa carta, Elizabeth abriu imediatamente a outra, com grande impaciência, e leu o que se segue. Fora escrita um dia depois da conclusão da primeira:

A esta altura, minha cara irmã, você já deve ter recebido minha apressada carta; espero que esta seja mais inteligível, mas, embora disponha agora de tempo, minha cabeça está tão confusa, que não me responsabilizo pela coerência de minhas palavras. Minha querida Lizzy, nem sei o que escrever, mas tenho más notícias que não podem ser adiadas. Por imprudente que seja o casamento do Sr. Wickham com nossa pobre Lydia, estamos agora ansiosos para ter certeza de que foi mesmo realizado, pois existem bons motivos para acreditar que eles não foram para a Escócia. O coronel Forster chegou aqui ontem, tendo deixado Brighton no dia anterior, poucas horas depois de ter enviado a mensagem. Embora o bilhete de Lydia para a Sra. F. desse a entender que eles tinham ido para Gretna Green, Denny deixou escapar sua opinião de que W. nunca pretendera ir para lá, muito menos se casar com Lydia, o que foi repetido para o coronel F., que percebendo a gravidade da situação, partiu imediatamente de B. no encalço dos fugitivos. Conseguiu rastreá-los facilmente até Clapham, mas não além; pois ao chegarem lá tinham tomado um coche de aluguel e dispensado a carruagem que os levara de

Epsom. Tudo o que se sabe deles depois disso é que foram vistos na estrada para Londres. Não sei o que pensar. Depois de fazer todas as indagações possíveis daquele lado, o coronel F. veio para Hertfordshire, repetindo-as ansiosamente por todas as estradas e hospedarias, em Barnet e Hatfield, mas sem sucesso; ninguém os tinha visto passar. Com a mais gentil das preocupações, veio a Longbourn e nos revelou seus temores de uma forma muito honrosa para seu caráter. Estou sinceramente penalizada por ele e pela Sra. F., mas ninguém poderia jogar a culpa neles. Nossa aflição, minha querida Lizzy, é muito grande. Papai e mamãe acreditam no pior, mas não posso pensar tão mal dele. Muitas circunstâncias podem tornar mais provável que tenham se casado em segredo em Londres do que continuado com o projeto original; e, mesmo que *ele* fosse capaz de desígnios tão perversos contra uma moça bem-relacionada como Lydia, o que não é provável, devo supor que ela tenha perdido o juízo a tal ponto? Impossível. Lamento, no entanto, dizer que o coronel Forster não acredita no casamento; balançou a cabeça quando exprimi minhas esperanças e disse temer que W. não seja um homem digno de confiança. Minha pobre mãe está realmente doente, e não sai do quarto. Se ela fizesse um esforço, seria melhor, mas não devemos esperar que isso aconteça; quanto a papai, nunca em minha vida o vi tão perturbado. A pobre Kitty está penalizada por ter escondido a ligação entre os dois; mas, como era um segredo, não se pode censurá-la. Estou muito contente, minha cara Lizzy, que você tenha sido poupada de algumas dessas cenas angustiantes; mas agora que o choque inicial passou, posso admitir que espero com ansiedade por seu regresso? Não serei egoísta, entretanto, a ponto de pressioná-la, se não lhe for conveniente. Adeus. Tomo novamente minha pena para fazer o contrário do que acabo de lhe dizer, mas as circunstâncias são tais, que não posso deixar de suplicar que vocês todos venham o mais cedo possível. Conheço meu caro tio e minha tia tão bem, que não tenho medo de solicitar ajuda, embora ainda tenha outro pedido a fazer ao primeiro. Meu pai partirá para Londres com o coronel Forster imediatamente, a fim de encontrá-la. O que ele pretende fazer, não sei; mas sua imensa angústia o impedirá de agir de forma sensata e segura, e o coronel Forster precisa estar de volta a Brighton amanhã à tarde. Em uma circunstância como esta, os conselhos e o auxílio de meu tio seriam inestimáveis; ele compreenderá imediatamente o que sinto, e confio na bondade dele.

– Oh! Onde está meu tio? – exclamou Elizabeth, dando um salto da cadeira, na ansiedade de ir ter com ele sem perder de um precioso minuto; mas, ao chegar à porta, esta foi aberta por um criado e o Sr. Darcy apareceu. A palidez do rosto de Elizabeth e seus gestos agitados o sobressaltaram, e, antes que ele pudesse voltar a si e falar, ela, em cuja mente qualquer pensamento fora suplantado pela situação de Lydia, exclamou apressadamente:

– Peço perdão, mas tenho de ir. Preciso encontrar o Sr. Gardiner imediatamente. O assunto é urgente; não tenho um instante a perder.

– Meu Deus! O que aconteceu? – exclamou ele, com mais sentimento do que educação; mas, voltando a si, acrescentou: – Não a deterei um só minuto. Mas deixe que eu ou um criado vá procurar o Sr. e a Sra. Gardiner. No estado em que se encontra, não pode ir pessoalmente.

Elizabeth hesitou, mas seus joelhos tremiam, e ela compreendeu que seria de pouca ajuda na busca. Chamando o criado, portanto, encarregou-o, embora tão afobada que mal se fazia entender, de trazer o patrão e a patroa para casa imediatamente.

Quando o criado saiu, Elizabeth sentou-se, incapaz de ficar de pé, e seu estado era tão lamentável, que foi impossível para Darcy deixá-la ou evitar dizer, em um tom suave e piedoso:

– Deixe-me chamar sua criada. Não há nada que possa tomar para ter algum alívio? Um copo de vinho? Devo servir-lhe um? A senhorita parece estar muito mal.

– Não, obrigada – replicou ela, procurando dominar-se. – Não há nenhum problema comigo. Estou me sentindo bem. Estou apenas aflita por causa de péssimas notícias que acabo de receber de Longbourn.

Ela desfez-se em lágrimas ao aludir àquele fato; e, durante alguns minutos, não pôde falar. Darcy, em penalizada expectativa, pôde apenas exprimir vagamente sua preocupação e observá-la em um silêncio piedoso. Afinal ela tornou a falar:

– Acabo de receber uma carta de Jane, com terríveis notícias. Não é possível escondê-las de ninguém. Minha irmã mais nova abandonou todos os seus amigos; fugiu, entregou-se ao... ao Sr. Wickham. Partiram juntos de Brighton. *O senhor* o conhece bem demais para ter dúvidas quanto ao resto da história. Ela não tem dinheiro, relações, nada que possa tentá-lo a... está perdida para sempre.

Darcy estava paralisado de espanto.

– E quando penso – acrescentou ela, em um tom ainda mais agitado – que *eu* poderia ter evitado isto! *Eu*, que sabia quem ele era. Se tivesse apenas revelado uma parte do que sabia, uma parte do que tinha descoberto, para minha própria família! Se o caráter dele fosse conhecido, nada disso teria acontecido. Mas agora é tarde, tarde demais.

– Estou realmente penalizado – exclamou Darcy –, consternado... chocado. Mas isto é certo, absolutamente certo?

– Oh, sim! Eles deixaram Brighton na madrugada de domingo e foram seguidos quase até Londres, mas só até lá; certamente não foram para a Escócia.

– E o que foi feito? O que se tentou para recuperá-la?

– Meu pai foi para Londres e Jane escreveu pedindo o auxílio imediato de meu tio; e devemos partir, espero, dentro de meia hora. Mas nada mais pode ser feito; sei muito bem que nada pode ser feito. Como obrigar um homem como aquele a proceder corretamente? Como ao menos descobrir seu paradeiro? Não tenho a menor esperança. É horrível!

Darcy sacudiu a cabeça, em uma silenciosa aquiescência.

– Quando *meus* olhos foram abertos para o caráter real daquele homem... Oh! Se eu soubesse o que deveria fazer! Mas eu não sabia... temia ir longe demais. Triste, triste erro.

Darcy não respondeu. Mal parecia ouvi la, e caminhava de um lado para outro da sala, em profunda meditação; suas sobrancelhas estavam contraídas, a expressão, sombria. Elizabeth compreendeu imediatamente: sua influência sobre ele estava desmoronando; qualquer coisa *deveria* desmoronar diante de tal demonstração de fraqueza de parte de sua família, de tamanha demonstração da mais profunda desonra. Ela não poderia se surpreender nem condená-lo, mas a crença de que ele exercia sobre si mesmo um grande domínio não lhe trouxe consolo algum, não ofereceu qualquer alívio para sua angústia. Foi, pelo contrário, perfeitamente calculado para que ela compreendesse seus próprios desejos; e ela nunca sentira tão claramente que poderia tê-lo amado, como naquele momento, quando todo o amor era vão.

Mas as considerações pessoais, embora lhe ocorressem, não a absorviam. Lydia, a humilhação, a desgraça que ela estava causando à família, logo subjugaram todas as preocupações particulares; e, cobrindo o rosto com seu lenço, Elizabeth esqueceu tudo o mais. Depois de uma pausa de vários minutos, só voltou à realidade quando ouviu a voz do companheiro, em um tom que, embora transparecesse piedade, mostrava contenção:

– Creio que há muito está desejando minha ausência, e nada tenho para justificar minha permanência a não ser minha sincera, embora inútil, preocupação. Quisera poder dizer ou fazer alguma coisa que pudesse oferecer consolo a uma angústia tão grande! Mas não a atormentarei mais com meus vãos desejos, que podem parecer destinados a angariar sua gratidão. Creio que este infeliz acontecimento impedirá minha irmã de ter o prazer de vê-la hoje em Pemberley.

– Oh, sim, por favor, dê nossas desculpas à Srta. Darcy. Diga que negócios urgentes nos obrigam a voltar imediatamente. Esconda a infeliz verdade o máximo que puder. Sei que não pode ser por muito tempo.

Ele garantiu que Elizabeth podia contar com sua discrição, tornou a exprimir seus sentimentos pela aflição dela, desejou que o caso tivesse um desfecho mais favorável do que prometia no momento, e, deixando seus cumprimentos para os tios, com apenas um grave olhar de despedida, partiu.

Depois que ele saiu da sala, Elizabeth sentiu que era muito pouco provável que tornassem a se encontrar em termos tão cordiais como os que tinham marcado seus vários encontros em Derbyshire; e, ao lançar um olhar retrospectivo sobre a história de sua amizade com Darcy, tão cheia de contradições e surpresas, suspirou diante da perversidade dos sentimentos que a faziam desejar prolongá-las, quando anteriormente teriam se rejubilado com seu término.

Se a gratidão e a estima são bons fundamentos para a afeição, a mudança nos sentimentos de Elizabeth não foi improvável nem errada. Mas, pelo contrário, se a afeição oriunda de tais motivos é insensata e pouco natural, em comparação àquela que em geral dizem se originar no exato instante do encontro, e até mesmo antes que duas palavras sejam trocadas, nada poderia ser dito em defesa de Elizabeth, exceto que ela experimentara este último método com Wickham e que seu fracasso talvez a autorizasse a procurar outra espécie menos interessante de ligação. Seja como for, ela o viu partir com tristeza; e diante desse primeiro exemplo do que a leviandade de Lydia produziria, encontrou um sofrimento adicional ao refletir sobre o infeliz caso. Nem por um momento, desde que lera a segunda carta de Jane, tivera esperanças de que Wickham pretendesse se casar com a irmã. Ninguém, a não ser Jane, pensou ela, poderia alimentar tais esperanças. Surpresa fora um dos sentimentos menos presentes diante do fato. Ao ler a primeira carta, surpreendera-se enormemente de que Wickham quisesse se casar com uma jovem sem ser por dinheiro; e como Lydia o conquistara parecera incompreensível. Mas agora estava tudo claro demais. Para uma conquista daquele tipo, ela tinha encantos suficientes; e, mesmo não acreditando que Lydia consentiria deliberadamente em uma fuga sem intenção de casamento, tinha razões para acreditar que nem sua virtude nem sua inteligência a preservariam de se tornar uma presa fácil.

Enquanto o regimento estivera em Hertfordshire, nunca percebera que Lydia manifestasse alguma preferência por ele; mas estava convencida de que ela precisava apenas de encorajamento para apegar-se a qualquer um. Mudava constantemente de favorito entre os oficiais, cujas atenções os elevavam em seu conceito. Sua afeição sofria constantes flutuações, mas nunca sem um objeto. O dano que poderiam causar a negligência e a comiseração equivocada em relação a uma jovem com aquela. Oh! Como o sentia de forma aguda agora.

Elizabeth estava ansiosa para chegar em casa, para ver, ouvir, compartilhar com Jane os cuidados que agora deviam recair inteiramente sobre ela, em uma família tão desorganizada; um pai ausente e um mãe incapaz de um esforço e exigindo constantes cuidados. Embora convencida de que nada poderia ser feito por Lydia, a interferência do tio parecia ser da maior importância, e até que ele entrasse na sala, foi difícil controlar a própria impaciência. O Sr. e a Sra. Gardiner tinham voltado às pressas, alarmados, supondo pelo relato do criado que a sobrinha tivesse adoecido repentinamente. Depois de tranquilizá-los sobre esse ponto, Elizabeth se apressou em comunicar o motivo do recado que enviara, lendo as duas cartas em voz alta, e insistindo no *postscriptum* da última com trêmula veemência. Embora Lydia nunca tivesse sido a favorita dos tios, o Sr. e a Sra. Gardiner ficaram profundamente aflitos. Não era Lydia apenas, todos eles seriam atingidos por aquilo. E, depois das primeiras exclamações de surpresa e de horror, o Sr. Gardiner imediatamente prometeu todo o auxílio de que fosse capaz. Elizabeth, embora não esperasse menos, agradeceu com lágrimas de reconhecimento; e, como os três estavam imbuídos do mesmo espírito, os detalhes relativos à viagem foram rapidamente combinados. Deviam partir o mais depressa possível.

– Mas que faremos com relação a Pemberley? – exclamou a Sra. Gardiner. – John nos contou que o Sr. Darcy estava aqui quando você mandou nos chamar. É verdade?

– Sim; e eu disse a ele que não poderíamos cumprir nosso compromisso. *Isso* já está resolvido.

"Isso já está resolvido?", repetiu a outra para si mesma, enquanto corria para o quarto a fim de se preparar. "E eles já estão em termos tais que toda a verdade possa ser relevada? Oh! Quisera eu saber!."

Mas esses desejos eram vãos; ou, no máximo, poderiam servir para distraí-la da confusão e pressa da hora seguinte. Se Elizabeth tivesse tido tempo livre, na aflição em que se encontrava não poderia ter achado nenhuma distração; mas ela, assim como a tia, também tinha sua parte a fazer nos preparativos, e, entre outras coisas, precisava escrever bilhetes a todos os amigos em Lambton, apresentando desculpas falsas pela partida tão repentina. Em uma hora, entretanto, tudo estava pronto; e como o Sr. Gardiner já pagara a conta da hospedaria naquele meio-tempo, nada lhes restava fazer senão partir; e Elizabeth, depois de todas as aflições da manhã, encontrou-se, mais cedo do que esperava, instalada na carruagem a caminho de Longbourn.

47

— Estive refletindo, Elizabeth – disse seu tio, enquanto a carruagem saía da cidade –, e realmente, pensando bem, estou muito mais inclinado do que estava em concordar com o julgamento que sua irmã mais velha faz sobre o caso. Parece-me tão pouco provável que um rapaz qualquer intentasse um desígnio desses contra uma moça que não é de forma alguma desamparada e nem carece de relações, e que, além disso, estava hospedada com a família do coronel de seu regimento, que estou fortemente inclinado a acreditar no melhor. Poderia ele supor que os amigos dela não interviriam a seu favor? Poderia esperar ser novamente aceito pelo regimento depois de tal afronta ao coronel Forster? O risco seria maior do que a tentação.

– Pensa de fato assim? – exclamou Elizabeth, subitamente esperançosa.

– Dou-lhe minha palavra – disse a Sra. Gardiner – que começo a concordar com seu tio. É uma violação grande demais da decência, da honra e do bom-senso para que o acusemos disso. Não consigo pensar tão mal de Wickham. Sua própria opinião, Lizzy, poderia ter mudado tanto a respeito dele a ponto de julgá-lo capaz tal ato?

– Não o julgo, talvez, capaz de negligenciar os próprios interesses. Mas de todos os demais descuidos eu o julgo capaz. Se ao menos pudesse ser como dizem! Mas não ouso esperar. Por que não teriam ido para a Escócia, se fosse o caso?

– Em primeiro lugar – replicou o Sr. Gardiner –, não há qualquer prova de que não tenham ido para a Escócia.

– Oh! Mas o fato de terem trocado a carruagem por um coche de aluguel é uma boa indicação! E, além disso, não se achou nenhum sinal de sua passagem pela estrada de Barnet.

– Bem, então suponhamos que estejam em Londres. Podem ter ido para lá apenas para se esconder, sem qualquer outro propósito. Não é provável que tenham muito dinheiro; e podem ter percebido que seria ser mais econômico, além de menos trabalhoso, casar-se em Londres do que na Escócia.

– Mas por que todo esse mistério? Por que o medo de que os descubram? Por que o casamento tem de ser secreto? Não, não, isto não é provável. Seu amigo mais íntimo, como leram na carta de Jane, estava convencido de que ele nunca teve intenção de se casar com ela. Wickham nunca se casaria com uma mulher sem alguma fortuna. Não pode ser dar a esse luxo. E que interesse Lydia pode ter, que encanto além da juventude, da saúde e do bom humor, que o fizesse renunciar a um bom casamento por sua causa? Até que ponto a apreensão de ofender os brios do regimento poderia fazê-lo hesitar em uma fuga desonrosa com ela, não sei, pois desconheço os efeitos que um ato assim pode produzir. Mas, quanto à sua outra objeção, não creio que tenha muito peso. Lydia não tem irmãos para defendê-la; e ele pode imaginar, conhecendo o comportamento de meu pai, conhecendo sua indolência e a pouca atenção que parece dar à família, que *ele* faria tão pouco por ela e pensaria tão pouco no assunto quanto qualquer outro pai na mesma situação.

– Mas você acha que Lydia está tão perdidamente apaixonada que consinta em viver com um homem em outros termos que não o casamento?

– É o que parece, e é muito chocante, de fato – respondeu Elizabeth, com lágrimas nos olhos –, que o senso de decência e a virtude de uma irmã possam ser postos em dúvida. Mas não sei o que dizer. Talvez esteja sendo injusta. Mas ela é muito nova; nunca foi ensinada a pensar em coisas sérias; e durante os últimos seis meses, ou melhor, durante o último ano, ela se entregou sem reservas à vaidade e à diversão. Ganhou a liberdade de dispor de seu tempo da maneira mais frívola e inútil, e de adotar as opiniões de quem quisesse. Desde que o regimento de ...shire chegou a Meryton, ela não pensou em outra coisa senão amor, flertes e oficiais. Ela vinha fazendo tudo o que podia, ao falar e pensar no assunto, para aumentar... como direi?... a suscetibilidade dos próprios sentimentos, já por natureza facilmente inflamáveis. E todos sabemos que Wickham tem charme e maneiras de sobra para cativar uma mulher.

– Mas veja que Jane – disse a tia – não pensa tão mal de Wickham a ponto de julgá-lo capaz de tal atentado.

– De quem Jane algum dia pensou mal? E quem, fossem quais fossem seus antecedentes, ela julgaria capaz de tal atentado, até que ficasse provado? Mas Jane sabe tanto quanto eu quem Wickham realmente é. Ambas sabemos que é um homem dissoluto em todos os sentidos da palavra. Que não tem integridade nem honra. Que é tão falso e mentiroso quanto insinuante.

– E você sabe mesmo disso tudo? – exclamou a Sra. Gardiner, cuja curiosidade no que dizia respeito àquela informação era grande.

– Na verdade, sei – replicou Elizabeth, corando. – Já lhes contei no outro dia sobre a conduta infame dele em relação ao Sr. Darcy; e a senhora mesma, quando esteve em Longbourn da última vez, ouviu em que termos ele falou de um homem que se mostrou tão generoso e tolerante com ele. Existem outras circunstâncias que não tenho liberdade... que não valem a pena mencionar; mas as mentiras dele a respeito da família de Pemberley são inúmeras. Baseada no que ele disse sobre a Srta. Darcy, eu estava pronta a encontrar uma moça orgulhosa, fechada, desagradável. No entanto, ele próprio sabia que era o contrário. Ele deve saber que ela é tão amável e modesta como a consideramos.

– Mas Lydia nada sabe disso? Será que ela ignora tudo o que você e Jane parecem compreender tão bem?

– Oh, sim! Isso é o pior de tudo. Até ir a Kent, e travar um contato mais frequente com o Sr. Darcy e com seu primo, o coronel Fitzwilliam, eu mesma ignorava a verdade. E quando voltei para casa, o regimento de ...shire estava para deixar Meryton em uma ou duas semanas. Por isso, nem Jane, a quem contei todo o caso, nem eu julgamos necessário tornar pública a descoberta; pois qual seria a utilidade de destruir a boa reputação que ele tinha na região? E, mesmo quando ficou decidido que Lydia iria com a Sra. Forster, nunca me ocorreu a necessidade de lhe abrir os olhos quanto ao caráter de Wickham. Que *ela* corresse o risco de ser iludida, nunca me ocorreu. Que a viagem tivesse uma consequência como *essa*, a senhora pode facilmente imaginar que nunca me passou pela cabeça.

– Quando eles partiram para Brighton, portanto, você não tinha motivos, eu suponho, para acreditar que gostassem um do outro?

– Nem o mais leve motivo. Não me lembro do menor sintoma de afeição de nenhum dos lados; e, se alguma coisa fosse perceptível, a senhora bem sabe que a nossa não é uma família que deixaria o fato passar despercebido. Quando ele entrou no regimento, Lydia estava bastante disposta a admirá-lo; mas todas estávamos. Todas as moças de Meryton e das redondezas perderam a cabeça por causa dele durante uns dois meses; mas ele nunca dispensou a *ela* qualquer atenção particular, e, consequentemente, após um curto período de extravagante entusiasmo, sua inclinação por ele desapareceu, e outros oficiais do regimento que a tratavam com mais atenção voltaram a ser seus favoritos.

É FÁCIL COMPREENDER que, por menos que pudesse ser acrescentado a seus temores, esperanças e conjeturas em relação àquele interessante assunto, nenhum outro tópico conseguiu suplantá-lo por muito tempo durante a viagem. Nunca se ausentava dos pensamentos de Elizabeth. Presa a eles pela mais aguda de todas as angústias e do remorso, não pôde encontrar um só minuto de descanso.

Viajaram o mais rapidamente possível; e, tendo dormido uma noite na estrada, alcançaram Longbourn no dia seguinte, à hora do jantar. Foi um consolo para Elizabeth saber, pelo menos, que Jane não se desgastara com uma longa espera.

Os pequenos Gardiner, atraídos pela visão da carruagem, estavam nos degraus da entrada quando os viajantes entraram no jardim; e quando se aproximaram da porta da casa, a alegria surpresa que iluminou o rosto das crianças, e se espalhou por seus corpos em uma variedade de pulos e cambalhotas, foi a primeira manifestação de boas-vindas.

Elizabeth saltou; e, depois de dar um rápido beijo em cada um, correu para o vestíbulo, onde Jane, que desceu correndo do quarto da mãe, imediatamente a encontrou.

Elizabeth, enquanto abraçava afetuosamente a irmã e lágrimas brotavam nos olhos de ambas, não perdeu um só instante, e perguntou se havia notícias dos fugitivos.

– Ainda não – replicou Jane. – Mas, agora que nosso caro tio chegou, espero que tudo fique melhor.

– Papai está em Londres?

– Está, foi na terça-feira, conforme escrevi.

– Já tiveram notícias dele?

– Escreveu apenas uma vez. Enviou-me algumas linhas na quarta-feira, dizendo que tinha chegado bem e dando o endereço onde estaria, coisa que eu tinha implorado que fizesse. Acrescentou também que não escreveria mais até que tivesse algo de importante a comunicar.

– E mamãe, como está ela? Como vão todos?

– Mamãe está razoavelmente bem, eu creio; embora seu espírito esteja gravemente abalado. Está lá em cima e teria muito prazer em vê-los todos. Ainda não sai do quarto. Mary e Kitty, graças a Deus!, vão muito bem.

– Mas você, como você está? – exclamou Elizabeth. – Parece pálida! Por quanta aflição não deve ter passado!

Sua irmã, entretanto, insistiu em afirmar de que estava perfeitamente bem; e a conversa entre elas foi interrompida pela chegada do Sr. e a Sra. Gardiner, que estavam cumprimentando os filhos. Jane correu para os tios e os abraçou, agradecendo a ambos entre sorrisos e lágrimas.

Quando entraram na sala de estar, as perguntas que Elizabeth já fizera foram, naturalmente, repetidas pelos outros, mas logo ficaram sabendo que Jane não tinha nenhuma notícia a dar. Entretanto, a confiança otimista de seu benevolente coração ainda não a abandonara; ela ainda acreditava que tudo acabaria bem, e que cada manhã podia trazer uma carta, de Lydia ou de seu pai, explicando a conduta dos fugitivos e, talvez, anunciando o casamento.

A Sra. Bennet, a cujos aposentos todos se dirigiram após conversarem por alguns minutos, recebeu-os exatamente como era de esperar: com lágrimas e lamentações de tristeza, invectivas contra a conduta infame de Wickham e queixas pelos próprios sofrimentos; acusando todos, menos a pessoa cuja insensata indulgência era a principal responsável pelos erros da filha.

– Se eu tivesse podido – disse ela – levar adiante meu plano de ir a Brighton com toda a família, *isso* não teria acontecido; mas minha pobre Lydia não tinha ninguém para tomar conta dela. Por que os Forster a deixaram sequer sair de suas vistas? Estou certa de que houve um grave descuido da parte deles, pois ela não é o tipo de moça que faria uma coisa dessas se alguém estivesse olhado por ela. Sempre os achei muito inadequados para tomar conta de minha filha; mas fui ignorada, como sempre. Minha pobre filhinha! E agora lá se foi o Sr. Bennet, e eu sei que ele vai se duelar com Wickham quando o encontrar, e então vai ser morto, e aí o que será nós? Os Collins vão nos expulsar daqui antes de o corpo esfriar no túmulo; e se você não nos ajudar, meu irmão, não sei o que faremos.

Todos protestaram contra ideias tão sinistras; e o Sr. Gardiner, depois de tranquilizá-la quanto à afeição que sentia por ela e por sua família, disse que planejava estar em Londres no dia seguinte, e ajudaria o Sr. Bennet em qualquer tentativa de encontrar Lydia.

– Não se entregue a receios exagerados – ele acrescentou. – Embora seja bom se preparar para o pior, não há motivo para dá-lo como certo. Ainda não faz uma semana que saíram de Brighton. Em poucos dias devemos ter notícias deles, e até que saibamos que não estão casados, e que não têm intenção de casar, não devemos considerar tudo perdido. Assim que eu chegar a Londres, encontrarei meu cunhado e o levarei comigo para Gracechurch Street; então conversaremos sobre o que deve ser feito.

– Oh! Meu caro irmão – replicou a Sra. Bennet –, isso é exatamente o que mais desejo. E, quando chegar à cidade, encontre-os, onde quer que estejam; e, se não estiverem casados, *faça* com que se casem. Quanto ao enxoval, não deixe que isso os detenha; diga a Lydia que ela terá todo o dinheiro que quiser para comprá-lo depois do casamento. E, sobretudo, impeça o Sr. Bennet de duelar. Conte a ele em que terrível estado me encontro, que estou apavorada; e que tenho tantos tremores, tantas agitações por todo o corpo, tantos espasmos e dores de cabeça, e tantas palpitações, que não consigo descansar nem de dia nem de noite. E diga à minha querida Lydia que não tome providências a respeito das roupas antes de me encontrar, pois ela não sabe quais são as melhores lojas. Oh, meu irmão, como você é bondoso! Sei que vai arranjar tudo!

Mas o Sr. Gardiner, embora assegurasse novamente que faria todos os esforços possíveis, não pôde deixar de recomendar moderação à irmã, tanto em relação a suas esperanças quanto a seus receios; e tendo conversando com ela nesse tom até a hora do jantar, deixaram-na dar vazão a seus sentimentos com a criada que lhe fazia companhia na ausência das filhas.

Embora o Sr. e a Sra. Gardiner estivessem convencidos de que não havia motivo para tal reclusão, não tentaram se opor, pois sabiam que ela não tinha prudência suficiente para medir suas palavras diante dos criados que serviam à mesa, e julgaram preferível que apenas *uma* das criadas, aquela em quem mais confiavam, ficasse sabendo de todas as mágoas e temores da patroa.

Na sala de jantar, logo se juntaram a eles Mary e Kitty, que tinham estado ocupadas demais em seus próprios quartos para cumprimentarem os tios mais cedo. Uma vinha de seus livros e a outra, de sua toalete. A expressão de ambas, no entanto, estava razoavelmente calma; e nenhuma mudança era perceptível nelas, exceto que a perda da irmã favorita, ou a raiva que sentia por estar envolvida no caso, emprestara um ar mais mal-humorado que de costume às maneiras de Kitty. Quanto a Mary, era senhora de si o bastante para sussurrar a Elizabeth, com ar de grave reflexão, pouco depois de se sentarem à mesa:

– Este é um acontecimento dos mais desafortunados; e provavelmente será muito comentado. Mas devemos nos opor à maré de maledicência e derramar sobre nossos corações feridos o bálsamo do consolo fraternal.

Em seguida, vendo que Elizabeth não estava disposta a responder, acrescentou:

– Por mais infeliz que este evento seja para Lydia, podemos aprender uma valorosa lição: que a perda da virtude em uma mulher é irremissível, que um passo em falso a envolve em uma ruína infinita, que sua reputação não é menos frágil do que a beleza, e que não existe a cautela suficiente contra a indignidade do sexo oposto.

Elizabeth levantou os olhos, perplexa, mas sentia-se oprimida demais para responder. Mary, porém, continuou a se consolar extraindo máximas morais da infelicidade que os assolava.

Durante a tarde, as duas filhas mais velhas dos Bennet conseguiram ficar meia hora sozinhas; e Elizabeth imediatamente aproveitou a oportunidade para fazer várias perguntas, que Jane estava ansiosa por responder. Após lamentarem as terríveis consequências daquele fato, que Elizabeth considerava certas, e Jane não podia afirmar que fossem de todo impossíveis, a primeira prosseguiu no assunto, dizendo:

– Conte-me tudo o que ainda não sei. Dê-me os detalhes. O que o coronel Forster disse? Eles não desconfiavam de nada antes da fuga? Devem ter visto os dois frequentemente juntos.

– O coronel Forster admitiu que muitas vezes desconfiou de que houvesse alguma inclinação, especialmente da parte de Lydia, mas nada que o alarmasse. Sinto muito por ele. Seu comportamento foi extremamente atencioso e gentil. Ele *estava* vindo para cá, a fim de nos assegurar de sua preocupação, mesmo antes de imaginar que eles não tinham ido para a Escócia; quando essa apreensão surgiu, ele se apressou ainda mais.

– E Denny estava convencido de que Wickham não ia se casar? Sabia que eles pretendiam fugir? O coronel Forster falou com Denny pessoalmente?

– Falou. Mas, quando foi questionado por *ele*, Denny negou que soubesse alguma coisa a respeito do plano, e não quis dar sua verdadeira opinião. Ele não repetiu que estava convencido de que não se casariam, e por *isso* tenho esperanças de que tenham entendido mal suas palavras anteriormente.

– E até o coronel Forster chegar, nenhuma de vocês suspeitou de que eles não estivessem realmente casados?

– Como seria possível que tal ideia nos passasse pela cabeça? Eu me senti um pouco aflita... um pouco temerosa quanto à felicidade de minha irmã com esse casamento, pois sabia que a conduta dele não fora sempre das melhores. Papai e mamãe nada sabiam a respeito disso, e sentiam apenas que o casamento era imprudente. Kitty então confessou, com um triunfo muito natural por saber mais do que nós, que Lydia, na última carta, a deixara preparada. Ela sabia, parece, que os dois estavam apaixonados havia semanas.

– Mas sabia disso antes de partirem para Brighton?

– Não, creio que não.

– E o próprio coronel Forster pareceu pensar mal de Wickham? Ele conhece seu verdadeiro caráter?

– Devo confessar que ele não falou tão bem de Wickham como costumava falar. Disse que o achava imprudente e extravagante. E, desde que essa triste história aconteceu, soube-se que ele saiu de Meryton muito endividado; mas espero que seja mentira.

– Oh, Jane, se não tivéssemos sido tão discretas, se tivéssemos dito o que sabíamos a respeito dele, isso não teria acontecido!

– Talvez tivesse sido melhor – replicou Jane. – Mas expor os erros passados de uma pessoa, sem conhecer seus sentimentos presentes, parecia injustificável. Agimos com a melhor das intenções.

– E o coronel Forster conseguiu se lembrar dos detalhes do bilhete de Lydia à sua mulher?

– Ele o trouxe para nos mostrar.

Jane então tirou o bilhete de dentro de um livro e entregou-o a Elizabeth. Dizia o seguinte:

> Minha cara Harriet,
> Você rirá quando descobrir para onde fui, e não posso deixar de rir também, com a surpresa que você terá amanhã de manhã quando der por minha falta. Estou indo para Gretna Green, e, se você não adivinhar com quem, vou considerá-la uma grande tola, pois só existe um homem no mundo que eu amo, e ele é um anjo. Nunca poderia ser feliz sem ele, por isso acho que não

faço mal em partir. Não precisa escrever a Longbourn comunicando minha partida, se não quiser, pois assim será maior a surpresa quando eu escrever para casa e assinar o meu nome como Lydia Wickham. Há de ser uma boa piada! Quase não posso escrever de tanto rir. Por favor, transmita minhas desculpas a Pratt por não poder cumprir minha palavra e dançar com ele hoje à noite. Diga-lhe que espero que me perdoe quando souber o motivo, e diga também que dançarei com ele no próximo baile em que nos encontrarmos com o maior prazer. Mandarei buscar minhas roupas quando chegar a Longbourn; mas queria que você pedisse a Sally para costurar um rasgão em meu velho vestido de musselina, antes de guardá-lo na mala. Adeus. Mande minhas lembranças ao coronel Forster. Espero que bebam à nossa boa viagem.

Sua amiga afetuosa,
Lydia Bennet

– Oh! Desmiolada, desmiolada Lydia! – exclamou Elizabeth, quando terminou de ler. – Como pode escrever uma carta como esta em tal momento. Mas pelo menos mostra que *ela* tinha intenções sérias quando fugiu. A despeito do que foi persuadida por ele depois, não partiu dela esse infame *esquema*. Pobre papai! Como deve ter sofrido!

– Nunca vi ninguém ficar tão abalado. Não pôde dizer uma palavra durante dez minutos. Mamãe caiu doente na mesma hora, e a casa toda se tornou uma confusão!

– Oh! Jane! – exclamou Elizabeth –, você acha que um só criado desta casa não ficou sabendo da história antes que o dia terminasse?

– Não sei, espero que não. Mas é muito difícil manter a discrição em uma situação dessas. Mamãe ficou histérica. E, embora eu procurasse auxiliá-la da melhor maneira, temo não ter feito tanto quanto poderia. Mas o horror do que poderia acontecer quase me fez perder a cabeça.

– Seus cuidados com mamãe a esgotaram. Você não me parece bem. Oh! Antes eu tivesse ficado a seu lado. Você teve de suportar tudo sozinha...

– Mary e Kitty foram muito prestativas, e teriam compartilhado todas as tarefas, tenho certeza, mas achei que não convinha a nenhuma das duas. Kitty é muito frágil e delicada, e Mary estuda tanto, que suas horas de repouso não devem ser interrompidas. Minha tia Philips veio na terça-feira, depois que papai partiu; e teve a bondade de ficar até quinta comigo. Ela foi muito útil e confortou a todas nós, e Lady Lucas também tem sido muito delicada. Caminhou até aqui na quarta-feira de manhã, para exprimir seus sentimentos e oferecer seus serviços e os de qualquer uma de suas filhas, caso tivéssemos necessidade.

– Seria melhor que ela tivesse ficado em casa – exclamou Elizabeth. – Talvez a *intenção* tenha sido boa, mas em uma situação como esta, quanto menos encontrarmos os vizinhos, melhor. Qualquer auxílio é impossível, e as condolências, insuportáveis. Que eles triunfem à distância e se deem por satisfeitos.

Ela perguntou, então, quais eram os planos do pai, em Londres, para encontrar a filha.

– Ele pretendia, acredito – respondeu Jane –, ir a Epsom, que foi onde eles trocaram os cavalos pela última vez, falar com os postilhões e ver se poderia obter deles alguma informação. O objetivo principal era descobrir o número do coche de aluguel que os levou de Clapham. Ele tinha trazido um freguês de Londres; e como acha que um cavalheiro e uma dama trocando de uma carruagem para outra pode ter chamado a atenção, ele pretendia fazer indagações em Clapham. Se conseguisse descobrir a casa aonde o cocheiro fora levar o freguês, faria indagações lá, e esperava que não fosse impossível descobrir o posto e o número do coche. Não sei se tinha outros projetos em mente, mas ele estava com tanta pressa de partir, e em um estado de tamanha inquietação, que tive dificuldade em descobrir até mesmo isso.

48

Todos tinham esperanças de receber uma carta do Sr. Bennet no dia seguinte, mas o correio chegou sem trazer sequer uma simples linha de sua parte. A família sabia que ele era, em situações banais, o mais lento e desleixado dos correspondentes, mas em um momento como aquele, tinham esperado que fizesse um esforço. Foram obrigados a concluir que ele nada tinha de favorável a comunicar, mas mesmo quanto a *isso* desejavam ter certeza. O Sr. Gardiner tinha apenas aguardado pela chegada das cartas antes de partir.

Quando ele se foi, tiveram ao menos a certeza de receber informações constantes do que se estava passando, e o tio Gardiner prometeu, ao partir, que insistiria com o Sr. Bennet para que voltasse a Longbourn o mais cedo possível, para grande consolo de sua irmã, que considerava essa a única possibilidade de seu marido não ser morto em um duelo.

A Sra. Gardiner e as crianças deveriam permanecer em Hertfordshire por mais alguns dias, pois ela achou que sua presença poderia ser de alguma utilidade para as sobrinhas. Ajudou-as a cuidar da Sra. Bennet e foi um grande consolo para as moças nas horas livres. A outra tia também visitou-as frequentemente, e sempre, como ela mesma dizia, com o propósito de lhes infundir coragem e confiança, embora nunca chegasse sem trazer um novo caso da extravagância e da leviandade de Wickham, e raramente partisse sem deixá-las ainda mais desanimadas do que as encontrara.

Meryton inteira parecia empenhada em denegrir o homem que, três meses antes, era considerado praticamente um anjo de luz. Declaravam que ele devia dinheiro a todos os comerciantes do lugar e que suas aventuras, todas honradas com o título de sedução, tinham se estendido às famílias de vários comerciantes. Todos declaravam que ele era o rapaz mais perverso do mundo; e todos começaram a descobrir que sempre haviam desconfiado de sua aparência bondosa. Elizabeth, embora só acreditasse em metade do que diziam, acreditava o suficiente para tornar ainda mais certos seus antigos prognósticos quanto à desgraça da irmã; e até mesmo Jane, que acreditava ainda menos, perdeu quase todas as esperanças, sobretudo porque agora, caso tivessem ido para a Escócia, possibilidade que ela jamais descartara completamente, já deveriam ter mandado notícias.

O Sr. Gardiner deixou Longbourn no domingo; na terça-feira, a mulher recebeu uma carta dele; dizia que, ao chegar, encontrara imediatamente o cunhado e o tinha persuadido a ir para Gracechurch Street; o Sr. Bennet já estivera em Epsom e Clapham antes de sua chegada, mas não conseguira qualquer informação satisfatória; e que agora estava determinado a fazer indagações em todos os principais hotéis da cidade, pois achava possível que tivessem se instalado em um deles ao chegar a Londres, antes de se hospedar com alguém. O Sr. Gardiner, pessoalmente, não esperava obter sucesso com essa medida, mas como o cunhado insistia, estava resolvido a ajudá-lo. Acrescentava que o Sr. Bennet não se encontrava nada disposto a sair de Londres no momento, e prometia escrever de novo muito em breve. Havia também um *postscriptum* que dizia o seguinte:

Escrevi também para o coronel Forster pedindo que ele descobrisse, se possível, entre os amigos mais íntimos de Wickham no regimento, se ele tinha parentes ou relações que pudessem saber em que parte da cidade ele está escondido. Se pudéssemos consultar algum deles, essa informação poderia ser de uma importância essencial. No momento, nada temos para nos guiar. O coronel Forster, tenho certeza, fará tudo o que estiver em seu poder para nos ajudar nesse ponto. Mas, em última análise, talvez Lizzy saiba, melhor do que qualquer outra pessoa, quem são seus parentes vivos.

Elizabeth não demorou a compreender de onde vinha aquela deferência por sua autoridade; mas não possuía informações tão satisfatórias que a fizessem merecer o elogio.

Nunca ouvira dizer que ele tivesse parentes, exceto o pai e a mãe, ambos já falecidos fazia muitos anos. Era possível, entretanto, que alguns de seus companheiros do ...shire pudessem dar informações mais substanciais; e, embora não se sentisse otimista a esse respeito, aquela consulta devia ser feita.

Cada dia em Longbourn era agora um dia de ansiedade; mas o mais angustiante dos momentos era o da vinda do correio. A chegada das cartas era o principal motivo de impaciência de cada manhã. Através delas, o que de bom ou ruim que precisassem saber seria comunicado, e cada dia seguinte trazia a esperança de notícias importantes.

Mas antes que recebessem nova carta do Sr. Gardiner, chegou uma para o Sr. Bennet da parte do Sr. Collins; e, como Jane tinha recebido instruções de abrir toda a correspondência dirigida ao pai em sua ausência, leu; e Elizabeth, que sabia como as cartas do Sr. Collins eram curiosas, se debruçou sobre a irmã e leu também. Dizia o seguinte:

Meu caro senhor,

Sinto-me obrigado por nosso parentesco, e por minha situação na vida, a apresentar-lhe minhas condolências pela grande aflição que agora está sofrendo, e da qual fomos informados ontem por uma carta de Hertfordshire. Fique certo, meu caro senhor, de que a Sra. Collins e eu nos solidarizamos sinceramente com o senhor e com toda a sua respeitável família em seu atual sofrimento, que deve ser dos mais profundos, pois provém de uma causa que nenhum tempo pode apagar. Não faltarão argumentos de minha parte, que possam aliviá-lo de tão grande infelicidade; ou que possam confortá-lo nessa circunstância, que deve ser, de todas, a mais dura para o coração de um pai. A morte de sua filha teria sido uma bênção em comparação a isso. E tudo ainda é mais lamentável, pois há razões para supor, como minha cara Charlotte me informou, que essa licenciosidade de conduta da parte de sua filha foi devida a um grau exagerado de indulgência, embora, ao mesmo tempo, para o seu próprio consolo e o da Sra. Bennet, eu esteja inclinado a acreditar que as tendências de sua filha devem ser naturalmente perversas, ou ela jamais seria capaz de cometer crime tão grande com tão pouca idade. Seja como for, o senhor é digno da maior compaixão, opinião na qual não sou acompanhado apenas pela Sra. Collins, como igualmente por Lady Catherine e sua filha, a quem contei o caso. Elas concordam comigo quanto a temer que esse mau passo de uma de suas filhas seja prejudicial ao futuro de todas as outras; pois quem, como a própria Lady Catherine condescende em dizer, irá querer se conectar a tal família? E esta consideração me conduz, além disso, a refletir com satisfação redobrada sobre certo acontecimento de novembro passado, pois fosse outro o desfecho, eu estaria envolvido em toda a sua tristeza e desgraça. Então, permita que o aconselhe, meu caro senhor, a consolar a si próprio o mais que puder, a expulsar para sempre sua filha indigna de sua afeição, e a deixá-la colher os frutos de seu odioso crime.

Sinceramente, caro senhor etc.

O Sr. Gardiner não voltou a escrever senão depois que recebeu uma resposta do coronel Forster; e então, nada tinha de agradável a comunicar. Não se sabia de ninguém da família com quem Wickham se relacionasse, e era certo que ele não tinha nenhum parente próximo vivo. Seus conhecimentos antigos eram numerosos; mas desde que ingressara na vida militar, não parecia manter contato com nenhum deles. Não havia ninguém, portanto, a quem pudessem procurar para obter notícias a seu respeito. E no estado precário de suas finanças, havia um motivo poderoso para o sigilo, além do medo de ser descoberto pelos parentes de Lydia, pois souberam que ele tinha deixado grandes dívidas no jogo. O coronel Forster acreditava que seria preciso mais de mil libras para cobrir todas as despesas que o oficial deixara em Brighton. Ele devia muito na cidade, mas as dívidas de honra eram ainda maiores. O Sr. Gardiner não procurou esconder esses detalhes da família de Longbourn; Jane os ouviu com horror.

– Um jogador? – exclamou ela. – Isso é totalmente inesperado! Eu não tinha a mínima ideia.

O Sr. Gardiner acrescentava na carta que eles podiam contar com o regresso do pai no dia seguinte, que era um sábado. Abatido pelos insucessos de seus esforços, ele cedera à pressão do cunhado para que voltasse para junto da família e deixasse a seu cargo tudo o que parecesse aconselhável para a continuação das buscas. Ao ser informada do fato, a Sra. Bennet não exprimiu toda a satisfação que as filhas esperavam, dada a ansiedade que manifestara pela vida do marido.

– O quê? Então ele vai voltar sem trazer a nossa pobre Lydia? – exclamou ela. – Decerto ele não deixará Londres antes de encontrá-los. Quem vai duelar com Wickham e forçá-lo a se casar com ela, se não ele?

Como a Sra. Gardiner começou a ter saudades de casa, ficou combinado que ela e as crianças voltariam para Londres quando o Sr. Bennet estivesse voltando para Longbourn. A carruagem, portanto, levou-os até lá e trouxe de volta o Sr. Bennet a Longbourn.

A Sra. Gardiner partiu com a mesma perplexidade a respeito do caso de Elizabeth e de seu amigo de Derbyshire que sentira durante o passeio. O nome dele não fora mencionado voluntariamente nem uma vez pela sobrinha; e a vaga esperança que a Sra. Gardiner acalentava de que a chegada deles fosse seguida de uma carta de Darcy não fora correspondida. Desde seu regresso, Elizabeth não recebera nenhuma carta que parecesse vir de Pemberley.

Os atuais dissabores da família tornavam desnecessária outra desculpa para a depressão de Elizabeth; nada, portanto, poderia ser suposto a partir *daquilo*, embora ela, que já conhecia razoavelmente os próprios sentimentos, soubesse bem que se nada conhecesse de Darcy, teria suportado a mágoa pela infâmia de Lydia com maior facilidade. Teria sido poupada, ela pensava, de metade de suas noites de insônia.

Quando o Sr. Bennet chegou, ele aparentava sua habitual serenidade filosófica. Falou muito pouco, como era seu hábito; não mencionou o assunto que o levara a Londres, e só algum tempo depois as filhas tiveram coragem de perguntar.

Foi à tarde, quando ele se juntou a elas para o chá, que Elizabeth se aventurou a falar sobre o caso; e então, quando expressou seus sentimentos pelas aflições que o pai deveria ter passado, ele respondeu:

– Não fale mais nisso. Quem deveria sofrer senão eu mesmo? Foi tudo por minha culpa, e eu devo sofrê-la.

– Não deve ser severo demais consigo mesmo – replicou Elizabeth.

– É bom que você me previna contra esse erro. A natureza humana é tão propensa e incidir nele! Não, Lizzy, deixe que por uma vez na vida eu sinta o peso de minha culpa. Não tenho medo de ser esmagado por ela. Tudo isto não tardará a passar.

– Acha que eles estão em Londres?

– Sim. Em que outro lugar poderiam estar tão bem escondidos?

– E Lydia sempre desejou ir a Londres – acrescentou Kitty.

– Então ela está feliz – acrescentou o pai, com secura –, e provavelmente residirá lá por algum tempo.

Em seguida, depois de curto silêncio, continuou:

– Lizzy, não guardo rancor pelo conselho que você me deu em maio passado. Considerando o que aconteceu, ele demonstra o alcance de sua visão.

Foram interrompidos por Jane, que vinha buscar o chá da mãe.

– Isso é uma demonstração – exclamou ele – que nos conforta; empresta tanta elegância ao infortúnio! Um dia desses farei o mesmo; ficarei sentado em minha biblioteca, de camisola e touca de dormir, e darei aos outros o maior trabalho possível... ou, talvez, possa esperar até Kitty fugir.

– Eu não vou fugir, papai – disse Kitty, inquieta. – Se *eu* um dia fosse a Brighton, eu me comportaria melhor do que Lydia.

– *Você* ir a Brighton? Eu não permitiria que fosse nem a um lugar tão próximo quanto Eastbourn. Nem por cinquenta libras! Não, Kitty, pelo menos aprendi a ser prudente, e você há de sentir os efeitos. Nenhum oficial jamais entrará em minha casa, nem que esteja só de passagem pela aldeia. Os bailes serão absolutamente proibidos, a não ser que você esteja com uma de suas irmãs. E você nunca sairá por esta porta até provar que consegue passar dez minutos por dia de maneira sensata.

Kitty, que levou todas aquelas ameaças a sério, começou a chorar.

– Bem – falou ele –, não fique triste. Se for boazinha nos próximos dez anos, levarei você para ver um desfile.

49

Dois dias depois da chegada do Sr. Bennet, Jane e Elizabeth estavam passeando juntas no pequeno bosque atrás da casa quando viram que a criada se aproximava em direção a elas; e, concluindo que vinha chamá-las para ver a mãe, foram a seu encontro.

– Desculpem interrompê-las, senhoritas, mas eu tinha a esperança de que tivessem recebido alguma boa notícia da cidade, e por isso tomei a liberdade de vir perguntar.

– O que quer dizer, Hill? Não recebemos nenhuma carta da cidade.

– Minha cara senhorita – exclamou a Sra. Hill, com grande perplexidade –, então não sabe que chegou um mensageiro da parte do Sr. Gardiner para o patrão? Ele está aqui há meia hora e trouxe uma carta.

As meninas saíram correndo, ansiosas demais por entrar para perder tempo em responder. Passaram do vestíbulo à sala de café da manhã; e dali à biblioteca; mas não encontraram o pai em lugar algum; e estavam a ponto de subir para procurá-lo no quarto da Sra. Bennet, quando o mordomo as encontrou e disse:

– Se estão procurando o patrão, ele está caminhando em direção ao bosque.

Tendo recebido essa informação, elas imediatamente voltaram pelo hall e atravessaram o gramado em busca do pai, que se dirigia a um pequeno bosque que havia de um dos lados do jardim.

Jane, que não era tão leve nem tinha o hábito de correr, como Elizabeth, logo ficou para trás, enquanto sua irmã, quase sem fôlego, alcançou-o e exclamou ansiosamente:

– Papai, o que aconteceu? O que aconteceu? Recebeu uma carta do tio?

– Sim, recebi uma carta dele pelo mensageiro.

– Bem, e que notícias traz? Boas ou más?

– O que se pode esperar de bom? – disse ele, tirando a carta do bolso. – Mas talvez você queira ler.

Elizabeth tomou a carta, impaciente, enquanto Jane se aproximava.

– Leia em voz alta – disse o pai delas –, pois eu mesmo não sei de que se trata.

Gracechurch Street, segunda-feira, 2 de agosto

Meu caro irmão:

Afinal posso lhe enviar notícias de minha sobrinha, que acho que lhe agradarão. Pouco depois de sua partida no sábado, tive a boa sorte de descobrir em que parte de Londres o casal estava. Os detalhes, deixo para quando nos encontrarmos. Basta que saiba agora que eles foram descobertos; já estive com ambos.

– Então tudo se passou como eu esperava – exclamou Jane –, eles estão casados!

Elizabeth continuou:

Estive com ambos. Eles não estão casados e não encontrei neles a menor intenção de fazê-lo; mas, se estiver disposto a cumprir o compromisso que tomei a liberdade de aceitar por você, espero que se casem muito breve. Tudo o que é exigido de sua parte é que assegure a Lydia, por acordo, o que lhe cabe das cinco mil libras destinadas a serem repartidas entre suas filhas depois de sua morte e a de minha irmã; e, além disso, comprometer-se a dar à sua filha, ainda em vida, a quantia de cem libras por ano. Essas são condições que, considerando tudo, não hesitei em aceitar em seu lugar, até onde me senti autorizado. Enviarei esta carta por um mensageiro, esperando que sua resposta chegue sem perda de tempo. Você compreenderá facilmente, por esses detalhes, que a situação do Sr. Wickham não é tão má quanto se supunha. Quanto a isso, os rumores que corriam eram falsos; e alegra-me dizer que sobrará ainda um pouco de dinheiro, mesmo depois de pagas todas as suas dívidas, para que minha sobrinha se instale, sem falar no dinheiro de Lydia. Se, como imagino que será o caso, você me delegar plenos poderes para agir em seu nome, darei instruções imediatamente a Haggerston para preparar um contrato. Não há a menor necessidade de você voltar a Londres; portanto, fique sossegado em Longbourn e conte com meus cuidados e diligência. Mande sua resposta o mais breve possível e tenha o cuidado de escrever claramente. Nós achamos melhor que minha sobrinha se case aqui, o que espero que você aprove. Ela virá para cá hoje. Tornarei a lhe escrever assim que houver novas decisões.

Sinceramente etc.
Edw. Gardiner

– Será possível? – exclamou Elizabeth, assim que terminou a carta. – Será possível que ele se case com ela?

– Então, Wickham não é tão mau como pensávamos – disse Jane. – Meu querido pai, eu o felicito.

– E o senhor já respondeu à carta? – perguntou Elizabeth.

– Não, mas preciso fazê-lo sem demora.

Com muita seriedade, Elizabeth suplicou que ele não perdesse mais tempo.

– Oh, papai – exclamou ela –, volte e escreva imediatamente! Pense na importância de cada minuto em um caso como este.

– Deixe-me escrevê-la para o senhor – disse Jane –, se esse trabalho o desagrada.

– Desagrada-me muito – replicou ele –, mas precisa ser feito.

E dizendo isso, ele se voltou com elas, e caminhou em direção à casa.

– E posso perguntar... – disse Elizabeth – ...mas os termos, suponho, devem ser aceitos.

– Aceitos? Só me envergonho que ele peça tão pouco.

– E eles *precisam* se casar! Mesmo ele sendo como é!

– Sim, sim, é preciso que eles se casem. Não há alternativa. Mas há duas coisas que eu desejaria muito saber: uma delas é quanto dinheiro seu tio teve de pagar por esse arranjo; e a outra, como eu poderei reembolsá-lo.

– Dinheiro? Meu tio? – exclamou Jane. – O que quer dizer com isso?

– Quero dizer que nenhum homem, em seu juízo perfeito, se casaria com Lydia por tão pouca tentação quanto cem libras por ano durante a minha vida e cinquenta depois que eu morrer!

– É verdade – disse Elizabeth –, embora não tivesse me ocorrido antes. As dívidas dele foram pagas e ainda sobrou algum dinheiro! Oh! Deve ter sido meu tio quem arranjou isso! É um homem generoso e bom; mas temo que ele se tenha posto em situação difícil. Uma pequena soma não seria suficiente para tudo isso.

– Não – disse o Sr. Bennet –, Wickham seria um idiota se a aceitasse com menos de dez mil libras. Eu sentiria muito por ter de pensar mal dele logo no começo de nossas relações.

– Dez mil libras? Deus nos livre! Como pagaremos metade dessa soma?

O Sr. Bennet não respondeu, e cada um deles, mergulhados em suas reflexões, continuaram em silêncio até chegarem em casa. Então o Sr. Bennet foi até a biblioteca para escrever, e as moças entraram na sala de café da manhã.

– Então eles vão se casar? – exclamou Elizabeth, assim que se viu sozinha com Jane. – Como é estranho! E ainda temos de agradecer por *isso*! Eles se casarão, por menores que sejam suas chances de felicidade, e por mais desprezível que seja o caráter dele, e somos forçados a nos alegrar! Oh, Lydia!

– Eu me consolo ao pensar – replicou Jane – que decerto ele não se casaria com Lydia se não tivesse afeição por ela. Embora nosso generoso tio tenha feito alguma coisa por ele, não posso crer que tenha gasto dez mil libras nem coisa parecida. Ele tem os próprios filhos, e ainda pode ter outros. Como disporia da metade dessa quantia?

– Se pudéssemos saber quais eram as dívidas de Wickham – disse Elizabeth – e quanto ficou acertado para o dote de nossa irmã, saberíamos exatamente o que o Sr. Gardiner fez, pois o próprio Wickham não tem um tostão. A bondade de nossos tios jamais poderá ser paga. Levá-la para casa e dar a ela toda a proteção e apoio é um sacrifício pelo bem dela que anos de gratidão não podem compensar. Neste momento, ela está na casa deles! Se uma bondade tão grande não a fizer se arrepender, ela nunca merecerá ser feliz. Como não se sentirá quando encontrar minha tia!

– Devemos nos esforçar para esquecer tudo o que aconteceu – disse Jane. – Confio e espero que mesmo assim eles sejam felizes. Creio que o fato de ele consentir em se casar com ela é uma prova de que está tomando juízo. A afeição que têm um pelo outro lhes dará estabilidade; e tenho a esperança de que se estabeleçam tranquilamente, e vivam de uma maneira tão ajuizada que, com o tempo, a imprudência do passado seja esquecida.

– A conduta deles foi de tal ordem – replicou Elizabeth – que nem você, nem eu, nem ninguém poderá jamais esquecê-la. É inútil falar nisso.

Ocorreu a elas, então, que a mãe provavelmente ainda ignorava os fatos. Foram à biblioteca, portanto, e perguntaram ao pai se ele não desejava que fossem transmitir a notícia. Ele estava escrevendo e, sem levantar a cabeça, respondeu friamente:

– Como quiserem.

– Podemos levar a carta de meu tio e ler para ela?

– Levem o que vocês quiserem e vão embora.

Elizabeth pegou a carta na escrivaninha do pai e elas subiram juntas. Mary e Kitty estavam com a Sra. Bennet: o comunicado, portanto, serviria para todas. Após uma ligeira preparação para as boas notícias, a carta foi lida em voz alta. A Sra. Bennet não podia se conter. Assim que Jane leu o trecho em que o Sr. Gardiner exprimia a esperança de que Lydia em breve se casasse, sua alegria jorrou, e cada frase a tornava ainda mais exuberante. Ela estava agora tão violentamente alterada pelo deleite quanto estivera inquieta pelo medo e pela vergonha. Saber que a filha se casaria era o bastante. Nenhum receio quanto à felicidade de Lydia, nenhuma lembrança de sua terrível conduta a perturbava.

– Minha querida, minha querida Lydia! – exclamou ela. – Isso é realmente estupendo! Ela se casará! Eu tornarei a vê-la! Ela se casará com dezesseis anos! Meu bom, meu generoso irmão! Eu sabia que isso ia acontecer! Sabia que ele ia arranjar tudo! Como desejo vê-la! E meu querido Wickham também! Mas as roupas, o enxoval! Vou escrever para minha irmã

Gardiner imediatamente! Lizzy, minha querida, corra lá embaixo e pergunte a seu pai quanto ele dará a Lydia para o enxoval. Não, fique, fique, irei eu mesma! Toque a campainha, Kitty, chame Hill. Estarei vestida em um instante. Oh, minha querida, minha querida Lydia! Como nos sentiremos felizes quando estivermos todos juntos!

Sua filha mais velha procurou abrandar a violência de seus arroubos, lembrando-lhe quantas obrigações deviam ao Sr. Gardiner pelo que ele tinha feito.

– Pois devemos atribuir essa feliz conclusão – acrescentou ela – em grande parte à bondade dele. Estamos convencidos de que ele se empenhou para auxiliar o Sr. Wickham com dinheiro.

– Bem – exclamou a Sra. Bennet –, está tudo muito certo; quem o ajudaria se não seu próprio tio? Se ele não tivesse família, eu e minhas filhas herdaríamos todo o seu dinheiro, como se sabe, e é a primeira vez que recebemos qualquer coisa dele, com exceção de alguns presentes. Oh! Sinto-me tão feliz. Em breve terei uma filha casada! Sra. Wickham! Como soa bem... E ela fez apenas dezesseis anos em junho! Minha querida Jane, estou tão nervosa que não posso escrever; então vou ditar e você escreverá por mim. Mais tarde combinaremos com seu pai a respeito do dinheiro; mas é preciso encomendar as coisas imediatamente.

A Sra. Bennet começou então a fazer uma lista de todas os tecidos de algodão, musselinas e cambraias, e rapidamente teria feito uma grande encomenda se Jane não a tivesse persuadido, com alguma dificuldade, a esperar até que o pai fosse consultado. Um dia de atraso, observou ela, seria de pouca importância; e a mãe estava feliz demais para ser teimosa como de costume. Além disso, outros planos ocupavam sua mente.

– Irei a Meryton assim que terminar de me vestir e darei as boas-novas a minha irmã Philips. E na volta visitarei Lady Lucas e a Sra. Long. Kitty, corra lá embaixo e peça a carruagem.

Um pouco de ar me faria muito bem, estou certa. Meninas, precisam de alguma coisa de Meryton? Oh, aí vem Hill. Minha cara Hill, você já ouviu as boas notícias? A Srta. Lydia vai se casar; e vocês todos ganharão um jarro de ponche para brindar o casamento.

A Sra. Hill começou imediatamente a demonstrar sua alegria. Elizabeth também recebeu os parabéns, e então, cansada de tanta loucura, refugiou-se em seu quarto, onde poderia refletir com calma.

A situação da pobre Lydia era, na melhor das hipóteses, péssima; mas ainda tinha de agradecer por não ser pior. Ela sentia que isso era verdade; e mesmo assim, quando pensava no futuro, não via para a irmã grandes possibilidades de felicidade nem de prosperidade; mas, ao olhar para o passado, para seus temores de apenas duas horas antes, sentiu toda sorte que tivera.

50

Em outras épocas, o Sr. Bennet muitas vezes tinha desejado que, em vez de gastar toda a sua renda, tivesse reservado uma soma anual para garantia do futuro das filhas e da mulher, se ela sobrevivesse a ele. Agora desejava mais do que nunca. Se tivesse cumprido seu dever, Lydia não estaria em dívida com o tio pela honra e pelo bom nome que agora comprava para ela. A satisfação de obrigar um dos piores rapazes da Grã-Bretanha a se casar com ela seria sua por direito.

Ele estava seriamente preocupado que algo tão pouco vantajoso para qualquer pessoa tivesse sido conseguido à custa de seu cunhado, e estava determinado a, caso fosse possível, averiguar a importância exata do auxílio dele e a saldar a dívida o mais depressa possível.

Quando o Sr. Bennet se casou, julgara que era perfeitamente inútil fazer economia; pois naturalmente haveria de ter um filho. Esse filho teria o direito de herdar a propriedade assim que tivesse idade; e, desse modo, a viúva e as crianças menores ficariam garantidas. Cinco filhas sucessivamente vieram ao mundo, mas o filho ainda estava por chegar; e a Sra. Bennet, muitos anos depois do nascimento de Lydia, acreditara que ele nasceria. Mas afinal tivera que desistir dessa esperança, mas já era tarde demais para economizar. A Sra. Bennet não tinha jeito para economia, e o amor de seu marido pela independência foi a única coisa que os impediu de gastar além da renda que possuíam.

Pelo contrato de casamento, cinco mil libras deviam ser deixadas para a Sra. Bennet e as meninas. Mas a proporção em que seriam divididas entre as filhas dependia da vontade dos pais. Esse era um ponto, ao menos no que dizia respeito a Lydia, que agora devia ser decidido, e o Sr. Bennet não podia hesitar em aceitar os termos da proposta que lhe fora feita. Expressando sua imensa gratidão pela generosidade do cunhado, ainda que em termos concisos, declarou na carta sua plena aprovação a tudo o que tinha sido feito, e sua disposição em cumprir os compromissos tomados em seu nome. Nunca tinha imaginado que, se fosse possível convencer Wickham a se casar com sua filha, o arranjo teria sido feito em termos tão convenientes. Ele não perderia mais que dez libras ao ano, por causa das cem que deveria pagar; pois os custos com o sustento de Lydia, o dinheiro que lhe dava para suas despesas e os presentes em dinheiro que lhe chegavam continuamente às mãos por intermédio da Sra. Bennet não somavam ao todo muito menos do que aquela soma.

Que tudo fosse arranjado com tão pouco esforço de sua parte, foi outra surpresa muito bem-vinda; pois seu principal desejo agora era preocupar-se com aquilo o menos possível. Quando o primeiro arrebatamento de raiva que o lançara à procura da filha tinha cessado, ele recaíra, naturalmente, na habitual indolência. A carta foi logo despachada; pois, embora lento na elaboração de seus projetos, ele era rápido na execução. Pedia mais detalhes sobre as despesas que o cunhado tivera, mas estava furioso demais com Lydia para mandar-lhe qualquer mensagem.

As boas notícias espalharam-se com rapidez pela casa; e com velocidade proporcional pelas redondezas. A vizinhança as acolheu com resignado decoro. Decerto, haveria mais assunto para as conversas se a Srta. Lydia tivesse se entregado a uma existência libertina em Londres; ou, como uma alternativa menos infeliz, que fosse isolada do mundo em alguma fazenda distante. Mas havia muito que falar sobre o casamento; e as bem-intencionadas condolências que haviam sido manifestadas antes por todas as velhotas invejosas de Meryton, pouco perderam de seu espírito com a mudança das circunstâncias, pois, com um marido como aquele, a desgraça de Lydia era considerada certa.

A Sra. Bennet estava havia quinze dias sem sair do quarto, mas naquele dia feliz, voltou a assumir seu lugar à cabeceira da mesa com um humor opressivamente alegre. Nenhum sentimento de vergonha atenuava seu triunfo. O casamento de uma filha, seu objetivo desde que Jane completara dezesseis anos, estava agora a ponto de se realizar, e seus pensamentos e palavras giravam em torno dos detalhes de um casamento elegante, musselinas finas, novas carruagens e criados. Ocupava-se em pensar em uma casa que servisse para a filha na vizinhança e, sem saber ou considerar qual seria a renda do casal, recusava muitas por não terem tamanho ou importância suficientes.

– Haye Park talvez servisse – disse ela –, se os Goulding a deixassem, ou aquela bela casa em Stoke, se a sala de estar fosse maior; mas Ashworth é muito distante! Não poderia suportar tê-la a quinze quilômetros de mim, e quanto a Purvis Lodge, as mansardas são horríveis.

Seu marido deixou que ela falasse sem interrupção enquanto havia criados na sala. Mas, depois que eles saíram, disse:

– Sra. Bennet, antes que tome uma dessas casas, ou todas elas, para sua filha e seu genro, devemos chegar a um entendimento. Em *uma* das casas desta vizinhança, eles nunca serão admitidos. Não encorajarei a imprudência daqueles dois recebendo-os em Longbourn.

Uma longa briga se seguiu a essa declaração, mas o Sr. Bennet se mostrou firme; um assunto logo conduziu a outro, e a Sra. Bennet descobriu, com choque e horror, que o marido não adiantaria um só guinéu para as despesas do enxoval. Ele declarou que ela não receberia o menor sinal de sua estima naquela ocasião. A Sra. Bennet não podia compreender aquela atitude. Que a raiva dele tivesse evoluído para um descabido ressentimento, a ponto de recusar à filha um privilégio sem o qual seu casamento pouco valeria a pena, estava além de tudo o que ela considerava possível. Ela era muito mais sensível à vergonha que a falta de roupas novas causaria às bodas da filha, do que à desonra por ela ter fugido e vivido com Wickham por quinze dias antes que estas se realizassem.

Elizabeth estava agora mais arrependida do que nunca por se ter deixado levar pela aflição do momento e revelado ao Sr. Darcy seus temores quanto ao futuro da irmã; pois, como o casamento logo daria um fim apropriado à fuga, eles poderiam conseguir esconder aquele vergonhoso início de todos os que não estivessem diretamente envolvidos.

Ela não temia que ele mesmo espalhasse o caso. Havia poucas pessoas em cuja discrição tivesse mais confiança; mas, por outro lado, não havia ninguém cujo conhecimento da leviandade de sua irmã a mortificasse tanto. Não, entretanto, que receasse alguma desvantagem para si própria, pois de qualquer modo parecia haver um abismo intransponível entre eles. Mesmo que o casamento de Lydia fosse concluído da forma mais respeitável, não era provável que o Sr. Darcy se ligasse a uma família à qual, entre todas as outras objeções, agora era adicionado o parentesco com um homem que ele, com tanta razão, desprezava.

Diante de tal conexão, não era de estranhar que ele recuasse. O desejo de obter a consideração de Elizabeth, que ele lhe manifestara em Derbyshire, não poderia, em uma expectativa racional, sobreviver a tal golpe. Ela estava humilhada e ferida; e se arrependia, embora não soubesse de quê. Desejava a estima dele quando não tinha mais esperança de recebê-la. Queria notícias dele, quando não havia a menor chance de que lhe escrevesse. Estava convencida de que poderia ter sido feliz com ele, agora que não havia mais probabilidade de encontrá-lo.

Que triunfo para ele, ela pensava com frequência, se soubesse que a proposta que ela rejeitara tão orgulhosamente havia apenas quatro meses seria recebida agora com alegria e gratidão! Era tão generoso, ela não duvidava, quanto o mais generoso dos homens. Mas, como um simples mortal, sentiria triunfo.

Ela começava a compreender, então, que ele era exatamente o tipo de homem que, tanto pelas inclinações quanto pelas qualidades, mais lhe convinha. Sua inteligência e seu temperamento, embora diferentes dos seus, correspondiam a todos os seus desejos. A união teria sido vantajosa para ambos: sua espontaneidade e bom humor suavizariam o espírito dele, e melhorariam suas maneiras; e da capacidade de julgamento, da cultura e da experiência de mundo do Sr. Darcy, ela teria recebido um grande benefício.

Mas esse feliz casamento não poderia ensinar aos outros o que era felicidade conjugal. Uma união de caráter diferente, e que excluía a possibilidade da outra, estava para acontecer em sua família.

Como Lydia e Wickham conseguiriam viver com relativa independência, ela não podia imaginar. Mas que uma felicidade duradoura jamais pertenceria a um casal que só se unira porque suas paixões eram mais fortes que suas virtudes, era fácil supor.

O SR. GARDINER logo tornou a escrever para o cunhado. Aos agradecimentos do Sr. Bennet, respondeu brevemente, dizendo apenas que estava sempre disposto a fazer o máximo esforço para o bem de qualquer pessoa da família, e concluindo com o pedido de que nunca mais se mencionasse o assunto. A finalidade principal da carta era anunciar que o Sr. Wickham resolvera deixar a milícia. E acrescentava:

> Eu desejava muito que ele o fizesse assim que o casamento fosse marcado. E acho que você concordará comigo que esse passo é muito vantajoso, tanto para ele como para minha sobrinha. O Sr. Wickham planeja ingressar no Exército regular; e alguns de seus antigos amigos estão dispostos a apoiá-lo. Prometeram-lhe um posto de subtenente no regimento do general..., aquartelado agora no norte. É uma vantagem que estejam tão longe daqui. Ele promete sinceramente; e espero que, entre pessoas diferentes, onde poderão fazer nova reputação, ambos se mostrem mais prudentes. Escrevi para o coronel Forster, a fim de informá-lo de nossa atual situação e pedindo que tranquilize os vários credores do Sr. Wickham em Brighton e redondezas, com promessas de rápido ressarcimento, do qual eu mesmo vou me encarregar. Peço que faça o mesmo com os credores de Meryton, dos quais lhe envio a lista, de acordo com as informações do Sr. Wickham. Ele confessou todas as suas dívidas; espero ao menos que não nos tenha enganado. Haggerston já recebeu nossas instruções e tudo

ficará pronto dentro de uma semana. Eles se juntarão em seguida ao regimento, a não ser que sejam antes convidados a ir a Longbourn; e eu soube pela Sra. Gardiner que minha sobrinha deseja muito vê-los a todos antes de deixar o sul. Ela está bem e pede que eu transmita suas lembranças a você e à mãe.

Sinceramente etc.
E. Gardiner

O Sr. Bennet e as filhas logo compreenderam as vantagens da saída do Sr. Wickham do regimento da milícia de ...shire com tanta clareza quanto o Sr. Gardiner. Mas a Sra. Bennet não ficou tão satisfeita. A transferência de Lydia para o norte, exatamente quando teria maior prazer e orgulho em sua companhia, pois não desistira de modo algum de seu plano de instalar a filha em Hertfordshire, foi um grande desapontamento; além disso, era uma pena que Lydia fosse afastada de um regimento no qual conhecia a todos, e tinha tantos favoritos.

– Lydia gosta tanto da Sra. Forster! – disse ela. – É uma pena mandá-la embora! E há muitos rapazes, também, de quem ela gosta muito. Os oficiais do regimento do general... podem não ser tão amáveis.

O pedido de Lydia, pois certamente partira dela, de ser readmitida à família antes de partir para o norte, recebeu, a princípio, uma absoluta negativa. Mas Jane e Elizabeth, que concordavam, para o bem dos sentimentos e do futuro da irmã, que ela recebesse o apoio dos pais em seu casamento, pediram-lhe tão seriamente e, ao mesmo tempo, com tanta razão e doçura, que recebesse Lydia e o marido em Longbourn assim que estivessem casados, que conseguiram convencê-lo do que desejavam. E a mãe delas teve a satisfação de saber que poderia exibir pela vizinhança a filha casada, antes de ela ser banida para o norte. Quando o Sr. Bennet tornou a escrever para o cunhado, portanto, permitiu a visita; e ficou acertado que assim que a cerimônia fosse realizada, eles partiriam para Longbourn. Elizabeth ficou surpresa, entretanto, por Wickham ter concordado com esse plano; e se tivesse consultado apenas as próprias inclinações, um encontro com ele seria a última coisa que desejaria.

51

Afinal, o dia do casamento chegou; Jane e Elizabeth estavam mais comovidas do que a própria Lydia. A carruagem foi enviada para buscá-los em ..., e eram esperados à hora do jantar. A chegada era esperada com apreensão pelas irmãs mais velhas, especialmente por Jane, que atribuía a Lydia os sentimentos que teria caso *ela* fosse a culpada, e se entristecia com a ideia do que a irmã deveria estar passando.

Chegaram. A família estava reunida na sala de café da manhã para recebê-los. A Sra. Bennet se desmanchou em sorrisos assim que a carruagem parou à porta; o Sr. Bennet parecia impenetravelmente sério; e suas filhas, alarmadas, ansiosas e inquietas.

Ouviram a voz de Lydia no vestíbulo; a porta foi aberta com força e ela entrou correndo na sala. Sua mãe adiantou-se, abraçou-a, e a acolheu em êxtase. Sorrindo afetuosamente, ela estendeu a mão a Wickham, que seguia a esposa, desejando felicidade a ambos com tanto entusiasmo, que parecia convencida de que a teriam.

A recepção do Sr. Bennet, para quem os visitantes tinham se voltado, não foi tão cordial. Sua expressão ficou ainda mais grave; e ele mal abriu a boca. A atitude despreocupada do jovem casal bastava para irritá-lo. Elizabeth estava enojada, e mesmo a Srta. Bennet ficou desgostosa. Lydia continuava sendo Lydia: indomável, descarada, extravagante, barulhenta e imprudente. Cumprimentou cada uma das irmãs exigindo os parabéns; e, quando finalmente todos se sentaram, olhou avidamente em torno de si, notando as pequenas alterações na sala, e observou com uma risada que fazia muito tempo desde que estivera ali pela última vez.

Wickham não estava mais perturbado do que ela, mas suas maneiras eram sempre tão agradáveis, que, caso seu caráter e seu casamento fossem como deveriam, seus sorrisos e seu desembaraço ao reconhecê-los como parentes teriam encantado a todos. Elizabeth nunca o supusera capaz de tal cinismo; mas sentou-se, decidindo intimamente a, no futuro, não estabelecer limites para a imprudência de um homem sem escrúpulos. Ela enrubesceu, e Jane enrubesceu; mas as faces daqueles que causavam o constrangimento não sofreram alteração de cor.

A conversa era incessante. A noiva e a mãe não poderiam falar mais rápido; e Wickham, que estava sentado perto de Elizabeth, começou a perguntar pelos conhecidos nas redondezas, com uma tranquilidade bem-humorada que ela foi incapaz de imitar nas respostas. Tanto Wickham quanto a esposa pareciam ter apenas as lembranças mais agradáveis do mundo. Nenhum fato do passado era lembrado com amargura; e Lydia mencionava voluntariamente assuntos aos quais as irmãs por coisa alguma no mundo aludiriam.

– Imagine que já faz três meses – exclamou Lydia – que fui embora; afirmo que não me parecem mais do que quinze dias; e, no entanto, aconteceram tantas coisas nesse período! Meu Deus! Quando parti, nem sequer imaginava que estaria casada quando voltasse, embora tenha pensado que seria muito divertido se o fizesse!

Seu pai levantou os olhos. Jane ficou aflita e Elizabeth lançou um olhar expressivo a Lydia; mas ela, que nunca via ou ouvia nada do que escolhesse ignorar, continuou alegremente:

– Oh! Mamãe, os vizinhos já sabem que me casei hoje? Tive receio de que não soubessem; e ultrapassamos William Goulding em sua charrete, então decidi que ele precisava saber, e aí baixei a vidraça, tirei minha luva e apoiei a mão na janela para que ele visse a aliança, depois o cumprimentei e me desmanchei em sorrisos.

Elizabeth não podia mais suportar aquilo. Levantou-se e saiu da sala; não voltou até ouvi-los passando pelo hall a caminho da sala de jantar. Juntou-se a eles a tempo de ver Lydia, com ansiosa pompa, aproximar-se do lugar à direita da mãe e dizer para a irmã mais velha:

– Ah! Jane, eu fico com seu lugar agora, e você se senta mais para lá, pois agora sou uma mulher casada.

Não era de esperar que o decorrer da visita conferisse a Lydia o constrangimento do qual estivera tão completamente livre ao chegar. Seu desembaraço e seu bom humor cresciam. Desejava ver a Sra. Philips, os Lucas e todos os outros vizinhos, e ser chamada de "Sra. Wickham" por cada um deles; e, enquanto isso não acontecia, terminado o jantar foi expor a aliança e se gabar de estar casada para a Sra. Hill e as duas criadas.

– Então, mamãe – disse ela, quando voltou à sala –, o que a senhora acha de meu marido? Não é um homem encantador? Estou certa de que todas as minhas irmãs me invejam. Só desejo que tenham metade da minha sorte. Precisam todas ir a Brighton. Aquele é o lugar para se arranjar maridos. Que pena, mamãe, não termos ido todas.

– É verdade, e se dependesse de mim, teríamos ido. Mas, minha querida Lydia, não gosto nada da ideia de você ir para tão longe. Será mesmo necessário?

– Oh, Deus! Sim, não vejo mal algum; tenho certeza de que vou adorar. A senhora, papai e minhas irmãs devem nos visitar. Passaremos o inverno em Newcastle. Acredito que vai haver muitos bailes, e eu cuidarei de arranjar bons pares para todas elas.

– Não haveria nada que pudesse me agradar mais! – disse a Sra. Bennet.

– E quando regressarem, podem deixar comigo uma ou duas de minhas irmãs; e garanto que arranjarei maridos para elas antes do fim do inverno.

– Agradeço – disse Elizabeth –, mas não aprecio particularmente sua maneira de arranjar maridos.

Os visitantes não passariam mais de dez dias com eles. O Sr. Wickham fora nomeado antes de sair de Londres, e devia se reunir ao regimento em quinze dias.

Ninguém além da Sra. Bennet lamentou que a estada deles fosse tão curta; e ela aproveitou o tempo da melhor forma possível, fazendo visitas com a filha e recebendo convidados frequentemente. Essas reuniões foram bem-vindas para todos. Escapar ao círculo familiar era ainda mais desejável para os que pensavam do que para aqueles que não o faziam.

A afeição de Wickham por Lydia era exatamente como Elizabeth tinha esperado: inferior à de Lydia por ele. Não precisaria tê-los observado juntos para chegar à conclusão lógica de que a fuga fora motivada pela força do amor dela, não do dele; e teria se perguntado por que, se não por uma paixão violenta, ele concordara com aquilo, se não estivesse certa de que a fuga dele fora motivada pela necessidade; e sendo esse o caso, ele não era o tipo de homem que resistiria à oportunidade de ter uma companheira.

Lydia estava perdidamente apaixonada por ele. Ele era seu querido Wickham em qualquer ocasião; ninguém se comparava a ele. Tudo o que fazia era o melhor do mundo; e estava certa de que ele ia matar mais pássaros no início da temporada de caça do que qualquer outra pessoa.

Certa manhã, pouco depois de sua chegada, estava sentada com as irmãs mais velhas e disse a Elizabeth:

– Lizzy, nunca contei a *você* como foi meu casamento, acredito. Você não estava presente quando descrevi tudo a mamãe e às outras. Não está curiosa por saber como tudo se passou?

– Na verdade, não – replicou Elizabeth –, acho que quanto menos se falar nesse assunto, melhor.

– Ora! Você é tão estranha! Mas vou contar como aconteceu. Nós nos casamos na igreja de St. Clement, porque a residência de Wickham era naquela paróquia. Ficou combinado que nos encontraríamos lá às onze horas. Meus tios e eu devíamos ir juntos; e os outros nos encontrariam na igreja. Bem, chegou a manhã de segunda-feira, e eu estava muito agitada! Temia que acontecesse alguma coisa e que o casamento fosse adiado; eu teria ficado desesperada! E lá estava minha tia, enquanto eu me vestia, falando todo o tempo como se estivesse fazendo um sermão. De qualquer maneira, não ouvi quase nada, pois, como você deve supor, estava pensando em meu querido Wickham. Estava muito curiosa para saber se ele ia se casar com o casaco azul.

"Bem, então tomamos café às dez, como de costume; e pensei que nunca mais acabaria; pois, fique sabendo, aliás, meu tio e minha tia foram horrivelmente severos comigo durante todo o tempo em que estive com eles. Acredite se quiser, mas não pus o pé para fora da porta nem uma só vez, apesar de ter ficado lá durante os quinze dias. Nem uma festa, nem uma reunião, nada. É verdade que Londres estava bastante parada, mas o Little Theatre estava aberto. Bem, na hora em que a carruagem parou à porta, meu tio foi chamado a negócios por um sujeito horrível chamado Sr. Stone. E então, você sabe... quando ele começa a falar em negócios, não para mais. Bom, eu estava tão apavorada que não sabia o que fazer, pois era meu tio quem me entregaria ao noivo; e se perdêssemos a hora, eu não poderia me casar naquele dia. Mas, felizmente, ele voltou em dez minutos, e saímos. Entretanto, depois me lembrei de que, mesmo que ele *fosse* impedido de ir, o casamento não precisaria ser adiado, porque o Sr. Darcy poderia tê-lo substituído.

– O Sr. Darcy? – repetiu Elizabeth, com imensa perplexidade.

– Oh, sim! Ele tinha ficado de ir com Wickham. Mas o que estou dizendo! Eu me esqueci! Não devia ter dito uma palavra sobre isso! Prometi que não diria! O que Wickham vai dizer? Isso deveria ser tão secreto!

– Se deveria ser secreto – disse Jane –, não diga mais uma palavra sobre o assunto. Pode ficar certa de que não faremos outras indagações.

– Oh! Decerto – disse Elizabeth, embora ardesse de curiosidade. – Não faremos perguntas.

– Obrigada – disse Lydia –, pois se vocês perguntassem, eu certamente contaria tudo, e então Wickham ficaria furioso.

Diante de tal encorajamento, Elizabeth foi obrigada a fugir dali para impedir a si mesma de fazer mais perguntas.

Mas viver na ignorância daquele detalhe era impossível; ou, pelo menos, era impossível não tentar se informar. O Sr. Darcy assistira ao casamento de sua irmã. Aquelas eram exatamente a cena e exatamente a companhia que, aparentemente, menos o atrairiam. Conjeturas sobre o significado daquilo, velozes e desenfreadas, atravessaram seu espírito; mas nenhuma a satisfez. As que mais agradavam, por colocarem a conduta dele sob uma luz mais nobre, pareciam as mais improváveis. Ela não poderia suportar essa incerteza; e tomando apressadamente uma folha de papel escreveu um bilhete para a tia, pedindo-lhe a explicação do fato a que Lydia aludira, caso pudesse revelá-lo.

"A senhora bem pode compreender", acrescentou ela, "qual não deve ser minha curiosidade para saber como uma pessoa que não tem nenhuma conexão conosco, e é (comparativamente falando) um estranho para nossa família, pudesse estar entre vocês em um momento como aquele. Peço que escreva imediatamente e me explique tudo, a não ser que seja tão importante guardar o segredo quanto Lydia parece achar necessário. Nesse caso, tentarei me resignar à ignorância."

"Mas não que eu *vá* conseguir", acrescentou ela para si mesma.

Em seguida terminou a carta.

"Minha querida tia, se a senhora não me disser isso por bem, serei obrigada a lançar mão de estratagemas e truques para descobrir."

O delicado senso de honra de Jane não lhe permitia falar em particular com Elizabeth sobre o que Lydia deixara escapar; Elizabeth ficava feliz por isso; até saber se sua curiosidade seria satisfeita, preferia não ter uma confidente.

52

Elizabeth teve a satisfação de receber uma resposta tão rápida quanto era possível. Assim que a recebeu, correu para o bosque, onde era menos provável que fosse interrompida, sentou-se em um dos bancos e preparou-se para ser feliz; porque o tamanho da carta a convencera de que não se tratava de uma negativa.

Gracechurch Street, 6 de setembro

Minha cara sobrinha,

Acabo de receber sua carta e devotarei toda esta manhã a lhe escrever minha resposta, pois prevejo que em *poucas* linhas não poderei transmitir tudo o que tenho a dizer. Devo confessar que estou surpresa por seu interesse; não o esperava de *você*. Não pense que estou aborrecida, no entanto, desejo apenas exprimir que não esperava que *você* precisasse dessas informações. Se prefere não compreender o que digo, perdoe minha impertinência. Seu tio ficou tão espantado quanto eu, e nada, a não ser a crença de que você seja uma parte interessada, o teria levado a agir da maneira como fez. Mas se você está realmente inocente e ignorante, preciso ser mais explícita. No mesmo dia em que eu voltava de Longbourn, seu tio recebeu uma visita inesperada. O Sr. Darcy veio à nossa casa e ficou trancado com ele durante várias horas. Terminaram antes que eu chegasse; portanto, minha curiosidade não foi tão terrivelmente maltratada como a *sua* parece ter sido. Ele veio dizer a seu tio que tinha descoberto o paradeiro do Sr. Wickham e de sua irmã, e que já os tinha visto e conversado com ambos; com Wickham, várias vezes, e com Lydia, uma. Ao que parece, ele saiu de Derbyshire apenas um dia depois de nossa partida, e veio a Londres resolvido a procurá-los. O motivo alegado era sua convicção de que fora por sua causa que o caráter perverso de Wickham não fora revelado, tornando impossível que uma moça decente o amasse e confiasse nele. Generosamente atribuiu tudo isso a seu orgulho equivocado, e confessou que antes julgava estar acima da necessidade de expor aos outros seus atos particulares. Seu caráter fala por si mesmo. Ele achava, portanto, que era seu dever vir a público e tentar reparar o mal que julgava ter causado. Se *havia outro* motivo, estou certa de que não era um motivo inconfessável. Passara alguns dias em Londres antes de descobrir onde estavam, mas ele possuía um elemento para dirigir sua busca, que nós não possuíamos; e este era o outro motivo para justificar sua vinda. Existe uma senhora, ao que parece, certa Sra. Younge, que foi durante algum tempo a governanta da Srta. Darcy, tendo sido despedida por causa de algum problema que ele não nos contou. Depois disso, ela conseguiu uma grande casa na Edward Street e se sustentava alugando quartos. O Sr. Darcy sabia que essa Sra. Younge era intimamente ligada a Wickham; e dirigiu-se a ela em busca de informações, assim que chegou a Londres. Mas levou dois ou três dias para obter dela o que desejava. Ela não trairia a confiança de Wickham, suponho, sem receber um suborno, pois de fato conhecia o paradeiro do amigo. Wickham realmente se dirigira a ela ao chegar a Londres e, se houvesse cômodos disponíveis, teria se instalado em sua casa. Afinal, nosso bom amigo conseguiu obter o endereço desejado. Estavam na ... Street. Ele esteve com Wickham e posteriormente insistiu em ver Lydia. Seu primeiro objetivo em relação a ela, admitiu, fora persuadi-la a abandonar a desonrosa situação em que se encontrava e voltar para seus amigos assim que eles consentissem em recebê-la, oferecendo seu auxílio até onde fosse possível. Mas descobriu que Lydia estava absolutamente resolvida a permanecer no mesmo lugar. Ela não se importava com nenhum dos amigos; não queria o auxílio dele; e não queria nem ouvir falar em deixar Wickham. Estava certa de que se casariam mais cedo ou mais tarde, e a data lhe era indiferente. Diante de tais sentimentos, pensou ele, restava apenas assegurar e apressar o casamento, o que, logo na primeira conversa que teve com Wickham, compreendeu imediatamente nunca ter sido a intenção *dele*. Ele confessou que fora obrigado a deixar o regimento devido a algumas dívidas de honra muito urgentes; e não hesitava em atribuir as consequências da fuga de Lydia unicamente à sua própria leviandade. Tinha também a intenção de afastar-se de seu posto imediatamente; e, quanto à sua futura situação, não sabia bem o que fazer. Precisava ir para algum lugar, mas não sabia para onde, e sabia que não tinha do que viver. O Sr. Darcy perguntou por que ele não tinha se casado com sua irmã imediatamente. Embora não constasse que o Sr. Bennet fosse muito rico, ainda assim poderia fazer alguma coisa por ele, e sua situação melhoraria com o casamento. Mas descobriu, pela resposta a essa pergunta, que Wickham ainda alimentava esperança de fazer fortuna pelo casamento em algum outro país. Assim sendo, não seria prudente oferecer-lhe um auxílio imediato. Eles se encontraram várias vezes, pois havia muito a discutir. Wickham, naturalmente, queria mais do que poderia obter; mas, afinal, foi obrigado a ser razoável. Com tudo acertado entre *eles*, o passo seguinte do Sr. Darcy foi colocar seu tio a par dos acontecimentos, e ele veio a Gracechurch Street pela primeira vez na noite anterior à minha chegada. Mas o Sr. Gardiner não estava, e o Sr. Darcy descobriu então que seu pai ainda estava com ele, mas que deixaria a cidade na manhã seguinte. Julgou, então, que seu tio seria mais adequado para uma consulta do que seu pai, e resolveu adiar a entrevista para depois da partida deste. Ele não deixou um recado e, até voltar no dia seguinte, sabia-se apenas que um cavalheiro tinha procurado o Sr. Gardiner a negócios. No sábado, ele voltou. Seu pai tinha partido, seu tio estava em casa e, como eu disse antes, tiveram uma longa entrevista. Tornaram a se encontrar no domingo, e então *eu* o vi também. Nada ficou acertado até segunda-feira: tão logo aconteceu, um mensageiro foi despachado a Longbourn. Mas o nosso visitante se mostrou muito obstinado. Imagino, Lizzy, que a obstinação é o verdadeiro defeito de seu caráter, afinal. Ele já foi acusado de muitas faltas, mas *esta* é a única verdadeira. Insistia em cuidar de tudo pessoalmente; embora eu estivesse certa (e não falo nisso para receber agradecimentos, e, portanto, não comente com ninguém) de que seu tio arranjaria tudo com rapidez. Discutiram durante muito tempo, o que era mais do que tanto o cavalheiro quanto a jovem em questão mereciam. Mas, afinal, seu tio foi forçado a ceder, e, em vez de ter a chance de ser útil à sobrinha, teve de se contentar em receber a fama, coisa que não o agradou de maneira alguma; e realmente acredito que sua carta desta manhã lhe proporcionou um grande prazer, porque exigia uma explicação que o despojaria de seu falso crédito, restituindo-o a quem tinha direito. Mas, Lizzy, isto deve ficar entre nós, ou, no máximo, ser transmitido a Jane. Você sabe muito bem, suponho, o que foi feito pelo jovem casal. As dívidas de Wickham, que ultrapassam, creio eu, as mil libras, devem ser pagas; e outras mil são destinadas ao dote *dela*, além da compra da patente dele. O motivo que ele alegou para se encarregar de tudo por conta própria foi o que citei antes. Por causa dele, de seus escrúpulos e sua compreensão equivocada, o caráter de Wickham fora tão malcompreendido, e, por consequência, tão bem aceito. Talvez haja alguma verdade *nisso*; ainda que eu duvide que a reserva *dele*, ou a de *qualquer outra pessoa*, possa ser responsabilizada pelo que houve. Mas, apesar de todas essas belas palavras, minha querida Lizzy, você pode ficar inteiramente certa de que seu tio jamais teria cedido se não atribuísse ao Sr. Darcy *outro interesse* no assunto. Quando tudo ficou resolvido, ele retornou à companhia dos amigos, que ainda estavam em Pemberley; mas ficou combinado que retornaria a Londres no dia do casamento, e, então, todas as questões financeiras seriam finalizadas. Creio que agora já lhe contei tudo. É um relato que, segundo percebo por sua carta, lhe causará uma grande surpresa; espero que, ao menos, não lhe cause nenhum descontentamento. Lydia veio para nossa casa; e Wickham foi recebido constantemente. *Ele* era exatamente o mesmo rapaz que eu conheci em Hertfordshire; mas eu não lhe contaria o quanto me desagradou a conduta *dela*, enquanto esteve conosco, se eu não tivesse percebido, pela carta de Jane que recebi na segunda-feira passada, que seu procedimento ao chegar a Longbourn foi exatamente o mesmo, e, portanto, o que lhe confesso agora não causaria um novo desgosto. Conversei com ela seriamente várias vezes, demonstrando o mal que fizera, e toda a infelicidade que causara à família. Se me ouviu, foi por acaso, pois estou certa de que não prestou a menor atenção. Várias vezes fiquei irritada, mas nesses momentos eu me lembrava de minhas queridas Elizabeth e Jane, e pelo bem de vocês, tive paciência. O Sr. Darcy voltou pontualmente e, como Lydia já lhe contou, assistiu ao casamento. Jantou conosco no dia seguinte e planejava partir na quarta ou na quinta-feira. Espero que não se zangue comigo, minha cara Lizzy, por eu me aproveitar desta oportunidade para lhe dizer (não tive a ousadia de fazê-lo antes) que gosto muito dele. Seu comportamento em relação a nós foi, sob todos os aspectos, tão agradável quanto fora em Derbyshire. Sua maneira de ver as coisas e todas as suas opiniões me agradam; não lhe falta nada mais que um pouco de vivacidade, e *isso*, se ele se casar *acertadamente*, a esposa poderá lhe ensinar. Achei-o muito dissimulado, praticamente não mencionou seu nome. Mas a dissimulação parece estar em moda. Peço-lhe que me perdoe se fui muito ousada, ou que pelo menos não me castigue a ponto de me excluir de P. Nunca me sentirei inteiramente feliz enquanto não tiver percorrido todo o parque. Um pequeno fáeton puxado por uma boa parelha de pôneis seria o ideal. Mas não posso me alongar mais, as crianças já me esperam há meia hora.

Sua tia muito afetuosa,

M. Gardiner

O conteúdo dessa carta lançou Elizabeth em uma agitação tamanha, que era difícil determinar se o prazer ou a dor predominavam. As vagas suspeitas sobre o que o Sr. Darcy fizera para auxiliar o casamento de sua irmã, que receara encorajar pois demonstravam uma bondade grande demais para ser provável, e que, ao mesmo tempo, temia ver provadas, pela dívida de gratidão que acarretariam, tinham se convertido em uma realidade além de suas expectativas! Ele os seguira deliberadamente até Londres, assumira todos os incômodos e tormentos inerentes a tal busca; na qual fora necessário suplicar a uma mulher que devia desprezar; e pela qual fora obrigado a encontrar-se, encontrar-se frequentemente, discutir, persuadir e, por fim, subornar o homem que mais desejara evitar, e cuja simples pronúncia do nome lhe era um castigo. Fizera tudo isso por uma moça que ele não podia nem admirar nem estimar. Seu coração lhe dizia que fora unicamente por sua causa. Mas essa esperança foi logo sufocada por outras reflexões, e ela sentiu que nem sua vaidade seria suficiente para garantir que a afeição dele por ela, uma mulher que já o rejeitara, seria capaz de sobrepujar um sentimento tão natural quanto a repugnância por Wickham. Cunhado de Wickham! O orgulho mais elementar se revoltaria contra esse parentesco. Decerto ele já fizera muito. Ela se envergonhava em pensar no quanto. Mas Darcy tinha apresentado um motivo para sua interferência, um motivo que não exigia sutilezas de interpretação. Era razoável que sentisse que agira mal; possuía generosidade, e tinha meios de exercê-la; e, embora ela não se considerasse a causa principal dessa conduta, poderia, talvez, supor que um resto de afeição por ela tivesse contribuído para seus esforços em uma causa à qual sua paz de espírito estava atrelada. Era doloroso, extremamente doloroso, saber que estavam em débito com uma pessoa a quem nunca poderiam pagar. Eles deviam a devolução de Lydia, sua honra, tudo, a ele. Oh! Com que amargura lamentava todos os desprazeres que lhe causara, todas as palavras insolentes que lhe dirigira. Sentia-se humilhada, mas estava orgulhosa dele; pois em uma causa de compaixão e honra, fora capaz de dar o melhor de si. Releu várias vezes os elogios da tia a ele; não chegavam a ser suficientes, mas a agradavam. Estava consciente do prazer, embora misturado ao pesar, de descobrir a firmeza com que os tios acreditavam que a afeição e a confiança entre o Sr. Darcy e ela conseguira sobreviver.

Elizabeth foi arrancada de seu banco, e de suas reflexões, pela aproximação de alguém; e antes que pudesse tomar algum outro caminho foi abordada por Wickham.

– Estou interrompendo seu passeio solitário, minha cara irmã? – disse ele, ao se juntar a ela.

– Certamente que sim – respondeu ela, com um sorriso –, mas isso não quer dizer que a interrupção seja inconveniente.

– Sentiria muito se o fosse. *Nós* sempre fomos bons amigos; e agora mais do que nunca.

– É verdade. Os outros não vêm passear?

– Não sei. A Sra. Bennet e Lydia vão de carruagem a Meryton. Então, minha cara irmã, soube por nossos tios que estiveram em Pemberley.

Ela respondeu afirmativamente.

– Eu quase lhes invejo o prazer, mas acho que seria demais para mim. De outro modo, iria até lá a caminho de Newcastle. E conheceram a velha governanta? Pobre Reynolds, ela sempre gostou muito de mim. Mas, é claro, ela não mencionou meu nome para vocês.

– Mencionou, sim.

– E o que foi que ela disse?

– Que o senhor tinha ingressado na vida militar e que receava que... tivesse se tornado um rapaz pouco prudente. Mas a uma distância como *aquela*, como sabe, as notícias chegam bastante deturpadas.

– Certamente – replicou ele, mordendo os lábios.

Elizabeth esperou tê-lo silenciado, mas pouco depois ele disse:

– Fiquei surpreso ao ver Darcy em Londres no mês passado. Cruzamos várias vezes um com o outro. Pergunto-me o que estaria fazendo lá?

– Talvez preparando seu casamento com a Srta. De Bourgh – disse Elizabeth. – Deve ter tido um motivo muito especial para ir a Londres nesta época do ano.

– Sem dúvida. A senhorita o viu quando esteve em Lambton? Se não me engano, os Gardiner disseram que sim.

– Sim, ele me apresentou à irmã.

– E a senhorita gostou dela?

– Muito.

– De fato, ouvi dizer que ela melhorou extraordinariamente nesses últimos dois anos. Da última vez em que a vi, não prometia muito. Espero que se torne uma boa pessoa.

– Tenho certeza de que sim; já passou a idade mais difícil.

– Passaram pela aldeia de Kympton?

– Não me lembro.

– Falo nisso porque é a sede da reitoria que deveria ter sido minha. Um lugar encantador! Excelente casa! Teria sido conveniente para mim em todos os aspectos.

– Será que o senhor gostaria de fazer sermões?

– Muitíssimo. Eu os teria considerado parte de meu dever, e o esforço, afinal, não seria tão grande assim. Não devemos nos queixar, mas certamente teria sido esplêndido para mim! A quietude e o isolamento daquela vida teriam correspondido a todas as minhas ideias de felicidade! Mas não tinha que ser. Darcy mencionou alguma coisa sobre o caso, enquanto esteve no Kent?

– *De fato*, ouvi de alguém, que considerei *muito confiável*, que a reitoria lhe foi deixada apenas condicionalmente, ao arbítrio do atual proprietário.

– É mesmo? Sim, existe alguma verdade *nisso*; eu lhe contei logo no início, a senhorita deve ser lembrar.

– Eu *também* ouvi dizer que, em certa época de sua vida, os sermões não lhe eram tão palatáveis quanto parecem ser atualmente; que o senhor declarou a resolução de não se ordenar, e que houve um acordo nesse sentido.

– Ah, ouviu? E não foi totalmente sem fundamento. Deve se lembrar do que lhe disse a esse respeito, quando falamos pela primeira vez no assunto.

Estavam quase à porta da casa, pois ela caminhara depressa para se ver livre dele; e não querendo provocá-lo, por causa da irmã, respondeu apenas com um sorriso cordial:

– Vamos, Sr. Wickham, agora somos irmãos. Não devemos brigar por causa do passado. No futuro, espero que estejamos sempre de acordo.

Elizabeth estendeu a mão; e ele a beijou com galante cordialidade, embora não soubesse que expressão tomar, e entraram em casa.

53

O Sr. Wickham ficou tão satisfeito com a conversa, que nunca mais afligiu a si mesmo, ou provocou sua querida irmã Elizabeth, tocando naquele assunto; e ela ficou satisfeita por perceber que dissera o suficiente para silenciá-lo.

O dia da partida de Wickham e Lydia logo chegou, e a Sra. Bennet foi obrigada a submeter-se à separação, que, diante da recusa definitiva do marido em aderir ao plano de irem todos a Newcastle, era bem provável que durasse pelo menos um ano.

– Oh! Minha querida Lydia – exclamou ela –, quando nos veremos novamente?

– Oh! Deus! Não sei. Não nos próximos dois ou três anos, talvez.

– Escreva sempre, minha querida.

– Sempre que puder. Mas a senhora sabe que as mulheres casadas não têm muito tempo para escrever. Minhas irmãs podem escrever para *mim*. Elas não têm mais nada que fazer.

As despedidas do Sr. Wickham foram muito mais afetuosas que as da mulher. Ele sorriu, exibiu sua elegância, e distribuiu muitas palavras bonitas.

– É um rapaz tão bom – disse o Sr. Bennet, assim que eles partiram – quanto sempre pensei. Distribui sorrisinhos forçados e é galante com todos. Estou extremamente orgulhoso dele. Desafio o próprio Sir William Lucas a apresentar um genro mais valioso.

A perda da filha deixou a Sra. Bennet abatida por vários dias.

– Sempre penso – disse ela – que não há nada mais doloroso do que se separar dos amigos. Ficamos desamparados sem eles.

– Como sabe, mamãe, essa é a consequência de casar uma filha – disse Elizabeth. – A senhora deve se alegrar com o fato de suas quatro outras filhas continuarem solteiras.

– Não é nada disso. Lydia não me deixou por estar casada, mas porque o regimento do marido fica muito longe. Se estivesse mais próximo, não seria obrigada a partir tão cedo.

Mas o desânimo que esse acontecimento causou logo foi atenuado por uma notícia que começou a circular. A governanta de Netherfield recebera a ordem de se preparar para a vinda do patrão, que chegaria dali a um ou dois dias, e ficaria algumas semanas para caçar. A Sra. Bennet ficou muito agitada. Não sabia se olhava para Jane, sorria ou balançava a cabeça.

– Muito bem, então o Sr. Bingley está para chegar, minha irmã? – (Pois fora a Sra. Phillips quem dera a notícia.) – Bom, tanto melhor. Não que eu me importe, na verdade. Ele não significa nada para nós, como sabe, e certamente *eu* não desejo vê-lo nunca mais. No entanto, é bom que venha para Netherfield, se é o que quer. Quem sabe o que *pode* acontecer? Mas isso não faz diferença para nós. Você bem sabe, minha irmã, que há muito tempo resolvemos não dizer uma palavra sobre o assunto. Então, é mesmo certo que ele venha?

– Pode contar com isso – replicou a outra –, pois a Sra. Nicholls esteve em Meryton ontem à noite; eu a vi passando, e saí de propósito para descobrir se era verdade; e ela me afirmou que sim. Ele deve chegar na quinta-feira o mais tardar, provavelmente na quarta. Estava a caminho do açougue, ela me disse, justamente para encomendar carne para quarta-feira, e já tem meia dúzia de patos prontos para ser mortos.

A Srta. Bennet não foi capaz de ouvir a notícia sem mudar de cor. Havia muitos meses que não mencionava o nome dele a Elizabeth; mas assim que ficaram sozinhas, disse:

– Eu a vi olhar para mim hoje, Lizzy, quando minha tia nos trouxe essa notícia; e eu sei que pareci perturbada. Mas não imagine bobagens. Apenas me senti confusa por um momento, porque senti que *seria* observada. Posso lhe assegurar que essa notícia não me causa alegria nem tristeza. Só me alegro com uma coisa: que ele venha sozinho; pois assim o veremos menos. Não que eu tema por *mim*, mas tenho horror às observações dos outros.

Elizabeth não soube o que pensar. Se não o tivesse encontrado em Derbyshire, poderia acreditar que sua volta devia-se ao motivo alegado; mas ainda achava que Bingley tinha uma inclinação por Jane, e não sabia se ele *tinha* a permissão do amigo ou se fora audacioso bastante para dispensá-la.

"Embora seja triste" pensava Elizabeth, às vezes, "que esse pobre rapaz não possa voltar à própria casa sem levantar todas essas especulações! *Vou* deixá-lo em paz."

Apesar do que a irmã declarava e acreditava sobre os próprios sentimentos a respeito da chegada de Bingley, Elizabeth podia facilmente perceber que seu humor fora afetado. Jane estava mais perturbada e mais instável do que de hábito.

O assunto que fora discutido com tanto ardor pelos seus pais, cerca de um ano antes, voltava à tona.

– Assim que o Sr. Bingley chegar, meu caro – disse a Sra. Bennet –, o senhor lhe fará uma visita, é claro.

– Não, não. A senhora me forçou a visitá-lo no ano passado e prometeu que, se eu fosse, ele se casaria com uma de minhas filhas. Mas isso deu em nada, e não farei papel de tolo novamente.

A mulher explicou que essa atenção era absolutamente indispensável a todos os cavalheiros da região, quando ele retornasse a Netherfield.

– É uma etiqueta que desprezo – disse ele. – Se quiser nossa companhia, deixe que a procure. Ele sabe onde moramos. Não vou perder *meu* tempo correndo atrás dos vizinhos a cada vez que eles partem e retornam.

– Bem, tudo o que eu sei é que será uma abominável grosseria se o senhor não visitá-lo. Mas, de qualquer modo, isso não impedirá que eu o convide para jantar conosco, estou determinada. Devemos receber a Sra. Long e os Goulding em breve. Contando conosco, seremos treze à mesa, e, portanto, haverá justamente um lugar para ele.

Reconfortada por essa decisão, ela conseguiu suportar melhor a falta de cortesia do marido; embora fosse muito mortificante saber que, por causa disso, todos os vizinhos veriam o Sr. Bingley antes deles.

Conforme o dia da chegada se aproximava:

– Começo a lamentar que ele venha – disse Jane à irmã. – Não significaria nada para mim; eu poderia encontrá-lo com perfeita indiferença, mas não suporto ouvir falar constantemente nesse assunto. A intenção de minha mãe é boa; mas ela não sabe, ninguém pode imaginar, quanto sofro com o ela diz. Ficarei feliz quando sua estada em Netherfield terminar.

– Gostaria de dizer algo que a consolasse – replicou Elizabeth –, mas está totalmente fora de meu alcance. Sei que está sofrendo; mas mesmo a satisfação habitual de recomendar paciência aos sofredores me é negada, pois você já a tem de sobra.

O Sr. Bingley chegou. A Sra. Bennet, por intermédio dos criados, arranjou um meio de conhecer os fatos o mais cedo possível, para que seu período de ansiedade e mau humor pudesse se prolongar ao máximo. Ela contou os dias que deviam decorrer antes de o convite ser enviado; sem esperança de vê-lo antes. Mas na terceira manhã após sua chegada a Hertfordshire, ela o viu, pela janela de seu quarto de vestir, entrar a cavalo pelo portão e se aproximar da casa.

As filhas foram ansiosamente chamadas para compartilhar sua alegria. Jane continuou resolutamente sentada à mesa; mas Elizabeth, para contentar a mãe, foi até a janela. Ela olhou, viu o Sr. Darcy ao lado dele, e sentou-se novamente ao lado da irmã.

– Há um cavalheiro com ele, mamãe – disse Kitty. – Quem será?

– Algum conhecido dele, minha querida, imagino; estou certa de que não o conheço.

– Ora! – exclamou Kitty –, parece aquele homem que estava sempre com ele antes. O Sr... como ele se chama mesmo? Aquele homem alto e orgulhoso.

– Meu Deus! O Sr. Darcy! E é mesmo... posso jurar. Bem, qualquer amigo do Sr. Bingley será sempre bem recebido em nossa casa, é certo; mas devo confessar que odeio a simples visão daquele homem.

Jane olhou para Elizabeth com surpresa e inquietação. Ela pouco sabia a respeito do encontro deles em Derbyshire, então, imaginava o constrangimento da irmã ao vê-lo praticamente pela primeira vez depois de receber sua carta. As duas irmãs se sentiam bastante desconfortáveis. Uma sentia pela outra, e, naturalmente, por si mesma; e a mãe continuava a falar sobre sua antipatia pelo Sr. Darcy e sobre sua decisão de tratá-lo com cortesia apenas porque era um amigo de Sr. Bingley, sem ser ouvida por nenhuma das duas. Mas Elizabeth tinha motivos de inquietação desconhecidos para Jane, para quem nunca tivera a coragem de mostrar a carta da Sra. Gardiner, ou de relatar a mudança de seus sentimentos por ele. Para Jane, ele podia ser apenas o homem cuja proposta ela recusara, e cujas qualidades, subestimara; mas para Elizabeth, que possuía mais informações, ele era a pessoa a quem toda a família devia o maior dos benefícios, e a quem ela própria dedicava uma afeição, se não tão terna quanto a que Jane dedicava a Bingley, pelo menos tão razoável e tão justa. Sua perplexidade pela presença dele... pela presença dele em Netherfield, em Longbourn, por outra vez procurá-la voluntariamente, era quase tão grande quanto a que sentira ao testemunhar a transformação de seu comportamento em Derbyshire.

A cor que tinham desaparecido de seu rosto voltou por um instante com maior intensidade e um sorriso de prazer fez brilhar seus olhos, quando lhe passou pela cabeça a hipótese de que a afeição e os desejos dele continuassem intactos. Mas não quis se precipitar.

"Deixe-me primeiro ver como ele se comporta", pensou, "ainda é cedo demais para criar expectativas."

Continuou atenta a seu bordado, procurando acalmar-se, e sem ousar levantar os olhos, até que uma curiosidade ansiosa a fez direcioná-los ao rosto da irmã, enquanto a criada se aproximava da porta. Jane parecia um pouco mais pálida que de costume, mas mais calma do que Elizabeth esperava. Quando os cavalheiros entraram, ela enrubesceu ligeiramente; mas mesmo assim recebeu-os com razoável tranquilidade, e com maneiras igualmente livres de qualquer sintoma de ressentimento ou de simpatia exagerada.

Elizabeth falou o mínimo que a educação permitia, e voltou a seu trabalho com um afinco que poucas vezes lhe dedicava. Ela arriscara apenas um olhar para Darcy. A expressão dele era tão séria como de costume; e, pensou ela, mais do que ela já vira em Hertfordshire e em Pemberley. Mas, talvez, ele não se sentisse tão à vontade na presença da mãe dela quanto na dos tios. Era uma dolorosa, embora não improvável, conjetura.

Bingley, também, ela só vira de relance, e naquele curto instante ele parecera tão alegre quanto constrangido. Fora recebido pela Sra. Bennet com um grau de cortesia que envergonhava suas duas filhas, especialmente quando comparado à fria polidez com que ela cumprimentou seu amigo.

Elizabeth, sobretudo, consciente de que a mãe devia a este último a reputação de sua filha favorita, sentiu-se extremamente ferida e aflita com aquela distinção tão mal distribuída.

Darcy, após perguntar pelo Sr. e pela Sra. Gardiner, pergunta que Elizabeth não pôde responder sem certo embaraço, permaneceu praticamente calado. Ele não estava sentado perto dela; talvez fosse esse o motivo de seu silêncio; mas isso não o impedira em Derbyshire. Lá, ele conversara com os amigos de Elizabeth, quando não podia dirigir-se a ela própria. Agora decorriam vários minutos sem que se ouvisse o som de sua voz; e quando, ocasionalmente, incapaz de resistir a um impulso de curiosidade, Elizabeth levantava os olhos para seu rosto, via que ele olhava tanto para Jane como para ela própria, e frequentemente, para nada além do chão. Mais despreocupação e menos ansiedade de agradar do que da última vez que tinham se encontrado, eram claramente demonstradas. Ela ficou desapontada, e furiosa consigo mesma por isso.

"Eu poderia esperar que fosse de outro modo?", exclamou ela para si própria. "Mas, então, por que ele veio?"

Ela não se sentia disposta a conversar com ninguém além dele; e, com ele, não tinha coragem de falar. Perguntou pela Srta. Darcy, mas foi o máximo que conseguiu.

– Faz muito tempo, Sr. Bingley, que o senhor partiu – disse a Sra. Bennet.

Ele concordou prontamente.

– Comecei a temer que o senhor não voltasse mais. As pessoas, *de fato*, disseram que tencionava abandonar Netherfield completamente, por ocasião do dia de São Miguel; mas, entretanto, espero que não seja verdade. Grandes mudanças aconteceram na vizinhança desde que o senhor partiu. A Srta. Lucas está casada e estabelecida. E uma de minhas filhas também. Suponho que deve ter ouvido falar; na verdade, deve ter lido nos jornais. Saiu no *Times* e no *Courier*, pelo que sei; embora não tenha saído como deveria. Dizia apenas: "Recentemente, Ilmo. Sr. George Wickham com a Srta. Lydia Bennet", sem uma sílaba a respeito do pai dela, do lugar onde vivia, nada. Também, foi meu irmão Gardiner quem redigiu, e me pergunto como foi inventar uma coisa tão sem graça. O senhor leu?

Bingley respondeu que sim, e a parabenizou. Elizabeth não ousou levantar os olhos. Qual era a expressão do Sr. Darcy, portanto, ela não sabia.

– É muito agradável, com certeza, ter uma filha bem casada – continuou a mãe –, mas, ao mesmo tempo, Sr. Bingley, é muito duro tê-la arrancada de mim dessa maneira. Eles foram para Newcastle, um lugar situado muito para o norte, ao que parece, e lá devem permanecer não sei quanto tempo. O regimento dele está lá; suponho que o senhor tenha ouvido dizer que ele deixou a milícia do ...shire e ingressou no Exército regular. Graças a Deus! Ele tem *alguns* amigos, embora talvez não tantos quanto merece.

Elizabeth, que sabia que o comentário era dirigido ao Sr. Darcy, sentiu uma vergonha tão dolorosa, que mal conseguiu se manter sentada. Aquelas palavras, no entanto, deram-lhe uma coragem para falar, que nada antes fora capaz; e perguntou a Bingley quanto tempo pretendia ficar na região. Algumas semanas, ele acreditava.

– Quando tiver matado todos os seus próprios pássaros, Sr. Bingley – continuou a mãe –, peço que venha até e aqui e atire em quantos quiser na propriedade do Sr. Bennet. Estou certa de que ele se sentirá feliz em agradá-lo, e guardaremos os melhores bandos para o senhor.

O mal-estar de Elizabeth crescia diante de tão desnecessárias, de tão subservientes atenções! Se as mesmas possibilidades com que eles haviam se felicitado no ano anterior surgissem agora para Jane, ela estava convencida de que tudo se encaminharia para a mesma vergonhosa conclusão. Naquele instante, ela sentiu que muitos anos de felicidade não poderiam compensar para ela ou para Jane momentos de doloroso embaraço como aquele.

"O maior desejo de meu coração", disse a si mesma, "é nunca mais estar em companhia de nenhum dos dois. Não há prazer que sua companhia possa proporcionar, que compense uma desgraça como esta! Que eu nunca mais veja nem um nem outro!"

No entanto, a dor, que anos de felicidade não poderiam compensar, pouco depois foi sensivelmente atenuada pela percepção de que a beleza de sua irmã reavivava o interesse do antigo admirador. A princípio ele lhe falara pouco; mas cada minuto que passava parecia aumentar a atenção que lhe dedicava. Ele a encontrava tão bela quanto no ano anterior; tão simples e natural, embora não tão comunicativa. Jane se esforçava por não deixar transparecer qualquer diferença em sua atitude, e estava convencida de que conversava tanto quanto antes. Mas sua mente estava tão atribulada, que ela nem sempre percebia quando estava em silêncio.

Quando os cavalheiros se levantaram para partir, a Sra. Bennet se lembrou do convite que tencionava fazer, e eles foram convidados e se comprometeram a jantar em Longbourn dali a poucos dias.

– O senhor me deve uma visita, Sr. Bingley – acrescentou ela –, pois quando partiu para Londres no inverno passado prometeu que tomaria parte em um de nossos jantares em família assim que regressasse. Não me esqueci, como pode ver; e eu lhe asseguro que fiquei muito desapontada porque o senhor não voltou como tinha prometido.

Bingley pareceu um pouco atordoado com o comentário, e desculpou-se dizendo que negócios urgentes o tinham retido. Em seguida, partiram.

A Sra. Bennet ficara fortemente inclinada a convidá-los para jantar naquele mesmo dia; mas, embora tivesse sempre uma boa mesa, julgou que um jantar de menos de dois serviços não seria digno de um homem no qual depositava tantas esperanças, nem suficiente para satisfazer o apetite e o orgulho de outro que possuía uma renda anual de dez mil libras.

54

Assim que eles partiram, Elizabeth saiu para recuperar a tranquilidade; ou, em outras palavras, para refletir sem interrupção sobre os assuntos que a perturbariam ainda mais. A atitude do Sr. Darcy a surpreendera e penalizara.

"Por que, se era para permanecer silencioso, grave e indiferente", ela pensava, "ele veio?"

Não encontrava uma resposta satisfatória.

"Ele continuou a ser amável e cortês com meus tios, quando esteve em Londres; e por que não é comigo? Se tem medo de mim, por que veio até aqui? Se não se importa mais comigo, por que fica em silêncio? Que homem mais importuno! Não pensarei mais nele."

Sua resolução foi cumprida involuntariamente por pouco tempo, devido à aproximação da irmã, que se juntara a ela com um ar alegre, que demonstrava que ficara muito mais satisfeita com a visita do que Elizabeth.

– Agora – disse ela –, que o primeiro encontro passou, sinto-me perfeitamente calma. Conheço minhas próprias forças e nunca mais ficarei embaraçada quando ele vier. Estou contente que ele venha jantar aqui na terça-feira. Todos verão que, de ambos os lados, nos encontramos apenas como conhecidos comuns e indiferentes.

– Sim, muito indiferentes, de fato – disse Elizabeth, sorridente. – Oh, Jane, tome cuidado.

– Minha querida Lizzy, você não pode me considerar tão fraca a ponto de ainda correr algum risco.

– Acho que corre um grande risco de fazê-lo se apaixonar por você mais do que nunca.

NÃO VOLTARAM A VER os cavalheiros até a terça-feira; e a Sra. Bennet, enquanto isso, entregou-se a todos os felizes planos que o bom humor e a polidez habitual de Bingley, em meia hora de visita, haviam reavivado.

Na terça-feira, um grupo numeroso reuniu-se em Longbourn; e as duas pessoas mais ansiosamente esperadas foram pontuais. Quando se dirigiam para a sala de jantar, Elizabeth observava avidamente se Bingley tomaria o lugar que, em reuniões passadas, pertencera a ele, ao lado de sua irmã. Sua prudente mãe, a quem ocorrera a mesma ideia, não o convidou para se sentar a seu lado. Ao entrar na sala, ele pareceu hesitar; mas por acaso Jane olhou em torno de si e, por acaso, sorriu: estava decidido. Ele sentou-se ao lado dela.

Elizabeth, com uma sensação triunfante, olhou para o amigo dele. Ele presenciou a cena com nobre indiferença, e Elizabeth teria imaginado que Bingley tinha recebido afinal licença para ser feliz, se não tivesse visto que este também olhava para o Sr. Darcy com uma expressão entre sorridente e alarmada.

A admiração que Bingley demonstrou por sua irmã durante o jantar, embora mais reservada do que antes, persuadiu Elizabeth de que, se dependesse apenas dele, a felicidade de Jane, e a dele mesmo, logo estaria assegurada. Embora não ousasse confiar no resultado, era um prazer observar o comportamento dele. Aquilo despertou toda a animação de que era capaz, pois não estava em um humor muito alegre. O Sr. Darcy estava sentado quase tão longe dela quanto a mesa permitia. Ele estava ao lado de sua mãe. Ela sabia que essa situação daria muito pouco prazer a ambos, e não traria vantagens a nenhum dos dois. Não estava perto o bastante para ouvir o que diziam, mas via como falavam pouco um com o outro, e com que cerimônia e frieza o faziam. A hostilidade da mãe tornava a lembrança de tudo o que deviam a ele ainda mais dolorosa para Elizabeth; e, em alguns momentos, ela teria dado qualquer coisa para poder dizer a ele que sua bondade não era nem ignorada nem desdenhada por todos os membros da família.

Ela tinha esperanças que a noite proporcionasse uma oportunidade de estarem juntos; que a visita não terminasse antes de lhes dar a chance de trocar palavras mais significativas do que as simples saudações de cortesia. Ansiosa e inquieta, o período que decorreu na sala de visitas antes da entrada dos cavalheiros foi tão irritante que a levou ao limite da descortesia. Ela ansiava pela entrada deles a tal ponto, que qualquer chance de prazer naquela noite dependia daquilo.

"Se ele, *então*, não se dirigir a mim", pensou ela, "desistirei dele para sempre."

Os cavalheiros entraram; e ela achou que ele realizaria suas esperanças; mas, infelizmente todas as senhoras tinham se reunido em volta da mesa, onde a Srta. Bennet preparava o chá e

Elizabeth servia café, e não havia lugar a seu lado nem para uma cadeira. E, quando os cavalheiros se aproximaram, uma das moças acercou-se ainda mais dela e lhe disse ao ouvido:

– Os cavalheiros não devem nos separar, estou determinada. Não queremos nenhum deles, não é?

Darcy tinha se dirigido ao outro lado da sala. Ela o acompanhava com os olhos, invejando todas as pessoas com quem ele falava. Serviu o café com impaciência; e depois ficou irritada consigo mesma por ser tão idiota!

"Um homem que foi recusado uma vez! Como posso ser tola a ponto de esperar uma renovação de seu amor? Existiria uma só pessoa de seu sexo que não se revoltaria contra uma fraqueza tão grande quanto uma segunda proposta de casamento para a mesma mulher? Nada seria mais indigno aos olhos dos homens.

Ela ficou um pouco mais animada, no entanto, quando ele veio pessoalmente trazer sua xícara de café; e aproveitou a oportunidade para dizer:

– Sua irmã está ainda em Pemberley?

– Sim, ficará lá até o Natal.

– E está sozinha? Todos os seus amigos já partiram?

– A Sra. Annesley está com ela. Os outros foram a Scarborough para passar três semanas.

Elizabeth não encontrou mais nada para dizer; mas se ele quisesse conversar talvez fosse mais bem-sucedido. Ele ficou a seu lado, no entanto, por alguns minutos, em silêncio; e finalmente, quando a moça sussurrou novamente ao ouvido de Elizabeth, ele se afastou.

Quando o serviço de chá foi retirado e dispuseram-se as mesas de jogo, todas as senhoras se levantaram, e Elizabeth teve outra vez esperança de vê-lo se aproximar; mas todos os seus planos caíram por terra quando, em sua voracidade por jogadores de uíste, sua mãe se apoderou dele como parceiro de jogo. Toda a esperança de diversão estava perdida. Estavam confinados em mesas diferentes pela noite toda, e não tinha nada a desejar, a não ser que ele voltasse os olhos com tanta frequência em sua direção, que acabasse jogando tão mal quanto ela.

A Sra. Bennet estava decidida a convidar os dois cavalheiros de Netherfield para a ceia; mas infelizmente a carruagem deles chegou antes de qualquer outra, e ela não conseguiu detê-los.

– Então, meninas – disse ela, assim que ficaram sós –, o que vocês acharam da festa? Penso que tudo correu da melhor forma possível, eu lhes asseguro. O jantar estava excelente, o veado estava perfeito, e todos disseram que nunca viram uma perna tão gorda. A sopa estava cinquenta vezes melhor do que a que serviram na casa dos Lucas na semana passada; e até o Sr. Darcy reconheceu que as perdizes estavam notavelmente boas; e calculo que ele tenha dois ou três cozinheiros franceses, pelo menos. E, minha querida Jane, nunca a vi tão bonita. A Sra. Long foi da mesma opinião, quando eu perguntei se ela não concordava. E sabe o que ela disse também? "Ah, Sra. Bennet, acho que afinal a veremos em Netherfield." Ela disse, de fato. Realmente considero a Sra. Long a melhor criatura que já existiu. E suas sobrinhas são muito comportadas, e nada bonitas. Eu simplesmente as adoro.

A Sra. Bennet, em resumo, estava de excelente humor; vira o bastante da atitude de Bingley com Jane para se convencer de que ela finalmente o conquistaria; e suas expectativas de benefícios familiares, quando estava de bom humor, eram tão irracionais, que ela ficaria totalmente desapontada se ele não retornasse no dia seguinte para fazer o pedido.

– Foi uma reunião muito agradável – disse a Srta. Bennet para Elizabeth. – Os convidados foram bem escolhidos e pareceram se dar bem uns com os outros. Espero que tornemos a nos reunir com frequência.

Elizabeth sorriu.

– Lizzy, não faça isso. Você não deve suspeitar de mim. Isso me entristece. Eu lhe asseguro que aprendi a gostar dele como um rapaz agradável e sensato, sem ter outras intenções. Vejo perfeitamente, pela maneira como me trata, que nunca desejou de fato minha afeição. Só que ele é dotado de maneiras muito mais agradáveis, e de um desejo de agradar muito mais forte do que qualquer outro homem.

– Você está sendo cruel – disse Elizabeth. – Não me deixa sorrir mas me provoca a cada minuto.

– Como é difícil fazer os outros acreditarem em nós, às vezes!

– E como é impossível, em outras!

– Mas por que você desejaria me persuadir de que sinto mais do que admito?

– Essa é uma pergunta que não sei como responder. Todos gostamos de instruir, embora só possamos ensinar o que não vale a pena saber. Perdoe-me; e se você insistir na indiferença, não me tome por confidente.

55

Poucos dias depois daquela visita, o Sr. Bingley voltou, e sozinho. Seu amigo partira naquela manhã para Londres, mas voltaria dali a dez dias. Ele se demorou mais de uma hora, e estava de excelente humor. A Sra. Bennet o convidou para jantar; mas, com muitas desculpas, declarou que tinha outro compromisso

– Da próxima vez que vier – disse a Sra. Bennet –, espero que tenhamos mais sorte.

Ele teria imenso prazer em vir em qualquer outra ocasião etc.; e, se ela lhe desse permissão, viria muito breve.

– Pode vir amanhã?

Podia, ele não tinha compromissos para o dia seguinte; e o convite foi aceito com entusiasmo.

Ele compareceu, e chegou tão pontualmente, que nenhuma das senhoras estava pronta. A Sra. Bennet correu ao quarto da filha em seu penhoar, o cabelo meio feito, e exclamou:

– Minha querida Jane, ande depressa e corra lá para baixo! Ele chegou. O Sr. Bingley chegou. Ele chegou mesmo. Depressa, depressa! Sarah, venha ajudar a Srta. Bennet com o vestido. Esqueça o cabelo da Srta. Lizzy.

– Nós desceremos assim que pudermos – disse Jane. – Mas acredito que Kitty esteja mais adiantada que nós, pois ela subiu para se arrumar há meia hora.

– Oh! Deixe Kitty para lá! O que ela tem com isso? Vamos, se apresse, se apresse! Onde está sua faixa, querida?

Mas, quando a mãe saiu, Jane se recusou a descer sem uma das irmãs.

A mesma ansiedade de deixá-los a sós foi percebida durante a visita. Depois do chá, o Sr. Bennet se retirou para a biblioteca, como era seu costume, e Mary subiu para estudar piano. Com dois dos cinco obstáculos removidos, a Sra. Bennet ficou sentada por um tempo considerável, olhando e piscando para Elizabeth e Catherine, sem obter qualquer reação. Elizabeth se recusou a olhar para ela; e quando, finalmente, Kitty o fez, disse com inocência:

– Qual é o problema, mamãe? Para que a senhora fica piscando para mim? O que quer que eu faça?

– Nada, minha filha, nada, eu não pisquei para você. – Ela continuou sentada durante mais cinco minutos; mas, incapaz de perder uma ocasião tão preciosa, levantou-se e disse para Kitty:

– Venha cá, minha querida, quero falar com você.

E levou-a para fora da sala. Jane imediatamente lançou para Elizabeth um olhar, demonstrando sua contrariedade diante daquela premeditação, e suplicando que *ela* não tomasse parte. Poucos minutos depois, a Sra. Bennet entreabriu a porta e chamou:

– Lizzy, querida, quero falar com você.

Elizabeth foi forçada a ir.

– É melhor deixá-los a sós – disse sua mãe, assim que entrou no hall. – Kitty e eu vamos subir para esperar em meu quarto.

Elizabeth não fez qualquer tentativa de discutir com a mãe, mas permaneceu tranquilamente no hall, e, assim que a mãe e Kitty desapareceram de vista, voltou à sala.

Os planos da Sra. Bennet para aquele dia foram inúteis. Bingley era tudo o que existia de mais encantador, menos o admirador declarado de sua filha. Sua simplicidade e alegria o tornavam um agradável acréscimo; e ele suportou as inoportunas cortesias com que o cobria a Sra. Bennet, e ouviu todas as suas observações disparatadas com uma paciência e uma seriedade que gratificaram particularmente a filha.

Ele praticamente não precisou de convite para jantar; e antes de ir embora, já tinha o compromisso, arranjado graças à intervenção da Sra. Bennet, de voltar na manhã seguinte para caçar com o Sr. Bennet.

Depois desse dia, Jane não falou mais em sua indiferença. Nem uma palavra sobre Bingley foi trocada pelas irmãs; mas Elizabeth foi se deitar com a feliz certeza de que tudo logo estaria concluído, a não ser que Sr. Darcy voltasse antes da data marcada. No entanto, estava até certo ponto persuadida de que tudo acontecia com a aquiescência dele.

Bingley chegou pontualmente; e passou a manhã com o Sr. Bennet, conforme o combinado. O Sr. Bennet encontrou no outro um companheiro muito mais agradável do que esperava. Não havia em Bingley qualquer pretensão ou insensatez que provocasse seu escárnio ou que o emudecesse de desgosto; e o Sr. Bennet se mostrou muito mais comunicativo e menos excêntrico do que o outro pensara. Bingley, naturalmente, voltou com ele para jantar, e à noite, a Sra. Bennet lançou mão de todos os seus recursos para deixá-lo a sós com a filha. Elizabeth, que tinha uma carta para escrever, se retirou para a sala de café da manhã pouco depois do chá; pois, como os outros iam jogar cartas, sua presença não seria necessária para contrabalançar os planos da mãe.

Mas ao voltar para a sala de estar, quando a carta estava terminada, viu, para sua infinita surpresa, que havia vários motivos para temer que a mãe tivesse sido mais engenhosa que ela. Ao abrir a porta, viu a irmã e Bingley juntos ao pé da lareira, como se conversassem sobre um assunto de extrema gravidade; e se esse fato não bastasse para despertar suspeitas, a expressão de ambos, ao se virarem rapidamente e se afastarem, teria revelado tudo. A situação *deles* era bastante embaraçosa; mas *a sua* própria, pensou, era ainda pior. Nem uma sílaba foi dita por eles; e Elizabeth estava a ponto de se retirar novamente, quando Bingley, que, imitando o exemplo de Jane, tinha se sentado, de repente se levantou e, sussurrando algumas palavras para sua irmã, saiu apressadamente da sala.

Jane não tinha reservas para a irmã quando o assunto era agradável; e, abraçando-a imediatamente, confessou com a mais viva emoção que ela era a criatura mais feliz do mundo.

– É demais para mim – acrescentou ela. – Eu não o mereço. Oh! Por que o mundo inteiro não é feliz como eu?

As congratulações de Elizabeth foram dadas com uma sinceridade, um calor e um entusiasmo que as palavras mal poderiam exprimir. Cada frase gentil era uma nova fonte de felicidade para Jane. Mas ela não poderia se demorar mais com a irmã, nem contar metade do que queria.

– Preciso falar com mamãe imediatamente – exclamou ela. – Não posso desdenhar de sua afetuosa atenção; nem quero que ela saiba de tudo senão por meu intermédio. Ele já foi falar com papai. Oh! Lizzy, que prazer o que tenho para contar vai dar a toda a família! Como poderei suportar tamanha felicidade?

Jane correu então para junto da mãe, que desfizera deliberadamente a mesa de cartas e estava no andar de cima com Kitty.

Elizabeth, que fora deixada sozinha, sorriu da rapidez e da facilidade com que tinha se resolvido um caso que lhes causara ansiedade e incerteza durante tantos meses.

"E este", disse para si mesma, "é o fim da aflita circunspecção de seu amigo! De todas as mentiras e ardis de sua irmã! O mais feliz, mais justo e mais razoável dos finais!"

Poucos minutos depois, Bingley, cuja conferência com o Sr. Bennet fora curta e direta, se reuniu a Elizabeth.

– Onde está sua irmã? – disse ele, afoito, ao abrir a porta.

– Lá em cima com minha mãe. Tenho certeza de que descerá logo.

Bingley então fechou a porta e, aproximando-se, reclamou os votos de felicidade e a sua afeição de irmã. Elizabeth, sincera e cordialmente, exprimiu sua alegria diante da união. Apertaram-se as mãos com grande cordialidade; e em seguida, até a irmã voltar, ela teve de ouvir tudo o que ele tinha a dizer sobre a própria felicidade e sobre as perfeições de Jane; e, apesar da paixão que ele demonstrava, Elizabeth acreditou que todas as suas esperanças de felicidade tinham um fundamento racional, pois tinham como base a excelente comunicação, o gênio esplêndido de Jane e uma semelhança geral de sentimentos e gostos.

Aquela foi uma noite de grande alegria para todos; a satisfação da Srta. Bennet emprestava a seu rosto um brilho e uma doçura que o tornavam mais belo do que nunca. Kitty dava risadinhas, esperando que sua vez chegasse logo. A Sra. Bennet não conseguia dar seu consentimento ou falar de sua aprovação em termos calorosos o bastante para exprimir seus sentimentos, embora não tenha falado de outro assunto com Bingley durante meia hora; e quando o Sr. Bennet se juntou a eles para a ceia, sua voz e suas maneiras mostravam claramente quanto estava feliz.

Nem uma palavra, no entanto, foi dita por ele sobre o assunto até que o visitante se despedisse; mas assim que ele partiu, o Sr. Bennet se virou para a filha e disse:

– Jane, eu a felicito. Você será uma mulher muito feliz.

Jane se aproximou dele imediatamente, beijou-o e agradeceu sua bondade.

– Você é uma boa menina – respondeu ele. – E é um grande prazer pensar que terá um casamento feliz. Não tenho a menor dúvida de que vocês se darão muito bem. Seus gênios não poderiam ser mais semelhantes. Ambos são tão tolerantes, que nunca tomarão resoluções definitivas; tão indolentes, que todos os criados os enganarão; e tão generosos, que sempre gastarão mais do que têm.

– Espero que não. Imprudência ou imprevidência em matéria de dinheiro seriam imperdoáveis em *mim*.

– Gastar mais do que têm? Meu caro Sr. Bennet – exclamou a mulher –, do que o senhor está falando? Como, se ele tem quatro ou cinco mil libras por ano, e provavelmente ainda mais? – Em seguida, virando-se para a filha: – Oh, minha querida Jane, estou tão feliz! Estou certa de que não dormirei nem um só instante esta noite! Eu sabia que ia acontecer. Eu sempre disse que seria assim, afinal. Tinha certeza de que você não podia ser tão bonita à toa! Eu me lembro, assim que o vi quando ele chegou a Hertfordshire no ano passado, pensei que era muito provável que vocês acabassem juntos. Oh! Ele é o mais belo rapaz que já vi.

Wickham, Lydia, tudo o mais estava esquecido. Jane era, sem competição, sua filha favorita. Naquele instante ela não pensava em nenhuma outra. As irmãs mais novas começaram logo a imaginar os proveitos e os prazeres que extrairiam do casamento da irmã.

Mary pediu para usar a biblioteca de Netherfield; e Kitty implorou muito por alguns bailes lá durante o inverno.

Bingley, a partir daquele dia, foi, é claro, um visitante assíduo de Longbourn; chegando frequentemente antes do café da manhã e sempre ficando até depois da ceia, a não ser quando algum cruel vizinho, que não podia ser mais detestado, chamava-o para jantar e ele julgava necessário comparecer.

Elizabeth dispunha agora de muito pouco tempo para conversar com a irmã; pois enquanto ele estava presente, Jane não tinha atenção para mais ninguém; mas ela verificou que era de utilidade considerável para ambos durante aquelas horas de separação que devem necessariamente ocorrer às vezes. Na ausência de Jane, ele sempre se aproximava de Elizabeth, pelo prazer de falar dela; e, depois que Bingley partia, Jane constantemente procurava idêntico alívio.

– Ele me deixou tão feliz – disse Jane certa noite – ao dizer que ignorava totalmente que eu estivesse em Londres na primavera passada! Eu não acreditava que isso fosse possível!

– Eu suspeitava – replicou Elizabeth. – Mas como ele explicou o fato?

– Devem ter sido as irmãs dele. Decerto elas não viam com bons olhos sua relação comigo, o que acho muito natural, pois ele poderia ter feito uma escolha muito mais vantajosa em vários aspectos. Mas quando virem, como tenho certeza de que verão, que o irmão está feliz comigo, aprenderão a se contentar e voltaremos a nos dar bem; embora nunca mais possamos voltar à mesma amizade.

– Essas são as palavras mais severas – exclamou Elizabeth – que já ouvi você dizer. Finalmente! Eu ficaria realmente penalizada se a visse novamente iludida pela falsa amizade da Srta. Bingley.

– Você acredita Lizzy, que quando ele foi para Londres em novembro, ele realmente me amava, e que nada além da convicção de que *eu* era indiferente o impediu de voltar?

– Ele cometeu um pequeno engano, decerto; mas isso depõe a favor de sua modéstia.

O comentário, naturalmente, levou Jane a um discurso sobre a discrição de Bingley e o pouco valor que ele atribuía a todas as suas qualidades. Elizabeth ficou satisfeita por descobrir que ele não tinha revelado a interferência do amigo; pois, embora Jane tivesse o coração mais generoso do mundo, aquele ato o prejudicaria aos olhos dela.

– Sou decerto a criatura mais feliz que já existiu – exclamou Jane. – Oh! Lizzy, por que fui eu a escolhida na família para receber tão grande graça? Se ao menos eu pudesse ver *você* tão feliz quanto eu! Se *existisse* outro homem como ele para você!

– Mesmo se você me oferecesse quarenta homens como ele, eu nunca seria tão feliz quanto você. Até que eu tenha seu gênio e sua bondade, nunca terei sua felicidade. Não, não, deixe-me com o que me coube; e, talvez, se tiver muita sorte, um dia eu encontre outro Sr. Collins.

A nova situação na família de Longbourn não podia permanecer muito tempo em segredo. A Sra. Bennet teve o privilégio de sussurrar a novidade para a Sra. Philips, e *ela* tomou a liberdade, embora sem qualquer autorização, de fazer o mesmo com todos os seus vizinhos de Meryton.

Logo os Bennet foram declarados a família mais afortunada do mundo, embora apenas poucas semanas antes, quando Lydia fugira, a opinião geral os tivesse condenado à desventura.

56

Certa manhã, uma semana depois do noivado de Bingley e Jane, enquanto ele e as mulheres da família estavam sentados na sala de jantar, sua atenção foi atraída para a janela pelo ruído de uma carruagem; e viram um coche puxado por quatro cavalos se aproximando pelo gramado. Era cedo demais para visitas e, além disso, a equipagem não era de nenhum dos vizinhos. Os cavalos eram alugados; e nem a carruagem nem a libré do criado que a conduzia eram familiares. Como, no entanto, era certo que alguém estava chegando, Bingley propôs a imediatamente à Srta. Bennet que evitassem ficar retidos ali com o intruso e fossem dar uma volta pelo bosque. Eles saíram, e as conjeturas das restantes continuaram, embora sem muito sucesso, até que a porta se abriu e a visita entrou. Era Lady Catherine de Bourgh.

Todas estavam, naturalmente, preparadas para uma surpresa; mas a perplexidade foi muito maior do que esperavam; e a da Sra. Bennet e de Kitty, embora ela lhes fosse completamente desconhecida, ainda menor do que a de Elizabeth.

Ela entrou na sala com um ar ainda menos gracioso que de costume, limitou-se a responder à saudação de Elizabeth com uma ligeira inclinação da cabeça e sentou-se sem dizer uma palavra. Elizabeth mencionara o nome da visitante à mãe quando Sua Senhoria entrou, embora nenhum pedido de apresentação tenha sido feito.

A Sra. Bennet, estupefata e envaidecida por receber uma visita tão importante, a acolheu com a maior polidez. Depois de permanecerem sentadas durante algum tempo em silêncio, Lady Catherine disse, muito secamente, para Elizabeth:

– Espero que esteja passando bem, Srta. Bennet. Suponho que aquela senhora seja sua mãe.

Elizabeth replicou de maneira concisa que sim.

– E *aquela* deve ser uma de suas irmãs.

– Sim, minha senhora – disse a Sra. Bennet, deliciada em falar com alguém da importância de Lady Catherine. – É minha penúltima filha. A mais nova se casou recentemente, e a mais velha está em algum lugar do bosque, passeando com um rapaz que em breve se tornará membro da família.

– A senhora tem um parque muito pequeno aqui   disse Lady Catherine, depois de um curto silêncio.

– Não é nada se comparado a Rosings, minha senhora, eu imagino; mas lhe asseguro que é muito maior que o de Sir William Lucas.

– Esta sala deve ser muito inconveniente em uma tarde de verão; as janelas dão todas para o oeste.

A Sra. Bennet acrescentou que nunca ficava ali depois do jantar, e em seguida disse:

– Sua Senhoria me permite a liberdade de perguntar se deixou o Sr. e a Sra. Collins bem?

– Sim, muito bem. Estive com eles na noite passada.

Elizabeth agora esperava que ela fosse entregar uma carta de Charlotte, pois aquele parecia o motivo provável da visita. No entanto, a carta não apareceu, e Elizabeth ficou totalmente intrigada.

A Sra. Bennet, com grande educação, pediu que Lady Catherine aceitasse alguma coisa; mas Lady Catherine, muito resoluta, e pouco cortês, recusou comer qualquer coisa; e, levantando-se, disse a Elizabeth:

– Srta. Bennet, pareceu-me haver uma interessante vegetação além de seu gramado. Eu gostaria de dar uma volta por lá, se quiser me conceder o favor de sua companhia.

– Vá, minha querida – exclamou a Sra. Bennet –, e mostre a Sua Senhoria os vários caminhos. Acho que ela gostará de ver o caramanchão.

Elizabeth obedeceu, e correndo ao quarto para buscar a sombrinha, voltou para acompanhar a nobre visitante. Ao atravessarem o hall, Lady Catherine abriu as portas que davam para as salas de visitas e de estar. Declarando-as, após uma curta inspeção, como salas de aparência bastante razoável, continuou seu caminho.

A carruagem permanecia parada à porta, e Elizabeth viu que a dama de companhia estava lá dentro. Caminharam em silêncio pela aleia que conduzia até o bosque; Elizabeth estava determinada a não fazer qualquer esforço para conversar que ela, que estava sendo mais insolente e desagradável que de costume.

"Como pude achá-la parecida com o sobrinho", perguntou-se Elizabeth, depois de olhar para o rosto da outra.

Assim que entraram no bosque, Lady Catherine começou a falar da seguinte maneira:

– Sei que compreende, Srta. Bennet, a razão de minha viagem até aqui. Seu coração, sua consciência devem lhe revelar por que vim.

Elizabeth olhou para ela com sincera surpresa.

– Na verdade, está enganada, minha senhora. Não imagino o porquê da honra de vê-la aqui.

– Srta. Bennet – replicou Lady Catherine em um tom irritado –, deve compreender que não sou de brincadeiras. Mas por menos sincera a senhorita prefira ser, saiba que *eu* não farei o mesmo. Meu caráter é célebre pela sinceridade e franqueza, e em um assunto de tamanha importância, como o presente, não me mostrarei diferente do que sou. Uma notícia da mais alarmante natureza chegou a meus ouvidos há dois dias. Disseram-me não somente que sua irmã estava às vésperas de realizar um casamento dos mais vantajosos, como também que *a senhorita*, que a Srta. Elizabeth Bennet, muito em breve deveria se unir a meu sobrinho, meu próprio sobrinho, o Sr. Darcy. Embora eu *saiba* que isso tem de ser uma escandalosa falsidade; embora eu me recuse a ofendê-lo a ponto de supor que pode ser verdade, resolvi vir sem demora a este lugar a fim de lhe revelar claramente o que penso.

– Se a senhora acha impossível ser verdade – disse Elizabeth, corando de espanto e desdém –, não compreendo por que se deu ao trabalho de vir de tão longe. O que Sua Senhoria pretende com isto?

– Insistir para que tal notícia seja universalmente desmentida.

– Sua vinda a Longbourn para visitar a mim e à minha família – respondeu Elizabeth, com frieza –, seria, antes, uma confirmação; se existe tal rumor.

– Se? Finge ignorar a notícia? Não foi posta astutamente em circulação por sua própria família? Não sabe que esse boato corre por aí?

– Nunca ouvi falar em tal coisa.

– E pode declarar igualmente que não existe *fundamento* para ele?

– Não tenho a pretensão de ter a mesma franqueza que Sua Senhoria. *A* senhora pode fazer perguntas a que eu *escolho* não responder.

– Isto é inaceitável. Srta. Bennet, exijo que me responda. Meu sobrinho lhe fez alguma proposta de casamento?

– Sua Senhoria mesma declarou que isso era impossível.

– Tem de ser; é evidente, a menos que ele não esteja em seu juízo perfeito. Mas *seus* artifícios e sedução podem tê-lo levado a esquecer, em momento de fraqueza, o que ele deve a si próprio e a toda a sua família. É possível que o tenha seduzido.

– Se o fiz, serei a última pessoa a confessar.

– Srta. Bennet, sabe quem eu sou? Não estou acostumada a que me falem nesse tom. Sou o parente mais próximo que ele tem no mundo, e tenho o direito de estar a par de seus assuntos mais íntimos.

– Mas não tem o direito quanto aos *meus*; nem esse tipo de comportamento me obrigará a ser explícita.

– Permita que eu fale mais claramente: esse casamento nunca se realizará. Não, nunca. O Sr. Darcy está noivo de *minha filha*. E agora, que tem a dizer?

– Apenas isto: que sendo este o caso, não precisa temer que ele me faça uma proposta.

Lady Catherine hesitou por um momento, e depois respondeu:

– O noivado deles é de natureza especial. Desde a infância foram destinados um ao outro. Era o maior desejo da mãe dele, bem como o meu. Planejamos essa união enquanto ainda estavam no berço. E agora, quando o desejo de ambas as irmãs poderia ser realizado com esse casamento, ele seria impedido por uma moça de nascimento inferior, sem qualquer importância na sociedade e totalmente estranha à família! Tem alguma consideração pelo desejo dos amigos dele? A seu compromisso tácito para com Srta. De Bourgh? Terá perdido todos os sentimentos de delicadeza e de equilíbrio? Não me ouviu dizer que desde o nascimento ele foi destinado à prima?

– Sim, e já ouvira dizer antes. Mas que tenho a ver com isso? Se não existisse outra objeção a meu casamento com seu sobrinho, o simples fato de saber que sua mãe e a sua tia queriam que ele casasse com a Srta. De Bourgh não me faria renunciar a ele. Planejando o casamento, fizeram tudo o que podiam. A realização depende de outras pessoas. Se o Sr. Darcy não está ligado à prima por honra ou inclinação, por que não poderia fazer outra escolha? E se essa escolha recair sobre mim, por que não a aceitaria?

– Porque a honra, a decência, a prudência e até o interesse o impedem. Sim, Srta. Bennet, o interesse; pois não espere ser recebida pela família e pelos amigos dele se agir contra a vontade de todos. Será censurada, humilhada e desprezada por todos que são ligados a ele. Seu casamento será sua desgraça; seu nome nunca será mencionado por qualquer um de nós.

– Esses são graves infortúnios – replicou Elizabeth. – Mas a esposa do Sr. Darcy terá tantos motivos de felicidade devidos a sua situação, que, em última análise, não terá motivo de se arrepender.

– Menina teimosa e obstinada! Envergonho-me de você! E esta é a gratidão com que me paga as atenções com que a cumulei na primavera? Acha que não me deve nada por isso?

"Vamos nos sentar. Deve compreender, Srta. Bennet, que vim decidida a fazer valer minha vontade; e não nada poderá me dissuadir. Não fui habituada a me submeter aos caprichos dos outros. Não estou habituada a que resistam a meus desejos.

– Isso tornará sua situação presente mais lamentável; mas não terá efeito algum sobre mim.

– Não serei interrompida. Ouça-me em silêncio. Minha filha e meu sobrinho foram feitos um para o outro. Ambos descendem pelo lado materno da mesma linhagem nobre; e, pelo lado paterno, de famílias respeitáveis, honradas e antigas, embora sem título. As fortunas de ambos os lados são magníficas. É voz unânime nas respectivas famílias que estão destinados um ao outro. E quem pretende separá-los? As pretensões ambiciosas de uma jovem sem família, relações ou fortuna. Isso deve ser tolerado? Não deve ser e não será. Se pesasse seus próprios interesses, não desejaria sair da esfera em que foi criada.

– Não acharia que o casamento com seu sobrinho me tiraria dessa esfera. Ele é um cavalheiro; eu sou a filha de um cavalheiro. Portanto, somos iguais.

– De fato. A senhorita *é* a filha de um cavalheiro. Mas quem era sua mãe? Quem são seus tios e tias? Não pense que ignoro a situação deles.

– Qualquer que seja a situação deles – respondeu Elizabeth –, se seu sobrinho não faz objeção, eles não podem dizer respeito *à senhora*.

– Diga-me francamente: está noiva dele?

Embora Elizabeth não quisesse responder a essa pergunta, pois a resposta agradaria Lady Catherine, não pôde se impedir de dizer, depois de pensar por alguns instantes:

– Não.

Lady Catherine pareceu ficar satisfeita.

– E promete nunca aceitar tal compromisso?

– Não farei promessas dessa espécie.

– Srta. Bennet, estou ofendida e atônita. Esperava encontrar uma moça mais razoável. Mas não se iluda pensando que eu recuarei. Não irei embora antes de receber a garantia que exijo.

– E pode estar certa de que *nunca* a darei. Não serei intimidada por algo tão absurdo. A senhora deseja que o Sr. Darcy se case com sua filha; mas minha promessa de não me casar com ele tornaria o casamento *deles* mais provável? Suponha que ele tenha afeição por mim. *Minha* recusa seria suficiente para que ele transferisse a afeição para sua filha? Permita-me dizer, Lady Catherine, que os argumentos com que procurou justificar este extraordinário pedido foram tão frívolos quanto o pedido foi insensato. A senhora está completamente enganada sobre meu caráter se pensa que eu posso ser influenciada por persuasões dessa natureza. Até que ponto seu sobrinho permite que a senhora se imiscua nos negócios *dele*, não sei; mas a senhora não tem o menor direito de interferir nos meus. Peço, portanto, que não me importune mais com esse assunto.

– Mais devagar, por favor. Ainda não acabei. A todas essas objeções, acrescentarei ainda outra: sei tudo a respeito da infame conduta de sua irmã mais nova. Conheço todos os detalhes; que o jovem que se casou com ela o fez mediante um arranjo pago por seu pai e seu tio. E é possível que *essa moça* se torne irmã de meu sobrinho? E que o marido *dela*, filho do intendente de seu pai, se torne um parente? Deus do céu! Em que está pensando? Serão os antepassados de Pemberley ofendidos desse modo?

– *Agora* a senhora não tem mais nada a dizer – falou Elizabeth, ressentida. – Já me insultou de todas as maneiras. Com sua licença, voltarei para casa.

E dizendo isso, ela se levantou. Lady Catherine se levantou também, e elas regressaram. Sua Senhoria estava furiosa.

– Então não tem a menor consideração pela honra e bom nome de meu sobrinho? Menina egoísta! Não vê que o casamento com você o desonrará aos olhos de todo mundo?

– Lady Catherine, nada mais tenho a dizer. A senhora já conhece minha opinião.

– Então está resolvida a obtê-lo?

– Eu não disse tal coisa. Estou apenas resolvida a agir da maneira que, em minha opinião, me fará feliz, sem pedir *seus* conselhos nem os de qualquer outra pessoa sem ligação comigo.

– Está bem. Então recusa atender a meu pedido. Recusa-se a reconhecer os direitos do dever, da honra e da gratidão. Está decidida a destruir o bom nome de meu sobrinho na opinião de todos os seus amigos, e torná-lo um objeto de desprezo para o mundo?

– Nem dever, nem honra, nem gratidão – respondeu Elizabeth – têm quaisquer direitos sobre mim neste caso. Nenhum desses princípios seria violado por meu casamento com o Sr. Darcy. E, quanto ao ressentimento de sua família, ou à indignação do mundo, se o primeiro *fosse* motivado por esse casamento, não me causaria um minuto de preocupação; e o mundo teria bom-senso suficiente para não se juntar a tal desprezo.

– Então essa é sua verdadeira opinião! Essa é sua decisão final! Muito bem, saberei agora como agir. Não imagine, Srta. Bennet, que sua ambição se realizará. Vim até aqui para testá-la. Esperava encontrar uma moça razoável; mas fique certa, entretanto, de que farei valer minha vontade.

E Lady Catherine continuou falando deste modo até que chegaram à porta da carruagem. Então, ela se virou de súbito e acrescentou:

– Não me despeço, Srta. Bennet, não envio cumprimentos à sua mãe. Vocês não merecem tal atenção. Estou seriamente ofendida.

Elizabeth nada respondeu; e, sem procurar persuadir Sua Senhoria a entrar novamente, virou as costas e se dirigiu calmamente para casa. Enquanto subia as escadas, ouviu a carruagem partir. Sua mãe correu para encontrá-la à porta e indagar se Lady Catherine não voltaria a entrar a fim de descansar um pouco.

– Ela não quis – respondeu Elizabeth. – Preferiu partir.

– É uma senhora muito elegante! E sua visita foi uma grande amabilidade! Pois suponho que ela tenha vindo apenas para dizer que os Collins estão bem. Imagino que ela estivesse viajando e, quando passou por Meryton, achou que podia lhe fazer uma visita. Suponho que não tivesse nada de especial para dizer, não, Lizzy?

Elizabeth foi obrigada a ceder a uma pequena mentira; pois revelar o conteúdo da conversa era impossível.

57

A agitação que essa extraordinária visita provocou no espírito de Elizabeth não pôde ser facilmente superada; nem ela conseguiu deixar de pensar incessantemente naquilo. Lady Catherine, ao que parecia, tinha se dado ao trabalho de sair de Rosings com o único propósito de desmantelar seu suposto noivado com o Sr. Darcy. Um plano bastante racional, sem dúvida! Mas de onde se originava a notícia do noivado com o Sr. Darcy, Elizabeth não podia determinar; mas afinal refletiu que o fato de *ele* ser um amigo íntimo de Bingley e de *ela* ser irmã de Jane era suficiente, em um momento que a expectativa por um casamento tornava todos ávidos por outro, para sugerir a ideia. Ela tinha em mente que o casamento da irmã a levaria a ver Darcy com mais frequência. Seus vizinhos de Lucas Lodge, portanto, (por sua comunicação com os Collins, ela concluiu, fizeram a notícia chegar aos ouvidos de Lady Catherine) tinham apresentado como quase certo e imediato, aquilo que *ela* mesma encarava como uma remota possibilidade.

Refletindo sobre as expressões de Lady Catherine, entretanto, ela não podia deixar de sentir certa inquietude quanto às possíveis consequências de sua persistente interferência. Pelo que dissera sobre sua resolução de impedir o casamento, Elizabeth concluía que ela pretendia ter uma entrevista com o sobrinho; e como *ele* receberia a descrição das funestas consequências de tal casamento, ela não imaginava. Elizabeth não sabia até que ponto ia a afeição dele pela tia, nem a confiança que depositava em seu julgamento, mas era natural supor que ele tivesse maior consideração por Sua Senhoria do que *ela* mesma era capaz de ter; e era certo que, enumerando as desgraças de um casamento com *alguém* cujos parentes eram tão inferiores aos seus, sua tia o atacaria pelo lado mais fraco. Com suas noções de classe, ele sentiria provavelmente que os argumentos, que a Elizabeth tinham parecido fracos e ridículos, continham bom-senso e um raciocínio sólido.

Se antes ele hesitara quanto ao que devia fazer, o que muitas vezes parecera provável, os conselhos e as exortações de uma pessoa tão próxima poderiam afastar todas as suas dúvidas, e convencê-lo de uma vez a aceitar toda a felicidade que a nobreza imaculada poderia oferecer. Nesse caso, ele não voltaria mais. Lady Catherine o encontraria a caminho de Londres; e a promessa a Bingley de voltar a Netherfield seria esquecida.

"Se, portanto, ele enviar qualquer desculpa ao amigo nos próximos dias, dizendo que está impossibilitado de vir", pensou, "saberei como entender. Então desistirei de qualquer expectativa, de qualquer esperança de constância. Se ele se contentar em lamentar minha perda, quando podia obter meu amor e minha mão, não será difícil deixar de lamentar por ele."

A SURPRESA DAS DEMAIS pessoas da família, quando souberam quem tinha sido a visitante, foi muito grande; mas contentaram-se com as mesmas suposições que haviam aplacado a curiosidade da Sra. Bennet; e Elizabeth foi poupada de muito incômodo por causa disso.

Na manhã seguinte, ela estava descendo as escadas, quando o pai, saindo da biblioteca, foi a seu encontro com uma carta.

– Lizzy – disse ele –, eu ia procurá-la; venha à biblioteca.

Elizabeth acompanhou-o; e sua curiosidade sobre o que ele tinha a dizer era aumentada pela suposição de que o assunto se relacionava com a carta que ele tinha na mão. Ocorreu-lhe, de súbito, que a carta pudesse ser de Lady Catherine; e, desanimada, antecipou as explicações que teria de dar.

Ela o seguiu até a lareira e ambos se sentaram. Então o Sr. Bennet falou:

– Recebi esta manhã uma carta que me surpreendeu extraordinariamente. Como o assunto principal é você, é preciso que conheça seu conteúdo. Eu não sabia que tinha *duas* filhas para se casar. Deixe que eu a cumprimente pela grande conquista.

O sangue afluiu ao rosto de Elizabeth pela imediata suposição de que a carta viesse do sobrinho, e não da tia; e hesitava se devia se sentir contente porque ele se tinha explicado afinal, ou ofendida porque a carta não lhe fora dirigida; quando seu pai prosseguiu:

– Você parece ter compreendido. As jovens mostram grande perspicácia em assuntos como este; mas acho que mesmo a *sua* sagacidade será desafiada quanto ao nome do admirador. Esta carta é do Sr. Collins.

– Do Sr. Collins! E o que *ele* tem a dizer?

– Algo muito pertinente, é claro. Começa parabenizando-me pelo casamento de minha filha mais velha, o que parece ter sabido através das fofocas bem-intencionadas dos Lucas. Não provocarei sua impaciência lendo o que ele diz sobre isso. A parte que se refere a você diz o seguinte:

Tendo desse modo oferecido as sinceras congratulações da Sra. Collins, bem como as minhas, pelo feliz acontecimento, permita que adicione um comentário sobre outro assunto que chegou a nosso conhecimento através da mesma fonte. Sua filha Elizabeth, ao que parece, não usará por mais muito tempo o nome Bennet depois que a irmã mais velha renunciou a ele, e o seu escolhido pode razoavelmente ser considerado uma das pessoas mais ilustres desta terra.

– Pode imaginar, Lizzy, quem seja?

Esse rapaz foi abençoado, de uma maneira especial, com tudo o que um coração mortal pode desejar: esplêndidas propriedades, nobres parentes e grande influência. No entanto, apesar de todas essas tentações, permita que eu previna minha prima Elizabeth, e ao senhor, acerca dos males que poderão advir de um consentimento precipitado às propostas daquele cavalheiro; propostas das quais, naturalmente, se sentirão inclinados a tirar imediato proveito.

– Você tem alguma ideia, Lizzy, de quem seja este cavalheiro? Mas agora surge a revelação:

O motivo que tenho para preveni-los é o seguinte: temos razões para acreditar que sua tia, Lady Catherine de Bourgh, não olha com bons olhos esse casamento.

– O *Sr. Darcy*, como pode perceber, é o homem! Agora, Lizzy, creio que a surpreendi. Poderiam o Sr. Collins ou os Lucas ter escolhido algum homem, no círculo de nossos conhecidos, cujo nome fosse menos apropriado para o que relataram? O Sr. Darcy, que nunca olha para uma mulher senão para ver uma falha, e que provavelmente nunca olhou para *você* em toda a vida! É espantoso!

Elizabeth tentou se juntar ao divertimento do pai, mas pôde apenas sorrir com relutância. O humor dele nunca lhe parecera menos agradável.

– Você não está achando graça?

– Oh! Sim. Por favor, continue a ler.

Tendo mencionado a possibilidade desse casamento a Lady Catherine ontem à noite, ela imediatamente, com a habitual condescendência, exprimiu o que sentia acerca desse assunto; quando ficou claro, que devido a certas objeções em relação à família de minha prima, jamais daria seu consentimento ao que chamou de um péssimo casamento. Achei que era meu dever comunicar isso à minha prima, para que ela e seu nobre admirador saibam o que estão fazendo e não se precipitem em um casamento que não foi sancionado de forma conveniente.

– E o Sr. Collins acrescenta o seguinte:

Causa-me muita alegria saber que o triste caso de minha prima Lydia foi resolvido tão depressa, e estou apenas preocupado que o fato de terem vivido juntos antes do casamento seja tão conhecido. Não posso, entretanto, esquecer os deveres de minha posição, nem deixar de manifestar o espanto que senti ao ouvir dizer que o senhor recebeu o jovem casal em sua casa logo após o matrimônio. Foi um encorajamento ao vício; e se fosse o reitor de Longbourn teria me oposto a isso terminantemente. É certo que deveria tê-los perdoado como cristão, porém jamais admiti-los em sua presença ou permitir que seus nomes lhe fossem mencionados.

– *Esta* é a noção que ele tem do perdão cristão! O resto da carta trata apenas da situação de sua querida Charlotte e de sua espera por um jovem ramo de oliveira. Mas, Lizzy, você não parece se divertir com isso. Não vai se comportar como uma senhorita afetada, eu espero, e fingir afronta diante desse boato tolo. Pois, de que vale a vida se não pudermos provocar os vizinhos e depois rir de seu ridículo?

– Oh! – exclamou Elizabeth. – Estou extremamente entretida. Mas tudo isso é tão estranho!

– Sim, e é *isso* o que torna tudo tão engraçado. Se tivessem escolhido outro homem qualquer, seria insignificante; mas a perfeita indiferença dele, e sua manifesta antipatia, tornam a suposição deliciosamente absurda! Por mais que eu abomine escrever, jamais desistiria da correspondência com o Sr. Collins. Não, quando leio uma carta dele, não posso deixar de preferi-lo até a Wickham, por mais que preze a impudência e a hipocrisia de meu genro. Conte-me, Lizzy, que disse Lady Catherine sobre desse boato? Ela veio para recusar seu consentimento?

A essa pergunta, sua filha respondeu apenas com uma risada; e, como a pergunta fora feita sem a mínima suspeita, ela não ficou embaraçada. Elizabeth jamais sentira tamanha dificuldade em esconder seus sentimentos. Era necessário rir, quando teria preferido chorar. O pai a tinha mortificado da forma mais cruel com o que dissera a respeito da indiferença do Sr. Darcy, e a ela só restava se surpreender diante daquela falta de sensibilidade, ou temer, talvez, que o pai não tivesse percebido *pouco*, mas ela tivesse fantasiado *muito*.

58

Em vez de receber uma carta de desculpas do amigo, como Elizabeth receava, o Sr. Bingley levou o Sr. Darcy a Longbourn poucos dias depois da visita de Lady Catherine. Os cavalheiros chegaram cedo; e, antes que a Sra. Bennet lhes contasse que tinham recebido a visita de sua tia, o que a filha temeu por alguns instantes, Bingley, que queria ficar a sós com Jane, propôs que todos saíssem para passear. Assim foi combinado. A Sra. Bennet não tinha o hábito de caminhar; e Mary não podia perder tempo; mas os cinco restantes partiram juntos. Bingley e Jane, entretanto, logo deixaram os outros se distanciarem. Elizabeth, Kitty e Darcy foram deixados sozinhos. Os três conversaram muito pouco; Kitty tinha medo demais de Darcy para conseguir falar; Elizabeth formulava secretamente uma resolução desesperada; e ele talvez fizesse o mesmo.

Caminharam em direção à casa dos Lucas, pois Kitty queria fazer uma visita a Maria; e, como Elizabeth não achou que os outros a acompanhariam, quando Kitty os deixou, continuou firme ao lado dele sozinha.

Chegara agora o momento de executar sua resolução; e, antes que sua coragem fraquejasse, falou:

– Sr. Darcy, sou uma criatura muito egoísta; e, a fim de aliviar meus próprios sentimentos, não me importo quanto vá ferir os seus. Não posso adiar por mais tempo a obrigação de lhe agradecer pela inestimável intervenção em favor de minha irmã. Desde que soube, estou ansiosa para dizer quanto estou agradecida. Se as outras pessoas de minha família soubessem, eu não teria apenas minha própria gratidão a expressar.

– Lamento, lamento imensamente – replicou Darcy, em um tom de surpresa e emoção – que tenha sido informada de um fato que, mal interpretado, poderia causar-lhe contrariedade. Julguei que podia confiar na discrição da Sra. Gardiner.

– Não deve culpar minha tia. Foi a leviandade de Lydia que traiu seu envolvimento no caso; e, naturalmente, não descansei até conhecer todos os detalhes. Deixe-me agradecer novamente, em nome de toda a minha família, pela generosidade que o levou a sofrer tantos incômodos, e suportar tantas mortificações, para encontrá-los.

– Se *faz questão* de me agradecer – respondeu ele –, faça-o apenas em seu nome. Que o desejo de agradá-la tenha contribuído para o que fiz, não nego. Mas sua *família* não me deve nada. Por mais que os respeite, creio que só pensei em *você*.

Elizabeth ficou perturbada demais para dizer alguma coisa. Depois de uma curta pausa, seu companheiro acrescentou:

– Tenho certeza de que é generosa demais para brincar comigo. Se seus sentimentos ainda são os mesmos que em abril passado, diga agora. *Meus* desejos e afeição permanecem intactos, mas uma única palavra sua me fará silenciá-los para sempre.

Sentindo a constrangedora e aflitiva situação dele, Elizabeth se forçou a falar; e imediatamente, embora sem muita fluência, deu-lhe a entender que seus sentimentos tinham sofrido uma transformação tão grande desde o período citado, que agora podia aceitar sua declaração com prazer e gratidão. A felicidade que essa resposta causou era desconhecida para ele; e ele se expressou da forma mais calorosa e sensível que se pode esperar de um homem violentamente apaixonado. Se Elizabeth tivesse podido levantar os olhos, teria visto como a expressão de felicidade no rosto dele o tornava belo; mas se não podia ver, ela podia ouvir, e ele revelou seus sentimentos, que, provando sua importância para ele, tornavam sua afeição ainda mais valiosa para ela.

Continuaram a caminhar sem saber para onde iam. Havia muito que pensar, sentir e a dizer para prestar atenção em outras coisas. Ela logo descobriu que deviam seu atual entendimento aos esforços da tia dele, que realmente o visitara em sua passagem por Londres, e relatara sua viagem a Longbourn, suas causas e a conversa que tivera com Elizabeth; repetindo enfaticamente cada expressão desta última, que, aos olhos de Sua Senhoria denotavam a perversidade e o cinismo da moça, para obter do sobrinho a promessa que *ela* recusara. Mas, infelizmente para Sua Senhoria, o efeito tinha sido exatamente o oposto.

– Aquilo me deu esperanças – acrescentou Darcy –, pois jamais as tivera. Conheço seu caráter o suficiente para saber que, se estivesse absoluta e irrevogavelmente decidida a me recusar, o teria dito a Lady Catherine com franqueza.

Elizabeth enrubesceu e riu, ao responder:

– Sim, conhece suficiente de minha *franqueza* para acreditar que seria capaz *disso*. Após destratá-lo de maneira tão abominável pessoalmente, não hesitaria em destratá-lo perante toda a sua família.

– O que disse de mim que eu não tenha merecido? Pois, embora suas acusações repousassem sobre premissas falsas, minha atitude em relação a você naquela época mereceu as mais severas censuras. Foi imperdoável. Não consigo pensar nisso sem aversão.

– Não discutiremos a quem cabe a maior culpa daquela noite – disse Elizabeth. – A conduta de nenhuma das partes se examinarmos bem nem foi irrepreensível; mas desde então, espero, ambos progredimos em cortesia.

– Não posso me perdoar tão facilmente. A lembrança de tudo o que eu disse, de minha conduta, de minhas maneiras e expressões é agora, e tem sido durante muitos meses, incrivelmente dolorosa. Nunca vou esquecer sua censura, tão pertinente: "Se tivesse se portado de forma mais cavalheiresca..." Foram essas as suas palavras. Você não sabe, não pode sequer imaginar, como me torturaram; embora eu tenha demorado algum tempo, confesso, para admitir que eram justas.

– E eu estava longe de supor que elas produziriam uma impressão tão forte. Não tinha a mínima ideia de que seriam recebidas dessa maneira.

– Posso acreditar. Tenho certeza de que naquela época pensava que eu era destituído de todos os bons sentimentos. Nunca me esquecerei da expressão de seu rosto quando me disse que nenhuma proposta que eu fizesse a persuadiria a aceitar meu pedido.

– Oh! Não repita o que eu disse. Essas lembranças não levam a lugar algum. Há muito tempo penso nelas com imensa vergonha.

Darcy mencionou a sua carta.

– O que escrevi... – perguntou ele – o que escrevi me justificou *logo* a seus olhos. Enquanto lia, deu algum crédito ao conteúdo?

Elizabeth explicou os efeitos que a carta produzira e como, aos poucos, seus antigos preconceitos tinham sido dissipados.

– Eu sabia – continuou ele – que o que estava escrevendo ia magoá-la, mas era necessário. Espero que tenha destruído a carta. Há uma parte, especialmente, o começo, que não gostaria que relesse. Lembro-me de certas expressões que provocariam seu ódio contra mim.

– A carta será queimada, se acredita que isso seja essencial para a preservação de minha estima; mas, embora tenhamos ambos razões para pensar que minhas opiniões não são de todo inalteráveis, elas não são, espero, tão facilmente influenciáveis como parece supor.

– Quando escrevi aquela carta – replicou Darcy –, achei que estava em um estado de espírito perfeitamente calmo e frio, mas depois me dei conta de que escrevera extremamente amargurado e triste.

– A carta, talvez, tenha começado com amargura, mas não terminou da mesma forma. A despedida é a própria compaixão. Mas não pense mais na carta. Os sentimentos da pessoa que a recebeu e da pessoa que a escreveu são agora tão diferentes do que eram, que todas as circunstâncias dolorosas relativas a ela devem ser esquecidas. Aprenda um pouco de minha filosofia: só pense no passado se as lembranças forem boas.

– Não posso lhe dar crédito por essa filosofia. *Suas* lembranças devem ser tão desprovidas de toda mácula, que o contentamento que se origina delas não deriva de filosofia, mas de algo muito melhor: ingenuidade. Mas *comigo* não é assim. Tenho recordações dolorosas que não podem e não devem ser repelidas. Toda a minha vida fui um ser egoísta, se não na prática, pelo menos em princípios. Quando era criança, me ensinaram o que era *direito*, mas não me ensinaram a corrigir meu gênio. Deram-me bons princípios, mas deixaram-me praticá-los com orgulho e desprezo. Infelizmente, como único menino (por muito tempo como único *filho*), fui mimado por meus pais que, embora fossem bons, (meu pai sobretudo, que era a benevolência em pessoa), permitiram, encorajaram e quase me ensinaram a ser egoísta e tirânico; a não me importar com ninguém além de minha família; pensar com desprezo em todos os outros; a pelo menos *querer* pensar com desprezo no bom-senso e no valor das outras pessoas, comparados aos meus. Assim fui, dos oito aos vinte e oito anos; e assim continuaria sendo se não fosse por você, querida, adorável Elizabeth. Quanto lhe devo! Ensinou-me uma lição, muito dura, a princípio, mas muito vantajosa. Por suas mãos recebi a humilhação que devia. Aproximei-me de você sem duvidar de que seria aceito. Sua reação me mostrou como eram insuficientes minhas pretensões de agradar uma mulher digna de ser agradada.

– Estava mesmo convencido de eu me sentiria lisonjeada?

– Confesso que estava. Que vai pensar de minha vaidade? Eu acreditava que desejava, que esperava minha proposta.

– Minhas maneiras podem ser culpadas, mas não agi intencionalmente. Posso lhe jurar, jamais quis iludi-lo, mas minha natureza às vezes me trai. Como deve ter me odiado depois *daquela* noite!

– Odiá-la? A princípio talvez tenha ficado zangado, mas logo a raiva tomou um caminho melhor.

– Tenho quase medo de perguntar o que pensou de mim; quando nos encontramos em Pemberley. Achou que eu tinha feito mal em ir?

– Na verdade, não; não senti nada além de surpresa.

– Sua surpresa não pode ter sido maior que a *minha* ao receber sua atenção. Minha consciência dizia que eu não merecia grandes cortesias, e confesso que não contava receber *mais* do que me era devido.

– Meu objetivo *naquela ocasião* – replicou Darcy – era lhe mostrar, por todos os meios, que eu não era tão baixo a ponto de me ressentir do passado; e esperava obter seu perdão e melhorar o conceito que tinha de mim, mostrando que tinha levado em conta suas críticas. Não sei exatamente quando outros desejos surgiram em mim, mas creio que foi meia hora depois de tê-la visto.

Ele falou então sobre o prazer que Georgiana tivera em conhecê-la, e o desapontamento que sentira com a súbita interrupção da sua visita; o que levou, naturalmente, à causa dessa interrupção; e Elizabeth descobriu que ele tomara a decisão de partir de Derbyshire em busca de sua irmã antes mesmo de sair da hospedaria, e que toda a seriedade e desatenção que demonstrara tinham sido despertadas pelo debate íntimo da ideia.

Ela expressou novamente sua gratidão, mas o assunto era doloroso demais para ambos para que insistissem nele.

Depois de caminharem vários quilômetros sem destino, ocupados demais para se importar com isso, finalmente, ao olhar o relógio, que era hora de ir para casa.

– Que terá sido feito do Sr. Bingley e Jane?

Tal observação os levou naturalmente a discutir *esse* caso. Darcy estava feliz com o noivado; o amigo lhe contara tudo imediatamente.

– Ficou surpreso? – perguntou Elizabeth.

– De modo algum. Quando parti, já sabia que isso devia acontecer.

– Quer dizer que deu seu consentimento? Desconfiava disso também.

E embora ele protestasse contra o termo, ela sentiu que sua suposição não estava muito longe da verdade.

– Na noite anterior à minha partida para Londres – disse ele –, fiz a Bingley uma confissão que, acredito, já devia ter feito havia muito tempo. Contei todos os fatos que tornavam minha interferência no caso dele absurda e impertinente. Sua surpresa foi grande. Ele nunca suspeitara de nada. Disse, além disso, que tinha razões para acreditar que tinha me enganado ao supor, como fizera, que sua irmã lhe era indiferente; e como observei facilmente que a afeição dele continuava inalterada, não tive dúvida de que seriam felizes.

Elizabeth não pôde deixar de sorrir da facilidade com que ele conduzia o amigo.

– Foi sua própria observação que o convenceu de que minha irmã amava Bingley ou ela se baseou apenas na informação que lhe dei na última primavera?

– Foi a minha observação. Nas últimas duas vezes em que estive aqui, fiquei convencido de sua afeição.

– E sua certeza levou Bingley imediatamente à convicção?

– Levou. Bingley é de uma extraordinária modéstia. Foi o que o impediu de confiar no próprio julgamento em um assunto tão crítico, mas sua confiança no meu tornou tudo fácil. Fui obrigado a confessar um detalhe que o fez ficar ofendido comigo durante alguns dias. Não pude deixar de dizer que sua irmã tinha ficado em Londres durante três meses no inverno passado, que eu sabia e que eu escondera o fato deliberadamente. Ficou zangado. Mas sua raiva, tenho certeza, durou apenas enquanto tinha dúvidas sobre os sentimentos de sua irmã. Ele agora me perdoou de todo o coração.

Elizabeth teve vontade de observar que o Sr. Bingley tinha sido um amigo encantador; tão facilmente levado, que seu valor era inestimável; mas se conteve. Lembrou-se de que Darcy precisava aprender a aceitar o sarcasmo, e ainda era cedo demais para começar. Na antecipação da felicidade do amigo, que seria menor apenas que a sua, ele continuou a conversa até chegarem em casa. Na entrada eles se separaram.

59

Minha querida Lizzy, por onde vocês andavam?

Foi a pergunta que Elizabeth recebeu de Jane, assim que entrou na sala, e de todos os outros quando se sentaram à mesa. Ela disse apenas que ficaram andando sem rumo até não saber mais onde estavam. Ela corou ao dizer essas palavras; mas nem isso, nem qualquer outra coisa despertou a suspeita da verdade.

A tarde passou calmamente sem que nada de extraordinário ocorresse. Os noivos oficiais falaram e riram, os não oficiais ficaram calados. Darcy não tinha um temperamento no qual a felicidade transborda em alegria; e Elizabeth, agitada e confusa, mais *sabia* que estava feliz do que *sentia* estar; pois, além do imediato embaraço, havia outros problemas à frente. Ela previa as reações da família quando sua situação se tornasse conhecida; sabia que ninguém gostava dele além de Jane; e temia mesmo que a *antipatia* dos outros fosse de tal ordem que nem toda a fortuna e importância de Darcy conseguiriam dissipá-la.

À noite abriu o coração para Jane. Embora a suspeita estivesse muito distante dos costumes da Srta. Bennet, ela ficou absolutamente incrédula.

– Você está brincando, Lizzy. Não pode ser! Noiva do Sr. Darcy! Não, não, você não me engana! Sei que é impossível!

– Esse é mesmo um péssimo começo! Depositei todas as minhas esperanças em você; e estou certa de que ninguém mais vai acreditar em mim, se você não acredita. Mesmo assim, de fato eu falo seriamente. Digo apenas a verdade. Ele ainda me ama e estamos noivos.

Jane olhou para ela, incrédula.

– Oh, Lizzy, não pode ser! Bem sei quanto o detesta.

– Você não sabe coisa alguma. *Aquilo* está tudo esquecido. Talvez eu não o tenha amado tanto como agora, mas em casos como este, uma boa memória é imperdoável. Esta é a última vez que recordo tais coisas.

A Srta. Bennet continuava atônita. Outra vez, e com mais seriedade, Elizabeth assegurou que estava falando a verdade.

– Meu Deus! Será possível? Mas agora tenho de acreditar no que diz – exclamou Jane. – Minha querida, querida Lizzy! Eu a felicito, mas você tem certeza? Perdoe minha pergunta, mas tem certeza de que pode ser feliz com ele?

– Quanto a isso, não pode haver a menor dúvida. Ficou decidido entre nós que seremos o casal mais feliz do mundo. Mas você está contente, Jane? Gostará de tê-lo como irmão?

– Muito, muito mesmo. Nada poderia causar mais prazer a Bingley e a mim. Mas nós achávamos que era impossível. E você realmente o ama? Oh, Lizzy! Prefira qualquer coisa a se casar sem afeição. Tem certeza de que sente o que deveria?

– Oh, sim! Você achará que eu sinto *mais* do que deveria, quando eu lhe contar tudo.

– O que quer dizer?

– Ora, eu tenho de confessar que gosto mais dele do que de Bingley. Você vai ficar zangada?

– Minha querida irmã, agora *seja* séria. Quero conversar com você muito a sério. Conte logo tudo o que acha que eu devo saber. Há quanto tempo o ama?

– Aconteceu de forma tão gradual que eu nem sei como começou. Mas acredito que a minha afeição data da primeira vez em que vi o belo parque de Pemberley.

A segunda súplica para que ela falasse seriamente deu resultado; e Elizabeth deu à irmã garantias solenes de sua afeição por Darcy. Tranquilizada quanto a esse ponto, Jane ficou satisfeita.

– Agora sinto-me contente – disse ela –, pois você será tão feliz quanto eu. Sempre o apreciei muito. Bastava o amor dele por você para que eu o estimasse para sempre; mas agora, como amigo de Bingley e seu marido, só Bingley e você me serão mais caros. Mas, Lizzy, você foi muito sonsa, muito reservada comigo. Não me contou quase nada do que aconteceu em Pemberley e em Lambton! Devo tudo o que sei a outra pessoa.

Elizabeth lhe explicou por que tinha guardado segredo. Não quisera falar no nome de Bingley; e a incerteza de seus próprios sentimentos fazia com que ela evitasse falar no nome de Darcy. Mas agora não podia esconder por mais tempo da irmã a participação dele no caso de Lydia. Tudo foi revelado, e metade da noite passaram conversando.

– Oh, meu Deus! – exclamou a Sra. Bennet ao se aproximar da janela na manhã seguinte – se não é aquele desagradável Sr. Darcy vindo com nosso querido Bingley outra vez! Que deseja ele com essas visitas contínuas? Não vê que nos importuna? Por que não vai caçar ou fazer outra coisa em vez de nos impingir a sua companhia? Que faremos com ele? Lizzy, você deve ir passear novamente com ele, para que não se meta no caminho de Bingley.

Elizabeth não pôde deixar de rir diante de proposta tão conveniente; no entanto, estava realmente contrariada que a mãe insistisse em tratá-lo daquela forma.

Assim que entrou, Bingley olhou para Elizabeth de maneira tão significativa e apertou sua mão com tanta gentileza, que não podia haver dúvida de que estivesse bem-informado; e pouco depois ele disse, em voz alta:

– Sr. Bennet, não tem em seu parque outros caminhos em que Lizzy possa se perder de novo hoje?

– Aconselho o Sr. Darcy, Lizzy e Kitty – disse a Sra. Bennet – a darem um passeio até Oakham Mount esta manhã. É um belo e longo passeio e o Sr. Darcy nunca apreciou a vista.

– Está muito bem para os outros – replicou Sr. Bingley –, mas estou certo de que é longe demais para Kitty. Não é, Kitty?

Kitty confessou que preferia ficar em casa. Darcy declarou que estava muito curioso para ver a vista, e Elizabeth consentiu em silêncio. Enquanto subia as escadas para ir se aprontar, a Sra. Bennet a acompanhou, dizendo:

– Sinto muito, Lizzy, que você tenha de fazer companhia àquele homem tão desagradável sozinha. Mas espero que não se importe: é para o bem de Jane, você sabe; e, depois, não precisa conversar muito com ele, só de vez em quando. Portanto, não se incomode muito.

Durante o passeio, ficou resolvido que o consentimento do Sr. Bennet seria solicitado naquele mesmo dia. Elizabeth se encarregou de falar com a mãe. Não sabia como Sra. Bennet receberia aquela comunicação; às vezes duvidava de que toda a fortuna e importância de Darcy seriam suficientes para vencer a antipatia da mãe. Mas quer a Sra. Bennet se declarasse violentamente contra o casamento, ou violentamente a favor, certamente o faria de uma forma imprópria e insensata; e Elizabeth não poderia tolerar que o Sr. Darcy ouvisse os primeiros arroubos de sua alegria ou a primeira veemência de sua desaprovação.

À TARDE, POUCO DEPOIS de o Sr. Bennet se levantar da mesa e entrar na biblioteca, ela viu o Sr. Darcy se levantar igualmente e acompanhá-lo, e ficou extremamente nervosa. Ela não receava a oposição de seu pai, mas tinha certeza de que o pedido ia desgostá-lo. E a ideia de que *ela*, sua filha favorita, lhe causaria uma grande decepção com sua escolha, enchendo-o de medos e preocupação por deixá-la ir, era uma reflexão infeliz. Ficou angustiada até o Sr. Darcy voltar, e sentiu-se um pouco aliviada ao ver seu sorriso. Poucos minutos depois ele se aproximou da mesa onde Elizabeth estava sentada com Kitty; e, fingindo admirar o bordado que ela fazia, sussurrou:

– Vá ver seu pai, ele a está chamando na biblioteca.

Elizabeth foi imediatamente.

Seu pai caminhava de um lado para outro na biblioteca, e sua expressão era grave e ansiosa.

– Lizzy – disse ele –, o que você está fazendo? Está fora de si para aceitar esse homem? Você não o odiava?

Como ela desejou naquele momento que suas opiniões tivessem sido mais razoáveis, e suas expressões, mais moderadas! Isso a teria poupado de explicações e declarações extremamente embaraçosas; mas agora estas eram necessárias, e ela assegurou ao pai, um tanto confusa, de sua ligação com o Sr. Darcy.

– Ou, em outras palavras, você está decidida a se casar com ele. Ele é rico, certamente, e você pode ter roupas e carruagens ainda melhores que as de Jane. Mas isso a fará feliz?

– O senhor tem outra objeção a não ser a suposição de minha indiferença?

– Nenhuma. Todos sabemos que ele é um homem orgulhoso e desagradável; mas isso não teria importância se você realmente gostasse dele.

– Eu gosto, eu realmente gosto dele – replicou Elizabeth, com lágrimas nos olhos –, eu o amo. Na verdade, ele não possui nenhum orgulho injustificado. É um homem muito bom. O senhor, na realidade, não o conhece; então não me magoe falando nesses termos a seu respeito.

– Lizzy – disse o pai –, já dei meu consentimento a ele. É um desses homens a quem eu nunca recusaria coisa alguma que ele condescendesse em pedir. E agora dou a *você*, se está decidida a se casar com ele. Mas aconselho-a a pensar melhor. Conheço seu gênio, Lizzy. Sei que jamais será feliz ou respeitável se não estimar verdadeiramente seu marido; a não ser que o considere superior a você. Sua inteligência a colocaria em uma situação de grande perigo em um casamento desigual. Você dificilmente escaparia à desonra e à infelicidade. Minha filha, não me dê o desgosto de *vê-la* impossibilitada de respeitar seu companheiro de vida. Você não sabe a seriedade do passo que está dando.

Elizabeth, ainda mais emocionada, respondeu de modo solene e grave; e, afinal, afirmando que o Sr. Darcy era de fato o homem que tinha escolhido, explicando a mudança gradual por que tinham passado seus sentimentos, relatando sua absoluta certeza de que a afeição dele não era passageira, mas tinha resistido ao teste de muitos meses de incerteza, e enumerando com energia todas as qualidades do futuro marido, ela acabou dominando a incredulidade do pai e fazendo-o aceitar a ideia.

– Bem, minha querida – disse ele, quando ela terminou. – Não tenho mais nada a dizer. Se este é o caso, ele a merece. Eu não poderia abrir mão de você, minha cara Lizzy, para alguém que fosse menos digno.

Para completar a impressão favorável do pai, ela então lhe relatou o que o Sr. Darcy tinha feito voluntariamente por Lydia. Ele a ouviu com grande espanto.

– Esta é mesmo uma tarde de surpresas! Então Darcy fez tudo; arranjou o casamento, deu o dinheiro, pagou as dívidas do rapaz e lhe arranjou um posto? Tanto melhor. Poupa-me inúmeros incômodos e muito dinheiro. Se tudo tivesse sido feito por seu tio, eu ficaria na obrigação de pagar, e *de fato* pagaria; mas esses jovens violentamente apaixonados fazem tudo de acordo com a própria vontade. Amanhã lhe proporei o pagamento; ele vai clamar e vociferar seu amor por você, e esse vai ser o fim do caso.

Ele se lembrou então do embaraço com que Elizabeth ouvira poucos dias antes a leitura da carta do Sr. Collins; e, depois de caçoar dela durante algum tempo, deixou-a partir, dizendo, ao vê-la sair da sala:

– Se houver algum jovem para Mary ou Kitty, mande-o entrar, estou disponível.

A mente de Elizabeth fora aliviada de um grande peso; e, após meia hora de reflexão tranquila em seu quarto, sentiu-se preparada para se juntar aos outros com razoável compostura. Tudo aquilo ainda era muito recente para que sua alegria transbordasse, mas a tarde passou tranquilamente; não havia mais nada a temer, e o conforto da calma e da familiaridade voltaria aos poucos.

Quando a mãe subiu para o quarto, Elizabeth a acompanhou e fez o importante comunicado. O efeito foi extraordinário; pois ao ouvi-lo pela primeira vez, a Sra. Bennet permaneceu completamente imóvel, incapaz de proferir uma sílaba. Só depois de muitos e muitos minutos ela pôde compreender o que tinha ouvido; embora estivesse sempre atenta a tudo o que resultasse em proveito para a família, ou que se apresentasse sob o aspecto de um noivo para qualquer uma das filhas. Finalmente ela começou a voltar a si, mexeu-se na cadeira, levantou-se, voltou a sentar, abriu a boca e persignou-se.

– Meu Deus do céu! Deus me abençoe! Imagine! Ora essa! Sr. Darcy! Quem poderia supor? É verdade mesmo? Oh! Minha querida Lizzy! Como você será rica e importante! Que mesadas, que joias, que carruagens você terá! O casamento de Jane não é nada em comparação ao seu. Absolutamente nada. Estou tão feliz, tão contente. Um homem tão encantador! Tão bonito! Tão alto! Oh, minha querida Lizzy! Perdoe-me por ter antipatizado com ele no princípio! Espero que ele deixe isso para lá. Minha querida Lizzy... Uma casa em Londres! Tudo o que há de melhor! Três filhas casadas! Dez mil libras por ano! Céus, o que será de mim? Vou acabar enlouquecendo.

Essas exclamações eram suficientes para confirmar a aprovação da mãe; e, feliz por ter sido a única testemunha daquele ataque, Elizabeth logo se retirou. Mas ela não tinha ficado três minutos no próprio quarto quando a mãe apareceu.

– Minha querida filha – exclamou ela –, não consigo pensar em outra coisa! Dez mil libras por ano, e provavelmente mais! Ele é tão bom quanto um lorde! E vocês se casarão com uma licença especial. Faço questão de uma licença especial. Mas, minha querida, diga-me, qual é o prato preferido do Sr. Darcy, que o teremos amanhã.

Isso era um triste prenúncio do que poderia ser o comportamento da mãe com o cavalheiro em pessoa; e Elizabeth descobriu que, embora possuísse o mais caloroso dos afetos da parte dele, e a segurança do consentimento dos pais, ainda havia alguma coisa a desejar. Mas o dia seguinte passou muito melhor do que ela tinha esperado; pois a Sra. Bennet, por sorte, tinha tanto respeito por seu futuro genro, que não se atrevia a lhe dirigir a palavra, a não ser para dizer alguma amabilidade ou manifestar deferência por sua opinião.

Elizabeth teve a satisfação de ver o pai se esforçar para conversar com ele; e logo o Sr. Bennet lhe assegurou que a sua estima por ele crescia a cada momento.

– Admiro muito todos os meus três genros – disse ele. – Wickham talvez seja meu favorito; mas acho que acabarei gostando de *seu* marido tanto quanto do de Jane.

60

Com o humor voltando à leveza habitual, Elizabeth quis que o Sr. Darcy explicasse como tinha se apaixonado por ela.

– Como começou? – perguntou ela. – Posso compreender perfeitamente como evoluiu depois do primeiro passo; mas o que o impulsionou?

– Não posso fixar a hora, o lugar, o olhar ou as palavras que basearam meus sentimentos. Começou há muito tempo. E já estava no meio antes que eu percebesse que *tinha* começado.

– Minha beleza foi descartada logo no início, e quanto às minhas maneiras... meu comportamento com *você* sempre beirou a falta de educação, e nunca lhe dirigia a palavra sem algum desejo de feri-lo. Agora, seja sincero: foi por minha impertinência que me admirou?

– Eu a admirei pela vivacidade de sua inteligência.

– É melhor chamar logo de impertinência. Era pouco menos. O fato é que você estava farto de amabilidades, deferências e atenções subservientes. Sentia-se enjoado de mulheres que só falavam, agiam e pensavam em *sua* aprovação. Despertei sua atenção porque era tão diferente *delas*. Se não fosse alguém realmente bom, teria me odiado; mas apesar do esforço que teve para disfarçar seus sentimentos, estes sempre foram nobres e justos; e, em seu coração, sempre desprezou as pessoas que o cortejavam tão assiduamente. Aí está: eu o poupei do trabalho de uma explicação; e de fato, pensando bem, acho a minha hipótese muito razoável. Com certeza não via nenhuma qualidade em mim, mas ninguém pensa *nisso* quando se apaixona.

– Não havia bondade em seu comportamento com Jane quando ela esteve doente em Netherfield?

– Minha querida Jane... quem poderia fazer menos por ela? Mas faça disso uma virtude, se quiser; minhas qualidades estão sob sua proteção, e deve exagerá-las o máximo possível; e, em troca, tenho o direito de provocá-lo e discutir com você todas as vezes que quiser; e eu começarei imediatamente, perguntando por que mostrou tão pouco desejo de esclarecer as coisas. Por que foi tão tímido comigo quando nos visitou e depois jantou aqui? Por que, principalmente, quando fez a visita, pareceu não se importar comigo?

– Porque você estava séria e silenciosa, e não me deu nenhum encorajamento.

– Mas eu estava desconcertada.

– Eu também.

– Poderia ter conversado mais comigo quando veio jantar.

– Um homem menos apaixonado poderia.

– É pena que encontre uma resposta razoável para tudo, e que eu tenha o bom-senso de aceitá-la! Mas me pergunto até quando aquilo *teria* durado, se dependesse só de você. Quando *teria* falado, se eu não tivesse perguntado! Minha resolução de agradecer sua bondade com Lydia teve certamente um forte efeito. Forte *demais*, creio; pois o que será da moral se nosso entendimento for devido a uma quebra de promessa; já que eu não devia ter mencionado o assunto? Não está certo.

– Não se preocupe. A moral ficará perfeitamente bem. A injustificável tentativa de Lady Catherine para nos separar foi um meio de remover todas as minhas dúvidas. Não devo minha atual felicidade a seu ávido desejo de exprimir gratidão. Eu não estava disposto a esperar uma abertura de sua parte. A conversa com minha tia renovara minhas esperanças, e eu estava decidido a saber de tudo imediatamente.

– Lady Catherine nos foi de imensa utilidade, o que deve deixá-la feliz, pois ela adora de ser útil. Mas, diga-me, por que veio a Netherfield? Foi apenas para cavalgar até em Longbourn e ficar embaraçado? Ou tinha intenções mais sérias?

– Meu objetivo real era ver *você*, e verificar, se conseguisse, se eu ainda poderia ter a esperança de fazer com que me amasse. O motivo declarado, ou o que admiti para mim mesmo, foi verificar se a inclinação de sua irmã por Bingley ainda existia e, caso ainda existisse, confessar a ele o que já confessei.

– Você terá coragem de anunciar a Lady Catherine o que a espera?

– É mais provável que eu não tenha tempo do que a coragem, Elizabeth. Mas tem de ser feito, e se me der uma folha de papel, escreverei imediatamente.

– E se eu não tivesse também uma carta a escrever, sentaria a seu lado e admiraria a regularidade de sua caligrafia, como certa moça um dia já fez. Mas também tenho uma tia que não pode ser negligenciada por mais tempo.

Por não desejar admitir quanto sua intimidade com o Sr. Darcy fora exagerada, Elizabeth ainda não respondera à longa carta da Sra. Gardiner; mas agora, com *aquele* comunicado, que ela receberia da melhor maneira possível, Elizabeth se sentia quase envergonhada ao refletir que seu tio e sua tia já tinham perdido três dias de felicidade, e imediatamente respondeu o seguinte:

> Eu já teria agradecido antes, minha querida tia, como deveria ter feito, sua longa, gentil explicação sobre os detalhes; mas para falar a verdade, eu estava aborrecida demais para escrever. A senhora supôs mais do que realmente existia. Mas *agora*, suponha tanto quanto quiser; liberte sua fantasia e entregue sua imaginação a todos os voos mais arrojados; e, a não ser que suponha que já estou realmente casada, não poderá errar por muito. Escreva-me de novo muito em breve e o elogie muito mais do que em sua última carta. Não me canso de lhe agradecer por não ter ido aos Lagos. Como pude cometer a tolice de desejar esse passeio? Sua ideia dos pôneis é encantadora. Daremos a volta ao parque todos os dias. Sou a criatura mais feliz do mundo. Talvez outras pessoas já o tenham dito antes, mas não com tanta justiça. Sou mais feliz até do que Jane; ela apenas sorri, eu rio. O Sr. Darcy manda todo o amor que ainda lhe resta. Estão todos convidados para ir a Pemberley pelo Natal.
>
> Com carinho etc.

A carta do Sr. Darcy para Lady Catherine foi escrita em estilo diferente; e diferente de ambas foi a carta que o Sr. Bennet escreveu para o Sr. Collins, em resposta à última que recebera.

Caro senhor,

Devo incomodá-lo mais uma vez com notícias felizes. Elizabeth será em breve a esposa do Sr. Darcy. Console Lady Catherine o melhor que puder. Mas, se estivesse em seu lugar, eu ficaria ao lado do sobrinho. Ele tem mais a oferecer.

Sinceramente etc.

Os parabéns que a Srta. Bingley mandou ao irmão pelo casamento próximo foram tudo o que havia de mais afetuoso e insincero. Ela escreveu até para Jane, nessa ocasião, para exprimir seu contentamento e repetir todas as suas anteriores declarações de estima. Jane não se iludiu, mas ficou tocada; e mesmo não tendo confiança nela, não pôde deixar de lhe escrever uma carta muito mais amável do que sabia que a outra merecia.

A alegria que a Srta. Darcy exprimiu ao receber uma informação semelhante foi tão sincera quanto a do irmão ao enviá-la. Quatro páginas de papel foram insuficientes para conter toda a sua alegria, e seu verdadeiro desejo de ser estimada pela futura irmã.

Antes que qualquer resposta pudesse chegar do Sr. Collins, ou qualquer felicitação para Elizabeth, de sua esposa, a família de Longbourn soube que os próprios Collins estavam em Lucas Lodge. O motivo dessa súbita viagem tornou-se logo evidente. Lady Catherine tinha se enfurecido de tal modo com a carta do sobrinho, que Charlotte, felicíssima com a união, ficou ansiosa para sair de lá até que a tempestade passasse. Naquele momento, a chegada da amiga causou um sincero prazer a Elizabeth, embora todas as vezes que estivessem juntas, ela sentisse que esse prazer custava muito caro quando via o Sr. Darcy exposto a todas as cortesias obsequiosas e pomposas do Sr. Collins. Ele, no entanto, suportou tudo aquilo com uma calma admirável. Conseguiu até, com toda a compostura, ouvir Sir William Lucas quando este o cumprimentou por ter conquistado a joia mais brilhante do país, e exprimiu a esperança de que se encontrassem frequentemente em St. James. Se ele chegou a rir, foi só depois que Sir William Lucas lhe tinha virado as costas.

A vulgaridade da Sra. Philips foi outra, e talvez a maior, sobrecarga para sua paciência; e ainda que a Sra. Philips, assim como a irmã, ficasse atemorizada demais diante de Darcy para falar com a familiaridade que o bom humor de Bingley encorajava, todas as vezes que conseguia abrir a boca, era para dizer coisas vulgares. Nem seu respeito por ele, embora a tornasse mais quieta, conseguia deixá-la mais elegante. Elizabeth fez tudo o que pôde para protegê-lo das frequentes atenções de ambas, procurando tê-lo para si mesma e para as pessoas da família com quem ele podia conversar sem se sentir mortificado; e, embora as contrariedades resultantes de tudo isso estragassem muito do prazer de seu noivado, a faziam pensar com maior satisfação no futuro; e ela antevia os bons momentos que passariam longe de uma companhia tão pouco agradável para ambos com todo o conforto e elegância de sua família em Pemberley.

61

Feliz para seus sentimentos maternais foi o dia em que a Sra. Bennet se viu livre de duas das mais queridas filhas. Com que orgulho deliciado ela mais tarde visitava a Sra. Bingley e conversava com Sra. Darcy não é difícil imaginar. Eu desejaria poder acrescentar, para o bem da família, que a realização de seu mais sincero desejo de ver as filhas bem casadas tivera o feliz efeito de torná-la uma mulher sensata, discreta e interessante para o resto da vida; no entanto, foi bom para seu marido que isso não acontecesse, que ela continuasse ocasionalmente nervosa e invariavelmente tola, pois talvez ele não tivesse apreciado uma felicidade doméstica tão excepcional.

O Sr. Bennet sentiu muito a falta da segunda filha; sua afeição por ela o tirou mais de casa dali por diante do que qualquer outra coisa. Ele gostava muito de ir a Pemberley, principalmen te quando não era esperado.

O Sr. Bingley e Jane ficaram em Netherfield apenas mais um ano. Tamanha proximidade da mãe e dos conhecidos de Meryton não era desejável, mesmo levando em conta o gênio fácil *dele* e o coração afetuoso *dela*. O grande desejo das irmãs de Bingley foi satisfeito: ele comprou uma propriedade nas proximidades de Derbyshire. E Jane e Elizabeth, em acréscimo a todas as outras felicidades, passaram a morar a menos de cinquenta quilômetros uma da outra.

Kitty, para sua grande vantagem, passava a maior parte do tempo com as duas irmãs mais velhas. Em uma sociedade tão superior à que ela tinha conhecido, fez grandes progressos. Ela não tinha um gênio tão rebelde quanto o de Lydia; e, longe da influência e do exemplo da irmã, graças a certos cuidados e atenções, tornou-se menos irritável, menos ignorante e menos insípida. De qualquer nova influência da parte de Lydia, era cuidadosamente protegida. E, embora a Sra. Wickham frequentemente a convidasse para passar tempos em sua casa, com promessas de bailes e de rapazes, o pai jamais consentia que ela fosse.

Mary foi a única filha que permaneceu em casa; e acabou sendo impedida de prosseguir no aperfeiçoamento de seus talentos, porque a Sra. Bennet era incapaz de ficar sozinha. Mary foi obrigada a frequentar mais assiduamente a sociedade, mas continuava a tirar conclusões morais de cada visita que fazia; e como não se mortificasse mais com as comparações entre a beleza das irmãs e a própria, seu pai desconfiou que ela aceitava sem muita relutância essa alteração dos seus hábitos.

Quanto a Wickham e Lydia, o caráter deles não sofreu qualquer mudança com o casamento das irmãs dela. Wickham se resignou filosoficamente à convicção de que Elizabeth sabia agora de todas as suas ingratidões e mentiras; e, apesar de tudo isso, não perdeu completamente a esperança de que Darcy um dia pudesse ser persuadido a fazer sua fortuna. A carta de felicitações que Elizabeth recebeu de Lydia por ocasião de seu casamento revelava que, ao menos pela mulher, se não também por ele, tal esperança era acalentada. A carta dizia o seguinte:

Minha cara Lizzy,

Desejo-lhe felicidades. Se seu amor pelo Sr. Darcy for apenas metade do que o sinto por meu querido Wickham, você deve ser muito feliz. É um grande consolo saber que você é tão rica. E, quando não tiver mais nada a fazer, espero que pense em nós. Sei que Wickham gostaria muito de ter um lugar na corte, e não creio que tenhamos bastante dinheiro para viver sem algum auxílio. Qualquer lugar de trezentas ou quatrocentas libras por ano serviria; mas não fale sobre isso ao Sr. Darcy, se prefere ficar calada.

Com carinho etc.

Como Elizabeth preferia ficar calada, procurou, em sua resposta, pôr um fim a todos os pedidos e expectativas dessa natureza. Mas o que podia fornecer, através do que pode ser chamado de economia nas despesas particulares, ela sempre enviava para eles. Sempre lhe parecera evidente que a renda que eles tinham, dirigida por pessoas tão extravagantes em seus desejos e tão descuidadas do futuro, seria insuficiente para o seu sustento; e sempre que Wickham era transferido, Jane ou Elizabeth podiam estar certas de receber o pedido de um pequeno auxílio para as contas. Sua maneira de viver, mesmo quando a restauração da paz os mandou para uma residência, era irregular ao extremo. Estavam sempre se mudando de lugar para outro em busca de um lugar mais barato, e gastavam sempre mais do que possuíam. A afeição de Wickham por Lydia logo se transformou em indiferença; a dela resistiu um pouco mais; e apesar de sua juventude e de suas maneiras, ela conservou intacta a reputação que o casamento lhe havia assegurado.

Embora Darcy nunca recebesse Wickham em Pemberley, por influência de Elizabeth ajudou-o na carreira. Lydia os visitava, ocasionalmente, quando o marido tinha ido a Londres ou a Bath, para se divertir; e com os Bingley, eles sempre ficavam tanto tempo, que mesmo o bom humor de Bingley era vencido, e ele chegava ao ponto de *falar* em lançar uma indireta para que fossem embora.

A Srta. Bingley ficou profundamente mortificada com o casamento de Darcy; mas, como julgava aconselhável conservar o direito de frequentar Pemberley, sufocou todos os ressentimentos; continuou a gostar mais do que nunca de Georgiana, mostrava-se quase tão atenciosa com Darcy como antes, e pagou com juros todas as cortesias que devia a Elizabeth.

Pemberley passou a ser o lar de Georgiana; e a afeição das duas novas irmãs correspondeu a todas as expectativas de Darcy. Gostavam tanto uma da outra quanto tinham desejado. Georgiana tinha uma grande admiração por Elizabeth; ainda que a princípio recebesse com uma perplexidade que beirava o assombro a forma viva e brincalhona como ela falava com seu irmão. Ele, que sempre lhe inspirara um respeito que quase sufocava sua afeição, era agora visto por ela como objeto de zombaria. Elizabeth lhe explicou que uma esposa pode se permitir com o marido liberdades que um irmão nem sempre poderia tolerar na irmã dez anos mais nova.

Lady Catherine ficou extremamente indignada com o casamento do sobrinho; e deu vazão a toda a genuína franqueza de seu caráter em sua resposta à carta que o anunciava, com termos tão violentos, especialmente contra Elizabeth, que durante algum tempo todas as relações foram cortadas. Mas, afinal, com a persuasão de Elizabeth, ele foi levado a esquecer a ofensa e procurar uma reconciliação; e, depois de alguma resistência, o ressentimento da tia cedeu, talvez diante da afeição que tinha pelo sobrinho ou da curiosidade de ver como sua esposa se conduzia; e ela consentiu em ir visitá-los em Pemberley, apesar da ofensa que seus ilustres antepassados tinham recebido, não somente pela presença de uma esposa como aquela, como pelas visitas de seus tios de Londres.

Com os Gardiner, eles ficaram sempre nos termos mais íntimos. Darcy, assim como Elizabeth, realmente os adorava. E além disso nunca se esqueceram da gratidão que deviam às pessoas por cujo intermédio eles tinham reatado as suas relações, durante aquele passeio por Derbyshire.

fim

EDIÇÕES
BestBolso

Este livro foi composto na tipologia Minion, em corpo 10,5/13, e impresso em papel off-set 56g/m² no Sistema Cameron da Divisão Gráfica da Distribuidora Record.